武大通识
GEC
WHU General Education Center

博雅弘毅

文明以止

成人成才

四通六识

珞 珈 博 雅 文 库
通 识 教 材 系 列

中国新诗十讲

余蔷薇 李桂豫 著

WUHAN UNIVERSITY PRESS
武汉大学出版社

图书在版编目(CIP)数据

中国新诗十讲 / 余蔷薇,李桂豫著. -- 武汉 : 武汉大学出版社，2025.4.
珞珈博雅文库 通识教材系列. -- ISBN 978-7-307-24796-3

Ⅰ. I207.25

中国国家版本馆 CIP 数据核字第 20246SC089 号

责任编辑:郭 静 责任校对:鄢春梅 版式设计:韩闻锦

出版发行:**武汉大学出版社** （430072 武昌 珞珈山）
（电子邮箱:cbs22@ whu.edu.cn 网址:www.wdp.com.cn）
印刷:武汉中远印务有限公司
开本:787×1092 1/16 印张:15.75 字数:315 千字 插页:4
版次:2025 年 4 月第 1 版 2025 年 4 月第 1 次印刷
ISBN 978-7-307-24796-3 定价:59.00 元

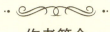

作者简介

　　余蕾薇，湖北荆州人，武汉大学中国现当代文学专业博士，武汉大学历史学院中国史博士后，台湾大学访问学者。现任武汉大学文学院副教授、硕士研究生导师。中国写作学会理事、中国闻一多研究会理事、中国女性文学研究会理事。主要研究领域为写作学、中国新诗研究。主持国家社科基金资助项目2项、中国博士后科学基金资助项目2项、武汉大学自主科研青年项目2项，出版学术著作3部，发表学术论文30余篇。曾获2014年度湖北省优秀博士学位论文奖。

　　李桂豫，河南邓州人，武汉大学文学院写作学专业硕士。主要研究领域为写作学、中国新诗研究。发表学术论文3篇。

总　序

　　小而言之，教材是"课本"，是一课之本，是教学内容和教学方法的语言载体；大而言之，教材是国家意志的体现，是高校教学成果和科研成果的重要标志。一流大学要有一流的本科教育，也要有一流的教材体系。新形势下根据国家有关要求，为进一步加强和改进学校教材建设与管理，努力构建一流教材体系，武汉大学成立了教材建设工作领导小组、教材建设工作委员会，设立了教材建设中心，为学校教材建设工作提供了有力保障。一流教材体系要注重教材内容的经典性和时代性，还要注重教材的系列化和立体化。基于这一思路，学校计划按照学科专业教育、通识教育、创业教育等类别规划建设自成系列的教材。通识教育系列教材是学校大力推动通识教育教学工作的重要成果，其整体隶属于"珞珈博雅文库"，命名为"通识教材系列"。

　　在长期的办学实践和教学文化建设过程中，武汉大学形成了独具特色的融"五观"为一体的本科人才培养思想体系，即"人才培养为本，本科教育是根"的办学观；"以'成人'教育统领成才教育"的育人观；"厚基础、跨学科、鼓励创新和冒尖"的教学观；"激发教师教与学生学双重积极性"的动力观；"以学生发展为中心"的目的观。为深化本科教育改革，打造世界一流本科教育，武汉大学于2015年开展本科教育改革大讨论并形成《武汉大学关于深化本科教育改革的若干意见》《武汉大学关于进一步加强通识教育的实施意见》等文件，对优化通识教育顶层设计、理顺通识课程管理体制、提高通识教育课程质量、加强通识教育保障机制等方面提出明确要求。

　　早在 20 世纪八九十年代，武汉大学就有学者专门研究大学通识教育。进入 21 世纪，武汉大学于 2003 年明确提出"通专结合"，将原培养方案的"公共基础课"改为"通识教育课"，作为全国通识教育改革的先行者率先开创"武大通识 1.0"；2013 年，经过十年的建设，形成通识课程的七大板块共千门课程，是为"武大通识 2.0"；2016 年，在武汉大学本科教育改革大讨论的基础上，学校建立通识教育委员会及其工作组，成立通识教育中心，重启通识教育改革，以"何以成人，何以知天"为核心理念，以"人文社科经典导引"和"自然科学经典导引"两门基础通识必修课为课程主体，同时在通识课程、通识课堂、通识管理和通识文化四大层次全面创新通识教育，从而为在校本科生逾 3 万的综合性大学如何实现通识教育的品质提升和卓越教学探索了一条新的路径，是为"武大通识 3.0"。

　　当前，高校对大学生要有效"增负"，要提升大学生的学业挑战度，合理增加课程难度，拓展课程深度，扩大课程的可选择性，真正把"水课"转变成有深度、有难度、有挑战度的"金课"。那么通识课程如何脱"水"冶"金"？如何建设具有武汉大学特色的通识教育金课？这无疑要求我们必须从课程内容设计、教学方式改革、课程教材资源建设等方面着力。

　　一门好的通识课程应能对学生正确价值观的塑造、健全人格的养成、思维方式的拓展等发挥重要作用，而不应仅仅是传授学科知识点。我们在做课程设计的时候要认真思考"培养什么人、怎样培养人、为谁培养人"这一根本问题，从而切实推进课程思政建设。武汉大学学科门类丰富，教学资源齐全，这为我们跨学科组建教学团队，多维度进行探讨，设计更具前沿性和时代性的课程内容，提供了得天独厚的条件。

　　毋庸讳言，中学教育在高考指挥棒下偏向应试思维，过于看重课程考核成绩，往往忘记了"教书育人"的初心。那么，应如何改变这种现状？答案是：立德树人，脱"水"冶"金"。具体而言，通识教育要注重课程教学的过程管理，增加小班研讨、单元小测验、学习成果展示等鼓励学生投入学习的环节，而不再是单一地只看学生期末成绩。武汉大学的"两大导引"试行"8+8"的大班授课和小班研讨，经过三个学期的实践，取得了很好的成效，深受同学们欢迎。我们发现，小班研讨是一种非常有效的教学方式，能够帮助学生深度阅读、深度思考，增加学生课堂参与度，培养学生独立思考、理性判断、批判性思维和团队合作等多方面的能力。

　　课程教材资源建设是十分重要的。老师们精心编撰的系列教材，精心录制的在线开放课程视频，精心设计的各类题库，精心搜集整理的与课程相关的文献资料，等等，对于学生而言，都是精神大餐之中不可或缺的珍贵元素。在长期的教学实践中，老师们不断更新、完善课程教材资源，并且教会学生获取知识的能力，让学习不只停留于课堂，而是延续到课后，给学生课后的持续思考提供支撑和保障。

　　"武大通识 3.0"运行至今，武汉大学已形成一系列保障机制，鼓励教师更多地投入通识教育教学。学校对通识 3.0 课程设立了准入准出机制，建设期内每年组织一次课程考核工作，严格把控立项课程的建设质量；对两门基础通识课程实施助教制，每学期遴选培训研究生和青年教师担任助教，辅助大班授课、小班研讨环节的开展；对投身通识教育的教师给予最大支持，在"351 人才计划"教学岗位、"教学业绩奖"等评选中专门设立通识教育教师名额，在职称晋升等方面也予以政策倾斜；对课程的课酬实行阶梯制，根据课程等级和教师考核结果发放授课课酬。

武汉大学打造多重通识教育活动，营造全校通识文化氛围。每月举行一期通识教育大讲堂，邀请海内外一流大学从事通识教育顶层设计的领袖型人物、知名教师、知名学者、杰出校友等来校为师生做专题报告；每学期组织一次通识教育研讨会，邀请全校通识课程主讲教师、主要管理人员参加，采取专家讲座与专题讨论相结合的方式，帮助提升教师的通识教育理念；不定期开展博雅沙龙、读书会、午餐会等互动式研讨活动，有针对性地选取主题，邀请专家报告并研讨交流。这些都是珍贵的教学资源，有助于我们多渠道了解通识教育前沿和通识文化真谛，不断提升通识教育的理论素养，进而持续改进通识课程。

武汉大学的校训有一个关键词：弘毅。"弘毅"语出《论语》："士不可以不弘毅，任重而道远。"对于"立德树人"的武大教师，对于"成人成才"的武大学子，对于"博雅弘毅，文明以止"的武大通识教育，皆为"任重而道远"。可以说，我们在通识教育改革道路上所走过的每一步，都将成为"教育强国，文化复兴"强有力的步伐。

"武大通识 3.0"开启以来，我们精心筹备、陆续推出"珞珈博雅文库"大型通识教育丛书，涵盖"通识文化""通识教材""通识课堂"和"通识管理"四大系列。其中的"通识教材系列"已经推出"两大导引"，这次又推出核心和一般通识课程教材十余种，以后还将有更多优秀通识教材面世，使在校同学和其他读者"开卷有益"：拓展视野，启迪思想，融通古今，化成天下。

周叶中

前　言

　　"诗教"是中国传统文化的一个核心概念。闻一多曾经说过："《三百篇》的时代，确乎是一个伟大的时代，我们的文化大体上是从这一刚开端的时代就定型了。文化定型了，文学也定型了，从此以后两千年间，诗——抒情诗，始终是我国文学的正统类型，甚至除散文外，它是唯一的类型。"（《文学的历史动向》）《三百篇》之所以对中国的文化与文学有如此的影响，使传统汉语诗歌发挥出如此独特而巨大的社会功能，源于孔子基于《三百篇》确立的汉语文化的诗教传统。孔子教育思想的基本目的是人的养成和社会的完善，而人的养成和社会的完善需要通过"文化"，其"文化"的次第即"兴于诗，立于礼，成于乐"（《论语·泰伯》），由此形成"诗"在"文化"中的基础性和首要性地位。孔子甚至说："不学诗，无以言。"（《论语·季氏》）这并非仅仅说的是学诗与语言表达的关系，它更强调的是诗与涵养君子人格的关系。孔子以后的历代儒者，阐释和践行孔子的《诗经》观、诗教思想，形成了源远流长的诗教文化，从而使诗在中国古代不单单是文学这个类别的一种体裁，更是"人之为人的一种显现方式"。

　　在诗教观念里，所谓"诗者，志之所之也。在心为志，发言为诗"（《诗大序》）。正如孔颖达《毛诗正义》所解释："诗者，人志意之所之适也。虽有所适，犹未发口，蕴藏在心，谓之为志。发见于言，乃名为诗。言作诗者，所以舒心志愤懑，而卒成于歌咏。故《虞书》谓之'诗言志'也。包管万虑，其名曰心；感物而动，乃呼为志。志之所适，外物感焉。言悦豫之志则和乐兴而颂声作，忧愁之志则哀伤起而怨刺生。"这是中国古代的诗歌本体论。这种本体论实际上是一种主体论诗学。写诗，是"诗言志""诗缘情"；读诗，是"以意逆志"。这看起来是诗教在学理上得以成立的前提，其实是诗教框架下对诗是什么的必然规定。因为"温柔敦厚"的诗教核心，指向的是主体人格的修养，"君子之所养，要令暴慢邪僻之气不设于身体"（杨时《龟山集》卷十《语录》），"'温柔敦厚'是'和'，是'亲'，也是'节'，是'敬'，也是'适'，是'中'"，这些都是强调主体的志与情，其本质在于涵养人的性情人格并进而完善社会。

然而这种诗教观念发展到近现代，伴随新文化运动的兴起，白话取代文言，新诗登场，"诗教"作为儒家传统失去了过去的正统地位，在意识形态和话语体系里似乎一度隐遁了。新诗是指新文化运动发生以后的新体诗歌，它采用现代白话进行创作，在形式上作出了多方面的探索和改造。新诗的出现，是中国诗歌历史上的一次重大变革，在其跨越一个世纪的历史进程中，有赞誉者，也有诋毁者，不一而足，争论不息。但不能否定的是，新诗也取得了很大的成绩，先后产生过众多的艺术流派和一大批各具风格的代表诗人，涌现了许多脍炙人口的佳作。

在当下的文化生活中，娱乐化、碎片化成为一种基本特征。人们习惯在网络世界的徜徉中获取狂欢的快感，当文化呈现为意义的碎片时，我们是否应该重新审视我们的内心，重新呼吁人文精神的回归，重新回望经典，重新寻找诗歌的意义。在回归传统的语境中，诗教成为一种亟待召回的集体无意识。在中小学教育中，我们越来越重视中国古典诗词的教育，几千年历史长河中的诗歌名篇往往被搬上讲台，或者在课堂外的学习生活中随处可见。新诗，却相对寂寞，它与我们的诗教传统看上去相去甚远，然而，也有许多新诗名篇无论是在人格涵养还是审美形式上，兼具"文质彬彬"的诗教内涵。新诗教育是我们今天应该重视的。

本书力图在总结中国新诗百年成绩的基础上向广大热爱诗歌的读者展示新诗的魅力，以帮助读者了解和鉴赏新诗，同时也期冀为新诗的繁荣和发展提供借鉴。本书在体例上的安排为：第一讲梳理新诗发生与新诗发展的脉络，以历史的眼光审视这个新生事物在中国文化语境中的源流，再为读者介绍鉴赏新诗的方法。第二讲至第十讲，分别选取徐志摩、戴望舒、卞之琳、穆旦、艾青、舒婷、海子、王家新、于坚这九位具有代表性的诗人，进行具体解读。首先介绍诗人的生平经历、诗歌创作历程、诗歌创作风格、诗歌创作理念等，再选择其代表诗作逐一进行细致鉴赏。

本书基本涵盖了新诗发展历程中较为知名或具有代表性的诗人诗作，力图回归诗作本身，从诗人出发，从文本出发，从现实出发，引导读者领略中国新诗的风采，同时提升读者的新诗鉴赏能力，以达到新诗教育的目的。但诗无达诂，难免存在值得商榷之处，以请方家指正。

目　录

第一讲

中国新诗鉴赏导引

　　中国是诗歌的国度，几千年来的诗歌天空闪烁着无数璀璨的明星。随着 1917 年新文化运动的发生，中国文学进入现代时期，中国诗歌也进入了全新的阶段。中国新诗是指"五四"以后出现的以白话书写的诗歌，它通常被视为中国诗歌的一个独立阶段，也被称为中国现代诗歌，是"现代人在现代生活中所感受的现代的情绪，用现代的词藻排列成的"①。这决定了新诗相对于古典旧诗而言具备"新"的质素：在时间上，它属于现代；在形式上，它打破了旧体；在语言上，它采用白话，等等。也就是说，新诗之所以新，首先是因为它在整体上反映了诗歌现代化的进程，是现代意义上的诗歌。其次，新诗以改变诗歌语言为切入口，以白话为武器，突破了"诗界革命"的主张，与旧传统实现了真正的决裂，有意识地摆脱了古典诗歌诗体严整的格律束缚，形成了完全独立于传统诗词之外的崭新的诗歌形式。再次，新诗以旧诗为革命对象，借鉴了西方诗体模式，实现了"诗体的大解放"，形成了自由体，这种诗体是与中西文学沟通的结果，既使外来诗歌形式自然地融入自身的民族传统中，在中国诗歌流变史上产生了质的飞跃，又使中国文学汇入世界文学中，加强了与世界文学的对话。另外，虽然新诗打破了旧传统，但它并没有与传统完全割裂，而是不断地在传统基础上进行扬弃与吸收、批判与继承，使得中国新诗既有自身的新传统，又深深扎根于本民族传统中。

一

　　从 1917 年到 1921 年，中国文学完成了从古典到现代的过渡。在诗歌方面则是白话新诗取代旧诗成为文学主流。此前，胡适作为新诗最早的开拓者，于 1915 年至 1916 年就开始了以白话作诗的尝试。从晚清的"诗界革命"到"五四"的文学革命，是中国诗歌从旧到新的过程。黄遵宪和胡适都以进化论为根基，主张言文合一，提倡口语入诗，创造新语句，在此方面两者共同引起关注。然而不同的是，黄遵宪从语词层面入手，虽引入新名词，但在诗体上却仍采用五言、七言的旧体，实际上是"旧瓶装新酒"；而胡适立足于语言层面，以白话反抗文言的镣铐，他在《文学改良刍议》中提出著名的"八事"，即"一曰，须言之有物。二曰，不摹仿古人。三曰，须讲求文法。四曰，不作无病之呻吟。五曰，务去滥调套语。六曰，不用典。七曰，不讲对仗。八曰，不避俗字俗语"②。胡适旨在打破旧诗的束缚，让诗"合乎语言的自然"，"话怎么说，诗就怎么写"，并提出"作诗如作文""诗体的大解放"的主张。在实践层面，他的《尝试集》是中国第一部白话诗集。在《尝试集》的

---

① 施蛰存：《又关于本刊中的诗》，《现代》1933 年第 4 卷第 1 期。
② 胡适：《文学改良刍议》，《新青年》1917 年第 2 卷第 5 期。

创作过程中，胡适将其"尝试"白话作诗过程中的感受，比喻为"缠脚妇人放脚的痛苦"，他在《尝试集·四版自序》中说："我现在回头看我这五年来的诗，很像一个缠过脚后来又放大了的妇人回头看他一年一年的放脚鞋样，虽然一年放大一年，年年的鞋样上总还带着缠脚时代的血腥气。"①从整齐的五、七言诗，到"刷洗过的旧诗"，再到"变相的词曲"，胡适不断尝试，最终宣告译诗《关不住了!》为"'新诗'成立的纪元"。胡适以内容明白清楚、用字自然平实、节奏自然和谐、诗体自由无拘来想象新诗的理想模样，新诗也因此开启了西化的"自由体"时代。1921 年，郭沫若的《女神》"异军突起"，横空出世。我们在《女神》里完全感受不到胡适在《尝试集》里放脚的痛苦，它以完全的"新"，其实是更完全的"西化"来显示其"异军突起"的新异与狂飙之势。在《女神》中，有"泰戈尔式"的"清淡""简短"、"惠特曼式"的"豪放""粗暴"，也有"歌德式"的剧体诗，它标志着中国新诗浪漫主义风格的成熟。从 1921 年到 1923 年，中国诗坛形成"小诗流行的时代"，以冰心、宗白华、何植三、梁宗岱等为代表，他们创作的"小诗"受到泰戈尔《飞鸟集》和日本短歌、俳句的影响，诗体短小、含蓄、隽永，内容记录"零碎的思想"，捕捉对世界刹那的感受。这一时期还有"湖畔"诗人汪静之、冯雪峰、应修人、潘漠华等，他们的作品以抒情短诗为主，表现刚挣脱封建礼教束缚的青年对美好自然的向往和对幸福爱情的憧憬，是对传统爱情诗的一种突破。

此期新诗成就最显著的当属郭沫若，他在对自由体式的追求中开创了中国诗歌的新格局。《女神》以彻底的反帝反封建的革命精神、崭新的浪漫主义审美意识和恢宏的诗歌体式，开启了全新的诗歌世界。《女神》的问世，标志着中国新诗确立了自由体式，实现了符合"五四"时代需求的情感的大解放和诗体的大解放。首先，在诗歌美学观念上，郭沫若倡导"主情主义"。新诗草创期以胡适为代表的白话诗人的主要任务是打破旧诗镣铐，创造一种白话的、无所拘束的新诗，胡适提倡"诗的经验主义"，当时的创作基本是崇尚摹仿自然，而郭沫若明确提出了"情绪说"，强调诗歌要表现内心情感，主观情绪高于一切，因此他的诗歌中还出现了鲜明的主体形象。其次，在审美意识上，郭沫若受到泛神论影响，在诗歌中加强了"自我表现"的力度。他把"自我"提高到本体和神的地位，通过主观精神的扩张，达到主客体交融、人与自然合一的境地，诗人的心灵和情感拥有了自由广阔的天地，其诗作也具有了高度自主的审美意识。再次，在精神品格上，郭沫若诗歌表现出"二十世纪的动的和反抗的精神"，这使中华民族产生一种新的精神品格，从而从根本上改变了中国诗歌的性质，使中国新诗走向了现代化。最后，在表现手法上，郭沫若诗歌运用大量丰富、大胆而奇特的想象，突破了中国新诗的诗性特征。郭沫若重视表现自我，创作时凭借灵感与直觉写诗，他的想象奇特而开阔，驰骋万里，在五四运动激情的冲击下，他将

---

① 　胡适：《尝试集·四版自序》，亚东图书馆 1922 年版，第 2 页。

强烈饱满的情绪纳入神话传统框架中，创造出神奇的艺术境界，《凤凰涅槃》《天狗》最能表现这种奔放不羁、纵横驰骋的想象力，也极好地表现了"五四"时期推倒一切腐朽的斗争精神。总之，郭沫若以浪漫主义诗风为主调，以象征、想象为表现方式，加强了诗歌的表现力，真正开创了自由体新诗。

1925 年以后诗坛格局变得繁复多样。首先是一些强调诗歌的现实功用性的潮流。例如，以蒋光慈、殷夫等为代表的普罗诗歌运动。普罗诗歌是将诗歌与无产阶级政治斗争相结合，其创作直面社会现实，既有现实主义风格，又具有浪漫主义特质，融入对理想的追求与向往，感情强烈。到了 20 世纪 30 年代，"左联"领导下的中国诗歌会，包括蒲风、任钧、穆木天、杨骚、王亚平等诗人，他们创建"新诗歌"，对普罗诗歌有所继承与发展。其诗反映社会现实生活，关注民族前途和命运，情绪热烈激昂，精神乐观进取，追求诗歌的大众化，具有现实性、战斗性、鼓动性的特征。在 30 年代崭露头角的还有臧克家、田间、艾青三位诗人。他们的诗歌都以生活为基础，重视诗歌的社会功用，将诗歌创作与时代、人民、社会联系起来，试图将革命斗争的内容与完美的艺术形式结合起来以实现诗歌的社会功用，均具有各自鲜明的艺术个性。其次是以闻一多、徐志摩、朱湘等为代表的新月派，他们在艺术形式上追求新诗的格律化，开展新格律诗运动。新月派针对的是早期新诗自由体过于散漫和放纵的弊端，他们强调诗歌"本质的醇正""情感的节制""格律的谨严"，主张在创作中重视诗思和意象，在诗体形式上追求整齐流畅、节奏分明。闻一多在《诗的格律》一文中，提出听觉与视觉两个方面的格律问题，听觉方面表现为节奏和押韵；视觉方面表现为"节的匀称""句的均齐"。① 新月派不仅在理论上提倡现代格律诗，并且在实践上也有诸多成果，徐志摩与朱湘便是其主要实践者，他们均在新诗形式上作出贡献，在诗歌的音乐美上达到某种成熟。再次，20 年代中后期，在新月派探索格律问题时，中国早期象征派也悄悄萌芽。象征主义作为一种诗歌潮流，源于 19 世纪中叶的法国，以波德莱尔为先驱，后来经过魏尔伦、兰波、马拉美等诗人的推动，到 20 世纪初，象征主义文学潮流已经在世界范围内产生广泛影响。中国早期象征派的开创者为李金发，他于 1920 年留学法国，开始创作诗歌。其诗被朱自清称为"一支异军"，除了李金发，具有象征主义倾向的代表诗人还有王独清、穆木天、冯乃超等。他们的诗作大多在情感基调上偏于感伤、空虚和颓废，在诗歌风格上偏向怪异与晦涩，在文字中捕捉变幻不定的内心情感和刹那间的感受，常常表现出梦幻和下意识的精神状态，采用象征和暗示的手法，使得诗歌朦胧含蓄，晦涩难懂。

在此期间新诗成就较为显著的当属徐志摩。如果说闻一多在新诗格律化运动中做出了重要的理论贡献，那么徐志摩则是将这种理论进行实践，使之具体化的重要代表，正如朱

---

① 闻一多：《诗的格律》，《晨报副刊·诗镌》1926 年 5 月 13 日。

自清所说，他努力于"体制的输入与实验"，而且"他尝试的体制最多"。① 徐志摩极其追求诗歌的音乐美，其诗节奏流动，富于音韵，如《雪花的快乐》《海韵》《半夜深巷琵琶》等，他将内在的情绪纳入严谨的形式框架中，以变化的复沓的旋律来获得音乐效果。另一方面，他又不过于拘泥于格律形式，其对音乐的追求是为了更好地表达内心的情绪波动，因此，他的诗歌在节奏上是变化多样的。徐志摩还尝试运用、改造多种西洋诗的格律音韵来配合诗情，如《再别康桥》一诗在整体上结构整饬，每段诗有两节，每节诗有两行，每两行中第二行退后一格交错排列，这样就使段与段、节与节、行与行之间音节对称和谐，但每行字数并不相等，只是大体看上去整齐，全诗也并没有一韵到底，而是二行一韵，每段换韵，使整首诗错落中有变化，显得轻盈自然。这种节奏韵律的处理，很好地传达出诗人离开康桥时的复杂情绪。

新诗发展到 30 年代已经积累出丰富的经验成果，各种诗艺的试验、探索都为新诗的进一步发展提供了借鉴与参照。此期诗坛出现的现代诗派，是继新月派、象征派之后掀起的一股"纯诗"浪潮，它以施蛰存、杜衡、戴望舒编辑的《现代》杂志为中心，刊载了大量新诗。这些新诗风格相似，均具有现代主义的特色，代表诗人主要为戴望舒、徐迟、路易士、卞之琳、孙大雨等。施蛰存曾对现代派诗歌做出这样的概括："《现代》中的诗是诗。而且纯然是现代的诗。它们是现代人在现代生活中所感受的现代的情绪，用现代的辞藻排列成的现代的诗形。"②此处"现代的情绪"主要是指受现代文明冲击的现代人的复杂心绪，具体主要表现为开掘内心的自我，表现忧郁的情绪，咀嚼彷徨的人生，反映时代的阴暗。"现代的诗形"主要是针对新月派过于重视格律而导致的形式僵化的问题，主张冲破格律束缚，创造一种新的形式，强调诗歌不用韵律，诗人要用节奏来表现情感的起伏变化，用语言的自然音节来体现音乐的效果，这样既能体现新诗的自由化，又使其具有一种内在的节奏感。总之，现代派诗歌重视暗示的表现手法，追求朦胧淡远的风格，但不流于晦涩，它们借鉴西方的现代主义诗歌艺术，同时也注重与传统诗歌的联结，体现了中西融合的色彩。

此一时期新诗成就最为显著的当属戴望舒。他作为现代诗派的领袖，开拓了现代主义诗风。首先从诗歌内容与情感上来看，戴望舒从 20 世纪 20 年代到 40 年代出版有《我底记忆》《望舒草》《望舒诗稿》《灾难的岁月》四本诗集，共 90 余首诗作，施蛰存评价道："这九十余首所反映的创作历程，正可说明五四运动以后第二代诗人是怎样孜孜矻矻地探索着前进的道路。在望舒的四本诗集中，我以为《望舒草》标志着作者艺术性的完成，《灾难的岁

① 朱自清：《导言》，《中国新文学大系·诗集》，上海良友图书印刷公司 1935 年版，第 6-7 页。
② 施蛰存：《又关于本刊中的诗》，《现代》1933 年第 4 卷第 1 期。

月》标志着作者思想性的提高。"①可见，其伴随人生经历而来的思想变化，也在诗歌情感中表现出来。其前期作品带有明显的对人生的苦恼和失望之感，常常在自我生发的生活幻觉中寻求破碎的希望，如《旧锦囊》集中的诗作。后来在《我底记忆》集中直接以"忧郁"为题，在《望舒草》集中直接以"烦忧"为题。这些直抒情绪的题名说明，戴望舒的内心一直存在着悲伤、孤寂、烦恼、痛苦的情绪。烦忧苦恼意识是人在现实与梦想的矛盾中产生的一种无所依傍的精神情绪。《雨巷》《古神祠前》《对于天的怀乡病》《游子谣》《夜行者》《寻梦者》《乐园鸟》等诗，均是这种心境的体现。在后期创作中戴望舒的诗风发生了很大转变，《狱中题壁》《我用残损的手掌》《心愿》等诗的诗风开始变得积极开阔，昂扬向上，不过其中仍伴随苦恼与忧患意识。诗人在参与血与火的战斗之后，感情变得更加深沉，渐渐舍弃了过去的自我哀伤，增加了对人生与社会的体察，诗歌的格调也多了几分苍凉与沉郁。其次，从戴望舒诗歌的艺术风格上看，他在对格律诗派的继承上有所扬弃，在后来对新诗的探索过程中，他提出诗歌的"散文美"主张，跳出了新诗格律化的旧格局而有所创新。他融合了新月派营造意象的经验，接受了早期象征派的影响，同时特别重视日常口语，既借鉴古典诗歌炼字炼句的技巧，又发扬了象征主义诗歌在感受力和暗示性方面的长处，形成具有民族特色的现代主义诗歌。总体来说，戴望舒既对中国古典诗歌进行继承与创新，又非常巧妙地借鉴了西方现代诗歌的艺术技巧，使其与民族传统诗歌融合起来，实现了中国现代主义诗歌的一次飞跃。

现代诗派另一位代表人物为卞之琳。由于卞之琳的思想情调和艺术表现非常独特，他的作品在很长时间里不为读者所广泛接受，比如他的《断章》历来就众说纷纭。卞之琳在新诗格律方面提出了一些颇有见地的理论，首先，他提出新诗以"顿"来建行。他早期受新月派格律诗的影响，讲求字数整齐划一，以获得诗行、诗节的工整与匀称的效果，随着后来创作自由诗渐渐成熟，他开始觉得字数在新诗格律中不起作用，正如用韵在新诗格律里不是中心环节一样。卞之琳在后来更成熟的诗作如《圆宝盒》中，就完全不讲求字数工整，其诗参差不齐，也不押韵，但因为顿数统一，读起来也有着格律诗的韵味，这说明他已突破徐志摩、朱湘等新月诗人机械地以音节字数划一来建行的标准，初步形成了自己的格律主张。其次，卞之琳在"顿"的基础上，以传统五言、七言诗与四言、六言诗为参考，区分出"说话式""吟诵式"两种诗歌调式，将诗的基调取决于诗行的收尾："一首诗以两字顿收尾占统治地位或者占优势地位的，调子就倾向于说话式（相当于旧说的'诵调'），说下去；一首诗以三字顿收尾占统治地位或者占优势地位的，调子就倾向于歌唱式（相当于旧说的'吟调'）"。② 这两种调式解决了新诗与旧诗在音乐性上的差异问题。在50年代，卞之琳

① 施蛰存：《戴望舒诗全编·引言》，浙江文艺出版社1989年版，第4页。
② 卞之琳：《哼唱型节奏（吟调）和说话型节奏（诵调）》，《作家通讯》1954年第9期。

还创作了借鉴民歌形式、反映农村生活的诗作，这些诗是以三字顿收尾进行的尝试。再次，卞之琳以"顿"为核心，以两种调式为基础，提出"参差均衡律"，这是对其格律理论的进一步完善。在旧诗中起决定作用的是平仄，在西诗中起决定作用的是轻重音，卞之琳认为这些在新诗中都不是决定性因素，他从现代汉语中占压倒性多数的二字顿和三字顿的不同组合中发现，人总是倾向于在相对固定的时间单位里一顿一顿地说话，三字顿与二字顿既占同等的时间单位，那么前者密而后者疏，一行诗全密或全疏，就会自然造成缓急不同的节奏感。他将二字顿、三字顿运用于各诗行间，错落安排，彼此调整，从而造成节奏感，以适应诗情。卞之琳的格律理论使自由诗也具有了语言的音乐性，他自己也在具体的创作中很好地实践了这种理论。

40 年代，由于抗日战争和解放战争，新诗坛发生了前所未有的变化。首先是新诗回归现实主义。全面抗战爆发后，大多数现代派诗人投身民族解放战争，他们的人生观、艺术观也发生了重大变化，如戴望舒、何其芳、卞之琳、李广田、徐迟、曹葆华等。现实主义诗歌占据了诗坛主流，在抗战初期，各种新诗体比如朗诵诗、街头诗等具有极强鼓动性的政治抒情诗，因短小精悍，带着强烈的时代情绪，成为当时朗诵诗运动的主流诗体，这是新诗在 40 年代从"贵族化"向"大众化"的又一次转向，其代表诗人有高兰、柯仲平、光未然等。在解放区歌颂救亡与革命的诗歌中，也涌现出大量讽刺诗，代表诗人有郭沫若、臧克家、袁水拍、任钧等。此外还出现了搜集整理民间歌谣的风气，1942 年《在延安文艺座谈会上的讲话》发表后，一批创作者开始探索民歌体新诗，如李季、阮章竞、张志民等。还有如田间创作的鼓点式的新诗，臧克家、卞之琳的口语化的新诗，都推进了抗战时期诗歌散文化、民间化的倾向。其次，40 年代长篇叙事诗得到繁荣。这个时期艾青、田间、臧克家、力扬等许多诗人都着力于长篇叙事诗的创作探索，他们将小说、戏剧的叙事性与抒情性相融合，留下了许多优秀的作品。1946 年以后解放区出现的民歌体叙事长诗则更显成熟。

40 年代国统区出现的七月诗派，主要以《七月》《希望》等杂志为中心，包括绿原、阿垅、鲁藜、彭郊燕、曾卓、牛汉等诗人。艾青、田间、胡风对七月诗派产生重要影响，七月派直接继承了鲁迅的文学传统，强调诗人的主体性，发挥诗人的"主观战斗精神"，将诗人自身的生活实践和创作过程结合起来，在创作中表现社会现实，传达忧国忧民、忧患人生的忧患情绪，注重将个人与国家、民族、人民凝聚起来，书写现实战争、人民哀乐、人生苦难。这种忧患情绪也蕴含着强烈的批判意识，透视人生与社会的本相。

艾青的创作是新诗艺术进一步成熟与深化的标志。艾青的创作以现实主义诗歌成就最为突出，自抗战之后，他就开始探索通过诗歌来表达中国人民的呼声，他认为诗歌应该真实地表现社会的激烈冲突和时代的现实特征，诗歌的内容表达应该与审美艺术实现统一。他的《诗论》集中体现了其诗学观念，《诗论》指出诗歌应该是真善美的统一，它们属于不同的审美价值范畴："真"是对客观世界的真切认识；善是社会的功利性，指向人民的利益；美是表现人类向上生活的外形。首先，艾青认为文学作品的价值高低在于其反映现实真实与否。其40年代的创作就展现了一种"真"的境界，反映了社会与时代的发展趋向，表现出他对现实的关注。他以强烈的激情歌唱火热的青春、生命与整个时代的律动，如《时代》《复活的土地》《他起来了》《向太阳》《火把》等，以博大的胸怀把握时代脉搏的跳动，反映现实的同时展现历史的底蕴和人生的真谛。《北方》《手推车》《旷野》《村庄》《雪落在中国的土地上》等诗书写中国农民的苦难生存状况；《吹号者》《他起来了》《他死在第二次》等诗则颂扬中国人民保卫祖国的精神和英雄品格。艾青的诗歌包含丰富的历史内容，在把握时代生活、人类美好心灵的同时，融合了他对中国与世界、历史与未来的审美经验、审美感受与审美理想。其次，艾青诗歌中的"善"体现为忠于时代，他通过意象和主体意识来表现。在表现时代的诗歌中，艾青善用土地、旷野、乡村、道路等意象，贯穿对祖国母亲的深沉之爱；他也关注普通农民的命运，如《大堰河——我的保姆》；他用黎明、曙光、春天、火把等意象昭示中国革命必胜的信念，表达对光明的讴歌。艾青有很多诗作表现了对旧家庭、旧思想、旧制度的反叛意识，呈现出对厚重的现实历史的苦难意识，所以他的诗歌体现出浓厚的忧郁色彩。再次，艾青追求、坚持并突破了现实主义，他吸收古今中外文化的精华和多种文学流派的营养，实现了中西融合，他的诗歌表现忧郁情调，重视感觉的表现，善于捕捉刹那间的新奇印象，以简洁朴素的语言描绘和表现，也运用象征主义的暗示、通感等手法，采取远取譬、意象联结等方法，他将多种艺术手法、艺术风格与现实主义精神结合起来，从而将现实主义诗歌引向了更高的境界。

另一方面，西南联大青年诗人群，后被称为九叶诗派，包括穆旦、郑敏、杜运燮、辛笛、陈敬容、唐祈等人，在新诗发展史上代表了中国现代主义诗歌的独特发展阶段。九叶诗派追求"新诗现代化"的理念，在思想倾向上坚持反映社会问题，抒写个人心绪自由，并将个人感受与大众情绪联系起来，强调个人性与社会性、主体与客体的统一。在艺术上追求感性与智性的统一，既强调继承与创新民族传统，又重视西方现代主义诗歌影响。他们将自我置身于社会现实中，把复杂的内心体验与现实人生结合起来，对现实有清醒认识，对未来充满信心。

九叶诗派中最具代表性的诗人是穆旦，他在40年代战争语境下，在诗歌中既对战争进行正面描写，又思考个人对时代的价值、个人对国家的责任，发掘战争状态下人类深层心态和抗争的精神力量，呈现对人类生存命题的整体思考。其诗歌的内在精神包含历史的使命感、人生的忧患感、个体的生命意识，它们构成了穆旦诗歌的情感、灵魂和精神主体。他在诗歌中既记录民族苦难，又刻画人类的精神状态，还书写迷失的自我，他从更高层面去认识内在生命和外部事物的关系，寻求使人们的思想认识和精神内涵达到新的充满希望的境界的方法。从《赞美》铺陈历史与现实的忧患、人类的屈辱，在荒芜与毁灭中刻画人民"受难的形象"，到《森林之魅》祭奠胡康河谷抗日战士的白骨，再到《神魔之歌》讴歌抗战、诅咒反动内战的呼声，诗人对战争、人道、人性有着复杂深刻的思考。穆旦深沉的人生忧患意识和痛苦的内在探索，有着里尔克式的对世界的静观默省的方式，也有奥登对现代人进行心理探索的手法，还有艾略特对待现实的清醒的理性洞察，更有现实主义对社会人生的深切关注。他在创作中总是将敏锐的艺术感觉与深刻的哲理思辨融为一体，使诗篇既呈现现实意义的智慧之光，又充满对生命现象作出的哲学思考，对待现实矛盾，他既有丰富的痛苦、焦灼的印记，又有着思考者的坚忍、勇士的力量。可以说，穆旦以诗歌诠释了"新时代的精神风貌、虔诚的智者的风度与沉思的思想者的力量"①。以他为代表的九叶诗人对自我及现代人命运的探索角度和方式各不相同，但大多能从情绪状态进入冷静的思考，从个体转向整体；能突破人生的表层，进入心灵的深处，透视人的内在震颤和灵魂。穆旦还践行九叶诗派的"戏剧化"理论，其诗像戏剧一样具有一定的冲突性和较大的情感张力，能够显示心灵深层的运动与变化。他在艺术表现和形象内涵上追求历史视野和现代人深沉的哲学反思。无论取材自然还是社会现实，其诗歌中的意象都具有许多生命辩证的对立和冲突，如其代表作爱情诗《诗八首》就通过对爱情的描写表达对人生真谛的哲理思考。在艺术表现手法上，穆旦还在象征、意象、构思等方面进行探索，有意识地借鉴西方现代派诗的语言技巧，打破旧的语言表达习惯，建立以内在感受为核心的新的语言秩序，将诗歌推向了现实、玄学、象征相统一的艺术境界。

二

中华人民共和国成立之后，50年代初一批青年诗人走向诗坛，如李瑛、邵燕祥、流沙河、严阵、雁翼等，他们大多参加过革命运动，其创作继承了三四十年代革命诗歌、解放区诗歌的传统，侧重表现社会主义新中国的经济建设和劳动者的生活。另一批知识青年南下到云贵川和康藏高原，在政治、生活、文化、教育活动中创作诗歌，如公刘、白桦、顾工、高平、周良沛等。他们借鉴少数民族民间诗歌传统，描写异域的自然风光和民族的奇丽风景。

1958年，诗歌走向"政治化"，全国出现了声势浩大的"新民歌运动"。这是继延安文艺运动之后发起的又一次大规模的大众文艺实践。全国出现了大量的"新民歌"作品，各地报刊、工厂、机关、学校、军队、农村等基层单位，都纷纷发表、出版、编印大量选集，也涌现了一批来自工农大众的诗人，如王老九、黄声孝等。1959年郭沫若、周扬编选的

① 唐湜：《搏求者穆旦》，《新意度集》，生活·读书·新知三联书店1990年版，第106页。

《红旗歌谣》可以视为当时新民歌的精品结集。

20 世纪 50 年代至 70 年代，政治抒情诗成为诗坛主流，以郭小川《致青年公民》《致大海》《望星空》、贺敬之《放声歌唱》《桂林山水歌》《雷峰之歌》等为典型代表。政治抒情诗带有明显的政治性质，它们多半取材于当时的政治事件，表达对某事件的政治观念和情感，其题材、主题非常宏大，在艺术上常常使用反复的渲染、铺陈的句式和章法，讲究强烈的节奏，情感热烈激昂。这批政治抒情诗人受到"当代政治诗的创始人"马雅可夫斯基的直接影响，并借鉴与改造了其"楼梯体"形式，融入中国古典诗歌的排比、铺陈等艺术技巧，在当时引起广泛反响。郭小川运用楼梯体，创作了章句整齐的"半格律体"新诗，也将古典词曲、小令融入其中，他以半逗律的方式处理排比、对偶，创作出当时影响较大的"新赋体"；贺敬之则主要从民歌、古典诗词借鉴艺术形式，其《回延安》采用陕北民歌信天游的形式，回环往复，具有旋律感，也引起不小的反响。这一时期，郭小川的《白雪的赞歌》《一个和八个》《将军三部曲》等以战争生活为题材的叙事长诗也比较突出，诗歌将个人感情与政治历史运动结合起来，表现了个体生命融入历史过程中的裂痕与冲突，也体现出对人道主义和个体精神价值的偏向。1976 年四五运动是一场以诗歌形式发起的政治抗议运动，这一事件以群众悼念当年 1 月去世的周恩来为导火索，在 4 月 1 日到 4 月 5 日清明节的几天，数百万民众先后到天安门广场进行悼念，他们用花圈、挽联、标语、诗词、祭文等方式表达哀思，其中诗歌是最主要的形式。民众在广场朗诵自己的诗作，这些诗文同时被抄录，并以手抄的方式传播。"文革"结束后，《天安门诗抄》并于 1978 年底出版。

"文革"结束后，有一批青年诗人仍然热衷于政治诗的写作。他们的主题有两个方面，一是反映社会问题，揭露社会弊病；二是对现代化进程的呼应。如雷抒雁的《小草在歌唱》、骆耕野的《不满》等。进入 80 年代，对民族国家现代化问题进行思考的诗歌主题也有延续，作品有邵燕祥《中国的汽车呼唤着高速公路》等。另有一批在 50—70 年代受到打击而停止写作和发表作品的诗人，重新复出开始写作，作品以艾青《归来的歌》、流沙河《归来》、梁南《归来的时刻》等为代表，这些复出的诗人大多以"归来"为主题，以表现个人对历史的思考，在情感上混杂着欣喜、感伤与骄傲。

80 年代初，"崛起"的朦胧诗派为当代诗歌注入创新的活力。它发起于由北岛、芒克创办的同人性质的文学刊物《今天》，刊物中影响最大的是诗歌，代表诗人有食指、多多、芒克、舒婷、顾城、江河、杨炼等。随后，《诗刊》等主流刊物相继刊发北岛、舒婷等人的作品，诗界开始集中讨论以《今天》为代表的"新诗潮"。诗评家谢冕发表《在新的崛起面前》[①]一文，支持青年诗人借鉴西方现代诗歌形式、背离传统的创作，这种立场引发争议，

---

① 谢冕：《在新的崛起面前》，《诗探索》1980 年第 1 期。

在诸多争议中，延续下来一种命名，即朦胧诗。1980 年章明发表《令人气闷的"朦胧"》①，作者批评"朦胧体"诗的晦涩、怪僻，这种批评同样出现在臧克家、艾青等老诗人的诗评里。在论争中，支持朦胧诗的另两篇具有影响力的文章为孙绍振的《新的美学原则在崛起》②、徐敬亚的《崛起的诗群》③，它们均肯定这种"新诗潮"的美学原则，赞同个体独立价值的确立与个人的觉醒。谢冕、孙绍振、徐敬亚的三篇文章被并称为"三个崛起"。"朦胧"虽然被视为一种新崛起的美学潮流，但其实在新诗史上是一种自古有之的表现手法，只是由于时代原因，诗学产生了断层，读者才会对它产生朦胧的感觉。"朦胧"这一命名主要指向的是象征的内涵，但它又不仅仅被局限为一种纯粹的象征主义、现代主义，而是包含了象征、暗示、意象、含蓄等多种方法的运用。

食指被视为"开辟一代诗风的先驱者"，他在最初的朦胧诗运动中很少被提及，后来才被重新发掘。1988 年《相信未来》诗集出版，随后北京作协举办了关于食指作品的讨论会，在同年出版的"当代诗歌潮流回顾丛书"《朦胧诗卷》中选入了 10 首食指的诗，此后，他成为"新诗潮"的前驱式人物，其诗歌艺术也得到较高评价。写于 1968 年的《相信未来》与《这是四点零八分的北京》是其代表作，后者记录了青年学生下乡"插队"离开城市居住地时的情感和心理状态，诗中出现的意象、语言、象征手法等，既有即将离开的惶恐不安感，又表现出带着历史印痕的疼痛感，这是那个时代青年群体的真实写照。"文革"期间曾经在白洋淀知青聚居地创作诗歌的多多与芒克，同样对《今天》诗歌创作有着一定的影响。芒克的诗充满美与温情，抒发对耕种、成熟和收割的生活想象与个体和时代之间的冲突，其作品既有哲理思考，又具感性色彩。其诗外表感性质朴、语言清新，具有抒情风格，因此芒克有"自然诗人"之称。多多重视对语言与自我、诗与世界关系的思考，其代表作如《手艺》《歌声》《北方的海》等，大多抒写对生命痛苦的感知，感情激烈、桀骜，诗作大多带有"超现实"色彩，显得怪异、晦涩，一定程度上拉开了与读者的距离，但其对个体生命和生活的复杂揭示、对诗歌技艺的实验探索，影响了许多同时代诗人。

北岛是朦胧诗的主要诗人之一，也是朦胧诗论争中最具争议的代表。他在七八十年代之交的作品主要表达一种怀疑、否定的精神，在理想世界中怀抱对虚幻的期许，对缺乏人性的苟且生活表示拒绝。其代表作《回答》影响非常大，普遍认为它与 1976 年的四五运动有关。《回答》《宣告》《结局或开始》等一系列诗作，均表现"觉醒者"在历史转折期间内心的紧张与冲突，在批判与否定中反抗绝望，寻找个体和民族的再生之路。其诗风格严肃、悲壮，偶尔也有一些柔情与沉重，或是嘲讽与幽默。其后诗作如《另一种传说》《空白》《可

---

① 章明：《令人气闷的"朦胧"》，《诗刊》1980 年第 8 期。
② 孙绍振：《新的美学原则在崛起》，《诗刊》1981 年第 3 期。
③ 徐敬亚：《崛起的诗群——评我国诗歌的现代倾向》，《当代文艺思潮》1983 年第 1 期。

疑之处》《寓言》等，则重在表现英雄的愿望与人的平庸构成的冲突，描写幻化多变的历史中个人的永恒孤立性，也反映人类基于种种欲求导致的历史盲目性。其诗意象巧妙，情感庄严，真切地表现出复杂的精神内容和心理冲突。朦胧派的另一代表诗人顾城以《一代人》获得声名，其诗包含对"文革"的批判，同时对未来充满信心，产生广泛影响。但顾城主要的创作特征是以"任性的孩子"的感觉，在诗中创造出一个与城市和世俗社会对立的"彼岸"世界，因而他被称为"童话诗人"。顾城将大自然视为其要建造的理想世界的蓝图，其诗对外部世界的感知能力，对心灵和精神空间的关怀，源自其少年时代在乡村的生活经历，他在诗和生活中偏执地保持与现实的距离，在与现实的紧张关系中，思考有关人生归宿、命运等问题。死亡是其后期诗歌持续的主题，整体表现出一种神性的悲剧意味。1987年以后，顾城生活在国外，其诗歌写作和现实生活的双重困境加剧，为了维护其刻意构造的理想境界，他付出了惨重的代价。1993年他在新西兰激流岛寓所杀害妻子后自杀身亡，这一度成为被广泛谈论的话题。在一段时间内，诗人之死被从生命、道德、文学、哲学、诗歌等层面不断加以阐释。

舒婷是朦胧诗派的重要女诗人。她从70年代初开始写诗，在1979年正式发表诗作，其《致橡树》被广泛流传，1980年《福建文学》围绕她的作品展开"关于新诗创作问题"的讨论，把她放到"新诗潮"的中心位置。在这批"新诗潮"诗人中，舒婷拥有的读者最多，也最先得到主流诗界的认可。舒婷的诗作有一部分是面对当时社会的重大主题，如《这也是一切》《祖国啊，我亲爱的祖国》，更多的则是对自我情感和心理过程的表现。她擅长通过细腻地揭示内心来映照外部世界，捕捉生活现象所激起的情感反应，探索人与人的情感联系。其艺术手法、抒情风格既受到普希金、泰戈尔等诗人影响，也受到中国现代派诗人何其芳、戴望舒、蔡其矫等的影响。她的诗作从整体上表现对个体价值的尊重，写"文革"中所受过的情感伤痕，也写迷惘和觉醒的内心冲突，她总是将女性哀婉忧伤的心灵体验，以及寻求呵护的愿望融合其中，以女性体验为视角，从生活习以为常的现象中发掘审美趣味，探寻其所包含的与人的尊严相关的心理情境，代表作有《惠安女子》《神女峰》等。其诗多取材于其生活地域中的自然景物，在艺术手法上常常娴熟地运用各种意象，偏爱修饰性词语，大量使用假设、让步、转折等句式，来表现其曲折的内心情感。

朦胧诗具有影响力主要是因为其诗情契合了时代的集体情绪。但是，当时过境迁，这种情绪被严重压抑而不能自由表达的时候，朦胧诗的发展就面临困境了。1983年以后，《今天》作为"诗群"已不存在，朦胧诗的势头开始衰微。随着社会生活"世俗化"程度加速，曾受到朦胧诗影响而对中国新诗有更高追求的年轻一代对其感到不满，认为朦胧诗那种雄辩、诘问、宣告的浪漫叙述模式已经不再有效，他们对悲壮的、殉道式的英雄诗歌中的崇高感产生质疑，以柏桦、欧阳江河、翟永明等为代表的诗人的作品已经明显有别于朦胧诗。另一方面，以韩东、于坚为代表的另一批诗人离开政治开始关注日常生活细节，在诗歌观念和艺术形式上也与朦胧诗拉开明显距离。80 年代中期，这种潮流已颇具规模，有关作品相继发表，如柏桦《春天》、张枣《镜中》、于坚《尚义街六号》、韩东《有关大雁塔》、翟永明《女人》等。这期间还相继出现了非非主义、他们文学社、海上诗群、撒娇派、莽汉主义等各种诗歌流派、社团和刊物。值得注意的是，此期"女性诗歌"异军突起，80 年代以翟永明、陆忆敏、王小妮、唐亚平、伊蕾为代表，到了 90 年代她们继续在诗歌中发掘女性经验，更有新一批诗人如虹影、蓝蓝、尹丽川、周瓒等涌现诗坛。翟永明在 20 世纪 80 年代初开始发表诗作，1984 年组诗《女人》及其后的《静安庄》，属于当时的先锋写作，使她成为新一代女性的代言人，以及"第三代诗歌"中"女性诗歌"的代表。她擅长捕捉个人经验，在诗歌中交织激情、幻想，用诗歌与内心声音相呼应，从自我出发，反观自我、质询自我。90 年代之后的《咖啡馆之歌》《十四首素歌——致母亲》等作品延续其对世界与内心的探索，但从侧重剖析内心转向对外部生活细节进行陈述，词语色调、诗歌结构等都发生了变化。

此期若以地域来区分，则有南北不同。朦胧诗退潮后，新诗潮的中心转移至南方，南方的诗歌社团主要集中在大部分第三代诗人所居住的上海、江苏的南京，以及西南的云贵川，尤其是四川。四川的诗歌写作和诗歌活动以"非非""莽汉"为主，包括 1986 年"诗歌大展"中以"四川七君"出现的翟永明、欧阳江河、柏桦、钟鸣、张枣、孙文波等人。以《他们》为中心的诗人，代表诗人为韩东等，他们主张回到诗歌本身，关注个体的生命形式和日常生活，将个人与现实生活的真实联系作为写作的前提，在语言上重视日常口语。此外，南京有一批诗人如朱朱等，凭借优雅、细致的风格，在诗歌中常流露出对生活的疏离和对诗艺的孤傲情结；上海有一批诗人如孟浪、王寅、陆忆敏、陈东东等，凭借《朗诵》《远离》《雨中的马》《点灯》《美国杂志》等作品，被看作这一时期的实验诗歌的代表人物。另一方面，以北方为中心的朦胧诗退潮后，一批北方诗人仍然坚持诗歌创作与诗歌活动，主要以北京为中心。80 年代中期的"圆明园诗群"，其成员有黑大春、雪迪、刑天、麦城、大仙等，他们接续了《今天》的风格，其诗歌指向过去，有对虚幻空间的浪漫追忆，也有对失落家园的怀念。北京西郊废弃的皇家园林成为他们写作的主体对象，既是他们对艺术的神圣想象，也为他们提供了实践"回归"的方式。

其中以海子的影响最为深远。海子去世时年仅 25 岁。他 7 年的创作留下了丰厚的成果，完整的三百首抒情诗，三部长诗《土地》《弥赛亚》《遗址》，一幕诗剧《太阳》，一部幻想、仪式剧《弑》，大量断章、札记。其代表作《亚洲铜》《阿尔的太阳》写于 1983 年至 1984 年，其生前未正式出版过个人诗集。他的诗歌生命表现为一种冲击极限、"在写作的速度与压力中创造"、将生命力化为"一派强光"的状态。他富于创造力，性格单纯、敏锐，易受伤害，在诗歌中他迷恋荒凉的泥土，关心正在消亡而又必将永恒的事物。他的短诗简洁、流畅，想象力非常充沛，主要表现少年的乡村生活经验。他在诗歌中营造了质朴、诗化的幻境，这个幻境充满麦子、村庄、月亮、天空、少女等意象，他似乎沉浸在浪漫的梦幻中，但同时诗中又弥漫着无法消解的疼痛感和悲剧感。海子虽然创作了不少抒情诗歌，但他的诗歌观念偏向史诗，他以但丁、歌德、莎士比亚为榜样研究史诗，还收集家乡的故事、传说，以此开拓诗歌题材。他还结合伟人传记，从谣曲、咒语、箴言、律令等诗体中寻找创作经验，因此，他也在叙事诗、史诗等方面有着杰出创作。在这些创作中，他将激情与理性、个人体验与人类文化精神相结合，对真理、永恒进行思索。海子的挚友骆一禾早期创作大多与青春赞歌相关，后来渐渐转向对世界、人类、历史命运的整体把握，并形成一套对诗歌理想的完整看法，他强调诗歌与人的整体生命、历史情境的联结，关注传统，其创作含有一些古典气质。

90 年代诗歌开始走向写作、阅读的"圈子化"，诗歌也逐渐边缘化。诗歌已经无法满足大众的文化消费，也难以实现对抗"现实"的批判性功能，这种情形下，新诗的价值、新诗的合法性问题再次被提出。这一时期出现大量诗歌民刊如《现代汉诗》《九十年代》《南方诗志》《北回归线》等，还随之出现了一些表达写作姿态与观念的关键词，如知识分子写作、个人写作、中年写作、日常性、叙事性及物性等。除了老一辈诗人、80 年代已经确立写作风格的具有影响力的诗人，还有一批 80 年代开始发表作品、在 90 年代凸显个性的年轻诗人，如张曙光、孙文波、臧棣、黄灿然、西渡、杨键、伊沙等，他们大多出生于 60 年代末至七八十年代，也被称为"中间代诗人"。

韩东在诗歌写作之初受过朦胧诗影响，发表过一些北岛式的具有沉重历史感的作品，但从《你见过大海》《山民》《有关大雁塔》等开始，韩东尝试一种以平淡近于冷漠的陈述语调，强调生活的琐屑、平庸的"日常性"的诗歌方式，这种尝试一度震撼诗坛。其诗歌表现人的生活常态，与日常生活保持诗意的审美敏感，探索诗歌与真的关系，他重视清晰、朴素、简单的语言，试图用"口语化"改变当代诗歌语言状况。其 20 世纪 90 年代初的《甲乙》更具"反诗意"特征，是对 80 年代风行的"自发性"写作进行的反抗，用平淡的形式表现日常的诗意。于坚的创作也经历了一个较长的时期，他从 70 年代初开始写诗，在 80 年代初的新诗潮中，曾是"大学生诗派"的主要成员，与韩东、丁当等创办民间诗刊《他们》。他将自己八九十年代的写作分为三个阶段：早期是在 80 年代初以云南人文地理环境为背景的"高原诗"时期；80 年代中期是以日常生活为题材的口语化写作时期；90 年代以来是以"更注重语言作为存在之现象"的时期。除了诗歌创作，于坚还有不少随笔和诗学论文。其高原诗主要书写故乡云南的自然山川，后来特别关注世俗的日常生活和事件，在诗歌中尝试抵达事物的本真形态。在诗歌观念上，于坚提出拒绝隐喻，主张诗回到日常生活，其诗歌常常以《作品××号》或《事件》系列取名，将之作为一种符号化的表现形式，形成了一种朴素、直接的口语写作。于坚的代表作《尚义街六号》影响广泛，《感谢父亲》等诗表达对普通人生活情境的同情，他在日常生活现象中发现温暖、朴素的诗意，揭示"渺小、平庸、琐碎的个人生活细节的文化意义和用它构建诗歌空间的可能性"①。进入 90 年代后，于坚的诗歌技艺实验取得了新的收获，此期诗作如《对一只乌鸦的命名》《啤酒瓶盖》《0 档案》等，以冷静、精细的笔调，对僵化的文化、意义系统进行解剖、反讽与批判，在诗歌形式上以戏仿手法，表现现代社会的现实境况，带有明显的实验性质。

这一时期"知识分子写作"是一种与"民间"对立的身份与写作方式，代表诗人为西川、王家新、欧阳江河、陈东东等。这一立场到 90 年代末期发生的诗界论争中，受到"民间写作"的挑战。1998 年 3 月由北京作协等召开的"后新诗潮研讨会"，仅承认知识分子写作群体的地位，而排除了"他们""非非"以及其他民间写作立场的诗歌成就。再者，程光炜编选的"90 年代文学书系·诗歌卷"《岁月的遗照》，也排除了民间写作群体。这受到民间写作群体的批评和攻击，双方均发文回应与论争。

作为知识分子写作的代表，王家新的创作周期很长，在 80 年代初就以朦胧派诗人为读者所知。其早期诗作如《中国画》《空谷》《醒悟》等，善于捕捉一些微妙的情境，营造冥想的气氛，与 80 年代当时的"文化热"相关。王家新个人诗风的建立形成于 80 至 90 年代，《瓦雷金诺叙事曲》《帕斯捷尔纳克》等是其代表。这些诗作表现生命本色，常出现的命运、时代、灵魂、承担、风雪、受难等词语，奠定了其情感基调。他将自己的诗歌写作定位于对时代和历史的反思与批判上，常常以独白的方式倾诉内心的沉重与隐痛。他将对社会和历史的反省朝向对个体的生命体验上，强调与自己心仪的西方经典作家进行对话，以此形成带有个性色彩的诗歌风格。90 年代后他曾旅居海外，创作《伦敦随笔》《挽歌》等作品，延续了其已经凝定的诗风。除了写诗，他还翻译了大量外国诗歌，撰写了大量诗学论文，对当代诗歌现象和诗歌问题进行独特的思考，积极参与当代诗歌批评与历史建构活动。欧阳江河的创作同样起于 70 年代末，1983 年至 1984 年的长诗《悬棺》引起诗坛的反响。1988 年前后他创作了《汉英之间》《玻璃工厂》，90 年代以后创作的《计划经济时代的爱情》《傍晚穿过广场》《咖啡馆》等作品成为其代表。其诗技法繁复，擅长利用修辞，在多种异质语言中制造张力，显示出一种思辨的光芒。张枣在 80 年代初以《镜中》闻名诗坛，80 年代中期他赴德留学并定居，其诗延续了早期的古典色彩，多角度、多变化地观察细微事物，注重捕捉对词语的声音、色泽、质地等的细微感触，关注节奏、韵律。其诗常常取材于日常事物，却会进行梦幻式的推演，90 年代后转向更复杂的抒情方式，显得隐晦与神秘。臧棣的诗呈现明显的实验色彩，他认为诗歌必须通过语言可能性的发掘，通过精湛的技艺，才能更好地与时代发生关联，所以他在具体的意识倾向和措辞风格上，强调"精细"的技艺，重视诗歌"书写者"的姿态。其诗早期偏向象征主义而重视幻象，充满智性色彩，至后来呈现由怀疑、辩诘、分裂、自省等组织的"对话"结构，具有反讽的修辞色彩，带有更复

---

① 王光明：《现代汉诗的百年演变》，河北人民出版社 2003 年版，第 621 页。

杂的经验性。

三

梳理了百年中国新诗发展史，那么，在阅读新诗时要注意些什么？新诗的鉴赏又有一些什么方法呢？

构成新诗鉴赏活动的两个不可缺少的要素，一个是鉴赏主体，也就是鉴赏者；另一个是鉴赏对象，也就是诗歌作品。当鉴赏主体对鉴赏对象产生鉴赏兴趣，并对它用一定的美学原则和方法进行阅读时，就构成了鉴赏活动。所以，进行诗歌鉴赏活动，就意味着鉴赏者与鉴赏对象之间要建立一种鉴赏关系。作为鉴赏的主体需要具备一定的素养，作为鉴赏对象的作品也需要具备诗的素质。

首先是鉴赏主体的素养要求。新诗鉴赏主体不同于一般的大众读者。一般读者对其所接受的新诗作品可以走马观花式地浏览，也可能道出其中优劣，但也可能一知半解或全然无所知。因为读者在新诗知识方面有层次高低之分，当鉴赏主体具备了一定的鉴赏素养并运用一定方法去有目的地选择一些优秀诗篇进行审美鉴赏时，才算建立了真正意义上的鉴赏活动。鉴赏主体所具备的艺术素养，应该包括鉴赏者的生活阅历、艺术经验和思想修养等因素。在生活经验方面，古今中外一切诗歌作品都是社会生活在诗人头脑中反映的产物，新诗作为诗歌脉络中的一分子，也是丰富多彩的生活的反映，因此，新诗鉴赏者必须有丰富的生活经历，才能更好地理解新诗所反映的丰富的生活。不同年纪的人，有着不同的生活经历，在鉴赏新诗时，便会有不同的体会。譬如一首诗，年轻时读来平平无奇，但等年事稍长重读时，便可能觉得大有深意，这是因为阅历丰富了，诗里所表现的生活也能体会得更深。黑格尔说："天才尽管在青年时代已露头角，但是只有到了中年和老年，才能达到艺术作品的真正的成熟。"[1]新诗鉴赏同样如此。如鉴赏穆旦的诗歌，要了解他生活的 30 年代所处的现实，了解他个人的经验，才会明白他的诗歌所体现的从空虚走向真实的经历，才会懂得他为什么书写生活的意义与苦难，才会理解他为什么表达现实的矛盾心态。其《森林之魅——祭胡康河谷上的白骨》中写道："静静的，在那被遗忘的山坡上，/还下着密雨，还吹着细风，/没有人知道历史曾在此走过，/留下了英灵化入树干而诞生。"[2]这是他对亲身经历的书写。1942 年，24 岁的穆旦以青年知识分子的身份参加中国入缅远征军，担任中校翻译官，进入缅甸抗日战场。他亲历滇缅大撤退，经历了震惊中外

---

① [德]黑格尔：《美学(第一卷)》，朱光潜译，商务印书馆 1979 年版，第 359 页。
② 穆旦：《森林之魅——祭胡康河谷上的白骨》，《穆旦诗集》，穆旦自印 1947 年版，第 177 页。

的野人山战役，1945 年他根据入缅作战经历创作了《森林之魅——祭胡康河谷上的白骨》。唐湜评论穆旦说："读完了穆旦的诗，一种难得的丰富，丰富到痛苦的印象久久在我的心里徘徊，我想，诗人是经历了一番内心的焦灼后才下笔的，甚至笔下还有一些挣扎的痛苦印记。他有一份不平衡的心，一份思想者的坚忍的风格，集中的固执，在别人懦弱得不敢正视的地方他却有足够的勇敢去突破。"①唐湜正是因为有相当的生活经验与阅历，才能在阅读中走入穆旦的内心，有如此深刻的体察。那些对生活进行了高度集中概括的新诗，鉴赏者如果生活经验不足，在进行鉴赏阅读时往往会遇到困难，只有具备丰富的生活体验才能透彻地理解作品的深刻内涵。在艺术经验方面，新诗鉴赏者的艺术经验包括艺术鉴赏的实践经验、诗歌的知识积累和对新诗语言美的敏锐感受力。艺术鉴赏实践经验是一个长期积累的过程，各种艺术门类之间，有许多相通的艺术规律。新诗鉴赏者如果具有丰富的实践经验，不仅可以从古今中外的诗歌作品中汲取养分，从众多诗歌作品的分析中学会判断高低优劣，还可以从其他艺术门类得到启发，灵活运用相通的艺术规律去加深理解。唐湜对穆旦的评价之所以为后世所重视，除了因为他与穆旦身处同样的时代，有着相通的生活体验之外，更为重要的是他在西南联大接受过充分的文学训练，以及西方现代派诗的熏染。再就是在思想修养方面，新诗鉴赏者的思想修养应该包括其世界观和价值观，要在正确的世界观的指导下去分析、鉴别、欣赏各种各样的新诗作品。

其次是对鉴赏对象特性的体认。虽然新诗已走过百年，但由于长期的审美惯性，绝大多数鉴赏主体都把新诗与古典诗同等看待，因而难免产生古典诗优于新诗的结论。尽管在诗的某些本质上它们有着共通性，但实践证明，两者存在巨大差异。现代诗人对世界的把握途径，其感受世界的方式，诗的思维术，情感的传达方式，语言的表达方式，等等，这些都已发生巨大转变。如果看不清两者的差别，在传统审美惯性的驱使下，就会把对古典诗的鉴赏方式套用、迁移到新诗上，这样势必会产生误区。寻找双方的差异，在差异中重新审视新诗的独到与美妙，就会减少误读空间。旧诗往往通过意象、意境来完成抒情性，通过平仄格律押韵来完成音乐性；相对于古典诗歌，新诗立足于现代生活，其所包含的复杂现代体验，更具个人化、私密性，一些现代技巧的使用也完全不同。新诗鉴赏需要一套独特的方法论，也要运用一些新的诗歌术语如陌生化、张力、含混、智性、隐喻、反讽、戏剧性、变形、戏拟等。

新诗区别于古典诗歌之处首先在于自由的形式。一首新诗呈现在眼前的，不再是旧诗那种严格整齐的格式，如字数上的四言、五言、七言，行数上的四句、八句，或者固有字数、句数的词牌，新诗完全打破了旧诗形式上的束缚，其自由的体式，散文化的语言，呈现的是错落有致的美感。中国古典诗词在几千年的发展中，形成了一系列适应于文言系统

---

① 唐湜：《搏求者穆旦》，《新意度集》，生活·读书·新知三联书店 1990 年版，第 103 页。

的诗歌形式规范，积累了约定俗成、含蓄丰富的诗歌语汇，以及稳定的艺术思维和运作方式。而新诗作为横空出世的新的诗歌范式，完全改变了旧有的审美成规。如郭沫若的《凤凰涅槃》中，激昂悲愤的凤凰可以一连向宇宙提出十一个疑问，从而构成很长的诗节；《天狗》又可每行两三字，以短促的排句传达出跳跃激荡的情绪。诗歌的抑扬顿挫、轻重缓急、回旋往复，不再靠格律来规定，而是由自由的诗情来引导。自由的形式是中国新诗的首要特征，正是这种不受过多限制和束缚的自由体，才使中国的新诗与古典诗有了区分度，有了更大的创作空间和更加灵活多样的诗歌样式，也才适应了20世纪中国社会的变迁。

其次，新诗与古典诗歌的显著区别还在于语言表达方式上的差异。旧诗都讲究字数、诗行的齐整，有着严整的格律规范，从四言到五言、七言，从古体到近体逐渐流变，在这种严格的规范中，文言以其独特的话语表达方式，承载了旧诗的情感内涵。新诗所采用的现代汉语与文言之间存在本质区别，同样是写春天，古人和今人却截然不同。古诗孟浩然的《春晓》：

春眠不觉晓，处处闻啼鸟。夜来风雨声，花落知多少。

此诗描绘春天早晨的绚丽景象，表现诗人热爱与珍惜春光的美好心情。而现代诗人蹇先艾写于1926年的《春晓》：

这窗纱外低荡着初晓的温柔，
霞光仿佛金波掀动，风弄歌喉，
林鸟也惊醒了伊们的清宵梦，
歌音袅袅㪍落槐花深院之中。

半圮的墙垣拥抱晕黄的光波，
花架翩飞几片紫蝶似的藤萝，
西天边已淡溶了月舟的帆影，
听呀，小巷头飘起一片叫卖声！①

完全不同于古典诗的语言风格，这首写景抒情之作短小精悍，意象生动，诗中的水光山色都富于生命活力；景色由近而远，层次分明，在语言上，全诗无一"春"字，却无处不闻春意闹，无句不着初晓景色。"㪍落"运用于袅袅的歌音，"晕黄"运用于墙垣的光波，不仅

———————
① 蹇先艾：《春晓》，《晨报副刊·诗镌》1926年第9期。

意象鲜明，有力地加强了诗的韵味，更可见诗人体察事物、体验生命的精微。

虽然古典文言天然具有含蕴、模糊的美感，但现代白话增加了各种虚词，比如古典诗中没有人称代词，许多诗描绘的是个人经验，诗中却经常存在一个"无我"，能使读者身临其境，从而使个人经验上升为具有普遍性的情境；新诗采用现代白话，最明显的一个特征就是人称代词的出现，经常有"你""我"，使诗句形成完整的主谓结构或动宾结构，读者阅读时可以体味到以诗人内在感受为核心的诗歌意蕴。比如同样由雨生情的诗，李商隐的《夜雨寄北》：

> 君问归期未有期，巴山夜雨涨秋池。何当共剪西窗烛，却话巴山夜雨时。

虽然开篇一问一答，但并未出现明显的主体，加上诗人眼前的环境抒写，羁旅之愁与不得归之苦跃然纸上，传达出孤寂的情怀和对妻子的深深怀念。整首诗语浅情深，含蓄隽永，余味无穷，从诗人个体的"寄内"上升为普遍的怀人情思。同样是以雨写人的新诗，卞之琳有《雨同我》：

> "天天下雨，自从你走了。"
> "自从你来了，天天下雨。"
> 两地友人雨，我乐意负责。
> 第三处没消息，寄一把伞去？
>
> 我的忧愁随草绿天涯：
> 鸟安于巢吗？人安于客枕？
> 想在天井里盛一只玻璃杯，
> 明朝看天下雨今夜落几寸。①

此诗写于 1937 年，诗从两地之友人来信中分别对雨的埋怨开始写起，第三句归到自己的态度：乐意为朋友分忧，诗人念及更广阔的天地，不仅关心友人，而且关心不相干的他人，乃至于一草一木、鸟兽虫鱼。整首诗表现出诗人对世人及万物的关心，这种耐人寻味的情思一方面不同于古典诗歌相对单纯的情感，将现代人内心复杂的情绪表现出来；另一方面，"你""我"的反复出现增强了诗歌的逻辑推衍，由具体的你推及抽象的你，从有限到无限，打开了诗歌的境界。

---

① 卞之琳：《雨同我》，《雕虫纪历》，人民文学出版社 1979 年版，第 48 页。

　　直到现在，许多课堂仍旧感觉新诗很难，一些新诗研究者也对新诗的晦涩颇有微词，更遑论没有经过专门训练、对新诗接触不多的各类学生。如何有效进行新诗鉴赏成为一个值得关注的问题。除了对鉴赏主体的要求、鉴赏对象的体认外，还需要学习和运用各种理论方法，比如将英美新批评的方法与中国的"印象感悟""体验感悟"相结合。新批评强调文本中心，强调形式和本体，特别推崇文本细读的方式。"细读"是一种细致的诠释，不主张引入包括作者在内的"外部因素"，而仅针对文本内部的结构、语言、修辞、音韵等问题。它提倡注解每一个词的含义，重视语境与语义分析，发现词句之间的精微联系，挖掘词语的意象组织，以此探究上下文关系及言外之意等，借用放大镜和显微镜来阅读诗歌的每一条纹理。解读与鉴赏新诗，确实要真正进入诗歌内部，感应到属于诗歌本体的各种要素，这是新诗鉴赏的基本功。诗歌本体性要素有很多，例如想象、感觉、意绪、语感、意象、语调、节奏等。新诗的每一个细微处，都可能是阅读鉴赏的入口，小小的诗眼、题旨、空白，甚至标点、跨行、脚韵，都能帮助我们更加贴近新诗。当然，了解新诗人的生平经历、写作背景、写作风格，也是必要的环节，它有助于读者快速进入诗人的世界，对于新诗鉴赏更加有利。

第二讲

徐志摩：爱与美的追求

一、诗人概述

徐志摩，原名章垿，字槱森，笔名南湖、诗哲、海谷等，我们所熟知的"志摩"之名，是他离开北京大学，出国之后才改的。他是学者、小说家、散文家，但其最为著名的身份仍是诗人，正如梁实秋所言，"徐志摩最大的成就是在新诗方面"①。徐志摩是浙江省海宁市硖石镇人，1896 年，他出生于一个富商之家，其父徐申如继承祖业，是清末民初的实业家。在徐志摩的诗集《猛虎集》的序言中，他自称"说到我自己的写诗，那是再没有更意外的事了。我查过我的家谱，从永乐以来我们家里没有写过一行可供传诵的诗句"②。

徐志摩家虽经商，但家中长辈对其学业要求极其严格，徐志摩 4 岁入家塾，11 岁入开智学堂，14 岁转入杭州府中学(1911 年辛亥革命后，更名为杭州一中)。在家塾期间，他先后师从孙荫轩、查桐轸；后入硖石开智学堂，在此期间，徐志摩古文成绩颇佳，为其后续写作打下良好基础。中学期间，他与表兄沈叔薇一同在杭州府中学就读，此时他的同学还有郁达夫、姜立夫等。徐志摩成绩名列前茅，这时他就已展露出惊人的文学天赋，郁达夫曾评价他："是那个头大尾把小，戴金边近视眼的顽皮小孩，平时那样的不用功，那样的爱看小说——他平时拿在手里的总是一卷在有光纸上印着石印细字的小本子——而考起来或作文来却总是分数得的最多的一箇。"③在校期间，徐志摩在校刊《友声》上发表了其第一篇论文《论小说与社会之关系》。

1915 年，20 岁的徐志摩从杭州一中毕业，考入北京大学预科；同年 10 月 29 日，他与张润之之女张幼仪结婚。两年后，徐志摩迎来了他的长子，这年夏天，徐志摩在张幼仪之兄张君劢的介绍下拜梁启超为师。随后，他离开北京大学，远赴美国深造，进入克拉克大学社会学系，专注于银行及社会学的研究。如他自己所言："在二十四岁以前我对于诗的兴味远不如我对于相对论或民约论的兴味。我父亲送我出洋留学是要我将来进'金融界'的，我自己最高的野心是想做一个中国的 Hamilton！在二十四岁以前，诗，不论新旧，于我是完全没有相干。我这样一个人如果真会成为一个诗人——那还有什么话说？"④在克拉克大学求学期间，徐志摩展现出了卓越的学术能力，入学仅十个月便顺利毕业，并荣获学士学位及一等荣誉奖。1919 年，五四运动如火如荼地进行，身处国外的徐志摩也深受其影

---

① 梁实秋：《雅舍小品》，新世纪出版社 1998 年版，第 194 页。
② 徐志摩.：《猛虎集》，新月书店 1932 年版，第 4 页。
③ 郁达夫：《志摩在回忆里》，《新月》1932 年第 4 卷第 1 期。
④ 徐志摩：《猛虎集》，新月书店 1932 年版，第 4 页。

响。他时常阅读《新青年》等杂志，逐渐加深了对文学的兴趣。

1920 年，25 岁的徐志摩从哥伦比亚大学研究院毕业后，选择前往英国深造，入读伦敦政治经济学院。他表示："我摆脱了哥伦比亚大学博士衔的引诱，买船票过大西洋，想跟二十世纪的福禄泰尔认真念一点书去。"①但徐志摩在伦敦政治经济学院并未久留，他称自己是"混了半年"，并"正感着闷想换路走"②，正是在这个时候，他结识了林长民及其女儿林徽因，并在林长民的引荐下，结识了英国作家狄更生。1921 年，得益于狄更生的推荐，徐志摩以特别生的身份进入了康桥大学(现剑桥大学)皇家学院。在英国的这段时光里，他开始了新诗的创作，并翻译了大量的文学作品。他成功地从一名政治经济学家"换路"，成为一位诗人。

在剑桥大学求学的日子，对徐志摩的创作生涯产生了深远的影响。他在《吸烟与文化》一文中描述了康桥与他之间的紧密关系。徐志摩认为，康桥不仅是一片孕育了无数杰出思想家与学术者的沃土，更是他个人创作灵感的重要源泉：

> 我在康桥的日子可真是享福，深怕这辈子再也得不到那样蜜甜的机会了……一个人就会变气息，脱凡胎。我敢说的只是——就我个人说，我的眼是康桥教我睁的，我的求知欲是康桥给我拨动的，我的自我的意识是康桥给我胚胎的。③

徐志摩在剑桥大学期间创作的诗作，又被称为"剑桥诗歌"，包括《再别康桥》《康桥再会吧》《月夜听琴》《私语》等作品。这些诗作不仅表达了他对剑桥的深厚情感，也展现了他对剑桥教育氛围的深刻体会，正如他在《康桥再会吧》中所写，"在知识道上，采得几茎花草，/在真理山中，爬上几个峰腰"。1922 年，徐志摩在德国，由吴经熊、金岳霖见证，与夫人张幼仪解除了婚姻关系。同年，他回到祖国，将自己的创作热情倾注于诗歌之中。出版的第一部诗集《志摩的诗》所收录的大部分诗作，均出自他归国初期的这两年。1924 年，徐志摩担任北京大学教授期间，与陆小曼相识。同年 4 月，印度著名诗人泰戈尔访华，他在中国逗留了近 50 天，其间徐志摩承担其演讲的翻译工作。1926 年，徐志摩与陆小曼订婚，两人移居上海，历任光华大学(华东师范大学前身)、大夏大学(华东师范大学前身)和南京中央大学(南京大学前身)教授。1927 年，他与胡适、邵洵美等人共同在上海筹办新月书店，其中胡适担任董事长，这一举措为当时的新文学界注入了新的活力。1928 年，徐志摩创办了《新月》月刊，1930 年冬他到北京大学与北京女子大学任教。

---

① 徐志摩：《我所知道的康桥》，《晨报副刊(北京)》1926 年 1 月 16 日。
② 徐志摩：《我所知道的康桥》，《晨报副刊(北京)》1926 年 1 月 16 日。
③ 徐志摩：《吸烟与文化》，《晨报副刊(北京)》1926 年 1 月 14 日。

　　1931 年 11 月 19 日，徐志摩原计划出席林徽因在北平协和小礼堂为外国使者主讲的中国建筑艺术演讲会。然而，在赴会途中，因浓雾笼罩导致能见度极低，徐志摩所乘坐的飞机不幸撞山，最终坠入山谷并引发机身起火，机组人员全员罹难，徐志摩猝然离世，终年34 岁。11 月 21 日的《新闻报》报道了《徐志摩乘飞机而死》的消息，引发了社会的广泛关注和哀悼。徐志摩去世后，《新月》月刊第四卷第一期特大号定名为"志摩纪念号"，陆小曼、胡适、郁达夫、梁实秋、周作人等都在上面刊发了悼文，以表达对这位杰出诗人的缅怀之情。蔡元培写挽联云："谈话是诗，举动是诗，毕生行径都是诗，诗的意味渗透了，随遇自有乐土；乘船可死，驱车可死，斗室生卧也可死，死如飞机偶然者，不必视为畏途。"①如挽联所言，诗性人生，可谓是徐志摩一生最好的写照。

徐志摩照片

徐志摩是"新月派"最重要的代表诗人，"新月"之名指向当时由徐志摩牵头促成的相关社团、刊物、书店以及诗歌派别。"新月社"这一文学社团的雏形，可追溯至徐志摩及其同仁定期举办的聚餐会，频率为每两周一次。谈及新月社的创立，徐志摩曾说："我今天替《剧刊》闹场，不由的不记起三年前初办新月社的热心。最初是'聚餐会'，从聚餐会产生'新月社'，又从新月社产生'七号'的俱乐部。"②此外，新月社成员叶公超曾回忆：

　　"新月"不是一个正式的社团，最初是民国十三年在北平的一些教授们，其中包括胡适、徐志摩、饶孟侃、闻一多、叶公超等人定期聚餐的一种集会。虽然是由徐志摩所集成，但是他这个人既不会反对什么，也不会坚持什么，只是想到要做，就拉了一些朋友，一些真正的朋友。因此，没有领袖，也没有组织，七八个人，几乎是轮流着到各人家里聚会谈天。渐渐地，由于苏联文学势力的进入中国，南方上海的左派力量的扩大，"新月"同仁感到需要加以抵制，因此计划办杂志，开书店，设茶馆，供大家谈问题。③

前期的新月社虽是文学社团，但主要活动仍然是戏剧，且组织较为松散。

　　1927 年春天，徐志摩与胡适、邵洵美等在上海筹办新月书店，"由胡适之任董事长，张禹九(嘉铸)任经理，书局设华龙路，总发行所设四马路，编辑所设麦赛而蒂罗路一五九号"④。然而，新月书店创办不久，胡适便决定辞去董事长一职，并要求退还其股份。次

①　曾庆瑞，赵遐秋：《新编徐志摩年谱》，中国传媒大学出版社 2007 年版，第 288 页。
②　徐志摩：《剧刊始业》，《晨报副刊·剧刊》1926 年 1 月 16 日。
③　叶公超：《关于新月》，台北《联合报》1980 年 8 月 6 日。
④　陈从周：《年谱》，《徐志摩 年谱与评述》，上海书店出版社 2008 年版，第 71 页。

年 3 月，徐志摩又与闻一多、饶孟侃等人在上海创办了《新月》月刊。新月书店的创立和《新月》月刊的创刊，标志着新月社的主要阵地由北京转移至上海，该刊物的核心人物除了徐志摩，还有闻一多、饶孟侃、胡适、梁实秋、邵洵美、叶公超、罗隆基、陈西滢等。在《新月》月刊发行期间，刊登的不仅有新诗和诗论文章，其涉猎范围极其广泛，还包括散文、小说、剧本、游记、杂文、通信、文学评论、翻译等，到了 1929 年，甚至还有政论和经济学文章。但到后期，因诸多新月社成员离开上海，《新月》发行逐渐困难。徐志摩去世后不久，1933 年 6 月 1 日《新月》终刊，此后不再出刊。

在创办《新月》的同时，徐志摩于 1931 年 1 月 20 日在上海创立了一份名为《诗刊》的季刊。起初，这份刊物由徐志摩担任主编，后来主编一职转给邵洵美。在此期间，众多文人如陈梦家、沈从文、卞之琳、林徽因以及朱湘等，都曾在《诗刊》上发表过作品。

徐志摩对散文、小说、评论等多种文体进行过探索，但其最大的成就是在诗歌上。他一生共计出版了四本诗集，均由上海新月书店发行，分别是 1924 年的《志摩的诗》、1927 年的《翡冷翠的一夜》、1931 年的《猛虎集》以及 1932 年的《云游》。胡适在《追悼志摩》一文中对徐志摩的人格特质和诗歌理念给予了高度评价："他深信理想的人生必须有爱，必须有自由，必须有美；他深信这种三位一体的人生是可以追求的，至少是可以用纯洁的心血培养出来的。"①徐志摩在诗歌创作中，始终将"爱、自由与美"作为重要的主题。他曾在作品中描述过自己作为诗人的理想，这一理想与他的人生哲学和诗歌理念紧密相连：

《新月》月刊 1932 年第 4 卷 1 期封面

    诗人也是一种痴鸟，他把他的柔软的心窝紧抵着蔷薇的花刺，口里不住的唱着星月的光辉与人类的希望，非到他的心血滴出来把白花染成大红他不住口。他的痛苦与快乐是浑成的一片。②

---

① 胡适：《追悼志摩》，《新月》1932 年第 4 卷第 1 期。
② 徐志摩：《猛虎集·序文》，新月书店 1932 年版，第 13 页。

　　《志摩的诗》作为徐志摩的首部自选诗集，集中展现了他回国初期的诗歌创作风貌。在《猛虎集》的序言中，徐志摩坦诚自评："我的第一集诗——志摩的诗——是我十一年回国后两年内写的；在这集子里初期的汹涌性虽已消减，但大部分还是情感的无关拦的泛滥，什么诗的艺术或技巧都谈不到。"①尽管《志摩的诗》这部诗集出版于五四运动退潮之后，但它依然直接或间接地体现了"五四精神"，诗集中最具艺术特色的诗篇，多以理想和爱情为主题，折射出"五四"时期的光辉。这些诗篇不仅表达了诗人对自由、平等、博爱的追求，还展现了他对社会现实的深刻洞察和批判。可见，时代声音的回响是《志摩的诗》内容中的重要组成部分。诗集中的代表作如《雪花的快乐》，通过轻盈、潇洒的雪花形象，表达了诗人对理想的执着追求。同时，《这是一个懦怯的世界》等诗篇则展现了诗人对自由、性灵的渴望和对社会黑暗的批判。除此之外，还有诗作揭露了社会现实的黑暗面。如《先生！先生！》《太平景象》《婴儿》等，通过生动的描绘，揭示了当时中国社会的种种弊端和人民的苦难生活。徐志摩在信中曾表达对当时社会现状的痛心疾首，作为一名诗人，他必然要以手中的笔作为武器：

　　　　中国现状一片昏暗，到处都是人性里头卑贱、下作的那部分表现。所以一个理想主义者可以做的，似乎只有去制造一些最能刺透心魂的挖苦武器，藉此跟现实搏斗。能听到拜伦或海涅一类人的冷蔑笑声，那是一种辣入肌骨的乐事！②

《盖上几张油纸》描写一位贫苦妇女欲在冰天雪地中为儿子寻求一件保暖之物，但却只能寻得几张薄薄的油纸；《古怪的世界》中"青布棉袄，黑布棉套，头毛半秃，齿牙半耗"，诗句形象刻画出乱世中穷困老妪的形象，"老眼中有伤悲的眼泪"写出贫民生存之艰难；《太平景象》以对话的形式抨击了草菅人命的军阀。值得一提的是，徐志摩的诗歌创作还受到了印度诗人泰戈尔的影响。在《志摩的诗》中，我们可以看到一些体现人生、时空、宇宙等智性思考的诗篇，如《夜半松风》《月下雷峰影片》《天国的消息》《朝雾里的小草花》等。

　　在艺术形式方面，新月派致力于探索诗歌的艺术美感。闻一多在倡导"新诗格律化"时，提出了著名的"三美原则"，即"诗的实力不独包括音乐的美（音节），绘画的美（辞藻），而且还有建筑的美（节的匀称和句的均齐）"③。这种全面的艺术追求，使新月派在新

---

①　徐志摩：《猛虎集·序文》，新月书店 1932 年版，第 8 页。

②　徐志摩：《致魏雷》，《徐志摩全集 书信卷》，浙江人民出版社 2015 年版，第 406 页。

③　闻一多：《诗的格律》，《晨报副刊·诗镌》1926 年 5 月 13 日第 7 期。

诗的创作上，不仅在语言、意象上有所创新，更在格律与技巧上达到了新的高度。作为新月派的代表，徐志摩同样强调形式的重要性，他认为"完美的形体是完美的精神唯一的表现"①，他是新月派"音乐美"身体力行的实践者，认为音节流动之于诗歌就如血脉流通之于身体，他如此强调音节的意义：

> 明白了诗的生命是在它的内在的音节(internal rhythm)的道理，我们才能领会到诗的真的趣味；不论思想怎样高尚，情绪怎样热烈，你得拿来彻底的"音节化"(那就是诗化)才可以取得诗的认识，要不然思想自思想，情绪自情绪，却不能说是诗。②

比如其名作《沙扬娜拉》：

> 最是那一低头的温柔，
> 　象一朵水莲花不胜凉风的娇羞，
> 道一声珍重，道一声珍重，
> 　那一声珍重里有蜜甜的忧愁——
> 　沙扬娜拉！

诗歌句式长短搭配，音节平仄相间，结尾没有采用中文的"再见"，而是将日语音译，更凸显日本女郎楚楚动人、娇羞柔顺之姿。又如多次入选教材的《再别康桥》一诗，每小节二、四句押韵，每节换韵，通过富有韵律的节奏写出了康河水波荡漾之貌，同时，该诗还采用了梯形排列，使得诗歌在视觉上呈现出一种层次感和动态美：

> 轻轻的我走了，
> 　正如我轻轻的来；
> 我轻轻的招手，
> 　作别西天的云彩。

这种排列方式即闻一多所说的"建筑美"，梯形设计在徐志摩的诗歌中并不少见，并且有多种变体，如《雪花的快乐》中的第一节：

---

① 徐志摩：《诗刊弁言》，《晨报副刊·诗镌》1926年4月1日第1期。
② 徐志摩：《诗刊放假》，《晨报副刊·诗镌》1926年6月10日第11期。

假如我是一朵雪花，
翩翩的在半空里潇洒，
　我一定认清我的方向——
　　飞飏，飞飏，飞飏——
　这地面上有我的方向。

诗行错落有致，让读者在体验诗性美的同时仿佛看到了飞舞着的灵动雪花。

可见，徐志摩不仅追求"音乐美"，更力求"三美"的统一。他曾指出，"一首诗应是一个有生机的整体，部分与部分相关联，部分对全体有比例的一种东西"①，而非割裂的存在。诗人称自己早期的诗作"诗情真有些像是山洪暴发，不分方向的乱冲。那就是我最早写诗那半年，生命受了一种伟大力量的震撼，什么半成熟的未成熟的意念都在指头间散作缤纷的花雨"②。该集除了有长诗，还有散文诗、十四行体等，体样多变。

新月书店出版的《翡冷翠的一夜》封面

徐志摩的第二本诗集《翡冷翠的一夜》收录了其创作于 1925 至 1927 年间的部分诗作。该集为他送给陆小曼的结婚礼物，感情浓烈，大多表现爱情。同名诗《翡冷翠的一夜》通过描绘一幅恋人送别图，形象地表现出恋爱中犹豫、矛盾的心境；《客中》虽未正面写"她"，但笔触涉及的"下弦月""玉兰花""夜莺"又处处都是"她"；《丁当——清新》中诗人随手捡起一面镜子摔于地上，"这回摔破的是我自己的心!"写出了失恋后的焦躁与苦痛。值得注意的是，在《翡冷翠的一夜》第二辑《再不见雷峰》中，有诸多展现社会苦难的诗篇。《大帅》《人变兽》写战争对人民造成的伤害；《庐山石工歌》以歌谣体的形式展现打石工人的艰辛，"唉浩! 唉浩! 唉浩!"是劳动时振奋士气、提升力量的号子，诗中多次以重句的形式出现，刻画出石工在险峻环境中迸发出的地动山摇的力量。

① 徐志摩：《诗刊放假》，《晨报副刊·诗镌》1926 年 6 月 10 日第 11 期。
② 徐志摩：《猛虎集·序文》，新月书店 1932 年版，第 7 页。

　　闻一多评价《翡冷翠的一夜》："确乎是进步了。"①在诗艺上，徐志摩尝试了对话体、更为整饬的对称体等。《大帅》一诗采用的是口语的对话体，"大帅有命令以后打死了的尸体/再不用往回挪（叫人看了挫气），/就在前边儿挖一个大坑。/拿瘟了的弟兄们往里掷，/掷满了给平上土，/给它一个大糊涂，/也不用给做记认，/管他是姓贾姓曾！/也好，省得他们家里人见了伤心"，通过负责掩埋尸体的小兵们的对话，揭示战乱中个体生命不值一文的惨状，也展现战争对人的扭曲和对百姓的迫害。

　　《猛虎集》和《云游集》作为徐志摩后期的作品，其情感基调相较于早期显得更为颓废与消极，形式上更整饬。如《残破》一诗，诗人巧妙运用了重句手法。每一节的首句"深深的在深夜里坐着"反复出现，这种重章复沓的结构不仅为读者带来了回环往复的美感体验，更将全诗所蕴含的哀伤与孤独的氛围推向了极致。"深深的在深夜里坐着"，那种孤寂之感如同夜色一般，层层加深、沁入人心。在《我不知道风是在哪一个方向吹》中，诗人同样运用了类似的手法，每节的前三行"我不知道风/是在哪一个方向吹——/我是在梦中"构成了诗歌的固定节奏，这种重复不仅强调了诗人的迷茫与哀愁，更在无形中加深了诗歌的感染力，使读者能够深切感受到诗人内心的彷徨与无助。又如《俘虏颂》中"眉眼糊成了玫瑰，/口鼻裂成了山水"，以对偶句的方式，用"玫瑰""山水"这样的自然意象写出了俘虏的惨况，诗形对仗工整，表现力极强。

新月书店出版的《猛虎集》封面

　　纵观徐志摩的诗歌创作，其内容皆是真情实感的抒发，是"闪动着你真情的泪晶"的诗句。徐志摩34岁便离世，尽管他的生命短暂，但其人生丰富而厚重。他终其一生都在追求爱与美，这种追求不仅体现在他的生活中，更深刻地烙印在他的诗作中，成为他人生轨迹的最佳诠释。茅盾评价其诗作，"圆熟的外形，配着淡到几乎没有的内容，而且这淡极了的内容也不外乎感伤的情绪，——轻烟似的微哀，神秘的象征的依恋感喟追求……而志摩是中国文坛上杰出的代表者"②。这段评价恰当地概括出徐志摩诗歌的特色，为后世广泛引用。

————————————

　　① 徐志摩：《猛虎集·序文》，新月书店1932年版，第9页。
　　② 茅盾：《徐志摩论》，《现代》1933年第2卷第4期。

二、诗作鉴赏

雪花的快乐①

假如我是一朵雪花，
翩翩的在半空里潇洒，
　我一定认清我的方向——
　　飞飏，飞飏，飞飏——
这地面上有我的方向。

不去那冷寞的幽谷，
不去那凄清的山麓，
　也不上荒街去惆怅——
　　飞飏，飞飏，飞飏——
你看！我有我的方向！

在半空里娟娟的飞舞，
认明了那清幽的住处，
　等着她来花园里探望——
　　飞飏，飞飏，飞飏——
啊，她身上有朱砂梅的清香！

那时我凭藉我的轻盈，
凝凝的，沾住了她的衣襟，
　贴近她柔波似的心胸，
　　消溶，消溶，消溶，——
溶入了她柔波似的心胸！

---

① 徐志摩：《雪花的快乐》，《现代评论》1925 年第 1 卷第 6 期。

轻盈的执着

诗歌开篇即是一个想象的语境，"假如我是一朵雪花"，从伟岸的人到渺小的物，诗人似乎保持了一个极低的生存姿态，但他的生存态度却丝毫不孱弱，"翩翩的在半空里潇洒"。相比于沉重、复杂的人类生命，"雪花"的存在方式更加轻盈、单纯，它既无依无靠，也无牵无挂，保持自由的精神"飞飏"着洒脱的生命。但雪花并非盲目地运动，尽管身处茫茫天地间，是沧海之一粟，"我"也一定要"认清我的方向"，寻找自身存在的方向感和定位感。在一个可被隐喻为"冬天"的时代环境中，这个"方向"既跟随历史的风向，也来源于"我"的主观信念，停留在后者时，"我"不属于一场大雪，而是"一朵"独立自主的"雪花"。在雪的整体中，没有个体性的潇洒，只有集体性的潮流，于是雪就无法绽放成为"一朵雪花"，而淹没于白茫茫的一片中，这隐喻个体生命被时代浪潮裹挟的情况。诗人追求的"方向"显然不是这种随波逐流的方向，而是依靠自己的小小身体，努力摸索、经营出来的"我的方向"。这一追求听起来十分困难，毕竟"雪花"和人类的生命一样，都是渺小、脆弱而易逝的，其飘行运动时稍有意外，就会猝然湮灭。但从雪花"在半空里潇洒"的姿态中又可以看出，诗人的态度是乐观、从容的，他形容自己为"雪花"，不是在感慨生命之卑微，而是在释放一种积极向上的生命意志。在上述"快乐"的情感氛围中，"我"开启了寻找"方向"的旅途，"飞飏，飞飏，飞飏"，三个"飞飏"在音义交互中不断铺垫着诗的情绪，洋溢着动的激情，"雪花"仿佛飞至高空，但"我"追求的却并非天空，反而是"这地面上有我的方向"。从物理角度看，降雪必然会落入地面；从情感角度看，这也意味"我的方向"并不通往一个遥不可及的空境，而拥有充分的现实指向。朝着这一令人憧憬的"方向"，诗人迫不及待地要变成一朵轻盈的"雪花"，飞舞腾挪，寻迹而去。

然而，"我的方向"到底去向何处，诗人暂且卖下关子，保留它的神秘性。另一方面，"我"又否定了三个"不去"之处，即"幽谷""山麓"和"荒街"，它们有相似的意义指向，都是相对消极的，终究和"我"乐观的方向相悖。雪花本性为冰的结晶，本就适应于寒冷的环境，在"冷寞""凄清"之处它的存在可以得到最大的延续，然而幽谷、山麓固然能保障"雪花"的最底限的生存，但对于一个有理想抱负者，仅仅存活是远远不够的。深山幽谷是避世隐者的去处，这也是某些"雪花"的选择，其本质上却是逃避方向，逃避选择，坠入无风的笼中，不仅苟且，更增寂寞。诗人化作的这朵"雪花"从高空飘落，映入眼帘并占据视野的首先就是那些高山低谷，它们最扎眼，也最诱惑，仿佛要将"雪花"吞噬进虚无的大口，凋零其为"花"的生命，沦为残"雪"。但"我"始终"认清我的方向"，不仅在主观意识上做出"不去"的选择，也在行动上做出极大的努力。可以想象"雪花"是如何在空中控制身姿，调整方向，避开庞大的山麓幽谷，艰难追寻自己的目标。这就是说，"我"既说出"不去"，也事实做到了"不去"，克服了生存的本能，选择了更精彩的生命。跟随"雪花"的运动，视野从高空飘至近空，来到一个惆怅的"荒街"。这是一个人生十字路口似的地界，它不是任何方向的终点，也并不指向任何明确的方向，这里只有选择的迷惘。许多人虽然能够拒绝山谷，追寻理想，但无法避免陷入彷徨，遗忘自己的目标，就此在荒街中徘徊游荡。从这种迷茫的心境中挣扎而出是困难的，但诗人却用非常轻松的语调回避了"荒街"的难题，"不上荒街去惆怅"，因为"雪花"根本没有惆怅的余裕，它正着急追求自己的方向。那应是一个有无比魅力的去处，其温暖和煦的光芒穿透了荒街的迷雾，可以折射雪花的剔透晶莹，因此，比起无用的惆怅，"我"现在更急切，也更激情——雪花正一步步接近它梦寐以求的目的地。"飞飏，飞飏，飞飏"，这三个层层叠进的"飞飏"既写出了"雪花"挪动身姿，不放弃追寻方向的努力，也写出了它飞向目标的热情和专一。有恒心，有毅力，并乐观地前行，这样的"我"怎能不实现目标，"你看！我有我的方向！"从先前一个模糊的"地面上"到"你看"，这说明"方向"已经具有能见性，它就在不远处了！

随着"雪花"靠近目标，诗人的欣喜也溢于言表，"在半空里娟娟的飞舞"。跨过山谷，穿越荒街，经过漫长的跋涉，"雪花"却毫不感到疲惫，开始优美地舞蹈。对比一开始的"潇洒"，此时雪花的动作中竟有一丝羞涩，在真正的目标面前，诗人既殷切，又含蓄，想将自己最美的姿态展示出来。同时，诗人在热情中也保持了理性，首先"认明了"他的目的地，并揭开它神秘的面纱——"那清幽的住处"。这里的"清幽"看起来和山麓、幽谷的"冷寞""凄清"有相似的情感色调，可以想象，这个住处位于偏僻幽深的小巷，人少往来，十分清冷。但对"雪花"来说，这里却并不孤寂，也不凄凉，只因有"她"的存在。"她"是谁，我们又无从知晓，单知"雪花"是为了"等着她来花园里探望"，才跋涉万水千山来到这里。但我们又知，原来"我"追求的不是一个固定的地点，而是一个鲜活的人，"雪花"变动着踪迹，只为追随"她"的步履，最终要做"她"的落雪，增添"她"的美丽。终于，"她"来了，在百花簇拥中是那样的醒目，"雪花"急不可耐地"飞飏，飞飏，飞飏"，想作为百花之一朵，扑进这可人儿的怀中。"啊，她身上有朱砂梅的清香！"从这一形容中可以发现"她"的形象特点。梅花自古以来是孤傲、高洁的象征，也有一种深藏不露的清秀之美，由前文可知，"她"已身处花园之中，然而百花的香气都无法遮盖"她"身上的"朱砂梅的清香"，更见其人之如一枝梅花，挺拔秀丽、淡雅高洁。雪与梅花，是一对相辅相成的事物，人可踏雪寻梅，雪亦可闻梅知人，忽略其中幽深曲折的喻指关系，只看"雪花"和"她"，其本就在相互吸引，相互追寻，二者的最终接触指向一个清净、理想的精神境界，在那里存在一种真正的生命的"快乐"。

终得与朝思暮想之人相见，"雪花"欢呼雀跃，"凭藉我的轻盈，/凝凝的，沾住了她的衣襟"，不愿与"她"分离。"轻盈"是雪花攀上"她"的凭借，因为轻盈，故其生得洒脱，没有负担，更不会给"她"带来沉重感和压迫感。另一方面，"轻盈"却不代表"轻松"，雪花仍需要"凝凝的"恒心和努力，才能凝在"她"的衣襟上陪伴"她"。到这里，"雪花"似乎实现了自己的目标，得以与心心念念的理想形象"她"相见，依偎在她的身边，这是一个恰到好处的结局，再近一步，恐怕"雪花"的存在就要湮灭。然而，对"我"来说，这显然远远不够，"雪花"真正的"快乐"反而正是"消溶"，融化在"她"的怀抱中，获得生命、理想与美的统一。于是，"雪花"仿佛得寸进尺，又理所应当地"贴近她柔波似的心胸"，那里散发出沁人心脾的芳香的生命的温暖，而"雪花"就在这一片和谐美好的氛围中，"消溶，消溶，消溶"，我们仿佛可以看见它轻盈的笑容。虽说"雪花"是消逝了，却并不代表"我"的存在就此终结，雪花本是水结冰而成，现在复化为水，沉眠于"柔波"之中，这是生命的周期轮回，也代表人的生存姿态由洒脱至沉静，由激情到安息，由变动到和谐的历史旅途。在诗的结尾，"我"变成一滴小小的水珠，鱼入大海，"溶入了她柔波似的心胸！"对于"我"，这是个体找到存在归宿，走向人生圆满的过程，也是浪漫主义命题确乎可以实现的明证；对于"她"，这愈发显示出理想事物的包容性，增饰其美好，给后来者以努力找寻的渴望与激情。对于双方，无论"我"多渺小，"她"多美丽，这都是由一至二的结合，也是合二为一的融合，是对生命个体性的扬弃和超越。

再别康桥①

　　轻轻的我走了，
　　　　正如我轻轻的来；
　　我轻轻的招手，
　　　　作别西天的云彩。

　　那河畔的金柳，
　　　　是夕阳中的新娘；
　　波光里的艳影，
　　　　在我的心头荡漾。

　　软泥上的青荇，
　　　　油油的在水底招摇；
　　在康河的柔波里，

---

① 徐志摩：《猛虎集》，新月书店 1931 年版，第 36-39 页。

　　　　我甘心做一条水草！

　　那榆荫下的一潭，
　　　　不是清泉，是天上虹；
　　揉碎在浮藻间，
　　　　沉淀着彩虹似的梦。

　　寻梦？撑一支长篙，
　　　　向青草更青处漫溯；
　　满载一船星辉，
　　　　在星辉斑斓里放歌。

　　但我不能放歌，
　　　　悄悄是别离的笙箫；
　　夏虫也为我沉默，
　　　　沉默是今晚的康桥！

　　悄悄的我走了，
　　　　正如我悄悄的来；
　　我挥一挥衣袖，
　　　　不带走一片云彩。

十一月六日　中国海上

剑桥之歌

　　康桥之于徐志摩的创作乃至人生有至关重要的影响，它既是徐志摩青年留学之地，也是他的灵魂诗意栖居之所，对诗人而言，康桥已超越了简单的地理概念，成为一个精神故乡的存在。该诗是徐志摩第二次重游康桥后所写。

　　"轻轻的我走了，正如我轻轻的来"，夕阳西下，漫天云霞，诗人伫立康桥之畔，向母校作别。在康桥的一来一去之间，诗人似乎留下许多，又好像什么都没有留下。这时，他已不是风华正茂的康桥学子，在校园中留下无数的足迹，而是只能以校友的身份故地重游，忆往昔岁月，叹物是人非。因此，诗人的动作是"轻轻"的，其中既有他对母校的无限温柔，生怕打扰到校园的宁静，也有一丝无奈，面对康桥，诗人还有太多的话未说，太多的事未做，然而毕业后的自己作为一个局外人，只能"轻轻的"驻留片刻，然后"轻轻的"离开。虽然这种感觉难免使人忧郁，诗人的心情却并不沉重，反而带着"轻轻的"释然。于是，"我轻轻的招手，作别西天的云彩"，这不仅是向母校告别，也是朝过去告别，那些沉重的离情别绪、万千忧愁，此刻都作为"西天的云彩"，被轻盈地抛之脑后，所剩唯有关于康桥的美好回忆。

下一节，视线从天际晚霞流转至河畔垂柳，诗人不舍地注目着康桥的种种事物。在夕阳的余晖下，垂柳染上璀璨的金色，枝叶随风轻轻舞动，似乎在同"我"流连，诗人将之形容为"夕阳中的新娘"。这里，他的心态既像一个失恋者，释怀了初恋，便真挚祝福她的成婚；又像一个老父亲，依依不舍地送女儿出嫁，无论怎样，诗人都总是不免离别。这个美丽的"新娘"属于别人，属于康桥后来的莘莘学子，却永远不会再属于"我"，她和"我"的关系只维系在此刻的流连，正如夕阳无限好，只是近黄昏，那金色同时也是幻影，梦醒时最令人感伤。然而，诗人虽深知那是"波光里的艳影"，是虚幻的甜蜜，却甘愿沦陷其中，为之"心头荡漾"。此时他的感性大于理性，对康桥的无限眷恋与热爱，使他久久无法走出面前的金色婚礼，甚至会代入"新郎"的角色，永远陪伴在"新娘"的身边。

诗人要追随那"艳影"而去，视线也不断下沉，从河面倒影向水深之处沉沦，他首先触及的是"软泥上的青荇"。灰的泥，青的草，透蓝的水，使河中世界呈现出素雅、柔和的色调；青荇流水，缓缓摇曳，河中泥沙，默默守候，这又构成一种动的生机与静的怡人相谐的意境。同时，位于河底的软泥青荇如此清晰可见，从侧面反映出康河之水的通透清澈，正是它的纯净让"我"迷恋。在如此澄明之水的滋养下，河中青荇自然展现出"油油的"生机与灵性，向外界"招摇"着自己的生命。透过诗人留恋不舍的情感滤镜，它们含蓄地舞弄身姿，"油油的在水底招摇"，欢迎着诗人的到来，邀请他在康桥永住。另一方面，这"招摇"在身已是客的诗人看来又仿佛炫耀，生长在康河中的"青荇"是幸运的，它永远陪伴着康桥，仅仅这一事实就令诗人无比羡慕。因此，他恨不得也化身为"一条水草"，与康桥的泥土一同呼吸，与康桥的河水一同流淌，就此迷醉在"在康河的柔波里"。可以看出，诗人对康桥的感情是如此的真挚，又是如此的卑微，他"甘心"付出自己的一切，只为守候康桥的美好。

诗歌发展至此，诗人已完全沦陷于康桥的美梦，因此他眼前的一切事物都呈现出梦幻的色彩。"那榆荫下的一潭"是位于康河上游的"拜伦潭"，它当然同河水一样清澈通透，但在诗人迷醉的眼中，它反而"不是清泉，是天上虹"，这是现实光景与诗人想象世界交融的结果。在漫天彩霞的映照下，原本透明的潭水瞬间充盈五光十色的斑斓，宛如天上霓虹坠落，散华于潭面，形成一幅光彩夺目、无比绚烂的梦幻图景。加之微风习习，轻拂潭水，引起波光粼粼，浮光跃金，又将梦"揉碎"了似的，撩动着多情人的心扉。曾几何时，诗人仍是康桥学子，这般梦景是他常见的现实，而今重游故地，眼前的现实却如梦境，美丽而虚幻，令人恐惧它的消逝。这一恐惧给诗人提供了一瞬间的清醒，浮动的"彩虹似的梦"霎时"沉淀"在潭底，景色依旧美好，"我"的沉醉状态却有所收敛，一种更大的情绪开始酝酿。

"寻梦？"这是诗人的疑惑，既然方才的霓虹之梦沉落潭底，那么是否要将其找回？这一抉择取决于诗人面对康桥的心态。若延续先前的眷恋与不舍之情，诗人就会重回梦境，在沉迷与幻想的氛围中继续贪恋往昔，对于这个选择，诗人有所预演："撑一支长篙，/向青草更青处漫溯；/满载一船星辉，/在星辉斑斓里放歌。"在现实中，这对应诗人在康河泛舟游乐的记忆。彼时的康河两岸充斥着少男少女的欢笑，诗人撑船缓行于藻荇之间，朝幽深之处漫无边际地溯游，这呈现出一幅舒缓、祥和的画面。而不知不觉中夜色已至，微光洒满河面，抬头看康河上空，竟是繁星满天，银河似同康河交连，诗人只驾一叶扁舟，便遨游了整个宇宙，顿觉人生天地之广阔，满载一船的星光，放歌而归。此情此景，一定给诗人带来莫大的震撼与感动，乃至将其神秘化，与康桥一起，构成一个挥之不去的永梦。于是，在意识中，一旦做出了"寻梦"的选择，诗人便不自觉地穿越时空，回到这撑船出游的梦幻一日，从中寻求宁静与安慰，他对康桥的无限眷恋也浓缩在这一日的幻影中。朝"青草更青处漫溯"的过程，可以看作诗人在往昔美好经验的诱惑下，不断沉迷梦境的过程，最终，他将到达梦的最底层，乘小舟泛于浩瀚的宇宙和璀璨的银河中央，"在星辉斑斓里"，放声歌唱，赞美康桥的无限美好。

在"放歌"中，诗人的情绪发展至最高峰，然而这终究是一场美梦，人可以重回故地，但往昔的记忆却不能重来，诗人的理性让他毅然选择"不能放歌"。他"轻轻的"重回故地，"轻轻的"挥手告别，怎能在这个珍重的夜晚一厢情愿地打扰康桥的安谧？于是，诗人的情绪又从"放歌"的高昂回落至别离的轻盈。诗人最终的选择不是"寻梦"，而是告别，他别离的方式是无声，"悄悄是别离的笙箫"，热烈的"放歌"只属于那些正值青春年华的学子，诗人不得不承认，有时"沉默"是保留美的最好方式。尽管如此，梦与现实的巨大落差还是令他顿生感伤，乃至刚褪下梦幻色彩的情感滤镜又蒙上了一层灰暗，于是"夏虫也为我沉默，/沉默是今晚的康桥！"在一片寂静中，此时无声胜有声，可以感受到诗人说不尽道不明的复杂滋味，但这些情绪已尽数留给读者，回首望去，已不见诗人的背影，徒留一方淡云残霞的无人河畔。

"悄悄的我走了/正如我悄悄的来"，只变换一个相近的词汇，诗的首尾便构成了一段和谐的音义回环，正如诗人"轻轻"地重回校园，不带走一花一草，也不探访一人一物，便决定"悄悄"地离开，一切的氛围、情绪、感受看似有些改变，又好像无所波澜。从诗歌的起始到结束，时间的流转被巧妙地融入其中。落笔之初，夕阳西下，晚霞满天，营造出一种温馨而浪漫的氛围；停笔之时，夕阳已落，天边仅剩下淡淡的云彩，那些眷恋的余晖，似乎在挽留诗人的离去。然而"我"却不再留恋，"我挥一挥衣袖，/不带走一片云彩"，诗人挥袖的动作十分洒脱，将先前的千种情绪、万般滋味尽数拂平，同时也将关于康桥的美好回忆尽数留在当地。这既是对过去的释然，也是对过去的珍重，因为康桥的一切早已成为诗人生命中无法忘却又不可获取的一部分，是永远也挥之不去的。因此，诗人不需要带走康桥的任何事物，就连"一片云彩"也不带走，他悄悄地只带走自己。

翡冷翠的一夜①

你真的走了，明天？那我，那我，……
你也不用管，迟早有那一天；
你愿意记着我，就记着我，
要不然趁早忘了这世界上
有我，省得想起时空着恼，
只当是一个梦，一个幻想；
只当是前天我们见的残红，
怯怜怜的在风前抖擞，一瓣，
两瓣，落地，叫人踩，变泥……
唉，叫人踩，变泥——变了泥倒干净，
这半死不活的才叫是受罪，
看着寒伧，累赘，叫人白眼——
天呀！你何苦来，你何苦来……
我可忘不了你，那一天你来，
就比如黑暗的前途见了光彩，
你是我的先生，我爱，我的恩人，
你教给我什么是生命，甚么是爱，
你惊醒我的昏迷，偿还我的天真，
没有你我那知道天是高，草是青？
你摸摸我的心，它这下跳得多快；
再摸我的脸，烧得多焦，亏这夜黑
看不见；爱，我气都喘不过来了，
别亲我了；我受不住这烈火似的活，

---

① 徐志摩：《翡冷翠的一夜》，新月书店1931年版，第1-8页。

这阵子我的灵魂就像是火砖上的
熟铁，在爱的槌子下，砸，砸，火花
四散的飞洒……我晕了，抱着我，
爱，就让我在这儿清静的园内，
闭着眼，死在你的胸前，多美！
头顶白杨树上的风声，沙沙的，
算是我的丧歌，这一阵清风，
橄榄林里吹来的，带着石榴花香，
就带了我的灵魂走，还有那萤火，
多情的殷勤的萤火，有他们照路，
我到了那三环洞的桥上再停步，
听你在这儿抱着我半暖的身体，
悲声的叫我，亲我，摇我，咂我；……
我就微笑的再跟着清风走，
随他领着我，天堂，地狱，那儿都成，
反正丢了这可厌的人生，实现这死
在爱里，这爱中心的死，不强如
五百次的投生？……自私，我知道，
可我也管不着……你伴着我死？
什么，不成双就不是完全的"爱死"，
要飞升也得两对翅膀儿打伙，
进了天堂还不一样的要照顾，
我少不了你，你也不能没有我；
要是地狱，我单身去你更不放心，
你说地狱不定比这世界文明
(虽则我不信,)象我这娇嫩的花朵，
难保不再遭风暴，不叫雨打，
那时候我喊你，你也听不分明，——
那不是求解脱反投进了泥坑，
倒叫冷眼的鬼串通了冷心的人，
笑我的命运，笑你懦怯的粗心？
这话也有理，那叫我怎么办呢？
活着难，太难，就死也不得自由，

我又不愿你为我牺牲你的前程……
唉！你说还是活着等，等那一天！
有那一天吗？——你在，就是我的信心；
可是天亮你就得走，你真的忍心
丢了我走？我又不能留你，这是命；
但这花，没阳光晒，没甘露浸，
不死也不免瓣尖儿焦萎，多可怜！
你不能忘我，爱，除了在你的心里，
我再没有命；是，我听你的话，我等，
等铁树儿开花我也得耐心等；
爱，你永远是我头顶的一颗明星：
要是不幸死了，我就变一个萤火，
在这园里，挨着草根，暗沉沉的飞，
黄昏飞到半夜，半夜飞到天明，
只愿天空不生云，我望得见天，
天上那颗不变的大星，那是你，
但愿你为我多放光明，隔着夜，
隔着天，通着恋爱的灵犀一点……

自古多情伤别离

　　这首诗描写了诗人对即将离别的爱人的深深不舍与无限留恋，未分行设节的形式使情感如泉涌般畅快流淌。"翡冷翠"即今佛罗伦萨，也是诗人送别的地点，"一夜"则是送别的时间。值得注意的是，该诗并未使用诗人自己的视角，而采用其恋人的视角进行叙述，以女子的细腻笔调和柔弱口吻，书写恋爱中的矛盾、纠结、忧郁、伤感等错综复杂的情感变化。

　　第1~13行写辞别之景，"我"和"你"面对面作别，有无数的话语要表达，却又有无数的纠结。开篇的疑问更像一种爱的责问，控诉恋人为何抛下自己，走得如此匆忙。面对突如其来的别离，"我"有万千话语，万千嘱托，临到嘴边却犹豫，或因羞涩，或因焦虑，或因感伤，欲言又止："那我，那我，……"虽然"我"一定盼望着再次见面，但为了不让恋人担忧，索性故作释怀，说"迟早有那一天"。可见"我"始终都在为对方考虑，这一情绪发展至极端，又变成自我否定。"要不然趁早忘了这世界上/有我，省得想起时空着恼"，固然"我"渴望未来再续前缘，却又担忧分开时"你"会陷入孤独和伤感，要是"我"会带来这么多负面情绪，那还不如趁早忘记"我"。接下来，"我"仿佛下定决心似的，要将"我们"的爱情当成一场幻梦，就像"前天我们见的残红"，虚弱而易碎，"怯怜怜的"，轻易就被踩作泥土。对"我"来说，爱情"变了泥倒干净"，因为计较爱情的得失、分合更令人痛苦受罪，与其挣扎于"半死不活"的爱情，还不如就此别过，一刀两断。但"我"显然也是心口不一的，尽管这段爱情痛苦、卑微到极致，"看着寒伧，累赘，叫人白眼"，它还是难以割舍，毕竟"残红"也曾经是绽放的花朵，爱情同样有美好的回忆。"你何苦来"的感叹，既是说给恋人，求他不要再强求爱情的承诺，也是叩心自诘——为什么偏要掉进爱情的陷阱，吃爱情的苦，折磨自己。复杂而矛盾的情感纠缠在一起，使这一离别的场景充满令人揪心的痛楚。

第14~28行承接上文，嘴上抱怨爱情的痛苦，内心却在追忆两人相遇、相知、相恋的美好回忆。尽管口口声声要恋人忘了自己，"我"却怎么也"忘不了了你"，"你"就像一团烈火，将"我"的生命照亮，将"我"的激情点燃，同"你"相遇，"就比如黑暗的前途见了光彩"。因此，与"我"而言，"你"的身份不仅是恋人，也是烛照人生之路的"先生"和"恩人"——"你"将"我"从迷惘的世界拉出，教会我生命与爱的真谛，保持人的个性与天真，也带"我"发现天高草青，享受人生的广阔，寻觅身边的美好。这些经历是"我"爱上"你"的契机，也是"我"为爱至死不渝的保证。追忆两人的相识、相知后，"我"紧接着回味起热恋时烈火般的爱情体验。此时"我"的话语从开篇的纠结变得十分坦率，情绪也更加热烈奔放，乃至非要肢体接触不可——"你摸摸我的心""再摸我的脸"。在与恋人互通心意的触碰中，"我"的情感温度急剧攀升，如同被爱情的烈火包围，一时间近乎窒息，"气都喘不过来"。或许是"我们"恋爱得太过猛烈，乃至"我"中途在恋人的亲吻中晕倒。这看起来十分痛苦，但与开篇的纠结矛盾的痛苦不同，这种痛苦同时也是快乐，是生命欲望的高涨，是"烈火似的活"。人的灵魂就像一块生铁，必须经过爱情之火的煅烧、爱情之锤的锻打，迸发出生命的火花，才能打造为"熟铁"，获得人生的成熟与圆满。然而即使遭受这样的锤打，"我"也尚未满足，爱情的威力远超烈火，甚至能叫人平静地接受死亡。为了爱，"我"竟甘愿赴死，"闭着眼，死在你的胸前"，这一死亡不被认为是恐怖或悲哀，而是一种至高无上的"美"。

第29~42行是"我"大胆想象死在爱人胸膛后的场景。因为诗人决不后悔为爱而死，因此这段诗的情绪是轻盈、洒脱的。在"我"身死之处，没有死亡的阴霾，只有清风拂过树梢，发出"沙沙"的声响，化作温柔的丧歌，虽是哀乐，它却并不沉重。虽说"我"和"你"已经阴阳两隔，任凭"你"在人间怎么"叫我，亲我，摇我，唖我"，都不能再重逢。但"我"毫不恐惧，也毫不哀伤，风带来石榴花的清香，"我"的灵魂跟着萤火游荡，在三环洞的桥头停步，不用回头，只听便能知晓"我"对"你"的重要性，只听便可意会"你"对

"我"的爱之真挚，然后"我"便能怀着轻松的心情踏上黄泉路，"微笑的再跟着清风走"。这种想象中的生离死别似乎激活了"我"对"你"敞开心扉的契机，"我"既然能够意识到"你"的真心，便不会再故作主张要求"你"遗忘"我"，爱情的痛苦与快乐本就由双方共同承受。因此，与其在相忘中苟活，"我"更倾向于在相爱中死去——"这爱中心的死，不强如/五百次的投生？"

第43~57节"我"继续想象死后的生活，但这一次，她不再自我惩罚地单独赴死，而是直面自己的感情，祈愿"你"与"我"比翼双飞，同生共死。在上一节的死亡想象中，"我"的心态虽然轻盈，却也是"自私"的，这不仅因为"我"不尊重生命，随便就"丢了这可厌的人生"，也因为"我"没有考虑"你"的感受，擅自赴死，甚至用死亡检验爱人的忠贞，事实上就是不尊重爱情。这里诗歌采用了对话的形式，"我"的话语是对"你"的疑问(被'……'省略)的回答，根据"自私，我知道"和"你伴着我死？"两句，可推得"你"的话语，一是质问"我"为什么自私地一个人死去，二是说"你"有觉悟伴"我"同死。至此，"我"才幡然醒悟，原来"不成双就不是完全的'爱死'"，无论是上天堂，还是下地狱，爱情双方都应无畏共赴，相互扶持，二者是"我少不了你，你也不能没有我"的最亲密的关系。于是，"我"开始心安理得地接受"你"的照顾，这其实是"你"爱"我"的表现，相比于开篇时"我"感伤爱情之为"残红"的易碎，此时"我"反倒自比"娇嫩的花朵"，二者虽同样柔弱，却一怯懦，一坦然。从相反的角度，"我"又想象没有"你"陪伴的死后世界是多么难过。天堂尚好，若是落入地狱，"难保不再遭风暴，不叫雨打"，在"你"不在的情况下，"我"要是遭遇到什么危险，便无人求救，"那不是求解脱反投进了泥坑"。一人的死不仅带来阴阳两隔，也让爱情双方都不舒坦，若果真如此，这便是"我"的咎由自取了。诗人用调侃、讽刺的语调，指出不尊重生命与爱情之人的必然结局——同时被人鬼两界嘲笑："笑我的命运，笑你懦怯的粗心。"然而，爱情的道理固然单纯，要实现单纯的爱情却并非易事，"我"事实上仍面临很多人生难题。活着，就要承受离别之痛、相思之苦；赴死，也要考虑诸多牵挂，并非完全的自由，就算在最理想的情况下，"你"和"我"抛下一切，为爱共赴黄泉，"我又不愿你为我牺牲你的前程"。从想象回到现实，面对眼下的离别和不可预测的未来，"我"重新陷入迷茫，只得发出人生"太难"的感喟。

第58~61行，关于前路的困惑，"我"继续同"你"展开对话讨论，最终商量的结果终究是活着，并等待彼此。"唉！你说还是活着等，等那一天！"从语气中不难看出这只是一个无奈的选择，两人所等的"那一天"，就是爱人重逢的日子。对于这个虚无缥缈的日期，"我"再次陷入自我怀疑："有那一天吗？"但这一次"你"的存在给了"我"充分的情感支持，使"我"不再焦虑，"你在，就是我的信心"。可到了下一行，"我"马上又陷入别离的哀愁，开始埋怨"你"的无情离去，"你真的忍心/丢了我走？我又不能留你，这是命"。短短三行，将恋爱中的缠绵悱恻、柔肠百转刻画得入木三分。当然，经历先前的思想建设，"我"

的矛盾痛苦并没有持续太久，随着离别的时刻越来越近，"我"的心态也越来越坦率、直露，敢于将自己内心深处的真实想法向"你"诉说。

第62~74行是离别的最后场景，"我"终于坦然宣告对"你"的挚爱。对比离别之初，"我"曾自说自话地要求"你"趁早忘掉"我"，结束这段"半死不活"的爱情，但这根本不是发自"我"的真心，而是逞强，是怨怪，是自贬，也是自私。如今，在告别之际，"我"终于可以大声喊出自己的真心话——"你不能忘我，爱，除了在你的心里，/我再没有命"，同时这也是"我"最激烈的爱情宣言，表明"你"是"我"的心中挚爱，是"我"生命的一切。至此，爱成为"我"活下去的全部信念，"永远是我头顶的一颗明星"，为了爱，我不仅愿意赴死，更愿意痴痴地活，痴痴地等。"是，我听你的话，我等，/等铁树儿开花我也得耐心等"，这将是比死亡更漫长，也更痛苦的经验，生命或许会被虚无消磨殆尽。但正因为爱，无论是枯等成树，还是化作萤火，"我"既不畏生，也不惧死，"黄昏飞到半夜，半夜飞到天明"，只为接近"你"——"天上那颗不变的大星"，愿"你"闪耀，愿"你"璀璨，烛照"我"和"我"的爱人通往"身无彩凤双飞翼，心有灵犀一点通"的美好境界。

偶然①

我是天空里的一片云，
偶尔投影在你的波心——
　　你不必讶异，
　　更无须欢喜——
在转瞬间消灭了踪影。

你我相逢在黑夜的海上，
你有你的，我有我的，方向；
　　你记得也好，
　　最好你忘掉，
在这交会时互放的光亮！

洒脱与失落的智性之思

本诗以"偶然"这一抽象的词为题，一眼望去，既无法想象诗的内容，也不能参透诗人

---

① 徐志摩：《翡冷翠的一夜》，新月书店1931年版，第16-17页。

的意图，唯独能觉察到一丝淡然的思辨性，就像"偶然"指向一次事件，它没有什么发生的逻辑，却能包蕴一些形而上的哲理，这给诗歌蒙上一层智性的微芒。但此诗的内容又不像诗题那样完全抽象，诗人选择的是"云"和"海"这样的具体意象，采用的是"你"和"我"的情感视角，妥善协调了抽象与具体的辩证之美，既有情趣，亦具哲理。

开篇时，"我"作为天空中随处可见的一片云彩出场，这一生命形态表现得十分稀薄、易逝，甚至说"我"的存在本身就是一种"偶然"。云朵随风而动，永远处于变幻之中，从其数不尽的形体中，难以确立一个凝定的"我"的形象。因此，"我"虽然有云的命名，却不能提供任何可靠的想象，即便"偶尔投影在你的波心"，那水镜中"我"的模样也是变化多端，稍有疏忽，就随风消散。如此淡漠的生命姿态，于"我"而言已是习惯，但于"你"而言或许会造成困惑。我自顾自地漂游，却也是擅自地路过"你"的世界，闯入"你"的内心，掠走了"你"的关注，而这一切竟然只是"偶然"，不得不教人难耐。既然这场短暂的相遇注定没有结果，所以"你不必讶异，／更无须欢喜"，这既可以是"我"告诫"你"不要浪费多余的情感，沉迷于失不再来的交遇，也可以是"我"克制、内敛的自我反省。"我"不出所料地"在转瞬间消灭了踪影"，从结果来看，一切确如无事发生，云彩虽能投射在水面，却无法事实性地荡漾波心；水虽可映照云彩，却无法挽留，甚至记不得过客的模样。然而，从另一角度看，以上两个否定其实是对肯定结果的否定，尽管一次偶然中有太多"不必"，太多"无须"，但这些多余的感情又是无法避免的，在惊鸿一瞥之间，"你"和"我"早就充满"讶异"，充满"欢喜"，被这一"偶然"所感动。因此，偶然也可以说是必然，在偶然的相遇中"你我"产生必然的联系，尽管这一联络转瞬即逝，它却能成为下一次"相逢"的契机。或许当事者都会释怀，但总有下一次"偶然"的时刻，"你我"以最熟悉的陌生人的关系，既初次见面，又好久不见。

诗人友善地为我们展示出"相逢"的可能性，云和水匆匆一别后，竟又"相逢在黑夜的海上"，这是偶然中的偶然，也是偶然中的必然。"黑夜"通常喻指人生道路上的困境，但这里诗人不落俗套，也保持克制，不将个体的孤独视作难题，也不将"相逢"视作安慰，沉迷其中。相反，"黑夜"代表一种澄明、淡漠的处世心境，在其加持下，"你我"忘乎彼此的纠缠，独立而无畏地生存于世。"你有你的，我有我的，方向"，每个人都有各自的生命线索，它们的关系在根本上是平行而独立的，若有交集，也只是"偶然"的一瞬间。在漫长而孤独的人生旅途中，无论是血脉相连的亲情、相知相守的友情，还是缠绵悱恻的爱情，每一次的相遇与陪伴都不过是生命旅程中的短暂插曲。在时间这架巨轮的无情碾压下，人们或因种种缘由分道扬镳，或因生死相隔而永别，终究要面对最终的告别，与其汲汲于那稍纵即逝的一点，不如努力经营自己漫长的人生线路。虽然每一次的"相逢"对人生的漫漫长夜来说，是弥足珍贵的光明，因为"黑夜"太黑，以至于任何微小的光都显得如此惹眼，如此难耐；但有时"光亮"也是误导性的，它是一个扎眼的向标，扰乱了黑夜的单纯与澄静。相比于"你"和"我"原有的确凿的人生方向，这道"光亮"却盲目地不指向任何目的，仅提供一道虚假的幻影，诱惑人们放弃自己的坚守，沉沦于一时一刻的迷离。因此，"我"保持理性，既提醒"你"，也提醒自己，不要因微小的光明而失了广阔的天地。"你记得也好，最好你忘掉"，表明这次"相逢"是无关紧要的，更重要的是"你"和"我"应具备一种超脱、释然的心境，不强求对方的记忆或遗忘，以顺其自然的态度面对人生的起落与纠缠。生命总在偶然相遇，偶然别离，面对"偶然"，我们唯有坦然，坦然行走在自己的道路上，走着走着，然后遇见"你"，"你"和"我"的道路是平行，然而当视野拉至无限的远方，二者却必然地交会为一，这就是偶然与必然的辩证关系，也是人生自然而然的理趣。

参考文献

[1]陈从周. 徐志摩年谱与评述[M]. 上海：上海书店出版社，2008.

[2]闻黎明，侯菊坤. 闻一多年谱长编[M]. 武汉：湖北人民出版社，1994.

[3]徐志摩. 志摩的诗[M]. 上海：新月书店，1928.

[4]徐志摩. 翡冷翠的一夜[M]. 上海：新月书店，1931.

[5]徐志摩. 猛虎集[M]. 上海：新月书店，1932.

[6]顾永棣. 徐志摩全集[M]. 杭州：浙江人民出版社，2015.

[7]於可训. 新诗文体二十二讲[M]. 武汉：武汉大学出版社，2012.

[8]曾庆瑞，赵遐秋. 新编徐志摩年谱[M]. 北京：中国传媒大学出版社，2007.

第三讲

戴望舒：理想乡与忧郁病

一、诗人概述

戴望舒（1905—1950 年），原名朝寀，浙江杭州人。中国现代派象征主义诗人、翻译家。1922 年前后开始创作新诗。1925 年，入震旦大学法文系。1926 年，同施蛰存、杜衡等创办《璎珞》旬刊。1928 年，代表诗歌《雨巷》在《小说月报》发表，获得"雨巷诗人"称号。1929 年，出版首部诗集《我底记忆》。1932 年赴法留学。1936 年，与卞之琳等创办《新诗》月刊，《新诗》后成为新月派、现代派诗人共同交流的重要刊物。抗日战争全面爆发后，戴望舒南下香港，先后主编《大公报》《大众日报》等报纸副刊。1941 年，因宣传革命被日本人逮捕入狱。1950 年，在北京病逝，享年 45 岁。著有《我底记忆》（1929）、《望舒草》（1933）、《望舒诗稿》（1937）、《灾难的岁月》（1948）等诗集，另有《小说戏曲论集》（1958）、《读李娃传》（1952）等理论著作，法国梅里美小说《高龙芭》（1935）、法国高莱特小说《紫恋》（1935）等译著。

1905 年 3 月 5 日，戴望舒在杭州的大塔儿巷 11 号里诞生，曲折蜿蜒的小巷围住了他的童年。下雨时，小巷周围泛着迷蒙的水雾，空巷交错，偶尔有行人打着伞急促地走过，这在诗人的脑海里埋下了悠长而寂寥的记忆，或许造成了他骨子里易忧郁的诗人气质与性格。戴望舒的家庭条件不错，一直能供他读书进修。母亲出身书香名门，平日里经常给他讲《白蛇传》《西游记》等古典故事，为诗人提供了最初的文学启蒙。14 岁时，戴望舒考入杭州宗文中学，这是一所当时的旧派学校，新文化运动尚未波及至此，诗人在这里积累了古典文学素养，并受到鸳鸯蝴蝶派的影响。1923 年，诗人与杜衡、施蛰存等人成立了一个名为"兰社"的文学社团，创办《兰友》旬刊，显示出稚嫩的文学热情。同年，诗人进入上海大学学习，在这里，他得到如茅盾、田汉、俞平伯、陈望道、刘大白、胡朴安、邵力子等进步思想家或学者的授课和指导，走出了旧文化的环境，并逐渐走向新文化的创作与实践。戴望舒与施蛰存、李灏、杜衡等人一起成立了青凤文学会，他们期待"互助着研究我们所爱的文学，现在我们觉得我们正如凤鸟一样地在春木中燃烧，我们希望将来的美丽和永生，所以我们便以青凤作为我们的集合名字"①。大约就在 1922 年至 1924 年这段时期，戴望舒正式开始写诗，彼时的诗人尚有青春期特有的敏感，他偷偷地写着，隐蔽地抒写自己内心深处的不成熟和苦闷，可惜这部分诗作留存甚少，在《我底记忆·旧锦囊》中可略窥一二。这些篇章大多关于爱情，流露出孤独与哀怨的情绪，贯穿诗人创作人生的忧郁主题已在其中有了雏形。当然，这些作品仍有一种不成熟的青涩，在感情上"为赋新词强说

---

① 《上海大学底两个文艺团体》，《民国日报》1923 年 11 月 7 日。

愁"。诗人继承的是晚唐、五代诗词人的审美艺术传统，却尚未经历过那般复杂的人生体验，因此只有形似而无神似。另一方面，当时的社会正经历"五四"退潮，知识分子在困惑中彷徨，早期新诗狂飙突进的诗风开始转向感伤、纤细，戴望舒也彳亍着，书写自己的哀愁。不过，诗人在其创作之初就十分重视形式技艺，虽然他此时仍受古典诗与新月派的双重影响，创作格律体诗，但他半自由的句法已初现破格的端倪。

1925 年，上海发生"五卅惨案"，戴望舒毅然站在进步的一边，参与示威游行。然而，上海大学最终被查封，诗人被迫转至震旦大学法文特别班学习。在这里，他继续着文学梦想，与好友施蛰存、杜衡等人创办《璎珞》旬刊，在上面发表了《凝泪出门》《流浪人之夜歌》等新诗和诸多译作。1927 年大革命失败，同年 3 月，戴望舒因从事革命活动而遭到法租界的逮捕，"四一二"反革命政变更是给他造成了前所未有的打击。在铺天盖地的白色恐怖氛围中，戴望舒选择隐匿，他的创作心态也发生了深刻改变。诗人不理解、不接受也不甘心，背叛者为何如此不堪，理想为何总是破灭。在现实沉寂的岁月里，戴望舒却沉寂不下来，他只能动笔写出内心的愤懑、焦虑和痛苦。"国家不幸诗家幸"，诗人迎来了一次创作的高峰期，写下了《雨巷》《我底记忆》等名篇，诗人的创作风格也进入一个新的阶段。在《雨巷》中，诗人的形象是迷茫而执着的，痴痴地盼望着一个和他同样忧愁的丁香姑娘。童年记忆中的"雨巷"在此处回返，诗行间萦绕着一种乡愁，这是诗人对他的理想乡的愁怨，其中交织着绝望和希望、幻灭和固执并存的双重情绪。诗人仍是忧郁的，不过他此时的忧郁已不再是青春期的感伤，而是由痛苦的背叛、曲折的革命、苦闷的现实与积淀的激

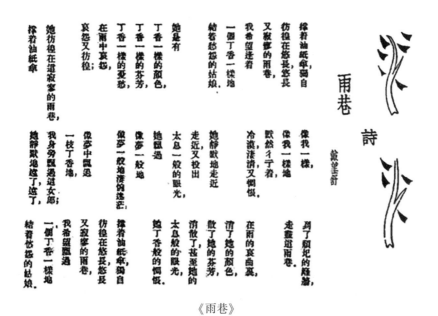

《雨巷》

愤所导致的"欲说还休"的复杂滋味。这种复杂的忧郁可以说贯穿着本时期的全部作品。《Spleen》《残叶之歌》和《Mandoline》情绪更加低沉，表现了诗人的失望和惆怅，而《断指》则使诗人的愤怒从无可奈何中溢出，《我底记忆》则是各种情绪的中和，呈现出一种沉静的精神痛楚。

与更深重的诗歌情绪相对，戴望舒在诗艺上也有较新的追求。当时，象征派诗歌开始流行于中国诗坛，欧洲的象征主义诗论和作品也陆续被译介。戴望舒修习的正好是法文，这使他能直接阅读波德莱尔、魏尔伦等法国象征主义诗人的作品，近距离地受到象征派诗风的熏陶。在这些多写于世纪末的作品中，戴望舒能感受到熟悉的时代悲哀，以及相近的忧郁气质，他产生了莫大的共鸣，并开始着手创作象征主义诗歌。戴望舒并没有沿着早期象征派诗人如李金发的路子，对外国诗歌生搬硬造，杂用欧化语和文言文，使作品晦涩难懂。他的创作是对前人的批判性继承，在引入西方诗学观念的同时，也尝试融汇中国古典的诗歌传统。《雨巷》是他做出的一次成功的诗学实践，并给他带来"雨巷诗人"的赞誉。全诗不是客观写实的，而是采用了象征主义的含蓄表达，丁香、姑娘、雨巷等意象是诗人复杂心境的投射，又是传统主题"丁香空结雨中愁"的化用，极具古典意境之美。《雨巷》也是一次推陈出新的新诗格律化实践，其兼有西方诗行的建设技巧，也有诗意与音节的交互经营，叶圣陶就称赞戴望舒为新诗的音节开启了一个新的纪元。不过，诗人并不满足于《雨巷》的过分圆熟，它太像"诗"了，还不是属于自己的独创的诗，他尚未摆脱新月派以及古典格律的影响，在形式上十分注重音律节奏。从1927年夏创作《我底记忆》开始，戴望舒真正走上了他的开创性的新诗道路。除去更加沉静厚重的创作思绪外，该诗也不再构筑过于凸显的朦胧意境，而是将情感知觉化，隐藏至客观事物的实体中，这是后期象征主义在摆脱浪漫色彩后更具暗示性、神秘化的表意模式。此诗在音律方面的变革更加瞩目，通篇没有任何明显的音韵形式，句行关系也显得随意散漫。诗人刻意使用了自然口语的说话节奏，其中流动的是情绪的而非音乐的旋律。《我底记忆》是中国新诗散文化、自由化的先声，它不属于早期新诗那种不成熟的诗体探索，而是中国新诗诗艺的本土成果，其后的自由体新诗在它的基础上开枝散叶。至此，戴望舒的个人诗学已经形成。

为了从革命失败的阴影中走出，1927年9月，戴望舒同刘呐鸥前往北京，并通过丁玲结识了胡也频、沈从文、冯雪峰、冯至等一众青年作家，既开阔了文学活动的视野，也获得了一定的鼓舞。尤其是共产党员冯雪峰，重新激起了戴望舒的文学事业心。1928年夏，他们决定参照《莽原》的模式创办进步杂志，名为《文学工场》，诗人准备将《断指》发表在第一期上。然而，这份刊物却被出版商认为"太'左'倾"而放弃，诗人的事业又一次遭到挫折，不过他没有放弃。同年9月，在刘呐鸥的邀请下，戴望舒与施蛰存参与编辑《无轨列车》半月刊，诗人在该刊物上先后发表《断指》《对于天的怀乡病》等名作。"无轨列车"这一命名表明刊物内容没有一定的方向，也意味着它对各文学派别的包容。然而，1927年后的文艺界面临着左和右的遽然分化，无倾向的刊物注定无法长久，此时的戴望舒仍然举棋不定，就像"无轨列车"一样，徘徊在各大争论场域的边缘，迟迟没有参与的信心。冯雪峰再次引导了戴望舒，戴望舒在《无轨列车》上发表革命的文章，使刊物日渐左转。尽管刊物在第八期被查封，但后续的轨道已然确立方向。

1929 年，戴望舒同友人开创了水沫书店，他的第一部诗集《我底记忆》在 4 月出版，共收录诗歌二十六首。同年 9 月又开始编辑《新文艺》文学月刊，并在其上发表了《祭日》《烦忧》《少女》等名篇。在水沫书店，戴望舒接触到各种新兴文艺理论，参与了马克思文艺理论的翻译、编辑与出版工作，同时也参加了一些左翼文艺活动。戴望舒曾与冯雪峰一起参加"左联"成立大会和大会前的一个筹备会，1930 年 3 月中国左翼作家联盟成立，他是"左联"的第一批成员。

在这段时间，爱情对戴望舒来说是他的另一件大事。《我底记忆》的初版扉页印着法文"A Jeane"，意思是"给绛年"，在诗人有纪念意义的第一部诗集上，他公开发表了对好友施蛰存的妹妹施绛年的爱恋，诗集里《路上的小语》《林下的小语》等诗就是戴望舒殷切而热烈的告白。然而，诗人的苦恋没有打动对方，施绛年要求戴望舒出国留学，有所成就

《我底记忆》水沫书店版

后才能与他结婚。1932 年 11 月 8 日，戴望舒乘达特安号邮船赴法留学，选择法国，不仅是因为那个浪漫爱情的幻梦，还因为诗人对法国文化的向往，他期望在法国感受他理想中的文学生活。抵达后，戴望舒到巴黎大学就读，他在奢华的巴黎过着清苦的生活，既无甚钱财，也无精神依靠，为了理想也为了生存，戴望舒疲于写作、约稿和翻译的工作，有时也不得不请求国内亲友的接济。《望舒草》就是在这种情况下编订的，其收录新诗四十一首，内容多是诗人留法时期的心境反映，包括他对爱人的苦恋以及游子抑郁的乡愁。然而，由于时空的阻隔，爱情逐渐变得淡漠，施绛年的来信停止了。同时，由于受国内之邀，诗人写了一篇《法国通讯——关于文艺界的反法西斯运动》，其中涉及对"第三种人"的认同，他遭到了国内"左联"的批评，与国内左翼文艺阵营间产生了些许隔阂。远在他乡的孤独、爱情与事业的双重受挫使戴望舒愈发消沉，在《望舒草》的诗作中，他的情绪忧郁但深情，而在孤独的旅法岁月里，诗人日渐虚无，三年仅创作了五首诗，陷入创作的危机。

《望舒草》现代书局版

1935 年，戴望舒被里昂中法大学开除回国，原因一说是他不认真完成学业，原因二说是他参与反法西斯游行，这两种理由分别代表了两个戴望舒，一个消沉而忧郁，另一个仍然怀揣理想。总之，在矛盾中，戴望舒踏上归途。回国不久他便和施绛年解除婚约，对此他早已做好心理准备。在熟悉的国内，诗人沉重的心情重新开始活跃，通过友人间的往来，他结识了新的恋人，生活的各种转机使他开始追求新的事业。1936 年 10 月，戴望舒与卞之琳、孙大雨、冯至、梁宗岱等人创办《新诗》月刊，该刊物提倡"纯诗"，代表当时诗坛上一种"为艺术而艺术"的创作风气。这一艺术倾向与当时蓬勃发展的左翼"新诗歌运动"遥相对立，后者以《新诗歌》为阵地，主张现实主义的、大众化的革命诗歌，以"国防诗歌"为代表。两股诗潮经常发生论战。在当时国内外矛盾愈演愈烈的背景下，戴望舒的"纯诗"追求是一个不可能实现的缥缈的梦，这是诗人纯粹的美学理想，但终究会在残酷的现实面前破灭。诗人这段时期的作品有《秋夜思》《赠克木》等，其中有诗人一贯的忧郁和寂寞，也透露出诗人的一种无力感和对现实的逃避。1937 年 1 月，诗人的第三部诗集《望舒诗稿》由上海杂志公司出版，基本是前两部诗集的合编，无甚新作，可见诗人的创作确实遭遇了某些思想危机。

1937 年 7 月，抗日战争全面爆发，8 月，日军侵占上海，《新诗》停刊，诗人的幻梦被无情击碎了。1938 年 3 月，中华全国文艺界抗敌协会成立，号召一切文学艺术工作者，无论派别、阶级、新旧，都一律团结起来，为争取抗战胜利而奔走呼号。民族存亡的冷酷事实擦亮了戴望舒的眼睛，激起了他的爱国主义热情，诗人毅然决定投身抗战救亡的洪流。同年 5 月，诗人携家抵达香港，并在 8 月担任了《星岛日报》副刊《星座》的编辑，发表抗战的诗文，刊载国内的和流亡进步作家的作品。他还和金仲华、张光宇等人合编了《星岛周报》，同艾青合编了诗刊《顶点》，又与冯亦代、徐迟等创办英文版《中国作家》。同时他又是"文协"留港通讯处的首届干事、"文协"香港分会理事、"宣传部"负责人和"编辑部"的委员会委员。由此可见，戴望舒一直在大后方从事着各类抗敌文艺工作，成为一名活跃的爱国文艺战士。这一时期，他的理想不再是某个朦胧虚幻的象征，而有确切的所指：爱国救亡。他的作品的情绪也趋向明朗、乐观，富有生命力和战斗性。1939 年元旦之际，他在《星座》上发表《元日祝福》，诗人乐观地相信希望，深情祝福祖国的土地与人民。从艺术审美角度来看，《元日祝福》并不出色，但它标志着戴望舒在创作内容与风格上的又一次转变，其冲出了象征主义的空中楼阁，站在了现实的土壤上。

1941 年香港沦陷，当地的抗敌文艺工作受到沉重的打击，《星座》不日即停刊，多名爱国人士被捕，戴望舒也不幸于 1942 年春因宣传抗日而被日军逮捕入狱，被关进深牢，受尽苦刑折磨。这一时期他写下《狱中题壁》一诗，无畏敌人的暴行。诗人在坦然面对生死时抱着胜利的信念，其气节精神自不必多谈。诗人尤其能将激情写出深远的意境，这是他苦心经营的诗艺与崇高情结相遇的结果。他采用一种半自由格律体，既直抒胸臆，又保留象征，将感情融入泥土、白骨、山峰、飘风等意象中，编织"他唯一的美梦"，构成慷慨的风景。抗战与斗争的经历，使戴望舒的艺术理想有了扎根之处，他也更注重对前期艺术理念的综合实践。同年 5 月，经叶灵凤周转，戴望舒保释出狱，此时他的身体已受到极大摧残。由于日方的压制，戴望舒的工作处处受挫，创作也陷入暂时的沉寂。于是，他变换方式，创作了十几首抗日民谣，表达香港人民对侵略者的愤懑和对胜利的盼望，因其单纯明朗，很快在民间传唱起来。他此期的新诗为数不多，但艺术水平颇高。《我用残损的手掌》一诗，是戴望舒后期作品中最具代表性的一篇。诗人的手掌和诗人的祖国一样，都是残损的，但他深情的触摸饱满而诚挚。诗中祖国的江山是具象的，无形的手掌是想象的，它们通过触觉这一感官血肉粘连，难舍难分。诗歌意象纷呈，虚实结合，将灾难与希望、现实与超现实连贯在一起，展示了一片多灾多难又必将春意盎然的祖国土地。戴望舒死里逃生的庆幸、长期困苦的忧郁和沉淀已久的爱国热情，都得到了诗意的升华。在艺术上，诗人消融了写实与象征的界限，心物共融，时空交错，使之成为立体的动态的诗，这是戴望舒在诗艺上的又一次突破。1943 年，抗战胜利的曙光愈发明朗，日军无力维持文化禁制，戴望舒重新在文坛上活跃起来。他和叶灵凤主编《华侨日报》的《文艺周刊》，又主编《香岛日报》的《日曜文艺》。在特定政治环境下，他的公开出版物无法太过激进，其作品多是翻译，间杂一些诗歌和随笔。此时所作的新诗有《过旧居》《示长女》《赠内》等，情感基调仍然是淡然忧郁的，但将过去囿于个人的愁怨推及时代，以小苦见大难，引人动容。1944 年9 月，诗人来到萧红墓前凭吊，写下《萧红墓畔口占》一诗，"走六小时寂寞的长途，/到你头边放一束红山茶，/我等待着，长夜漫漫，你却卧听着海涛闲话"。既是祭奠，也是期待。漫漫长夜，终有拨云见日的时刻，1945 年 8 月，日军无条件投降，灾难的岁月翻开新的一页，戴望舒也准备开启新的文艺生涯。

抗战胜利后，戴望舒回到上海从事教学工作，进行古典文学和俗文学方面的研究。然而，时局形势并不像诗人想象的那样缓和，晚期国民党统治的上海并不能给戴望舒太大的文艺自由。1947 年 7 月，因参加教授联谊会支持进步学生的爱国民主运动，戴望舒被暨南大学解聘。1948 年 5 月，又因参加罢课，被诬陷控告，他被迫离开了上海。这一时期，他

《灾难的岁月》封面

出版了第四本诗集《灾难的岁月》，标题的内涵不仅指向过去，或许也映射了诗人的当下处境。

由于连年艰苦生活的折磨，正值壮年的戴望舒身体已十分虚弱，只得避居香港做一些清闲的文艺工作。然而，当他听闻中华人民共和国即将成立的消息时，抑制不住心中的振奋，决意前往解放区。1949年3月，戴望舒和卞之琳离港北上，中转数次抵达北平，来到了他梦寐以求的"温暖，明朗，坚固而蓬勃生春"的地方。之后，戴望舒被安排在华北联合大学第三室从事翻译工作。同年七八月，中华全国文学工作者协会及诗歌工作者联谊会成立，戴望舒被推举为联谊会的理事。中华人民共和国成立后，他在新闻总署国际新闻局法文组任法文编辑。一切看似朝着好的方向发展，在政治热情的驱使下，戴望舒忘我地进行工作，他几乎不再写诗了，他感到中华人民共和国到处都是诗，却不知道如何表达，这成为诗人晚年的遗憾。1950年2月28日，戴望舒因健康情况恶化而去世，年仅45岁。《寻梦者》的最后一节正是诗人最终命运的写照："你的梦开出花来了，/你的梦开出娇妍的花来了，/在你已衰老了的时候。"

戴望舒是二三十年代中国诗坛上现代派的领袖人物，但纵观其创作史，他又不仅限于现代诗风。他的诗歌蕴含着多种诗艺动向，其中既有继承，也有革新，反映了新诗发展中的诸种分歧与交融，因此他的作品可以视为新诗从幼稚走向成熟的标志。在戴望舒的创作时代，新诗经历了郭沫若的自由诗、新月派的格律诗和李金发的早期象征诗的发展，进入一个本土性开拓的阶段。戴望舒具有充分的诗学资源与实验空间经营他的诗艺。其最主要的诗学主张可用一句话总结，"诗是由真实经过想象而出来的，不单是真实，亦不单是想象"，这是对当时的写实派与浪漫派的双重反思与调和。另一方面，戴望舒早期的创作潜移默化地受到了格律诗派的影响，那时他追求诗的音律美，讲究音节、押韵。《我底记忆》中的《旧锦囊》收录他的早期作品，其中不少带有旧诗词的韵味，《雨巷》则是他新诗音乐美的高峰。但很快戴望舒就不满足于单纯悦耳的音乐，开始将注意力从声音的抑扬顿挫转移至情绪的抑扬顿挫上，并逐渐取消了诗的韵法、句法等外在形式限制。《我底记忆》以清新而朴实的现代口语写就，全无音律上的经营，却呈现出独特而含蓄的情韵。戴望舒的这一诗风转变是对过于钻营形式而丢失诗之本色的格律诗派的反拨。当然，他并没有彻底否定新诗的听觉美，只是反对刻板的格律，追求一种广义的诗性节奏。在他的后期创作中，如《元日祝福》《我用残损的手掌》等，韵脚往往变化不定，随着情绪和思维的节奏律动。可以说，戴望舒的诗歌形式经历了格律体、无韵自由体和半格律自由体三个阶段，这个过程中他逐步加深了对现代汉语语言美的理解。在戴望舒的诗歌艺术逐渐成熟时，他开始朝象征派发展。戴望舒始终注重诗的情绪、意象的营造等问题，他在继承古典诗学的晚唐诗词传统的同时，也借鉴了诸如意象主义、法国象征主义、超现实主义等国外诗学理论。他试图融合中西诗歌的象征诗学，创建一种中国式的现代诗歌，在形而上的、知性的象征，与情感的、意象的象征之间，找到一个平衡点。《雨巷》是其将象征诗本土化的一个好的起点，诗中意境更加朦胧蕴藉，诗人的情感介于说与不说之间，不像早期象征派如李金发那样陌生、晦涩，其既有民族色彩，又有现代情结，诗情意味深长、含蓄隽永。总而言之，戴望舒的新诗是中国新诗史上一个纵横交错的联结点，他在一定程度上容纳了各派别的艺术经验，在前人的探索以及各类诗歌资源的基础上推动了新诗的又一次整合发展。

二、诗作鉴赏

我底记忆①

我底记忆是忠实于我的，
忠实得甚于我最好的友人。

它存在在燃着的烟卷上
它存在在绘着百合花的笔杆上。
它存在在破旧的粉盒上，
它存在在颓垣的木莓上，
它存在在喝了一半的酒瓶上，
在撕碎的往日的诗稿上，在压干的花片上，
在凄暗的灯上，在平静的水上，
在一切有灵魂没有灵魂的东西上，
它在到处生存着，像我在这世界一样。

它是胆小的，它怕着人们底喧嚣，

---

① 戴望舒：《我底记忆》，《我底记忆》，东华书局 1929 年版，第 53-56 页。

但在寂寥时，它便对我来作密切的拜访。
它底声音是低微的，
但是它底话是很长，很长，
很多，很琐碎，而且永远不肯休：
它底话是古旧的，老是讲着同样的故事，
它底音调是和谐的，老是唱着同样的曲子，
有时它还模仿着爱娇的少女底声音，
它底声音是没有气力的，
而且还夹着眼泪，夹着太息。

它底拜访是没有一定的，
在任何时间，在任何地点，
甚至当我已上床，朦胧地想睡了；
人们会说它没有礼貌，
但是我们是老朋友。

它是琐琐地永远不肯休止的，
除非我凄凄地哭了，或者沉沉地睡了：
但是我是永远不讨厌它，
因为它是忠实于我的。

忠于记忆，忘却虚无

《我底记忆》是戴望舒第一部诗集《我底记忆》的同名代表作。起首的诗行几乎作为一个宣言，或一个前提性的陈述，近乎武断地声明了"记忆"同"我"的关系，其建立在一种基于"忠实"的伦理契约之上。在这一平静、简洁的陈述背后，对"忠实"的强调暗示了诗人潜意识中对"不忠"的焦虑、恐惧，这作为一种情绪的暗流，始终在后续诗行的语言表象下涌动。同时，"甚于"使"忠实"具有可统计、可序列的形式，其以"我最好的朋友"为价值基准，确立了"记忆"不容置疑的话语地位。然而，其代价却是诗人自此丧失了对剩余者的信赖：即使是"最好的朋友"也存在着"不忠"的风险。于是，诗人的情绪，并不见得如此句诗中所显现的那般娓娓道来的温和、平淡，其内部蕴含着失望、怀疑与忐忑，以至于诗人只能求诸"记忆"这个颇为虚幻之物，以求疏解。由此观之，不仅"记忆"是"忠实"于

"我"的，"我"也必然是近乎"愚忠"于"记忆"的，"记忆"是诗人处于被抛弃、被背叛的情境中最后的救命稻草，若不能不顾一切地抓住，他将陷入无依无靠的虚无主义与彻底的怀疑主义中。

然而，存在于意识中的"记忆"是虚无缥缈的非实在，更重要的是，其性质也是朦胧、易变的。在常识中，某人的记忆总存在着不可靠的嫌疑，其又如何取信于敏感的诗人，牢固彼此之间的"忠实"关系呢？在此，诗人并不通过有意回忆来追溯某一事件在历史时空中的经历，这种方式看似还原出记忆，却触摸不到记忆背后的生命存在本身，它仅是一种记忆的记录。相反，诗人所信赖的"记忆"依存于一系列散乱而毫无关联之物："燃着的烟卷""绘着百合花的笔杆""破旧的粉盒"，等等。从表面上看，这些当下在场的物件本然地与过去式的"记忆"抵牾，代表着现实的残败、衰颓，是诗人空虚感的来源。然而，诗人深知，作为"我"的私人经验的记忆必须通过"我"的私人体验才能重新显现，这种体验又必然是活生生的、当下的、及物的体验。燃着的烟卷、半空的酒瓶、撕碎的诗稿、凄暗的灯……这些意象被损耗的是它们的工具性躯壳，留下的反而是其无用之真，一种与"我"发生关系后，独属于"我"的生存经验之真。在那些减去实用性的陈列物中，"我"重新发现了在世之中的"我"的存在痕迹，它们既是过去时的，又是现在进行时的；既是记忆的媒介，又是记忆本身，同普鲁斯特的"小玛德莱娜点心"一样，使有关自我、生命、存在的一切命题"重现"于此时此刻，在诗人的感知现场，而非简单的心理"再现"。正是这些及物的记忆体验，才能给予诗人充分的信赖感，它们无比地"忠实"，只是因为："在一切有灵魂没有灵魂的东西上，/它在到处生存着，象我在这世界一样。"通过它的中介作用，"我-物-世界"达成了连贯的共生共在，"我底记忆"之"忠实"的积极意义或许就在于此：在充满焦虑、怀疑和失望的现实境况中，它是诗人对自身存在底线的确证。

那么，未来呢？或者更为冷酷地说，"我底记忆"中本就不包括对未来的期待，它们从属于过去的行为，至多延伸至诗人的当下，并维持着一种止步不前的"胆小""低微""古旧"的姿态。尽管"忠实"，但"我底记忆"也始终是脆弱的，是自我的一面易碎的镜子，从中观审到的是诗人艰难彳亍的形象，且不同于《雨巷》中那个在忧愁中充满希冀的青年，此处的他更加低沉，也更加私密。记忆在这里被拟人化了，它躲避"人们底喧嚣"，只在"我"孤独寂寥时拜访我，与"我"交心，成为仅"忠实"于"我"一人的内向伙伴。也可以说，是"我"躲进了镜子的另一端，依赖着记忆漫长、琐碎、好像永不休息的言说，循着它相同的、古旧的却沉浸式的节奏，不时地被"没有气力的""夹着眼泪，夹着太息"的娇弱少女勾起关于爱与美的幻想，而再次回避了现实。另一方面，诗歌第二节的两个谓词"存在""在"从第三节以后转换为谓词"是"，"存在""在"的词性相较"是"更为客观，而"是"参与的表述显然带有更多主体判断的意味，这代表诗人对"记忆"的依赖更加深重，乃至诸诗行逐渐显示出一种强迫性重复言说的症候。不断重复的"是"是独断的"是"，也是畏惧

"不是"的"是"，在这背后，第一节中那个焦虑的诗人重新出现，其情绪基调始终是怀疑、失望与恐惧，只不过被压抑在"是"的肯定形式下，使肯定也染上了一种病态。于是，被这种"是"所圈定的记忆的属性也必然是病态的："胆小""低微""没有气力"，几乎是诗人的精神写照。它的话语"长""多"而"琐碎"，是"永远不肯休止"的，也是"古旧的"和"同样的"：这是一种持久的重复，而诗人的焦虑只有在这种不加任何变化的重复中才能得到抚慰——那里没有"不忠实"也没有"背叛"，只有"我底记忆"以最熟悉最真诚的模样陪伴他。活生生的当下在过去的重现中不断流逝，现实的意义也仅限于重温记忆，这种状态下的诗人自然没有未来可言。

第四诗节中，诗人用一种无可奈何却又十分纵容的语气，诉说"记忆"像老朋友一样随时随地造访，亦是将其拟人化，情态非常生动。值得注意的是，在诗人与"记忆"的亲密关系背后，若对照前面的书写，则"我们是老朋友"这个评价也蕴含诗人所期许的一种理想的关系。在全诗开端，诗人曾宣布"我"的记忆"忠实得甚于我最好的友人"，而此处又称之为"老朋友"，也就是说，"老朋友"不是"最好"的朋友，而是"甚于"最好的朋友。这里实际存在着两种评价标准。在第一种评价体系中，"没有礼貌"的记忆显然不能算作"好"，是否"礼貌"的判断隐藏着当时"人们"的世俗价值观：一种"好"的伦理，适可而止的让步伦理，某种程度上也是虚情假意的伦理。在失败、背叛与怀疑的时代氛围中，诗人早已对这一价值观备感厌恶与恐惧。相反，他迫切渴望的"忠实"恰恰建立在"没有礼貌"的基础上。正是由于"记忆"这种随时随地闯入诗人情感世界的无礼行为，它才能超越"最好的朋友"成为诗人的"老朋友"。固然它是不是"最好的"尚不知晓，而且它还毫不让步地肆意打扰"我"，但我深知，它"老"是如此，总是如此，让我感知到它的叨扰，它的存在，一如既往地让我安心——"我"不是孤独的，这比任何"好"的"礼貌"的关系更令诗人感到庆幸。但是，向往其理想价值体系的诗人又是悲剧的，恰恰是理想的失败使诗人分裂为"我"与"我底记忆"，在记忆拟人化的表象下是诗人孤独的本质，其仅在当下自我与过去自我之间不断徘徊，所建构的理想关系也不过是理想废墟中的一隅空地——那里没有友人，唯有关于理想乡的记忆。

除非？还有"除非"的可能吗？记忆"永远不肯息止"的低语既是诗人的安慰，也是他的忧郁，如前所述，它是诗人病态地死死抓住的最后一根精神稻草，除此之外的未来诗人也无法给出。然而无论怎样，"我"仍将独自面对虚无，在"我凄凄地哭了，或者沉沉地睡了"时。"除非"这个词体现出其最冷酷的隔离性，它既有打断恒常关系的语义，也在视觉上将"我"与"它"遥相分隔。"除非"也是一个非常态的语境，代表"我"的一次既是偶然也是必然的遭遇，其中"我"与"我底记忆"的人格分裂被迫统一，诗人所深深依赖的、同记忆之间令他感到无比安慰的"忠实"关系面临着消失的危机。在"凄凄的哭"与"沉沉的睡"中诗人失去了唯一的"老朋友"，也失去了"忠实"的关系，仅剩一个被抛入荒谬世界的孑然的自己，他被迫丢失"记忆"，以最失败、最怀疑、最恐慌也最孤单的姿态面对现实。不过，这也并不是一个消极的死亡时刻，其中同样存在一种积极性。正是在上述状态中，诗人才能暂时摆脱沉浸于过去、滞步于当下的褊狭生命状态，进而敞开"记忆"的未来维度："但是我是永远不讨厌它，因为它是忠实于我的。"在经历了"除非"的例外遭遇后，诗人最后的告白就更加耐人寻味，它不是该诗开头宣言的简单重复，此处的"忠实"已不是"记忆"永久在场的直接忠实，而更是一种牺牲式的忠实——正是在"记忆"决绝的不在场时刻，诗人获得了向它告别的勇气，而这一勇气的告别，又将化作"我底记忆"，无限"忠实"于"我"向未来迈出的一步。

烦扰①

说是寂寞的秋的悒郁，
说是辽远的海的怀念。
假如有人问我烦忧的原故，
我不敢说出你的名字。

我不敢说出你的名字，
假如有人问我烦忧的原故：
说是辽远的海的怀念，
说是寂寞的秋的悒郁。

无言的情思与表达的无奈

中国古典诗学的一个经典范式是"触物生情"，所谓"物色之动，心亦摇焉"，主体情感与自然事物在"接触—反馈"的双向关系中实现诗性的互渗。熟稔古典诗学的戴望舒自然继承了上述表意传统，《烦忧》这首诗的第一节就体现了诗人"应物斯感"的发展过程。"秋"是时间，"海"是空间，二者共同构筑了一个广阔的时空，预先容纳了一系列历史或神话的命题，等待着与某人的诗意邂逅；二者又作为诗人所处的此时此地，不可避免地感染上他的情绪，他的"悒郁"与他的"怀念"，使秋天"寂寞"，大海"辽远"。需要注意的是，上述情绪仍属于诗人的"前情绪"，秋色寂寥，诗人心怀忧思，临海眺望，所见唯有辽

① 戴望舒：《烦扰》，《望舒草》，现代书局 1933 年版，第 30-31 页。

远，这样一幅"断肠人在天涯"似的画面也仅是本诗的"前意境"，亦可视之为"起兴"。而诗人真正受物色感发油然而生的，反而是一种无可言明之情。它不是那些前有的"悒郁"或是"怀念"，它们仅是"烦忧"的表象，也是世人皆有的人之常情。而它——"烦忧的原故"，独属于此时此刻即景生情的诗人，是怀揣懵懂生命体悟的"我"与周遭时空偶然相遇的唯一产物。于是，若人们问它到底是什么的时候，"我"与其说是"不敢"回答倒不如说是"不能"回答，因为其他人根本不能理解"我"的这一独特体验，那又有什么好说的呢？另一方面，传统的诗学讲究"感物言志"，即借由万物来陶冶情操，抒发抱负，但这里的诗人恰恰无法言志，他"不敢"言志，也"不能"言志，在这种"欲说还休，欲说还休"的姿态中，诗人又何尝不是孤独的：无人可以理解，也就无人能够倾听他"烦忧的原故"，即他的"志"。诗人隔海远望，若有所思，面对他人的疑问微笑、摇头，而那个名字只藏在他的心底。

按说诗歌发展至此，结构已经完整，诗人却进一步将前四行诗作颠倒式的重复。显然，单一的"触景生情"模式并不能满足其表意需求，于是诗人将其破格，实现由"生情"向"返知"的转换。事实上，重复蕴含着相对于前一阶段的否定性和差异性，是辩证发展的一种体现。前后相邻的两句"我不敢说出你的名字"，看似是对那个"原故"的不可说性的强化，其精神底色已不尽相同。在前一节中，"假如……"是因，"我不敢……"是果，这意味着诗人清醒的孤独，他深知不会被理解，于是在沉默中隐瞒自己的忧郁与抱负；而在此节中，"我不敢……"是因，"假如……"是果，诗人反而在"不说"的大前提下选择去"说"，这无疑是对其沉默的质疑。但这并非因其孤独难耐而不得不说，诗人只是对前两诗行进行了重复，那是所有人都理解的经典意境——"秋的悒郁"和"海的怀念"，而那个未名之情实际上仍还是未说出口。若辩证地看，在这第二次的"未说"中其实已然蕴含了"已说"，那是诗人在"不说"中"说"的意识，是针对未名之情进行言说的一种尝试，体现了由感兴之"情"向澄明之"知"的过渡。悲剧的是，在逻辑关系的颠倒中，诗人"不敢说"的性质由"不能"走向了"不知"——实际上他也不知道"你的名字"是什么，这是一种比单纯的不被理解更令人难耐的境遇，至少在孤独中诗人仍有那一抹情思相伴，而无知即是虚无，是对自身存在的怀疑，因此，诗人必须去说，即使他"知道"他说的并不是它。诗人从"烦忧"的迷情氛围中脱离，清醒地意识到，就算自己根本无法理解"烦忧的原故"，也要在无法将其言明的状态下，重复言说他最初所经历的一切："说是辽远的海的怀念，说是寂寞的秋的悒郁。"那里有着无尽的言外之意。

在"说"与"不说"的矛盾之间，此诗寄寓了诗人面对那个未名"原故"的无奈，仅是无奈，甚至连无奈的对象也无处可寻的无奈——"假如有人问我烦忧的原故，/我不敢说出你的名字。"这是诗人不敢被理解，也不能被理解的无奈，是不知的无奈，也是诗情无法彻底表达的无奈。

游子谣①

海上微风起来的时候，
暗水上开遍青色的蔷薇。
——游子的家园呢？

篱门是蜘蛛的家，
土墙是薜荔的家，
枝繁叶茂的果树是鸟雀的家。

游子却连乡愁也没有，
他沉浮在鲸鱼海蟒间：
让家园寂寞的花自开自落吧。

因为海上有青色的蔷薇，
游子要萦系他冷落的家园吗？
还有比蔷薇更清丽的旅伴呢。

清丽的小旅伴是更甜蜜的家园，
游子的乡愁在那里徘徊踯躅。
唔，永远沉浮在鲸鱼海蟒间吧。

远游之子的徘徊犹疑

传统诗歌的"游子"形象，是远在他乡为异客，对故乡魂牵梦绕，其心目中的"家园"
也是囊括所有美好事物的理想乡。然而，戴望舒这首诗中的"游子"却不愿回到那里，甚至
连"乡愁也没有"，这并不是因为其故乡有多么萧瑟、破败；相反，他的"家园"盛开着鲜
花，寂寞地等待着游子的归来。这几乎颠倒了二者的关系："游子"不再"萦系他冷落的家
园"，反而是故乡殷切地盼望着游子归来，一直等待……等待……这个过程中只有"寂寞的
花自开自落"。那么，诗人是绝情绝义的吗？不然。当微风乍起，在暗沉的海面上绽出的

---

① 戴望舒：《游子谣》，《望舒草》，现代书局 1933 年版，第 78-80 页。

波澜就像一朵朵"青色的蔷薇",这不是什么无由来的想象,在游子的家园里,确确实实地开满了蔷薇,它们也盛开在游子的心底,是他挥之不去的记忆。在这触景生情的一刻,游子欲问那些回忆之花从何而来,却见其生于无凭无据的水面,顿时有了对"家园"的怅然若失之感——这些蔷薇的家园呢?"我"的家园呢?这一疑问没有任何的谓词,不是"家园在哪呢",不是"家园是什么呢",也不是"家园有什么呢",它以最直接的形式追问着"家园"本身的存在。那是游子原初的存在之乡,有关它的疑惑揭示了游子对当前生存境况的茫然与困惑:从哪里来?到哪里去?

游子的家园早已不存在,或者说,他不再居住的家已再不是他的家。"篱门是蜘蛛的家,/土墙是薜荔的家,/枝繁叶茂的果树是鸟雀的家。"当人离去,"家"就逐渐还原为自然本有的原址,虫鱼鸟兽,花果草木,一切有生命的将在它们本然该在的地方安家,它们取代了游子,成为这里的居民。正是在此情况下,游子失去了他的"乡愁",不是因为故乡的沧海桑田,而是他已没有"乡愁"的资格——新的家园属于那些新的生命,旧的人子要向旧的家园告别。告别不是不再思念,而是不再愁于远游,坦然接受"游子"的身份以及在世漂泊的生存境况:"沉浮在鲸鱼海蟒间。"身处海中巨兽的包围中,游子像风雨飘摇中的一叶孤舟,四周险象环生,他此刻的生命是如此的艰深,又是如此的神奇,像历尽千难的奥德修斯,游子不为归乡,而应朝更远的地方去:"让家园寂寞的花自开自落吧。"

仿佛要下定决心似的,其后的诗句既是游子的自我诘问,也是他在矛盾中所做出的选择。视线再度落回海上的"蔷薇",游子澄明了自身存在的困惑,紧接着面临一个更加具体的疑问:作为一个命定的流放之人,要不要怀念故乡?远行的航路上还将有无数"青色的蔷薇",它们是故乡的美好,无时无刻不勾起游子的乡愁,呼唤他的归来,回首还是前行呢?这进退之间的矛盾与权衡是一个永恒的人生难题。显然,游子也无法给出一个完美的答案,而他的回答则带着顾左右而言他的性质:"还有比蔷薇更清丽的旅伴呢。"是或否,游子并没有直接进行选择,而是创造了新的选项:一个比故乡的美好还要美好的"小旅伴"。她既不代表对家园的决然抛弃,也不是一味沉湎的怀乡病,这构成了游子"甜蜜的家园",同时又作为"旅伴"陪伴在其身边,一同漂泊,一同远行。可以说,诗人创造出这样一个两全其美的伴侣,是为了表达游子"以四海为家"的自我勉励,甚至"小旅伴"就是这个信念的拟人化。既以四海为家,就不再孤独,作为一个无根的人就这样漂流。然而,这个流动的选项在本质上仍是矛盾的,在是与否之间没有任何中间选项。游子对这个"小旅伴"的憧憬不过是一种妥协而拙劣的移情,是他的精神分裂:一个回答了是,另一个回答了否,他实际上没有做出任何抉择。不仅如此,难道只因为"小旅伴"比故乡的花"更清丽",她就是"更甜蜜的家园"?就能因此忘掉故乡?这显然是一种功利的实用主义价值观,用冠冕堂皇的比较遮蔽了遥远而真切的乡愁。游子深知如此的虚伪,但他无奈,他只能让"乡愁在那里徘徊踟蹰",这一句暴露了游子自勉话语的矛盾,使其趋于失效:既然

"小旅伴"这个"甜蜜的家园"已在身边，乡愁又是从何而来？事实上，这份愁绪正体现了游子的精神矛盾，是他不知如何是好，困顿流连于第三选项中的结果。至此，诗歌情绪的发展进入泥沼，陷入僵局，而前面的一切困惑、犹豫、纠结和妥协仍然等待着真正的解决。为了让游子迈出泥沼，诗人必须介入，给出强行振作的措施。诗的结尾处重复"沉浮在鲸鱼海蟒间"一句，这为游子的选择下了定论：前行，在危机四伏的洋流中前行，再无暇顾及曾经的家园。但这并不是简单刻板的指令重复，语气词"唔"是游子沉吟后的觉悟，修饰词"永远"是游子不归的决绝，而句末的"吧"又是游子罢了般的释然。"唔，永远沉浮在鲸鱼海蟒间吧"，游子这么想着，这么说着，然后埋头投身于"鲸鱼海蟒间"。

寻梦者①

梦会开出花来的，
梦会开出娇妍的花来的：
去求无价的珍宝吧。

在青色的大海里，
在青色的大海的底里，
深藏着金色的贝一枚。

你去攀九年的冰山吧，
你去航九年的旱海吧，
然后你逢到那金色的贝。

它有天上的云雨声，
它有海上的风涛声，
它会使你的心沉醉。

把它在海水里养九年，
把它在天水里养九年，
然后，它在一个暗夜里开绽了。

---

① 戴望舒：《寻梦者》，《望舒草》，现代书局 1933 年版，第 104-107 页。

当你鬓发斑斑了的时候，
当你眼睛朦胧了的时候，
金色的贝吐出桃色的珠。

把桃色的珠放在你怀里，
把桃色的珠放在你枕边，
于是一个梦静静地升上来了。

你的梦开出花来了，
你的梦开出娇妍的花来了，
在你已衰老了的时候。

梦开花：用毕生供奉的奇迹

　　"梦会开出花来的"，这是已见识过梦之花盛开之人给诗人——一个"寻梦者"的许诺。诗人下笔，将这乐园的许诺铭记下来，又禁不住对那美好的光景产生无限遐想，便擅自加笔，为梦之花增饰了一个恰如其分的形容词。人人的梦都会开花的，可唯有这个"寻梦者"的花是"娇妍的"，因此，这句诗是一份更新的许诺，不再来自外部，而是诗人写给自己的向往；也是更虔诚的信念，所以他要去寻找，不带任何功利心地"去求无价的珍宝"。

　　然而，"梦会开出花来"是一个理想主义的命题，世人皆有理想，却非人人都能得之，"寻梦者"面临的难题是，"怎样让梦开出花来"。"梦开花"不是"开花的梦"，前者是一个奇迹，而后者属于日常生活中必然会发生的现象，无需寻找，等待即可，不具有理想的价值；"梦开花"也不是"梦中开花"，"梦中"是一个幻想的语境，提供唯心的现实，其中的"花"无非是虚无缥缈、聊以慰藉的犬儒的花；"梦开花"是一个唯物主义的乌托邦，恰恰在其根本的荒诞式的表述中，"寻梦者"挖掘出理想实现的可能。"梦开花"的命题拒绝了那些庸俗化的梦，显得弥足珍贵，正因如此，"让梦开花"的道路必然也必须是漫长而曲折的。"青色的大海"已是庞然大物，而"寻梦者"仍要深潜入"大海的底里"，进行真正的海底捞针，更不必说"金色的贝"不是最终目标，而只是寻梦的一个中介物。即便如此，"寻梦者"仍是虔诚的，"你去攀九年的冰山吧，/你去航九年的旱海吧"，这不是诗人的刁难，而是"寻梦者"甘愿的苦行。"九年"是时间上的困难，这里它既可以是确指，又可以是虚指。前者是一种无意义的确凿——"九年"在人生中所占的分量太重，也太漫长，即使它再准确，这希望也近乎令人绝望；而后者是一种确凿的无意义——在"寻梦者"与梦想之间拉开一段虚无的距离，其间唯一可以肯定的只有生命岁月的消耗。"冰山""旱海"是空间上的困难，二者皆是极端的自然环境，"寻梦者"的艰难又不止于此。值得注意的是，这里的动词"攀"和"航"与受事者并不匹配："冰山"不是常规之山，而是由寒冰构成的极冻、光滑之山，也就无处可"攀"；而"旱海"实指沙漠，陆上行舟已是妄想，又如何在无垠的沙漠中"航"？攀冰山，航旱海，本就是无法实现的荒诞行径，这就让"寻梦者"的不懈努力成为彻底的徒劳。在"九年""冰山""旱海"所构筑的荒诞时空中，"寻梦者"无疑是一个西西弗斯式的荒诞英雄，他承认所面临的荒诞困境，但他的激情体现在"去……吧"的句式中，"九年"的"攀"与"航"就不再是日复一日的绝望，而是一刻不停地对生命的寻找，然后在某一天，"你逢到那金色的贝"。

寻梦的事业终于取得可见的进展。"逢到"而不是"找到"，这意味着与"金色的贝"的相遇是一次偶然，但这并不是"寻梦者"以虔诚苦行感动上苍的结果，这只会让梦想成为一种宗教，成为信徒所乞求的神的怜悯。"逢到"是荒诞的，它近乎否定了"寻梦者"先前的任何努力，将梦想变成偶然，在荒诞时空中的任何答案必然具有这一荒诞的形式。然而"逢到"又是反抗荒诞的，它将奇迹的色彩——金色，赋予凝滞不变的时空以新的活力，使其重新流动，于是"金色的贝"浮出水面，成为"寻梦者"的生命激情与历史涌动的确证。在"逢到"的偶然性中蕴含历史的必然，它并不像"找到"一样意味着一个终结性的时刻，"逢"自然地蕴含于"寻梦者"的生命经验中，作为其历史的有机成分。它"偶然"地发生于"找"的途中，却是困难的量变引发生命的质变的必然一刻——既是一个相遇的时刻，也是一个重逢的时刻，寻梦者发现了自己一生的寻找与寻找的一生，"天上的云雨声"与"海上的风涛声"都是他在寻梦过程中感知、体验过的，却被暂时遗忘而擦肩而过的"逢"，这些无数的"逢"构筑成他的"逢到"，最终以"金色的贝"为形式而呈现。它是"寻梦者"以寻梦的激情岁月所凝缩的金色梦想之雏形，他又自发地深深"沉醉"于这段岁月的激情当中。在此番体验后，"寻梦者"意识到，在艰辛的历程中，必须将自己的生命化作"金色的贝"的养料，才能使梦最终开花，这将是九年之后又九年的光阴，无数个"九年"似乎遥遥无期。不过，此处诗的句法不再是"你……去吧"，"你……去吧"是一个强烈的祈使语气，其中蕴含"寻梦者"面对未知困境的自我勉励式的激情。相比之下，"把它在海水里养九年，/把它在天水里养九年"两段的语气异常冷静，"寻梦者"历经重重洗礼，越发沉着，越发冷静，这代表他对自身生存处境的深刻理解与接受。寻梦的激情已过，也该由"攀"与"航"的挑战动作转向"养"的内敛，这是比激情的熊熊烈火更加坚韧、更加执着的寂寞，一直要到"寻梦者"把自己完全消耗、燃尽，"然后，它在一个暗夜里开绽了"，梦想才能实现。

"它"是理所应当要开绽的，但"它"的开绽却是在暗夜里。"暗夜"是同时具有喜剧性和悲剧性的时刻。一方面，唯有在黑暗中，"它"才能绽放得夺目，那一抹金色在茫茫黑夜中才具有最强烈的光亮的意义，是"寻梦者"理想的最有力的证据；另一方面，"暗夜"也是"寻梦者"的末路，象征着他走到尽头的人生，全然笼罩着死亡的颜色，唯有梦之花以其短暂的绽放在苦苦支撑着他即将凋零的生命。人穷其一生寻找"梦开花"的一瞬，落得"鬓发斑斑""眼睛朦胧"，垂垂老矣，行将就木。古今成大事业者有一最高境界："众里寻他千百度，蓦然回首，那人却在灯火阑珊处。""寻梦者"何尝不是如此，在他终于找到梦寐以求之物的同时，他也看到了自己的"灯火阑珊"，这是寻梦的必然代价，也是被"寻梦者"所接受的事实。"桃色"，一个迷乱与诱惑的颜色，一个神秘与梦幻的颜色，它也是梦想本身的颜色，"引无数英雄竞折腰"的颜色，正因如此，"寻梦者"为之心醉神迷，不惜生命。在诗的最后，"寻梦者"就是这样一个自知将死的老人，毫不焦虑，毫无遗憾，简简单单地安置着自己最后的时光："桃色的珠"被静静地放在枕边、怀里，就像一个稀松平常的物件，老花镜，书本，毛毯……理想此时已同"寻梦者"的全部生命融为一体，然后他躺下、安眠，乃至安息，"一个梦静静地升上来了"。

"你的梦开出花来了，你的梦开出娇妍的花来了，在你已衰老了的时候。"前两句声势渐进渐高，最后一句声势渐远渐沉，浮沉之间，它像是一次擦肩而过的远方耳语，要告诉老人"梦开花"的事实，让他睁眼去看"娇妍的花"，但"寻梦者"早已心满意足，他老在了他的梦的花蕊深处。

我用残损的手掌①

> 我用残损的手掌
> 摸索这广大的土地：
> 这一角已变成灰烬，
> 那一角只是血和泥；
> 这一片湖该是我的家乡，
> (春天，堤上繁花如锦障，
> 嫩柳枝折断有奇异的芬芳，)
> 我触到荇藻和水的微凉；
> 这长白山的雪峰冷到彻骨，
> 这黄河的水夹泥沙在指间滑出；
> 江南的水田，你当年新生的禾草
> 是那么细，那么软……现在只有蓬蒿；
> 岭南的荔枝花寂寞地憔悴，

---

① 戴望舒：《我用残损的手掌》，《戴望舒诗选》，人民文学出版社 1957 年版，第 55-56 页。

尽那边，我蘸着南海没有渔船的苦水……

无形的手掌掠过无限的江山，

手指沾了血和灰，手掌粘了阴暗，

只有那辽远的一角依然完整，

温暖，明朗，坚固而蓬勃生春。

在那上面，我用残损的手掌轻抚，

象恋人的柔发，婴孩手中乳。

我把全部的力量运在手掌

贴在上面，寄予爱和一切希望，

因为只有那里是太阳，是春，

将驱逐阴暗，带来苏生，

因为只有那里我们不象牲口一样活，

蝼蚁一样死……那里，永恒的中国！

在残损的痛中抚摸永恒的中国

一副"残损的手掌"，突兀、毫不讲理地出现在诗歌开篇，它对诗人来说仿佛理应如此，又以其触目惊心的残缺形象使读者动容———一种深深的无力感涌上心头。手掌，当其完好无损时，是最常用的人体器官，它坚实有力，灵活多动，蕴含生命的"力"与"速"。然而，当手掌的完形被打破，其沦为残损的"肉"，众多活力、众多功能缺失，仅剩下原始而沉重的触觉，这一触觉所能感受到的仅有生命之"痛"。"残损的手掌"是诗人被现实摧残的结果，也是他再也无能为力改变现实的象征，他唯一能做的只有去触碰，去感知，以自己的"痛"为基准体味广袤大地上众生之"痛"。在此基础上，"触摸"不是有距离的审视，而是一种"我在"的立场，是一场无声无言的抗议行动，尽管手掌残损，再无气力，诗人也要用直接接触的姿态表明，自己与山河与人民同在，同呼吸，同感受，广袤大地上的一切伤痛与痊愈的征兆，都将如实反映在这般血肉与血肉的生命接触中。

以残损的姿态摸索到的，首先是残损的事物。"灰烬""血和泥"是大地的残骸，灾难将一幅完整的江山画卷生硬地撕扯，使之成为一块块散乱的拼图。"这一角"或"那一角"不是什么特例，而是从"这一角"到"那一角"，其间的所有，祖国的边疆与腹地，无处不是生灵涂炭的焦土。残损的手掌轻轻覆上这片残损的土地，感受着余烬的灼烧，血和泥的冰冷，诗人的内心只有无比的悲痛与愤怒。因为这些位置曾经不是焦土，它们曾经是诗人的家乡，也是千万人的家乡，祖国的山河在彼时无限完好，无限美丽。

　　穿透血和灰的残酷触感，诗人追忆过往，想象着祖国的天南海北曾经的模样，他不会忘记当下的"痛"，但他也必须记住"美"的样子，葆有希望，常存斗志。在无限的思慕下，诗人的手掌仿佛产生出幻觉，这幻觉触碰起来如此真切。指端传来通透感，是家乡的湖。湖中藻荇交横，水温微凉，却令人无比轻松，如释重负。湖面倒映出春日的记忆：堤上繁花拥簇，两岸嫩柳折腰，没有血与灰的刺鼻气息，而散发着"奇异的芬芳"。这般风景，难道是镜花水月？指端又传来彻骨的寒冷，是北方长白山的雪山奇观。纯净的冰雪有纯粹的温度，是孤傲的圣女，远没有侵略者那般刺骨、极端的眼神。这番纯洁，难道要见其被践踏？指端再度传来流淌的粗糙，是中原黄河的泥沙俱下。河道吞吐着浑浊的黄沙，指间滑过的是一种文明历史的厚重感、流逝感，丝毫没有"血和泥"所带来的陌生与恐惧。这一文明，难道要让它被截断？指端继续传来禾草的柔软，是南方水乡的温柔触感，"是那么细，那么软"，灰烬与血的狰狞被暂时遗忘……从故乡到他乡，从北方到南方，诗人摸索着记忆中的河山，陶醉于美的抚慰中。然而，这终归是幻想。指尖向后抚动，终于是杂乱的"蓬蒿"掩埋了柔软的"禾草"，战乱中，江南水乡无人问津，一片萧条，"荔枝花寂寞地憔悴"。再向南呢，直到南海尽头呢？灾难已经波及祖国的天南海北，就算是天涯海角，也同样只剩下苦涩的悲凉。诗人不忍心，也不甘心，他继续用"无形的手掌掠过无限的江山"，企图留住美好，但他终要从记忆深处清醒过来，面对残酷的现实。他悚然发现，他的手早就沾满了痛苦的血和灰烬，阴暗不堪，在手掌掠过的地方，到处都是着了火、流着血的土地。但诗人又不忍心，也不甘心，他继续用"无形的手掌掠过无限的江山"，即便江山的无限残损让人伤痛，他也企图在无边的绝望中找到一丁点希望，他必须找到，也必将找到——"只有那辽远的一角依然完整"。

　　那一角，不是"变成灰烬""只是血和泥"的这一角，不是偏安一隅的一角，也不是苟且偷生的一角，而是"温暖，明朗，坚固而蓬勃生春"的一角——持久的、斗争的、新生的一角，在那里所有事物都朝好的一面发展。这是真实，还是又一次的幻觉？欢欣与担忧同时存在，诗人采用了最原始的感知方法："用残损的手掌轻抚。""恋人的柔发""婴孩手中乳"，它的触感既有连贯的女性特质，包含"爱"与"希望"的悠久命题，同时也蕴含一种生命历史的延续性："婴孩—恋人—母亲"，从中可以发现中华民族生生不息的文明毅力。毫无疑问，"那辽远的一角"就是诗人寻找的一角，它是山河破碎的拼图中最关键的一块，它也是残损的一块，但它最终要以最富有生命力、战斗性的形式重新拥抱祖国，拥抱广袤的土地。诗人不再"轻抚"，而是把"全部的力量运在手掌/贴在上面，寄予爱和一切希望"，此时他怀有崇高的信念，热切地希望将自己对祖国的全部情感寄托之上。他的"残损的手掌"，或许断了一两根手指，或许手掌被切断了一截，又或许布满狰狞的疤痕，这只创伤的手掌贴在那个理想的地方大约是不协调的，但那些受伤的地方记载着中华民族在最微小处的深刻创伤，这种不协调体现的是阴暗的灾难制造者与太阳之间昭然若揭的不协调。太阳与春天"驱逐阴暗，带来苏生"，然而残损的事物却将永远留下残损的痕迹，不同的是，在这个希望的角落，"残损"不再是无能为力的象征，也不再是生命之"痛"，而是"痛定思痛"，"残损"同样具有生命力和战斗性，可以支撑起"永恒的中国"。"我们不象牲口一样活，蝼蚁一样死"，其意义正是如此。

参考文献

[1]郑择魁，王文彬.望舒传——从雨巷到升出赤色太阳的海[J].新文学史料，1986（4）.

[2]王文彬.戴望舒年表[J].新文学史料，2005(1).

[3]龙泉明.中国新诗第二次整合的界碑[J].中国社会科学，1996(5).

[4]戴望舒.我底记忆[M].上海：东华书局，1929.

[5]戴望舒.望舒草[M].上海：现代书局，1933.

[6]戴望舒.戴望舒诗选[M].北京：人民文学出版社，1957.

第四讲

卞之琳：智性的生命之思

一、诗人概述

1910 年 12 月 8 日，卞之琳出生于江苏海门县，在家中排行第六，下有一弟早夭，因此算是家中最小的孩子，很得父母疼爱。家乡海门县汤家镇的民间风俗景观给他的儿时生活增添了乐趣，卞宅清婉自然的景致也成为他童年的美好记忆。卞之琳在家乡读了四年小学：先是在镇私立小学，后转到镇北公立第七国民小学。他学习用功，热爱读书，从小就显露出对文学的兴趣。后来，他又先后在浒通镇、麒麟镇启弄小学、茅家镇海门中学、上海浦东中学等读书。1929 年秋，他考入北京大学英文系。彼时社会上新思想翻涌，诗坛中艺术探索不断。胡适、郭沫若已经通过化文为白、诗体解放对白话诗创作进行了拓荒，而归国的新月派骨干徐志摩、闻一多等人又在形式、格律等方面进行了规范和改良。可以说，卞之琳的求学之路融合了古制教育与新式教育的痕迹，他汲取了前人在诗歌艺术实验上的经验，这也为他后来诗歌风格的形成奠定了基础。

卞之琳的新诗创作是从大学开始的，此后，他的人生历程和诗歌创作历程紧紧缠绕在一起，直到生命的尽头。在北大修读二外法语时，卞之琳阅读与翻译了一些 19 世纪法国象征派诗人如波德莱尔、马拉美、魏尔伦等的诗歌，1930 年，他开始自己创作诗歌，写下了《记录》等诗。1931 年初，卞之琳的诗得到当时来北大任教的徐志摩的赏识，并被带到上海推介给其朋友沈从文品读，拟以《群鸦集》的名目成集发表。然而，由于时局恶化和徐志摩遇难，这一诗集的印发计划夭折了。在这一年里，卞之琳完成了《长途》《一城雨》《夜雨》《望》《夜风》《投》等诗作，有不少后来被收入《汉园集》。1932 年，卞之琳既译又作，将许多英法语诗歌翻译为中文，同时又创作了许多新诗。这年秋天，他写成《中南海》《九月的孩子》《海愁》等十八首诗，后来在沈从文的帮助下于 1933 年以《三秋草》之名结集出版，这是卞之琳印成的第一本诗集。不久，卞之琳从北大毕业。大学时期是他为自己的战前诗歌创作所划分的第一阶段，其作品较多寄情社会下层民众，常用冷淡盖深挚。[①]

1933 年至 1935 年，卞之琳在北平、保定、济南以及南方等地流动。他在学院与文坛之间活动，与李广田、废名、戴望舒等重要诗人有所交往。同时，他又赴保定、济南教书，进行一些翻译工作。在此期间，他担任过《文学季刊》和杂志《水星》的编辑，并创作了大量诗歌，其中就有《距离的组织》《尺八》《圆宝盒》《断章》等后来的经典名篇。《鱼目集》也是在这一时期出版的。这时的卞之琳已经在探索中形成了自己独具特色的艺术风格，

---

① 卞之琳：《卞之琳文集》（中），安徽教育出版社 2002 年版，第 447 页。

翻译 T·S·艾略特《传统与个人的才能》之后，卞之琳受其影响，逐渐形成诗歌非个人化的淡远超然的品格，丰富的经历也加深了其诗思的深度与复杂性。与此同时，他也有《春城》这类以反讽表沮丧的诗，有《尺八》那样哀叹祖国式微的诗，有别于一贯远离政治大事的创作态度，这类诗歌丰富了其创作版图。

1936 年，《汉园集》《西窗集》相继出版。1937 年，在战前的最后时刻，卞之琳"回头南下"，在江浙游转，风格上多了些江南味道。同时，他学习瓦雷里、里尔克等诗人，其诗歌中西融合得更加圆融。全面抗战爆发后，卞之琳辗转于上海、武汉、成都等地，于1938 年至 1939 年赴延安和太行山一带访问。他先后受聘于四川大学外文系、西南联合大学外文系，并在抗战胜利后任职南开大学教授。这一时期，动荡的时局、纷飞的战火、破碎的山河击溃了他宁静的私人生活和对政治现实的回避态度，迫使他改变了原有的自由派立场，跳出小我，响应时局对文学的号召。此期他完成了后来被收入《慰劳信集》的一系列诗歌，较战前诗歌的隐晦朦胧，这些"慰劳"诗明晰浅露，与全民抗战的激越氛围相契合，与家国宏大叙事的大潮相应和。1940 年后在任职西南联大期间，卞之琳在战火中找寻到一个能继续吸收中外诗歌养分、进行艺术探索的避风港，出版了《十年诗草》。1947 年，卞之琳赴英国牛津大学客座，接触到许多重要人物，对西方文化也有了更多了解。1948 年当他得知内战即将结束时，毅然返回中国。

《十年诗草》封面

1949 年后，卞之琳历任北京大学西语系教授、北京大学文学研究所研究员，多次参与下乡参观、劳动等活动，创作《翻一个浪头》等抗美援朝诗集，在实际生活中更贴近劳动人民，并写下《采菱》《采桂花》《十三陵水库工地杂诗》等诗。由于其艺术形式延续了过去的一些风格，他的诗仍被许多人指责隐晦、费解。1959 年以后，卞之琳主要从事包括对莎士比亚等的翻译与研究工作。20 世纪 80 年代后，社会文化气候日益宽松，卞之琳及其诗歌的艺术地位受到高度肯定。他本人仍然专注于著译和研究工作。他的晚年，是桌案上的探讨，是书斋里的整理，也是明窗下的沉思。2000 年 12 月 2 日，卞之琳在京逝世。纵观其一生，"诗人"仍然是其最代表性的身份。他的创作历程虽然起伏曲折，却也具有某种艺术上的连续性，按汉乐逸的话说，他不同时期的部分诗作虽形式不同，却共同阐发出疏离与回归这个深层主题。① 他对融会中西诗艺所做的努力，对诗歌艺术的不懈探索，对人生与社会的智性哲思，跨越近一个世纪，始终具有巨大的影响力。

20 世纪 30 年代，诗坛汇集了各式各样的思潮。在诗艺探索方面，如何体现出中西融合是诗坛最关注的问题。早在新月派乃至更早之前，这个问题就一直在被探讨。以卞之琳为代表的现代派诗人，将如何寻找东西诗艺融合点这一理论问题"引入了一个诗的现代性的轨道"。与同时期的许多文人一样，卞之琳在成长和求学过程中既受到西方文学艺术的影响，又继承了古典文学资源。就其个人而言，他对法国象征派诗歌格外关注，这造就了他独特的融会中西的视野。正如卞之琳在《雕虫纪历·自序》中所言，他的诗作里有过李商隐、姜白石诗词和《花间》词等传统古典诗词的形迹，又受到艾略特、叶慈、里尔克、瓦雷里等西方现代诗人的影响，这些学养使他自觉寻找中西诗艺的共通点并努力将其化入自己的诗歌创作。

具体而言，卞之琳在意象的选用和组合、节奏韵律以及情感经验的表达几个方面都做出了融会中西的创造性探索。卞之琳喜欢选用富有中国古典特色和古典诗词韵味的意象，如"明月""斜阳""寒夜""楼""雁"等。这些意象本就在中国传统文化的语境中被赋予了某些特定的意义，可以很轻易地唤起相应的经验意识，卞之琳常常在此基础上对意象进行朦胧化的处理，使其与宇宙哲理性的思考相连。卞之琳尤其偏爱借鉴晚唐五代时期的诗词，那些注重情绪传达的朦胧蕴藉的意象给了他很大的创作启发。另一方面，他常常使用一些"灰色意象"，如"夕阳""灰墙"等，传达一种疏离、失落的处境，这在一定程度上受到西方"荒原"意识的影响。他还汲取西方现代主义诗歌重象征、隐喻、暗示的经验，致力于通过客观的意象传达主观的情感。在意象的组合方面，卞之琳喜欢意象衔接之间具有跳跃感，这既受到古典诗词意象组合手法的影响，又受到法国象征派诗歌意象跳跃性拼接方法的启发。在节奏韵律方面，卞之琳早期诗歌受到过新月派"三美"主张的影响，新月派是向西方诗歌学习的先行者，卞之琳无论是在"顿"的整齐使用、韵脚的巧妙设置上，还是在诗行数与字数的均齐方面，这些特点都是其直接或间接向西方学习的结果。另一方面，一些用韵的规范，以及部分韵脚采用方言音的手法等，又体现了中国根脉的作用。卞诗往往体现出平淡冷隽的风格，情感色彩并不浓烈。《断章》以四行小诗的形式营造出一个精巧回环的哲思世界，《圆宝盒》也将情绪和感觉藏入玲珑意象中。从中国古典诗词的角度看，这种迷蒙淡远的写法与晚唐诗词朦胧迷离的特点有极大的相似，如李商隐"庄生晓梦迷蝴蝶，望帝春心托杜鹃。沧海月明珠有泪，蓝田日暖玉生烟"，诗句中空灵美丽的意象编织出朦胧多元的内涵。这种含蕴性是从中国古典诗词汲取而来，中国古

① 卞之琳：《卞之琳文集》(中)，安徽教育出版社 2002 年版，第 444-462 页。

代"重意境"的传统在其笔下得到了继承和发展。另一方面，从西方现代主义诗歌的角度看，卞之琳也受到象征派诗歌"意象的森林"的影响，他认同和实践了 T·S·艾略特的非个人化主张，借鉴了西方的"戏剧性处境"，在诗中化强烈鲜明的情感为客观的意象、疏离的态度和朦胧的场景。

"智性"是卞之琳诗歌最鲜明、最具有代表性的特点。在文学史的书写中，卞之琳对新诗由"主情"向"主智"的开创性转变这一点往往受到高度肯定。他自觉的哲学思辨，为现代诗歌美学引入新质。卞之琳的智性，是从情感的宣泄中抽离出来，平淡静观，并在沉思中追求哲理的凝练。为了达到"智性"的境界，卞之琳采取了独特的艺术手法。他将意象用跳跃的方式组合，语词精练含蓄，造成阅读的阻拒性和阐释的多义性，将深邃的哲思隐藏在诗的纱帘背后，不浅露，不直白，静静地酝酿成智性的诗意。他在艾略特"非个人化"理论的影响下，认为诗歌与其说是情感的放纵和个性的表现，不如说是情感和个性的脱离。他的诗歌少见表达强烈个性和奔放情感的，其往往回避对大事件或私生活中那些直接情感的描绘，将个体的经验升华至宇宙性的、普遍性的经验。因此，卞之琳的诗歌总是呈现出理智平淡的风格，诗歌这种一贯用来抒发主观感情的文体形式在他的笔下转向了哲理的沉思。另外，卞之琳擅长于平淡中出奇，善于将日常平凡事物入诗，在平淡意象中表达智性思考。比如《断章》中"桥""风景""明月""窗"等意象朴素平淡，却在巧妙的组合下形成清空淡远的意境，传达出隽永别致的哲理。愈是平淡，愈显深致，这也是卞诗达到智性境界的一个表现。

卞之琳诗歌的智性之美在他的早期创作中就有所体现。无论是诗中常常出现的沉思者形象（如《几个人》里的荒街上沉思的年轻人），还是从字里行间透露出的思辨色彩，都展现出智性的生命之思。如他在 1931 年所作的小诗《投》：

> 独自在山坡上，
> 小孩儿，我见你
> 一边走一边唱，
> 都厌了，随地
> 捡一块小石头
> 向山谷一投。
>
> 说不定有人，
> 小孩儿，曾把你
> （也不爱也不憎）
> 好玩的捡起，

> 象一块小石头
>
> 向尘世一投。①

这首诗将一种来自个人的茫然孤独的情绪投射到漫无目的的孩童形象上，通过石头与山谷、人与尘世这两组关系的照应，生发出更具普遍性的生命之思。其中蕴含的浅淡的哲理韵味，已具有相对性思想的痕迹。

卞之琳的哲学思辨臻于成熟的表现，是对"相对性"观点圆融的诗性阐发，与此相关最具代表性也最为人所熟知的诗作，是收录在《鱼目集》中的《圆宝盒》《断章》《距离的组织》等。在这些诗中，他抛却了绝对的主体性和固定的视点，呈现出一个个流动的、跳跃的、在宇宙间自由置换的时空。小与大，远与近，有限与无限，一组组相对的概念往往共生共存于诗的疆域。《圆宝盒》中既能包罗万象、又能缀在耳边的圆宝盒，《断章》中在音义回环中置换的主客，《距离的组织》中历史与现实、真实与梦境不分你我的时空，无一不体现出卞之琳巧妙的哲思。卞之琳的这一诗歌美学追求，带有西方重知重理的文化色彩，其打破绝对性、消解确定性的倾向似乎还带有一些西方后现代主义去中心化思想的痕迹。但是，如果细细品味卞之琳的智性诗意，感受其中淡远蕴藉的意境和留白的美学效果，也能深刻体会到中国传统文化和古典诗词在他诗歌中留下的烙印。以"相对"为基点的思辨，也正是从《周易》之"变"和庄子之相对哲学中汲取养分、加以现代性经验升华而成。

再者，卞之琳曾自白"小处敏感，大处茫然"，然而，从他的诗歌整体来看，他并没有完全逃避现实、沉浸在小处而忽视大处。如果说，智性化的哲理沉思是卞之琳内省式气质的诗化表现，那么，直写小人物、献给平凡人、紧扣大时代的诗句，在仰望宇宙之余面对大地、疏离现实之余回归现实的写作，或许便是他作为文人的书写使命感和作为人的社会性的体现。正如前文所述，卞之琳在早期作品中较多寄情社会下层平凡小人物，常用冷淡掩盖深挚。在其后来创作的以智性化诗思为特征的诗歌中，他所表达的情感也并不局限于个体的主观感触，而是传达出一种普遍性的情绪和感觉，这种感觉在客观上也是社会现实氛围、大众集体心声的某种诗性反映。至于谈到邦国大事的"入诗"，卞之琳也不是完全没有实践：1934 年，他写下《春城》，表达对政治军事的愤懑情绪；1935 年，他在日本听到尺八乐声，隐隐流露出对祖国式微的哀凄……作为一个生活在战争年代的诗人，卞之琳不可能在编织自己哲理的诗意之网时对黑暗的现实和纷飞的战火无动于衷。这种对现实的关注在 20 世纪 40 年代更加明显。《慰劳信集》体现了他面对现实、激励抗战群众的热诚努力。中华人民共和国成立后，他也参与了现实劳动实践，做出种种以现实入诗的尝试。

卞诗大体上的平淡风格容易给人冷峻的观感，但作为诗人的卞之琳显然不是一个冷血

---

① 卞之琳：《投》，《雕虫纪历》，人民文学出版社 1979 年版，第 9 页。

的机器。如果将整体艺术风格与复杂的思想情感混为一谈，只关注诗人形而上的沉思而忽视其贴近现实的思想内容，就容易出现片面的误解。事实上，由于文人的敏感神经，卞之琳反而更能察觉社会的细微变化和时代的洪流走向，他的"小处敏感"也未必会造成绝对化的"大处茫然"①。而且，对"非个人化"诗歌手法的纯熟运用和内化，或许也会让他更容易跳出小我，在共通性的经验中找到回答个体与世界问题的答案。

卞之琳的大多数诗歌常被认为"朦胧"甚至"晦涩"，在许多人眼中显得复杂难解，因此，对卞诗的接受历程也是起伏曲折的。卞之琳自创作之初就受到徐志摩和沈从文的赏识，后来他又与另一位新月派诗人闻一多有师生之谊。名家的欣赏是对卞之琳早期诗歌艺术价值的肯定，此时的卞之琳在发展新诗现代性、探索艺术新质方面的努力已初显端倪。同样在20世纪30年代，其他许多诗人、评论家也发现了卞之琳独特的艺术手法与诗歌风格，并从不同角度对其进行过评价。陈梦家认为卞之琳"很有写诗才能"，他的诗"常常在平淡中出奇，像一盘沙子看不见底下包容的水量"②；朱自清发觉《三秋草》具有不同于新月派诗歌的独特艺术风格，如"爱情诗极少""说得少，留得可不少""这个念头跳到那个念头""因为联想'出奇'，所以比喻也用得别致"③；李建吾则认为《三秋草》"那样浅，那样淡，却那样厚，那样淳，你几乎不得不相信诗人已经钻进言语，把握它那永久的部分"④……这时的卞之琳在诗界是一个被发掘、被肯定的角色，其诗歌的平淡出奇、含蓄蕴藉、意象跳跃、义丰旨远引起许多文人赏识。

1936年，李建吾和卞之琳就《鱼目集》首篇《圆宝盒》的解读问题进行了精彩的往复探讨，这场探讨是文学阐释多元性在诗歌领域的表现，也是卞之琳诗歌难解、多义、复杂特点的一次间接表现。自此之后，卞之琳的诗歌引来更多关注，但对其诗歌的接受逐渐呈现分化的局面。沈从文、李广田、袁可嘉、废名等人，从开创新质、平中见奇、思想深广、技巧娴熟等方面肯定和欣赏卞之琳独特的诗歌创作；而另一部分人，主要是左翼诗歌阵营，则站在现实主义和大众化的立场批判卞之琳诗歌中消极颓废、回避现实的因素。后者提倡文学响应时代号召，形式通俗易懂，具有强烈的社会批判性和政治意识，因此与现代派诗歌中汲取西方象征主义艺术手法、形式朦胧多义、坚持"纯诗"观念等因素存在对立，其对卞之琳诗歌疏离现实的批判在一定程度上有合理之处，但全盘否认其诗歌的现实内涵并忽视其诗歌的艺术价值，也是片面的。

全面抗战爆发后，卞之琳出版《慰劳信集》，表现出响应时代和人民召唤的决心。对这类诗歌，他仍然采用惯用的形式与技巧，包括一些隐喻手法和蕴藉的内容。可是时代语境

---

① 卞之琳：《卞之琳文集》(中)，安徽教育出版社2002年版，第446页。
② 陈梦家：《新月诗选·序言》，新月书店1931年版，第28-29页。
③ 知白(朱自清)：《三秋草》，《大公报·文学副刊》1933年5月22日第281期。
④ 刘西渭(李建吾)：《咀华集》，文化生活出版社1936年版，第138页。

迫切呼唤直白、激越、浅露的文风，因此，针对卞诗之"晦涩"的批判愈演愈烈。中华人民共和国成立后，尽管卞之琳努力追赶和拥抱时代，他身上"朦胧""晦涩"的标签依旧存在，对其"个人主义""小资产阶级艺术趣味"的批判也没有停息过。直到80年代后，卞之琳的诗歌终于走出被批判、被埋没的处境，重获重视。拨开"个人主义""晦涩消极""颓废避世"的迷雾，卞诗充满哲理思辨韵味的智性之美终于得到认可，卞之琳融会中西诗艺、开创现代新质的贡献，也逐渐被肯定。

诗歌接受的流变表现出卞诗创作与时代之间的对话、碰撞和融合，从这一过程，我们可以看到时代接受语境的变迁，看到文学价值阐发的漫长道路，更能看到卞之琳作为诗人在对时代号召的响应和对诗歌艺术高标准的坚守之间不断平衡、不断探索的努力。

二、诗作鉴赏

几个人

叫卖的喊一声"冰糖葫芦"，
吃了一口灰象满不在乎；
提鸟笼的望着天上的白鸽，
自在的脚步踩过了沙河，
当一个年轻人在荒街上沉思。
卖萝卜的空挥着磨亮的小刀，
一担红萝卜在夕阳里傻笑，
当一个年轻人在荒街上沉思。
矮叫化子痴看着自己的长影子，
当一个年轻人在荒街上沉思：
有些人捧着一碗饭叹气，
有些人半夜里听别人的梦话，
有些人白发上戴一朵红花，
像雪野的边缘上托一轮落日……①

1932年10月

---

① 卞之琳：《几个人》，《雕虫纪历》，人民文学出版社1979年版，第21页。

荒街之上的迷惘沉思

　　"荒街"上有几个人，这就是诗歌描绘的一切。他们各自独活，生命各不相关，也无人在意，若非诗人敏感的目光将他们组织在一起，历史都不会在他们身上停留哪怕潦草的一眼。这里明显是市井街巷，沿街有人叫卖，有人闲逛，本该是富有人气的一幕，却被诗人称作"荒街"，给人一种印象，仿佛这"几个人"的精神状况和生存处境都是荒芜的。如此看来，"年轻人"，即诗人在此荒芜时空中的化身，应是一个洞察人生百态的敏锐观测者，借他的眼可透视众生百态，目睹"几个人"乏善可陈的生存，从中获得某些反思。然而事实并非如此，自始至终，"年轻人"都是荒街的一员，他同样属于那"几个人"，是一个被看者。甚至说"年轻人"的精神才更接近于"荒芜"这一状态，面对眼前枯燥乏味的生活图景，他也不理解，无法找到任何意义，不得不通过"沉思"来思索荒芜中的出路。因此，诗人对于"几个人"并没有明确的情感倾向和价值判断，只是将他们乃至自己的生活状态向某个观测的眼睛完全敞开，这"几个人"的生活既不好，也不坏，而是无，即仍未发生意义，相对来说，通过诗人提供的窗口和"年轻人"的沉思，我们应主动思索这些人的生存处境，从中找到无论是坏是好的意义。

　　跟随诗的镜头，"荒街"才兀地从历史的茫尘中出现，首先传来的不是什么呐喊，而是小贩的一声吆喝——"冰糖葫芦"。这里就是完全世俗的世界，越是世俗才越能从中发现生活的本质。小贩是"几个人"中出场的第一个人，他的这一声吆喝打开了诗，但没有打开他的脸和他的生活。这一叫卖声不过是他无数声叫卖中的某一次，他仅仅重复着过去，就代表着无事发生，他"吃了一口灰象满不在乎"，因为他早已习惯被日常的灰尘淹没。接下来出场的是一个遛鸟人，他提着鸟笼却望着天上的白鸽，他是在替他豢养的鸟嫉羡自由，还是想将那天上飞的也捕至鸟笼，我们不得而知，但"鸟笼"与"天上"已然构成一组意象对位，供人思索自由的辩证关系。遛鸟人迈着"自在的脚步"，轻盈地踩踏着清凉的河沙，他的生活十分悠然自得，与"荒街"的氛围相悖，看来这"几个人"的生活也并非如"年轻人"所感知得那般空虚不堪。或许这就是"年轻人"进行沉思的契机，因为他发现就连自己也是迷茫无知的，他对于这方世界的判断不尽然正确，"荒街"中的众生不见得多幸福，也不见得多虚无。

　　年轻人继续他的沉思，街上的众生也自顾自地生活，他们之间并无对话，也不需要对话，都是过客，一切都在擦肩而过中寻找自己的意义。"卖萝卜的空挥着磨亮的小刀，／一担红萝卜在夕阳里傻笑"，麻木空虚与乐观积极的双重可能同时出现在这个萝卜贩子身上。"空挥"的动作写出他的无所事事，而那"傻笑"又是麻木的，因为这个小贩对自己的空虚一无所知，笑掩饰了他的愚昧。然而另一方面，从"磨亮的小刀"中，我们又可以看到一个热爱生活的小贩，他珍惜保养谋生的工具，表现出自食其力的态度。由此出发，"傻笑"又表明他乐观的生活热情，像胡萝卜一样红彤彤的。一个小贩的生活剪影是如此模糊，以至于我们无法从中发现绝对确凿的意义，这是一个人乃至生活固有的复杂。年轻的诗人不敢再妄下判断，他继续"沉思"，他的问题我们不得而知，连他自己也毫不清楚。他正漫行在自己人生的"荒街"之上，找不到前进的方向，这才试图从看似虚无的生活中求索破除虚无的方法。"矮叫化子痴看着自己的长影子"，又出现的这个"矮叫化子"或许暗示了"年轻人"的精神处境。叫化子沿街乞讨，能得到填饱肚子的物质，这对他来说已是好事，然而除此之外，叫化子的精神世界却一无所有，只能与自己的长影子面面相觑。人是低矮的，影子却是瘦长的，他的欲望无限大，然而人是多么渺小；物质的需求可以乞讨，精神的欲望却难以充实，这种巨大的落差让人彷徨，也让"年轻人"百思不得其解：在物质与精神之间究竟该作何抉择？他看见"有些人捧着一碗饭叹气，/有些人半夜里听别人的梦话"，而"有些人白发上戴一朵红花，/像雪野的边缘上托一轮落日……"这似乎证明精神的丰裕比物质的满足更加重要，然而这又回到了"年轻人"对生活的无知，透过一个"年轻诗人"的视角看众生，最终得到的只会是一个"年轻诗人"想要的答案——荒芜、虚无、精神的追逐，为了解决这些难题，"年轻人"已在荒街中徘徊、踟蹰久矣，然而这种不妥当的解决方法本身才是他虚无感的罪魁祸首。那些众人生活的侧影，无一例外只属于那些真正操持着生活的人，若"年轻人"想要离开这迷茫的"荒街"，他唯一的选择只有投入自己的生活，然后从"几个人"中的陌生人，变成他们最熟悉的人。当然，这只是诗歌之外的历史后话，而彼时的诗人，由于这样的个体迷惘和那样的对人的关怀，写下了这一年轻的诗篇。

距离的组织

想独上高楼读一遍《罗马衰亡史》，
忽有罗马灭亡星出现在报上。
报纸落。地图开，因想起远人的嘱咐。
寄来的风景也暮色苍茫了。
(醒来天欲暮，无聊，一访友人吧。)
灰色的天。灰色的海。灰色的路。
哪儿了？我又不会向灯下验一把土。
忽听得一千重门外有自己的名字。
好累呵！我的盆舟没有人戏弄吗？
友人带来了雪意和五点钟。①

1935 年 1 月

---

① 卞之琳：《鱼目集》，文化生活出版社 1935 年版，第 14-15 页。

玩味距离的上下纵深

"距离"既可以形容空间远近、时间长短的关系，也包括真实与虚幻、现实与心理、事物与符号乃至形而上的情感距离，等等。本诗名为"距离的组织"，诗人有意识地操纵诗歌的结构，以自己的心理意识流转为发展线索，不断腾挪转置各诗歌要素之间的"距离"，长短远近、参差交错，现实与历史层层叠加，真实和虚幻跳转闪现，思维与情绪曲径幽深，构成一个有极大张力的诗歌审美空间。

在重重距离的组织中，诗人仍能维持一个变而不乱的诗歌发展进程，根据各意象在细微处的联络，大体能感知到一种叙事的结构。但这不是一个单一线性的时间或空间叙事，而是具有极大的"距离"跳跃性，如同一只难以捕捉的蝴蝶的翩跹的轨迹。"想独上高楼读一遍《罗马衰亡史》"，这是诗歌叙事的开端，却是一个倒叙，"想"字说明这是诗人的心理活动，诗人现下不知身处何处，但一定有什么东西触发了他敏感的思绪，使其产生了登高望远、凭古怀今的想象。到这里，已经出现了两重距离关系，其分别是诗人的心理想象与其当下现实之间的虚实距离，以及早已衰亡的古罗马与彼时同样衰落的中国之间的历史距离。诗人的肉体和意识位于历史的两端，在相似的文化语境下，两国的命运产生令人唏嘘的呼应，不得不让诗人百感交集。究竟是什么引动了这份跨越时空的想象，叙事时间倒回，诗人的意识也被拉回目前，原来是"忽有罗马灭亡星出现在报上"。据当时的历史，那日确有关于新星爆炸的消息，报道称，该星"爆发而致突然灿烂，当远在罗马帝国倾覆之时，直至今日，其光始传至地球云"。[①] 在偶然的时空错位中，古罗马与现中国的历史处境隐隐重合，一千五百年前星星随罗马帝国一同覆灭，便被称作"罗马灭亡星"，跨越了一千五百个光年后，其灭亡时的残酷而美丽的光线照至地球，照到中国，那么它又是不是下一次灭亡的预言？这勾起了诗人的感时伤世、忧国悲己的情怀，进而产生"独上高楼"的欲望，这又响应了中国传统文学中"登高"的母题。总的来说，这两行诗构成一个完整的叙事单元，写诗人由"罗马灭亡星"的触动，意识在悠久的时空距离中做了一番徜徉。

"报纸落。"手头之物的突然掉落，彻底打破了诗人的想象，将其思绪拉回现实，且是日常性的现实。随着报纸从手中脱落，有关家国社会的大型消息也一并从诗人的脑海中脱落，其中又隐含着一层距离的转换，即诗人的思维从对宏大命题的感怀转向了对自身当下的关注。于是"地图开，因想起远人的嘱咐"，从历史的遥远中清醒后，诗人转而想起身处远方的友人。这里，打开地图与想起友人的因果关系并不明朗，既可以是诗人随意翻看地

---

① 《天文新发现》，《大公报》1934 年 12 月 26 日。

图，偶然发现友人所在之处，顿生惦念，也可以是诗人借"远人的嘱咐"来宽慰先前的忧郁，随即打开地图，摩挲以往的回忆。两种逻辑都可以说得通，但无论如何，此时诗人的情绪都比开篇淡然、克制了许多。然而"地图"固然能指明抽象的方向、距离，却难以满足诗人具体而热切的怀人的需求，"我"和"远人"之间遥远的空间距离是难以用"地图"的线段和符号来弥合的，因此诗人又将目光转向那些"寄来的风景"。那是远人寄来的风景画片，或许盛装着二人过去的回忆。通过这些风景，诗人又一次跳出现实，意识穿越至一片"暮色苍茫"的思绪中。"暮色苍茫"具有多重诗性内涵，它既可以指实景，也可以暗示一种迷离、恍惚的情绪氛围。首先，诗人现实时空中的景色与朦胧、苍茫的风景画相吻合。结合后文的"天欲暮"和"雪意"可知，当时正是一个昏沉的午后，天色渐晚，诗人身处一片灰色苍茫的环境中，自然与风景片中的沉沉暮色重合，意识飘忽而去。其次，在昏沉的天气和时间的影响下，诗人的现实状态也变得"暮色苍茫"起来，肉体昏昏欲睡，精神缥缈迷茫，眼前的一切忽灭忽现，懵懵懂懂中马上要进入一个昏暗的梦。最后，这个意境也与诗人当时的心境有关，在悼古伤今，思接千载，又远虑亲朋之后，诗人必然陷入沉重、感伤的情绪，乃至泪眼蒙眬，观一切风景便自带昏沉、忧郁的颜色。

随着诗人遁入他的"暮色苍茫"，叙事暂且在这一端停滞，主人的意识淡出远景，随之出场的是一个远来客人。"（醒来天欲暮，无聊，一访友人吧。）"括号内的文字是来访者的内心独白，产生强烈的戏剧效果，顿时将叙事从一个人的独白扩充为一场舞台剧，并创建了一段新的场景距离。虽然友人仍在遥远的彼处彼端，但主客二人的时间和感情却是相通的，即"天欲暮"和"无聊"，于是二者的距离又在不断接近，直至客人从距离的另一端到来，将先前被拉远、淡化的时空与情绪距离重新归还至主人处。然而客人是醒来、到访，主人却在此时沉沉睡去，抛却一切去往一个未知的他乡，那里是"灰色的天。灰色的海。灰色的路"。诗人的梦境延续了其现实灰蒙蒙的颜色，一切都是陌生而朦胧的灰。"天""海""路"都是十分辽远的意境，当其中除了灰色一无所有时，就显得过分空旷、寂寥了，"我"像一只伶仃的飞鸟、孤独的游鱼、漂泊的行人，发出"哪儿了"的困惑。在梦中一切"距离"都被清空，不再有任何的组织，也不再有任何的关系，仅剩一个不知己身入梦之人，陷入无尽的茫然。这里诗人似乎还保存了一丝理性，"我又不会向灯下验一把土"，这个行为虽然指向诗人空间感的迷失，他不能通过"灯下验土"来检验自己身在何处，但他好像也开始察觉到，这里并不是现实的世界，因此他也并不去做那徒劳的工作。

从"报纸落"的陡然惊觉，到诗人昏昏欲睡、落入梦境的这一部分，构成叙事的第二个单元，主要写从现实到梦境的交替，随即叙事马上进入下一个阶段，从又一惊觉中，诗人从梦境返回到现实。"忽听得一千重门外有自己的名字"，这是前文埋下的伏笔，在我入梦的期间，友人终于跨越距离来访，并试图将"我"从迷梦中寻回。友人叩门呼唤的声音虽则只隔了一层小小的现实之门，可对于梦中的"我"来说，却仿佛隔了"一千重门"，真实与梦幻之间的距离如此靠近，又如此遥远。另一方面，这也间接说明将"我"唤醒之困难，这困难是相对的，要打开"一千重门"，既需要外界一遍遍地呼喊，也需要"我"一遍遍地打开。这样看来，"我"似乎也有些沉溺于这梦境，向外界关上了一千重门的禁制。"好累呵！我的盆舟没有人戏弄吗？"这是诗人临醒来前的最后一个梦境，取自《聊斋志异》中的一个典故。"盆舟"指一个引人好奇的小物件，这里实则是一种情感的外化，指向人在梦境即将崩溃时的感受。这句话充满了诱导性，表明诗人已疲累于梦的巡游，急需某人揭开覆盖在梦境上的大盆，将他从灰色的意境中解放出来。此句过后，诗人挣扎着睁开眼睛，才发现远在天涯的友人此时已近在眼前，"带来了雪意和五点钟"。这个时刻是所有距离最临近的时刻，也是它们被组织、压缩在一切的时刻，再没有想象、梦境、幻觉和回忆从某个角落逸出，一切回归了当下。诗人用通感的手法，将朦胧的"雪意"和抽象的时间化作可触的实体，于是实与虚之间再无距离的界限。而"我"和友人的时间与空间也统一在了"五点钟"的当下，在"我"的居所，我们的情绪和知觉也浓缩在这笔浅淡的"雪意"中，甚至，透过诗意的文字，诗人和读者的情思也将跨越一段未知的距离，在这一刻达成诗性的共鸣。在这一刻，诗人真可谓完成了他"距离的组织"。

尺八

象候鸟衔来了异方的种子，
三桅船载来了一枝尺八，
从夕阳里，从海西头。
长安丸载来的海西客
夜半听楼下醉汉的尺八，
想一个孤馆寄居的番客
听了雁声，动了乡愁，
得了慰藉于邻家的尺八，
次朝在长安市的繁华里
独访取一枝凄凉的竹管……
（为什么霓虹灯的万花间
还飘着一缕凄凉的古香？）
归去也，归去也，归去也——
象候鸟衔来了异方的种子，
三桅船载来了一枝尺八，

尺八成了三岛的花草。

(为什么霓虹灯的万花间，

还飘着一缕凄凉的古香？)

归去也，归去也，归去也——

海西人想带回失去的悲哀吗？①

1935 年 6 月 19 日

尺八声中的历史凄凉

"象候鸟衔来了异方的种子，/三桅船载来了一枝尺八"，诗一开始便进入了非现实的时空，昔日东夷的渡客将中国的尺八乐器引入日本，这个"异方的种子"从此便在新的国度生根发芽，流传至今。远行的候鸟归来，为故土带来新的乐曲，这对于"三桅船"的子民来说本是令人津津乐道的历史美闻。然而，当主与客的立场反转，这段文字却充满哀婉的愁绪，"候鸟"和"三桅船"归来的是它们的故土，而对诗人这个他乡陌客却绝无亲昵，诗人就像那一枝漂洋过海的"尺八"，无缘无故来到这片非亲非故的土地。"从夕阳里，从海西头"，透过朦胧辽远的意境，再也看不见故乡的风物，又融不进和歌的旋律。所有的"候鸟"都为"尺八"悠扬的歌调感到美妙，然而所有的"候鸟"都不会去在意一枝尺八，它中空的竹管中藏着多少凄凉。从不同的角度解释历史的故事，就得到截然相反的两种情绪，现实同样如此令人唏嘘，隔着孤馆单薄的墙壁，楼上楼下，市朝邻家，尺八悠扬的曲调总是萦绕，却隔开了一人孤寂和一片繁华。

诗人是"长安丸载来的海西客"，但"长安丸"终归不是长安，"海西客"也终归无法回到海西，他只能寄居在某个客楼，因乡愁彻夜未眠，"夜半听楼下醉汉的尺八"。尺八乐声纵容着醉汉的欢娱，却唤起"海西客"的悲戚，他想这声声尺八，原本来自长安，来自海西，是一个同样忧愁的东夷的寄客，将之移栽这里。然而，在本土和异域、主与客之间，尺八这一情绪的种子，却结出了不同滋味的果实。诗人跳入历史的想象，将自身当下的情境转置到唐朝，一个寄寓在长安城客馆的日本"番客"身上，这个"孤馆寄居的番客"和诗人一样是独在异乡的异客，偶然间"听了雁声，动了乡愁"。跨越古今时空，异域山川，"乡愁"的情绪却在两人之间共通，这强化了愁绪的历史纵深感和人类普遍性。可是，虽有共同哀愁的处境，二人情感的走向和结局却不尽相同。"番客"在邻家的尺八声中获得的不

---

① 卞之琳：《尺八》，《雕虫纪历》，人民文学出版社 1979 年版，第 39 页。

是更深层次的悲切，而是"得了慰藉"，对他来说，尺八说到底也不过是一件异方的风物，是其悠扬的乐调所产生的异域风情，暂时掩盖了他的乡愁，他便顺势沉浸在异乡的梦中。这一挥之不去的美的遭遇又成为尺八乐器传入日本的契机，"次朝在长安市的繁华里/独访取一枝凄凉的竹管……"那时的唐朝还有一片繁华盛景，"番客"如供奉般取回他梦寐以求的乐器，两国的盛衰关系却在多少年后颠倒，本土的尺八在异域繁华中的歌声，在诗人听来仿佛哭泣。是的，对诗人来说，在他乡听见故乡尺八的遭遇是"凄凉"的，无以给人慰藉，只能徒增其悲。昔日是文化的主人，款待着八方来客，如今却在祖国式微中失了底气，丧了精神，成为一个彻底迷茫的客子。诗人太悲哀，也太思乡，既思其本土故乡，又思其精神家园，像一只候鸟一样发出"归去也，归去也，归去也——"的殷切渴望。然而那个历史中繁华的故土终究不存在了，随之沦丧的也是诗人身为主体的精神。"为什么霓虹灯的万花间/还飘着一缕凄凉的古香？"从历史情绪的恍惚中走出，"霓虹灯"是他人的，"万花间"也是他人的，眼前繁华的一切都是他人的，唯独尺八的独特乐调"像一缕凄凉的古香"，维系着"海西客"残存的渴望。只有这仅仅残余"一缕"的才属于诗人，也是这仅仅残余的"一缕"，就足以牵动诗人所有的哀怨，使他仍不愿相信其灭亡似的，痴痴寻找古国的踪迹。"归去也，归去也，归去也"，在不断的呼唤中"海西客"仿佛真的回到了过去，醉在往昔长安繁华的尺八声中。然而一个破折号"——"却打断诗人的所有想象，将他拉回最凄凉的现实。"象候鸟衔来了异方的种子，/三桅船载来了一枝尺八"，开篇的诗句再次咏叹，这是"番客"将尺八带回日本后编写的童谣，一个悠扬的文化故事在其中传唱，故事中所有事物仿佛都洋溢着美好，"候鸟"回到故土，"三桅船"满载而归，"异方的种子"在新的国度生根发芽，然而没有人在意一枝尺八，它空心的竹管中积塞着吹不尽的凄凉。

终于忍耐了千百年的孤寂，"尺八成了三岛的花草"，来自异域的风物释怀了乡愁，开始重新演奏当地的悠扬曲调。然而这一切真的能够释怀吗？既知身是客，又怎能直把他乡作故乡，甘当别人的花草。"为什么霓虹灯的万花间，/还飘着一缕凄凉的古香？"诗人的疑问再次出现，这是他对"尺八"的质问：你既说已归化了他国的文化，那么为什么从你的乐调中仍然逸出"一缕凄凉的古香"。在"霓虹灯的万花间"，在东夷人最热闹、最繁华的节日庆典上，尺八被用来演奏庆祝的乐曲，那里本不该有任何悲伤。但是尺八，虽历经他国文化千年的改良，用东夷的竹子重新打造了外形，吹奏的也是别国编排的乐曲，可在它无人关注的空心的竹管中，却永久保存着东方古国的记忆。别人都只听见悠扬的音乐，唯有和尺八同为古国子民的"海西客"才能嗅到，那一缕不被察觉的滋味，那一份物是人非的凄凉。另一方面，这疑问也是"海西客"的扪心自问，他无疑不能像尺八一样，留在异乡，归于异土，落入情非得已的繁华，徒有无能为力的悲哀。因此，他问自己，也是要求铭记，那"一缕凄凉的古香"绝不能就此消散，那是"海西客"最深切的哀愁，也将是他找回故土、家园的潜在动力。"归去也，归去也，归去也——"这一次呼唤不再是诗人沉溺于往日幻想中的自我麻痹，而是他的奋力自勉：要归去，要带着尺八回到故土，将异方的种子重新栽回它的祖国。"海西人想带回失去的悲哀吗？"最后的反问看起来难以理解，带着尺八回到故乡应是一件高兴的事，却被诗人称作带回"悲哀"，而且是"失去的悲哀"，这难道说明故土之上已没有悲哀了吗？实则不然，故土之上不是没有悲哀，而是已经遗忘了悲哀，因此说其"失去"了悲哀，也就是失去了从悲哀中重新出发的勇气。而今诗人用一个反问，唤回了"海西客"们对于悲哀的意识，带回这件尺八乐器，并正视它凄凉、悲哀的历史，才算真正替它，替故土的一切找回故乡。

圆宝盒

我幻想在哪儿(天河里?)
捞到了一只圆宝盒，
装的是几颗珍珠：
一颗晶莹的水银
掩有全世界的色相，
一颗金黄的灯火
笼罩有一场华宴，
一颗新鲜的雨点
含有你昨夜的叹气……
别上什么钟表店
听你的青春被蚕食，
别上什么骨董铺
买你家祖父的旧摆设。
你看我的圆宝盒
跟了我的船顺流
而行了，虽然舱里人
永远在蓝天的怀里，
虽然你们的握手
是桥——是桥！可是桥
也搭在我的圆宝盒里；
而我的圆宝盒在你们
或他们也许就是

好挂在耳边的一颗

珍珠——宝石？——星？①

1935 年 7 月 8 日

捉摸不定的圆融之美

诗中的"圆宝盒"显然不是一个写实物，但说它是某个概念的象征亦不合适。象征物的内涵通常是十分固定的，如太阳象征光明、希望，黑夜象征危机、恐慌，等等，而"圆宝盒"这个词本身就充满了含混性。它既包括抽象的"圆"，又有"宝盒"这一具体的物质载体，二者结合起来，若海市蜃楼，虚虚掩掩，隐约见其轮廓，却很难有一个确切的意指方向。因此，与其说"圆宝盒"提供了某种象征，不如说它就是象征之美本身，周身环绕智与美的柔光，在它浑圆的形相中埋藏着捉摸不透的领悟，千人能从这一只"圆宝盒"得到千种变化的哲思、情绪、体味、智识……

全诗以"圆宝盒"为线索，跟随诗人的直觉，"展出具体而流动的美感"。诗的开头是一个梦幻的语境："我幻想在哪儿"，一般的想象都有明确的目标，"我"却给人一种漫无目的的印象，连自己该在哪儿都不清楚，那么"我"为什么会陷入幻想也同样不得而知了。后面紧接着想象，或许"我"该在"天河里"，但一个括号加一个问号，又让这句话的真实性变得扑朔迷离。"我"的想象这般凭空而来，无始无终，急需一个东西把"我"自由、随性、破碎的思绪给统一起来，于是"圆宝盒"便出现了。后一句"捞到了一只圆宝盒"回溯性地建构起"我"的幻想世界的秩序，使先前迷惑的氛围明朗起来，围绕着"圆宝盒"产生其意义：原来"我"真的来到了天河边上，为的是打捞这只"圆宝盒"。然而，就算知晓了"我"幻想的目的，这个莫名的"圆宝盒"同样让人摸不着头脑，浮想联翩。"我"打捞它，是因为"宝盒"里盛放着无上价值的珍宝？还是因为它浑圆、完满的"圆"的外形，符合"我"追求的圆融合一的人生境界？但这些都不是重点，"圆宝盒"固然需要承载某些物质或精神价值，但"我"实际上无意追求这些，我寻找"圆宝盒"是为了它的无价值、无功利的"美"。

那些美的因素是"珍珠"，盛放在"圆宝盒"的内部，又倏忽变幻，有相对自由的形态。这是因为事物的"美"不仅仅在于其外形，而是由多种元素、多种感官、多种知觉方式决定的，或说"美"就存在于一切的差异、变动之中。"一颗晶莹的水银/掩有全世界的色相"，水银剔透如镜，能够反射所有的色光，因此说它"掩有全世界的色相"，而就连水银也被装

---

① 卞之琳：《鱼目集》，文化生活出版社 1935 年版，第 3-5 页。

进"圆宝盒"，说明"圆宝盒"容纳范围之大，囊括世界的诸多乃至全体。在"美"的全体中又有差异，"一颗金黄的灯火/笼罩有一场华宴"，灯火点燃一场场人间的华宴，是向上运动的积极因素，代表"美"的热烈、繁华的方面，"一颗新鲜的雨点/含有你昨夜的叹气"，雨点凝缩着每个人的失意落寞，是向下运动的消极因素，代表"美"的低沉、忧郁的方面。像这样，"圆宝盒"包揽着万物的不同属性，这些属性又折射出不同的美，但它们不是完全对立的，而是相互转换、彼此交融的，就像日光可以分离为七色虹，七色虹反过来又能聚合为日光，众多的差异、变化、对立最终汇合为浑圆的一体，幻化为"圆宝盒"之"圆"，是为"美"的圆满形态。

当然，发现美之圆满的过程也并非那么简单，世间人无一不渴望美、追求美，却总是会陷入偏颇，沉迷于有棱角，有缺口的物件，而错失了他的"圆宝盒"。总的来说，"美"是无限的，以人类有限的生命去追逐无限的美，无论向前向后，赶快赶慢，都必然没有结果。"别上什么钟表店/听你的青春被蚕食"，"钟表"只向前走，记录人的不断成长，成长过程中我们固然逐渐成熟，但青春的美也在不断"被蚕食"，这是人生难以两全的矛盾。"别上什么骨董铺/买你家祖父的旧摆设"，"骨董"是身后物，保存逝去的回忆，然而即使我们买回再多的"祖父的旧摆设"，却怎么都无法找回那些正当其时的美好经验，这只是一种无用的偏执。如此看来，不管我们怎么强求或挽留，人生却总有缺憾，它是一个有缺口的"圆"，数不尽的矛盾将其撕裂。那么人就不要寻找他的"圆宝盒"了吗？也不尽然，只不过诗人给出的途径不是必然，而恰是偶然，在偶然中又蕴含着与美相遇的必然。"你看我的圆宝盒/跟了我的船顺流/而行了"，这句诗点明了"我"获得"圆宝盒"的方法，不是逆流而上、费尽心机地寻找，那样只会捞到无数的"钟表""骨董""旧摆设"，无法解决人生的矛盾和焦虑。相反，"我"好像什么也没有做，只让人生的船只顺着天河的水四处漂流，这个过程中"圆宝盒"自然而然"跟了我的船"，被"我"偶然打捞起来。"船"指的就是人的生命，在时间之河中它只能顺水漂流，从幼小到老衰，这就是人生的自然发展状态，不非要"钟表"精密计量，也不非要"骨董"买卖记忆。虽说"圆宝盒"只在某一时刻被打捞上来，甚至从未遇见，但其实它始终跟随着人的生命之船，伴其一生，这就是偶然与必然的辩证关系，也说明了生命存在的本身，它就是一种美。

然而生命与美终究无法避免一些矛盾。"虽然舱里人/永远在蓝天的怀里"，人既乘船于河中，又心怀蓝天，抬头仰望，天空和河流是对立的意象，这里表现的仍旧是一种人生的有限性与理想天空的无限广阔之间的对立。但此时这种矛盾已经不是重点，诗人使用的转折词是"虽然"，突出一种让步关系，说明二者之间仍有回旋的余地。虽然天空与河流的矛盾依旧存在，但那里也有一种沟通、交融的可能。下句又是新一轮的让步，"虽然你们的握手/是桥——是桥！"这里的"你们"则没有一个确指，可以是先前存在矛盾、对立、差异的任何因素，是纠缠不清的万事万物的全体。而"握手"显然指向矛盾的弥合，但想要弥合事物之间无限的矛盾显然不太可能，诗人仅将这一尝试形容为"桥"。"桥"架在天空与河流、有限生命与无限之美的中间，虽然它能够连接矛盾的双方，但也仅仅是连接而已，它只提供了一个"握手"的通道、契机、可能性，而并不是其实现。至此，第一个"虽然"给我们预留了一个矛盾弥合、实现圆满的机会，随即第二个"虽然"却又近乎否定了这个机会。那么什么才是，又怎样实现真正的圆融合一呢？一切弯弯绕绕，又将回到起点，答案就明明白白地摆在那里，却始终保持着它最捉摸不透、晦涩难解的形态——"圆宝盒"。

"可是桥／也搭在我的圆宝盒里"，诗人用"可是"进行了第三次转折，答案回到"圆宝盒"。这句话看似颇有深意，又好像无甚逻辑，令人似懂非懂，因为这是一个知其然，但不知其所以然的回答。我们既已知"圆宝盒"是一个浑然圆满之物，是包容一切矛盾、对立的终极答案，然而我们对这个答案的作用原理一无所知。事实上，"圆宝盒"容纳了所有的相对关系，将矛盾的棱角化为浑然的"圆形"，但若说这个"圆"便是一切的终点，就又落了俗套。不能忽视这个"圆"自身的相对变化，它既是圆，亦是方，既可大，亦可小，既有多，又有少，既能有限，亦能无限……"圆"从来不代表固定，而是最变化多端的形象，从这一相对的角度来看，若说"桥"搭在"圆宝盒"里，那么"圆宝盒"也能出现在"桥"上，先前被掐灭的交合的契机，此刻竟在变化中成为现实，因为"圆宝盒"无处不在，无所不是，"圆宝盒在你们／或他们也许就是／好挂在耳边的一颗／珍珠——宝石？——星？"诗歌发展到最后，无论是挂在耳边的一颗小小"珍珠""宝石"，还是夜空中一颗忽暗忽明的"星"，抑或是先前的"钟表""骨董""旧摆设""桥"和"天空"等，其间再没有任何价值的偏颇和矛盾的对立，从中都可以发现"圆宝盒"那般变化多端又圆融如一的美，因为"圆宝盒"之"圆"正是由那无限的棱角构成。

断章

你站在桥上看风景，
看风景人在楼上看你。
明月装饰了你的窗子，
你装饰了别人的梦。[1]

1935 年 10 月

《断章》手稿照片

---

① 卞之琳：《鱼目集》，文化生活出版社 1935 年版，第 12 页。

主客轮转的刹那超然

"断章"是诗的片段，这似乎意味着本诗是从一个完整诗篇中截取的产物，那么自然会好奇诗人截断完整诗歌结构，唯独选择这一断章的理由，这当然又无甚可谈，因为这短短的四行诗句已蕴含了无限的遐想和哲思，无论从美学还是哲学方面，它都可独立成诗，且是一首经久不衰的好诗。甚至说，它不仅仅是一个"片断"，而且是其平淡无奇的原文中满溢而出的一个唯独是诗的"剩余"，因此，只能是这一流丽的"断章"留下，而其余臃肿的文字皆可抛弃。由此辩证地看，"断章"不仅是诗的"部分"，更是诗的"全体"，它在其描绘的一方小小天地和一道人生剪影中，也折叠着全宇宙、全生命存在的玄妙与美。

然而，"断章"虽是一个意味深长的主题，诗人却没有用抽象艰深的文字来说明那些形而上的道理，而是用颇为具体、自然的感官画面呈现刹那间美的感受与诗的领悟。"看"是一个最寻常不过的感觉动作，但也只有对人类而言，一般官能的被动的"看"才能转换为有意识、有思想的主动的"看"。我们每天都在"看"世间的事物，并赋予它们某种意义，风景、宝物、陌生人……通过"看"人类确立自己在世之中的主体性。是"你站在桥上看风景"，所以"你"才是画面中的主体，作为一个中心视点，所有的"风景"都从"你"这里辐射开来，也只是为你敞开。因此，无论是谁都无法看到那些属于"你"的"风景"，是小桥流水，是明月高楼，还是寂夜疏星，都只在"你"的眼中闪烁。从这一方面看，"你"无疑也是孤独的，"你"会被眼前的风景陶醉、震撼，但"你"永远都无法与他人分享这些独有的感动。因为，每个人都有各自的"看"，他人所看到的只能是他人的风景，即使那些"风景"的自然形态相似，但基于不同人的"看"的视点、角度、高度等把握方式的不同，其也会产生截然不同的意义和美。这如同两个人同样站在桥上看风景，他们却有同床异梦的处境，或许"我"看到了人间的繁华，"你"却孤赏于某处的落寞。这是人类固有的悲哀，主体的在世生存永远寂寞，永远孤独。但这一体验也并非如此绝对，在宇宙和人生中，一切事物、法则都是相对的，自我个体的存在固然是孑然一身，却仍无法避免与他人发生关联，即便相互交流、理解的困难重重，连接人与人的通道却始终摆在那里。诗人深知如此，因此他在画面中预设了一座"桥"，看风景的"你"被风景吸引了全部的注意，埋头于寂寞的"看"，却忽略了脚下的这座"桥"。很明显，"桥"这个意象指向交流、联系、关系、沟通、转换等一系列具有相对性的概念，它暗示着"你"的位置绝非固定的，而是可移动的。也就是说，"你"既可以是一个永久孤独的"看"的主体，也可能在无数个瞬间中转换为"被看"的客体，与世界、他人发生千丝万缕的联系。

回到"风景"，前面已知每个人都拥有各自独立的"风景"，"你"与他人所见的一切都互不干涉，万千风景有万千主人，也就有万千份寂寞。然而，通过一座桥，"你"却能走进他人的风景，被他"看"，随即成为他的"风景"的一部分，无论是否愿意，都与他人的情感、意识发生关系。"看风景人在楼上看你"，在这后一句诗中，"看"的视点由"你"转至"看风景人"，于是先前以"你"为中心的画面在眨眼的瞬间切换，桥上的风景收敛起来，楼上的风景铺展出去，在同一个小小时空中，主客体的位置悄然转换。在作为主体去"看"时，"你"所见一切风景都沾染上"你"的心境的颜色，而唯独在"你"的周身，"你"的脚下，那里皆是空白，无法揣测。在单独的"看"中，主体可以观测外物，但无法完全澄明自身，所谓当局者迷，因而一个旁观者就是必需。事实上，使人成为主体的"看"也是相对的"看"，它既是"看"也是"被看"，在"看"中人把握世界的含义，在"被看"中人确立自身的定位。因此，当作为客体"被看"时，尽管"你"暂时失去了主体的瞩目性，却从他人的目光中获得了另一种瞩目，"你"进入了"看风景人"的视野，在他的心境把持下获取了另一重意义。或许"你"是悲凉地独立桥头，望尽夜空，不知惆怅着什么，又或许是淡然、无聊地眺望远处，从诗人克制的文字中很难发现"你"的确切心境。但无论有再多的揣测，"你"的任何单一的情感状态都将是偏狭的，都最终指向生命存在的形而上的孤独。如今，又一个"看风景人"出现，给"一"的世界带来了"二"，也给这方静止的世界带来了运动与变化的情势。"你"在彼时的他的眼中，又将是一个什么样的人？落寞的、幸福的、平淡的、无关的……这些他的"看"和他的揣测或许同先前"你"的心境相吻合，又或者矛盾对立，但它们之间都构成了一种相对，一种多元，一种变动的关系。相对逆转绝对，多元反对独一，变动克服静止，由此世界才真正地运动起来，生存在其中的人类也不再只有绝对孤独的意义，而是充满相对性与多元性的可能，这才是人生存在的真实状态，也是诗人借这两行诗要表达的深刻哲思。

　　行文至此，似乎足以两句断章就可为诗，然而诗人又觉不够，上两句诗的行文过于淡漠，陈述过于克制，以至于其中哲理太多，使人陷入无终回环的思索。因此，秉持着相对的理念，诗人又写出行文风格与前文对称的两句，在音义、结构的回旋中，既收束哲思，又强化其具体而深邃的美学效应。"明月装饰了你的窗子，／你装饰了别人的梦"，这里出现了一个现实与梦境并存的世界，和先前的画面已不再在同一个框架内，"你"是否还是先前的"你"我们不得而知。但具体而言，其实际上仍可以是"看风景"时空的延续，这时"你"从桥上走下，回到居所，沉沉入梦。这两句中仍存在主客关系的互换，第一句写窗边夜月，"你"尽管没有出现在画面中，但"你"仍是画的主人。"装饰"一词有一种"附属"的意思，这里明月作为装饰，就像一个窗边的小坠饰一样，不再孤立于夜空，而从属于"你"，显然此处"你"仍是主体，"明月"是客体。然而殊不知就在此时此刻，却在别人别处的梦里，反倒是"你"装饰了不知哪个亲朋好友的梦境，这一个回环转折之间，"你"又扮演起客体的角色。除了上述已阐明的人生之相对、变化、多元的哲思外，从"装饰"这个词里，又仿佛可见一种悲悯。这是一个诗人从客体角度出发给出的修辞，无论是悠久的

"明月"还是"你"这个人类，在作为客体存在时都只是一个略显赘余的"装饰"，或许主体刚才还爱不释手，下一刻就将之遗忘、抛弃。事物作为客体的命运是如此身不由己，乃至悲哀，那这又是否会打断万事万物相对于多元的辩证关系呢？事实上，只要深入思索便不难发现，诗人借"装饰"表达的不是悲悯，而是一种超然。既然在宇宙万物中没有绝对，没有静止，一切相关联的都在相对变化之中，那么那些或喜或悲的情感，方生方死的处境，善恶道德的观念，等等，皆可轮转，又皆是空无。在相对中，永恒即刹那，一念即永恒，作为客体的历史悲哀，在倏忽间又可转变为主体的幸运，悲哀与幸运又皆没有区别似的，统一于相对变化的轮转中。于是"装饰"又何妨，"风景"又何妨，主体又何妨，客体又何妨，斤斤计较于这些转瞬即逝的情感、理念，无非是一种痴念。人不应被这些外在的东西束缚，而应参透人生世界无穷轮替、无限运转的道理，获得内在的超然与自由。

参考文献

[1]卞之琳. 卞之琳文集[M]. 合肥：安徽教育出版社，2002.

[2]卞之琳. 鱼目集[M]. 上海：文化生活出版社，1935.

[3]卞之琳. 关于《鱼目集》[N]. 大公报·文艺，1936-05-10.

[4]卞之琳. 汉园集[M]. 上海：商务印书馆，1936.

[5]卞之琳. 十年诗草 1930—1939[M]. 桂林：明日社，1942.

[6]天文新发现[N]. 大公报，1934-12-26.

[7]陈梦家. 新月诗选[M]. 上海：新月书店，1931.

[8]朱自清. 三秋草[N]. 大公报·文学副刊，1933-05-22.

[9]刘西渭(李建吾). 咀华集[M]. 上海：文化生活出版社，1936.

[10]孙玉石. 中国现代主义诗潮史论[M]. 北京：北京大学出版社，2010.

[11]汉乐逸. 发现卞之琳 一位西方学者的探索之旅[M]. 李永毅，译. 北京：外语教学与研究出版社，2010.

穆旦：诗与生命的融合

一、诗人概述

穆旦(1918—1977 年),原名查良铮,译诗时曾用笔名"梁真"。1918 年出生于天津。祖籍为浙江省海宁县,是海宁袁花镇查氏南支廿二世"良"字辈。清初,海宁查氏后人出于仕宦和经商等原因,迁往宛平、天津等地。清代晚期,查良铮曾祖查光泰(1829—1894年)因仕宦迁至天津。

1923 年 9 月,穆旦进入天津城隍庙小学学习。六岁时创作的《不是这样的讲》在天津《妇女日报》副刊《儿童花园》上发表。1929 年 9 月,穆旦考入天津南开学校,并于 1935 年7 月高中毕业。1934 年的《南开高中生》刊登了他一篇杂感《梦》,这是他第一篇以"穆旦"署名的文章。此外,中学阶段穆旦在《南开高中生》等期刊上有《诗经六十篇之文学评鉴》《谈"读书"》十余篇作品发表。1935 年 8 月,穆旦被清华大学外文系录取,在校期间曾参加"一二·九"游行和"一二·一六"游行。1936 年下半年,他开始在《清华周刊》《清华副刊》《文学》等报刊上发表作品,并成为《清华周刊》特约撰稿人。1937 年 7 月,抗日战争全面爆发。10 月,清华大学、北京大学、南开大学合并南迁,组成"国立长沙临时大学",穆旦随校到达长沙。1938 年年初,学校西迁昆明,成立"国立西南联合大学"。从 2 月 20日至 4 月 28 日,穆旦加入了由闻一多、曾昭抡等师生组成的"湘黔滇旅行团",历时六十八天、行程三千五百华里,进行了一场"世界教育史上艰辛而具有伟大意义的长征",跨越湘、黔、滇三省抵达昆明。以这次"中国教育史上的一次创举"为背景,穆旦写下了《出发——三千里步行之一》《原野上走路——三千里步行之二》等诗,他在其中写道:"我们走在热爱的祖先走过的道路上""我们不能抗拒那曾在无数代祖先心中燃烧着的希望。/这不可测知的希望是多么固执而悠久,/中国的道路又是多么自由而辽远呵。"[①]

在西南联合大学,穆旦对英美现代派诗歌产生了浓厚的兴趣,并通过当时在西南联大任教的英国诗人威廉·燕卜荪的相关课程,系统学习了英国现代诗歌和诗歌理论,以及艾略特、奥登等诗人的诗歌技法。他借鉴西欧的现代主义,将其同中国的现实和中国的诗歌传统结合,从而创作自己的诗歌。这一时期,国难当头,年轻的穆旦亲身体验,用诗歌抒写自己在特殊时代内心的痛苦及不屈。1940 年,22 岁的穆旦从西南联大毕业,并留校任教。在联大的这一时期,是穆旦诗歌的高产期。他发表的重要作品有《我》《五月》《在寒冷的腊月的夜里》《中国在哪里》《神魔之争》《赞美》《春》《诗八首》等,分别发表在重庆和香港出版的《大公报》副刊——《战线》《文艺》,西南联大出版的《文聚》等刊物上。穆旦的第一

---

① 穆旦:《穆旦诗文集》,人民文学出版社 2018 年版,第 214-217 页。

部诗集《探险队》也作为"文聚丛书"之一出版，其中包括《野兽》《我看》《玫瑰之歌》《夜晚的告别》等 25 首诗作。穆旦还翻译了路易·麦克尼斯的评论《诗的晦涩》、迈克尔·罗伯茨（Michael Roberts）的评论《一个古典主义的死去》、台·路易士的长诗《对死的密语》（并有《译后记》）、泰戈尔的散文诗《献歌》等，这些作品于 1941 年至 1943 年刊出，署名为"穆旦"。

1942 年初，穆旦放弃了联大教席，以"天下兴亡，匹夫有责"之志参加中国远征军，任随军翻译前往缅甸抗日战场。从 1942 年 4 月底至 5 月，远征军陆续撤退，穆旦在向印度撤退的部队中，经历了野人山战役，历尽艰险，九死一生。3 年后，27 岁的诗人写下《森林之歌——祭野人山死难的兵士》。这首诗收入《穆旦诗集（1939—1945）》时改名为《森林之魅——祭胡康河上的白骨》，并被称为"诗集里的冠冕"（唐湜）和"中国现代诗史上直面战争与死亡、歌颂生命与永恒的代表作"①。死里逃生后的穆旦曾在印度加尔各答养病，1943 年归国后，为了谋生辗转于昆明、重庆、北平等地。

1945 年 1 月，穆旦的第一部诗集《探险队》由昆明文聚社出版。同年创作《给战士》《甘地》《野外演习》《一个战士需要温柔的时候》《七七》《先导》《农民兵》《打出去》《奉献》《反攻基地》《通货膨胀》《良心颂》《苦闷的象征》《轰炸东京》《森林之魅》等诗歌。从 1947 年开始，穆旦的诗歌影响逐步扩大，他与沈从文、冯至、巴金夫妇等在文化界有重要影响的人士有较多交往，其作品多集中刊发在《文艺复兴》《文学杂志》《大公报·星期文艺》《益世报·文学周刊》等报纸上，《穆旦诗集》和《旗》也先后出版，此期对穆旦诗歌的评论也较多。

穆旦《冬》诗稿手迹

1949 年，穆旦随联合国粮农组织工作组赴泰国曼谷任译员，后由曼谷赴美留学，进入芝加哥大学研究生院，攻读英美文学、俄罗斯文学课程。与同在芝加哥大学攻读生物学博士学位的周与良女士结婚。在美国，穆旦也发表诗作，并小有名气。他的夫人曾说，"他很可以多写诗，靠写作过更好的生活"，可他始终认为，"在异国他乡是写不出好诗的，不

---

① 李方：《穆旦年谱》，《穆旦诗文集》，人民文学出版社 2018 年版。

可能有成就的"。① 于是，穆旦夫妇谢绝了印度德里大学的聘请，于 1953 年年初回国。

回国后，穆旦担任南开大学英文系副教授，实际开设的课程包括(英)文学选读、英译中及中译英、文艺学引论等。同时，他还把大量精力投入翻译，1953 年底即出版了苏联文艺理论家季摩菲耶夫的《文学概论》和《怎样分析文学作品》(《文学原理》第一、二部)。之后则有多种普希金的著作，以及雪莱、拜伦、济慈、布莱克等的英文作品问世。一直到1958 年，穆旦所出版的译著约 25 种(包括出版改制之后新印的)，被认为是其译诗的黄金时代。与早年翻译不同，他在这一时期的翻译基本上署本名"查良铮"。在特殊时期，穆旦遭遇了多重阻难，并被迫放下诗笔二十年。直到 1976 年，才重新开始诗歌创作，写出《智慧之歌》《春》《夏》《听说我老了》《停电之后》《秋(断章)》《"我"的形成》《冬》等诗篇以及诗剧《神的变形》。1977 年 2 月，穆旦因医治腿伤，准备接受腿部手术之前突发心脏病去世，年仅 59 岁。1985 年 5 月 28 日，穆旦的骨灰落葬于北京香山脚下的万安公墓，墓碑上写有：诗人穆旦之墓，同葬墓中的有上、下二册初版本《唐璜》。

关于穆旦创作阶段的划分，学界存有不同看法，主流看法多以四个阶段划分。

第一个阶段为 1937 年之前。穆旦的早期创作大致被认为是 1937 年南迁长沙之前，即第一部诗集《探险队》开篇《野兽》一诗(1937 年 11 月)创作之前。穆旦早在中学时期就已经开始诗歌创作，相关作品已在《南开高中生》上发表。诗人自费印行的《穆旦诗集(1939—1945)》则未收 1939 年前的作品。这种安排自然包含了穆旦对自己早期作品的态度，认为它们是不成熟的，但对探讨穆旦诗歌中的自我形象来说，这些作品具有一定的研究价值。它们不仅展现了诗人早期的自我表达和感知世界的方式，还揭示了穆旦与中国现代主义诗歌之间的紧密联系。

第二个阶段为 1937 年到 1949 年。此阶段包括 30 年代末期到 1949 年穆旦赴美留学之间的创作。穆旦生前的三部诗集，均于这段时间出版：《探险队》(1945 年 1 月由昆明文聚社出版，收入《野兽》等 25 篇诗作)，《穆旦诗集(1939—1945)》(1947 年 5 月自费出版，收入《合唱二章》《神魔之争》《森林之魅》等抗战时期的诗作 54 篇，其中 15 篇已在《探险队》中收录过)，《旗》(1948 年 2 月由上海文化生活出版社出版，为巴金主编的《文学丛刊》的第九集，除《良心颂》《轰炸东京》《苦闷的象征》等 3 篇外，均已在《穆旦诗集》中收录过)。40 年代是穆旦诗歌创作的黄金时期，尤其是进入西南联大后，穆旦成为一个真正意义上的诗人。当战争、死亡、灾难来临，穆旦在诗中描绘青春、爱情、生命的同时，也一同书写灾难。这个时期他的诗歌既充斥着年轻的气息，又显得非常复杂，在激情、矛盾甚至是冲突中，展现了"我"与世界的激烈碰撞，同时也蕴含对世界的深入思考、敏锐感知

---

① 王佐良：《穆旦：由来与归宿》，杜运燮、周与良《一个民族已经起来——怀念诗人、翻译家穆旦》，江苏人民出版社 1987 年版。

和不懈探求。

《探险队》1945 年 1 月出版　　　《穆旦诗集（1939—1945）》　　　《旗》1948 年 2 月出版
　　　　　　　　　　　　　　　1947 年 5 月出版

　　第三个阶段为 50 年代。穆旦在 50 年代共创作 10 首诗：1951 年 2 首，1956 年 1 首，1957 年 7 首，而后直至 1975 年才重新开始创作。20 世纪 50 年代作为一个阶段被讨论，更多的是指穆旦在 1957 年前后发表的数首诗歌，这个时期穆旦所作诗歌，或许可以被认为是那个时代最好的注脚。

　　第四个阶段为 70 年代。穆旦在 70 年代留存了近 30 首诗歌，具体创作情况为：1975 年 1 首，1976 年 27 首。由于这些作品都是在他逝世之后才发表，学界也称其为"潜在写作"。此期穆旦的创作心态可以用"悲观的终结""死亡意识"等描述。其诗以冷静的反思与观照凸显时代与内心的复杂与两难，弥漫着一种挥之不去的激烈又凄婉的死亡气氛。

　　从整体来看，穆旦诗歌的独特性在于他对西方现代主义诗歌的继承。可以说，穆旦诗歌从内涵到语言都与中国诗歌深厚的传统相去甚远，也与中国新诗史上许多前辈诗人"中西交融"的追求判然有别。在中西文化交融碰撞的 20 世纪，穆旦的选择是别具一格的，甚至还可以说是相当孤寂的。如何来认识这一现象，恐怕意义也就超出了穆旦和诗歌本身，而涉及整个中国现代文学的"中西选择"问题，以及中国现代知识分子的精神结构。钱理群认为，穆旦对绝对的否定，他与众不同的怀疑、内省式的思维是对鲁迅思维的真正继承，是对中国现代知识分子中最缺乏的"直面人生"的勇气的真正发扬①。

————————————

① 钱理群：《丰富的痛苦》，时代文艺出版社 1993 年版。

　　中国现代新诗在发展过程中，始终面临着对西方诗歌与传统诗歌的取用协调问题。"中西合璧"是一个美好的理想，但其具体的实现需要每位诗人提出自己的实际应对方案，而诗人处理中西诗歌文化关系的方式，往往又决定了他们诗歌创作的独特风格。徐志摩通过"重构"中国诗歌的"感性抒情"传统，展现出温和而节制的古典诗歌韵味。相比之下，穆旦则刻意回避传统和陈旧的意象、语言和诗风，他追求的是以"非中国"的形式和特质来体现现代写作意识。王佐良在 40 年代在《一个中国诗人》中指出，穆旦"最好的品质全然是非中国的"，"最好的英国诗人就在穆旦的手指尖上，但他没有模仿，而且从来不借别人的声音歌唱"[①]。穆旦那些凝重、深思的诗作能让人明显感受到英美新批评和里尔克的影响，他本人也有相关表述。在 1975 年 9 月与郭保卫的通信中，穆旦以第一本诗集《探险队》中一首题为《还原作用》的短诗为例，探求诗歌的作法：

　　　　　污泥里的猪梦见生了翅膀，
　　　　　从天降生的渴望着飞扬，
　　　　　当他醒来时悲痛地呼喊。

　　　　　胸里燃烧了却不能起床，
　　　　　跳蚤，耗子，在他的身上黏着：
　　　　　你爱我吗？我爱你，他说。

　　　　　八小时工作，挖成一颗空壳，
　　　　　荡在尘网里，害怕把丝弄断，
　　　　　蜘蛛嗅过了，知道没有用处。

　　　　　他的安慰是求学时的朋友，
　　　　　三月的花园怎么样盛开，
　　　　　通信联起了一大片荒原。

　　　　　那里看出了变形的枉然，
　　　　　开始学习着在地上走步，
　　　　　一切是无边的，无边的迟缓。[②]

---

　　① 王佐良：《一个中国诗人》，《穆旦诗集·附录》，穆旦自印 1947 年版，第 4、7 页。
　　② 穆旦：《还原作用》，《穆旦诗集》，穆旦自印 1947 年版，第 29-30 页。

穆旦在信中说，"这首诗是仿外国现代派写成的，其中没有'风花雪月'，不用陈旧的形象或浪漫而模糊的意境来写它，而是用了'非诗意的'词句写成诗。这种诗的难处，就是它没有现成的材料使用，每一首诗的思想，都得要作者去寻找一种形象来表达；这样表达出的思想，比较新鲜而刺人"①。穆旦认为，诗歌需要用形象和感觉，清晰且深刻地表达思想，这种要求使得现代派诗歌技巧成为突破传统的新颖表达方式。

其次，穆旦新诗中充满着精神世界的真实与叙述世界的扭曲张力，主要表现为诗人自我精神的折磨与痛苦。同为九叶派的诗人们对此有较多的看法，王佐良说，穆旦诗的"真正的谜"之一，是他"最善于表达中国知识分子的受折磨又折磨人的心情"。（王佐良《一个中国诗人》）诗中蕴含的诗人内心世界矛盾的无限张扬，成为穆旦诗歌现代性最独特的一个侧面。袁可嘉认为穆旦诗中蕴含一种与感伤无关的深深的"沉痛"，以及一种深沉的亲情（袁可嘉《新诗现代化》），唐湜认为那是一种"丰富的痛苦"（唐湜《穆旦论》），杜运燮谓之为"灵魂深处的痛苦"（杜运燮《忆穆旦》），郑敏将之归纳为"矛盾和压抑痛苦"（郑敏《诗人与矛盾》）。但是，穆旦诗歌又不仅仅是痛苦的宣泄，而是把痛苦"紧紧地挟进理智的河床，通过沉思的闸门，化成了点点涓滴"（袁可嘉《新诗现代化》）。对于这与前人判然有别的诗思哲理化特征，袁可嘉引穆旦之语称这是"结晶"的价值（袁可嘉《新诗现代化》）。杜运燮认为："穆旦是个深思的人。他特别意识到自己是一个现代人，具有现代知识分子的特有的思想和感情，对许多新问题进行思索。"（杜运燮《忆穆旦》）穆旦诗歌既充满了深沉的痛苦情绪，又带着浓重理性色彩，在情绪和理性之间，构成其诗歌的独特魅力。他在70年代曾在信中说："青年人如陷入泥坑中的猪（而又自认为天鹅），必须忍住厌恶之感来谋生活，处处忍耐，把自己的理想都磨完了，由幻想是花园而变为一片荒原。"②另外，穆旦诗歌的语言有一种"文字节奏上的弹性和韧性"（袁可嘉《新诗现代化》），默弓（陈敬容）将这种语言处理称为"剥皮见血的笔法"（《真诚的声音》）。

二、诗作鉴赏

野兽③

黑夜里叫出了野性的呼喊，
是谁，谁噬咬它受了创伤？

---

① 穆旦：《穆旦精选集》，北京燕山出版社 2006 年版，第 215-216 页。
② 穆旦：《致郭保卫二十六封》，《穆旦精选集》，北京燕山出版社 2006 年版，第 215 页。
③ 穆旦：《野兽》，《探险队》，崇文印书馆 1945 年版，第 1-2 页。

在坚实的肉里那些深深的
血的沟渠，血的沟渠灌溉了
翻白的花，在青铜样的皮上！
是多大的奇迹，从紫色的血泊中
它抖身，它站立，它跃起，
风在鞭挞它痛楚的喘息。

然而，那是一团猛烈的火焰，
是对死亡蕴积的野性的凶残，
在狂暴的原野和荆棘的山谷里，
像一阵怒涛绞着无边的海浪，
它拧起全身的力。
在暗黑中，随着一声凄厉的号叫，
它是以如星的锐利的眼睛，
射出那可怕的复仇的光芒。

1937 年 11 月

痛楚中的民族野性释放

结合创作时间，不难看出此诗是一首民族苦难与抗争的寓言，伤痕累累的"野兽"是彼时受苦受难的中华民族的象征。值得注意的是，"野兽"这一意象的内涵与经典认知中作为"沉睡的巨龙或雄狮"的中国并不完全相同，后者更多出自本土民族积极的自我想象，前者却是外来者凝视中的他者化产物。在外族殖民者看来，中国无疑是一头不知其名的"野兽"，它生活在野蛮而原始的黑暗森林，既与理性、文明的现代人类遥相对立，被视为劣等的生命，又是一个令人惶恐、疑惑的威胁，可能会向那些试图驯化它的人施以血淋淋的复仇。在这首诗中，诗人偏偏使用"野兽"这一充满文化痛楚的名词，这并不代表他认同所谓的"野蛮"民族的蔑称，相反，这出自一种"以牙还牙，以眼还眼"的心理：正是在中华民族这头曾经的"野兽"被视为垂死挣扎的搏斗中，这一伤痕累累的形象完成了向自身原有内涵的复仇，"它抖身，它站立，它跃起"，从而拥有了蜕变成为"巨龙"或"雄狮"的可能。

开篇的场景是黑夜，其剥夺了一切的视觉，使声音成为感知焦点。相比于一个可见、可定位的"野兽"形象，"野兽"的声音无处可寻，不知其踪，它回避了外来者的凝视，全然发自自身生命的痛楚与野性，这一神秘、未知的呼喊的余音弥散在黑夜中，渲染出紧张不安的情绪氛围。对"野兽"来说，它根本不知"谁噬咬它受了创伤"，这道呼喊是它的诘问，它用愤怒而焦虑的眼神去寻找敌人，却在黑暗中感受到四面八方、无处不在的威胁。对于戕害"野兽"者来说，这一迸发的音响同样使其悚然惊惧，被捕猎者的叫声如此凄厉，如此警觉，捕猎活动隐隐出现了失控的征兆，这使捕猎者再也不能保持从容余裕。由此，茫茫黑夜中对立的双方都被拉入同样迷茫、同样恐慌的生存处境，殊死的矛盾斗争一触即发。在这一过程中，"野兽"并不如狩猎者原先所想的那般野蛮、愚昧。在遭受攻击后，"是谁"这一短促的怒吼代表"野兽"内心短暂慌乱的一瞬，然而它马上回归了理性："谁噬咬它受了创伤？"不同于前句，这是一个主谓宾结构完整的问句，诗人的疑问代言"野兽"对本次事件的冷静思索："谁"是主语，作为一切苦痛的始作俑者，也将是"野兽"的复仇对象；"噬咬"意味着这是一场残忍而血腥的战斗，因此流血和痛苦必不可免，也无须畏惧；"受了创伤"则说明"野兽"对自我伤痛的充分认知，因而它得以在此基础上痛定思痛。在这种冷静的思考中，"野兽"的野性形象获得了一层理性的内涵，它不再沉默，也不容被忽视于文明的黑暗，从野性的夜中低吼踱出，面貌逐渐清晰，占据我们的视野中央，那是一个遍体鳞伤却不屈不挠的主体。

诗人使用的是极近的视点来观察"野兽"，将具有距离感的"看"转换为近乎抚摸，充满了深深的怜惜和痛心，"野兽"那些被黑暗遮蔽的狰狞伤痕顿时显露出来。"在坚实的肉里那些深深的/血的沟渠，血的沟渠灌溉了/翻白的花，在青铜样的皮上！"诗人的描写充满生命与死亡的张力。"沟渠"本用于灌溉，是促进作物生长的设施，其中流淌的水也是生命的动因，这里却用来形容伤痕之深之长，充满痛苦的气息，给人强烈的反差感。而那些外翻发脓的伤口又被写作"翻白的花"，本是生命象征的"花"霎时蒙上了一层死亡与阴郁的氛围，而本来丑陋的伤口亦因"花"的形容而获得一种残酷的美感。如此，在野兽的肉体上铭刻着的不仅是完全的痛苦与死亡，生命意志的顽强抗争与对生命力的摧残同时存在，"沟渠"与"花"无时不在反抗"血"和创伤，这种生与死的冲突使诗歌的意蕴空间极具张力。正是这惨烈的矛盾将"野兽"的皮肉活活撕开，也正是这持久的斗争将"野兽"的皮肉锻打为"坚实"的"青铜"，因而它不会就此沦落死亡，成为一具尸首，而在一片"紫色的血泊"中，"它抖身，它站立，它跃起"。这是"多大的奇迹"，这又丝毫不是什么"奇迹"，这是"野兽"用自己的生命意志支撑起来的"站立"。纵然四面八方的死亡威胁作为呼啸而来的"风"，时刻"鞭挞"着"野兽"，它也要从"痛楚的喘息"中发出低吼，将死的压抑转换为生的愤怒，借罡风点燃复仇的"猛烈的火焰"。在这里，"野兽"重新回归一头"野兽"，拥有凶残而生猛的野性，但这再也不能成为它被人狩猎或低人一等的理由，曾几何时，它的野性仅出自生物的本能，而如今它的野性"对死亡蕴积"，源自对死亡的不满，也就与死亡对立，乃是一种生命在茫茫黑夜中生存的意志。它不仅要活，而且要"抖身""站立""跃起"着活，不再屈从于死亡的威胁、伤痛的阴霾或狩猎者的傲慢，作火焰之势点燃整个寂夜。

于是，万事万物面对"野兽"的那份生的"野性"都将动乱，一切都被拉回原始而野蛮的战场，进行你死我活的生存斗争。"狂暴的原野""荆棘的山谷"，野性的火贯穿漫山遍野，构成"一阵怒涛绞着无边的海浪"，生命的原欲汹涌澎湃。而"野兽"在其中低吼、踱步，它"拧起全身的力"的同时也榨干了全身的鲜血和痛苦，蓄势待发，要向死亡复仇，这一次它才是狩猎者。"在暗黑中"一句，方才狂暴、混乱的生命火势迎来一瞬的停滞，仿佛回到了开篇寂寥的黑夜，而很快如闪电般"一声凄厉的号叫"终于宣泄出来，在夜空、山谷与原野中回荡不绝。从"凄厉"不难看出，"野兽"自始至终都承受着莫大的痛苦，它将全部的创伤都积蕴在这一声号叫中，既是"凄"的压抑，又是"厉"的释放。在后者中，它不再如开篇一样无端遭受攻击，被迫发出痛苦的质询，而是主动向整个黑夜发出挑衅的怒吼，让死亡和痛苦尽管向它涌来，然后"野兽"，也要用它"如星的锐利的眼睛"，向一切死亡的敌人"射出那可怕的复仇的光芒"。全诗就在这股尖锐、闪烁、令人惊惧的眼神中迎来结尾，这是属于"野兽"自己的目光，意味着它不再仅仅是一个被凝视、被想象、被肆意伤害的"形象"，而拥有了充分的主体意志，向世界宣告自己从野性中脱胎而出的崭新生命。

赞美①

> 走不尽的山峦的起伏，河流和草原，
> 数不尽的密密的村庄鸡鸣和狗吠，
> 接连在原是荒凉的亚洲的土地上，
> 在野草的茫茫中呼啸着干燥的风，
> 在低压的暗云下唱着单调的东流的水，
> 在忧郁的森林里有无数埋藏的年代
> 它们静静的和我拥抱：
> 说不尽的故事是说不尽的灾难，沉默的
> 是爱情，是在天空飞翔的鹰群，
> 是干枯的眼睛期待着泉涌的热泪，
> 当不移的灰色的行列在遥远的天际爬行；
> 我有太多的话语，太悠久的感情，
> 我要以荒凉的沙漠，坎坷的小路，骡子车，
> 我要以槽子船，蔓山的野花，阴雨的天气，
> 我要以一切拥抱你，你

---

① 穆旦：《赞美》，《穆旦诗集》，穆旦自印 1947 年版，第 70-74 页。

我到处看见的人民呵，
在耻辱里生活的人民，佝偻的人民，
我要以带血的手和你们一一拥抱。
因为一个民族已经起来。

一个农人，他粗糙的身躯移动在田野中，
他是一个女人的孩子，许多孩子的父亲，
多少朝代在他的身上升起又降落了
而把希望和失望压在他身上，
而他永远无言地跟在犁后旋转，
翻起同样的泥土溶解过他祖先的，
是同样的受难的形象凝固在路旁。
在大路上多少次愉快的歌声流过去了，
多少次跟来的是临到他的忧患，
在大路上人们演说，叫嚣，欢快，
然而他没有，他只放下了古代的锄头，
再一次相信名辞，溶进了大众的爱，
坚定地，他看见自己溶进死亡里，
而这样的路是无限的悠长的
而他是不能够流泪的，
他没有流泪，因为一个民族已经起来。

在群山的包围里，在蔚蓝的天空下，
在春天和秋天经过他家园的时候，
在幽深的谷里隐着最含蓄的悲哀：
一个老妇期待着孩子，许多孩子期待着
饥饿，而又在饥饿里忍耐，
在路旁仍是那聚集着黑暗的茅屋，
一样的是不可知的恐惧，一样的是
大自然中那侵蚀着生活的泥土，
而他走去了从不回头诅咒。
为了他我要拥抱每一个人，
为了他我失去了拥抱的安慰，

因为他，我们是不能给以幸福的，
痛苦吧，让我们在他的身上痛苦吧，
因为一个民族已经起来。

一样的是这悠久的年代的风，
一样的是从这倾圮的屋檐下散开的
无尽的呻吟和寒冷，
它歌唱在一片枯槁的树顶上，
它吹过了荒芜的沼泽，芦苇和虫鸣，
一样的是这飞过的乌鸦的声音，
当我走过，站在路上踟蹰，
我踟蹰着为了多年耻辱的历史
仍在这广大的山河中等待，
等待着，我们无言的痛苦是太多了，
然而一个民族已经起来，
然而一个民族已经起来。

1941 年 12 月

然而一个民族已经起来

　　尽管这首诗蕴含着"太多的话语，太悠久的感情"，但诗人仍以"赞美"为总的诗题，因为，即使他有太多太复杂的原因去痛苦、忧郁或悲哀，那里却唯有一个厚重的理由去歌唱，去赞美，去爱——"因为一个民族已经起来"。虽然这个"起来"的姿态不尽然代表完全的乐观：彼时中华民族背负着沉重的苦难和耻辱，仿佛跪伏在地，一蹶不振，然而，那些"到处看见的人民"用他们佝偻的脊背支撑起了整个民族的生命之重，使中华民族从满目疮痍的土地上爬起，获得在漫长的历史道路上重新出发的坚强意志。全诗通过诗人满怀关切与希冀的眼神，既描绘了抗战环境下水深火热的民族现实，又赞美背靠土地、勇于抗争的人民，于沉重的痛楚中呼唤大写的爱以及民族崛起的希望。第一节用宏大的笔触，跨越悠久的历史时空，勾勒祖国的土地山川，但诗人要赞美的不仅是那些"走不尽""数不尽"也"说不尽"的风景、年代或故事，更是隐没在其背后的"在耻辱里生活的人民，佝偻的人民"。于是，在第二节中，诗人将视线聚焦至一个随处可见的卑微"农人"，他也是在中国大地上日夜耕耘的千万农人的缩影。国难当头，他抛弃了世代传承的"锄头"，融入战斗的

"大众"。这是一种"舍小家为大家"的精神，必然伴随着牺牲。第三节写农人的家庭，那里充满饥饿、寒冷和恐惧，但这种个体的痛苦无法阻挡他走进民族的大我，他义无反顾，"走去了从不回头诅咒"。第四节中，诗人再度凝练、抒发情感，将对农人的赞美延伸至对整个民族更深、更广的赞美，从千万个农人佝偻、沉默而坚定的背影中，诗人发掘出为整个中华民族所有的坚韧不屈、顽强斗争的民族精神，正是这份精神能够冲破"耻辱的历史"，使中华民族在一番荒芜和倾圮中重新"起来"。"一个民族已经起来"作为全诗的诗眼，是整首赞美诗中反复唱叹的旋律，随着章节视点的转换、情感的递进深入，这段诗句不断复现，牵动着一股倔强的力，仿佛要在无尽悠久的轮回中挣扎起身，最终，在结尾反复的赞咏中，这个民族撕扯着全身"无言的痛苦"站起身来，向世界发出振聋发聩的声音。

　　具体来看，在诗歌开篇，诗人用粗笔勾勒出苍凉、雄浑的自然风貌。山峦、河流、草原、村落……这些常规景象的数量是无数的，既"走不尽"也"数不尽"，显示出祖国地理空间之广。然而这种广阔同时也是"荒凉"，无论多么广袤、丰裕的事物，都会因灾难和劫掠而蒙上衰颓的色调。于是，在多灾多难的亚洲土地上，诗人行走所至，其目睹的无处不是"茫茫野草""干燥的风""低压的暗云""单调的水""忧郁的森林"等萧瑟、破败的景色，它们代表中国满目疮痍的现实处境。另一方面，这片土地的历史同样充满痛苦，那几乎是一种宿命的轮回，那些灰败的景色背后埋藏着一段段历史之痛，"无数埋藏的年代"中是说不尽的满是灾祸的故事，虽有沧海桑田之变，民族受苦受难的本质却从未改变。面对这片苍茫、忧郁的悲剧时空，诗人此时仅是"天空飞翔的鹰群"的一员，俯瞰着大地，对大地所受的创伤深感悲痛，却无能为力，因而他对民族的满腔"爱情"只能以"沉默"的方式表现——"它们静静的和我拥抱"。在静的拥抱中，诗人与祖国土地、人民一并呼吸、一并感受、一并痛苦而一并期待着，"干枯的眼睛期待着泉涌的热泪"，是否有一天，中华民族能够打破这般苦难的宿命。"当不移的灰色的行列在遥远的天际爬行"，那大概是一群日出而作的农人在远方迟重地耕作，诗人却敏锐地从这颓然的行列中觉察到一丝希望，面对农人，他或许有话可说，不再沉默，他积郁了"太多的话语，太悠久的感情"要去表达、去赞美。无论是"荒凉的沙漠，坎坷的小路，骡子车"，还是"槽子船，蔓山的野花，阴雨的天气"，这些意象同样略显荒凉颓败，却比那些苍茫的景色更具人的生息，透过它们可以看见无数百姓虽然坎坷、颠簸、佝偻，却也顽强、坚忍甚至是美丽的一生。

　　"以一切拥抱你，你/我到处看见的人民呵"，这呼喊全然发自诗人内心的愿望，只有将生的一切托付人民，与人民站在一起，才能够相互拥抱，支撑起民族前进的历史。曾几何时，人民只能"在耻辱里生活"，被生活的重负压得"佝偻"、卑微，也因此被历史遮蔽，而今诗人"以带血的手和你们——拥抱"，在这痛苦的拥抱中，人民抬起了低落的头，扬起了尘封的面孔，挺直了佝偻的脊背。但这并不意味着诗人发现了人民，令他们"起来"，相反，尽管生存姿态是"佝偻"的，人民的身躯自始至终却未有分毫低伏——他们从未甘愿于屈辱，"因为一个民族已经起来"。

由远及近、由大及小、由粗及细，将深沉的情感铺陈过后，诗人继而将视线聚焦至一个劳碌着的无名农人。他既是一个农人，也代表所有农人，"粗糙的身躯移动在田野中"，日复一日地操持劳作。必然地，农人是"一个女人的孩子，许多孩子的父亲"，而他的母亲和他的孩子也必然已是，或将来也是"农人"，这是悬荡在田野上空的永久宿命：农人及其家族仿佛扎根在厚土之中，"永远无言地跟在犁后旋转"，没有人能逃出名为"锄头"的缰绳。朝代更迭也无法改变农人的"受难"的命运，他们日日夜夜的辛勤劳作仿佛徒劳一般，没有开始，也没有结果，唯有"希望和失望"翻来覆去。农人和他的"祖先"一样，使用同样的"犁"，翻起同样的"泥土"，最终同样"溶解"在泥土中，成为大地的一部分。显然，他们的命运是轮回的，他们的历史是失落的，他们的话语是沉默的，偶尔作为旁人眼中的一个"受难的形象凝固在路旁"，宛如一座无名的墓碑，供人作虚伪的悼念。这是一个卑微农人所固有的悲哀，被历史所无视，艰难地生存，然而，无论外界发生怎样的变动，农人也永远保持着其身为一个"农人"应有的生存态度：沉默、不屈、坚忍。在歌舞升平的时候，农人不沉溺于也不屑于听那些"愉快的歌声"，他的"忧患"意识来自靠天吃饭的思想，也来自他习以为常的对苦难的默默承受。因此，当面临家国危难时，他不装模作样地"演说，叫嚣，欢快"，而是以最直接、最简单的行动宣告自己的立场——"他只放下了古代的锄头"。那是一柄从古至今传承下来的农人之锄，是一代代农民日出而作、日落而息的生存保障，而如今他抛下这悠久的历史宿命，是因为他已有了新的历史使命，他"再一次相信名辞，溶进了大众的爱"。这"再一次"不再如翻掘泥土的轮回那般徒劳而枯燥，那时农人仅是他苦难命运的承受者，而这一次他选择"相信"，他相信的不是什么虚无缥缈的"希望"，而是一个确切的"名辞"，它就是整个民族，以及对这个民族的一切的爱。为了这一信念，农人甚至连他本就佝偻、卑微的自我也要舍去，"溶入"虽代表着团结，却也意味着个体的湮灭，然而，"坚定地，他看见自己溶进死亡里"，像成熟的作物一样被收割，反哺整个民族的土地。"这样的路是无限的悠长的"，也就意味着将有无数个"农人"放弃土地，凭家国之爱投身抗争，以血和死亡铺就历史前进的艰辛道路。他们无不是自愿的，也无不是"不能够流泪的"，泪水只能道出悲哀，而不屈斗争的农人虽背负伤痛，却并不会悲哀，"他没有流泪，因为一个民族已经起来"。

悲哀留在了农人的背后，留在了他竭力守护的家园。那里群山包围，天空蔚蓝，尚未遭到灾难的侵扰，但也算不上什么乐土，农人家族世世代代的苦难宿命仍在此延续着——饥饿、黑暗、恐惧……"一个老妇期待着孩子，许多孩子期待着"，过去和未来的"农人"期盼望着当下的"农人"归来，继续操持刻在骨子里的农耕生活。这个家族足够贫穷、悲苦，急需农人捡起他的"锄头"，获取必要的生存保障。"黑暗的茅屋""侵蚀着生活的泥土"，既是痛苦的源头，又是一种宿命的引诱，召唤抗争的"农人"从"大众""人民"或"战士"中脱离，继续成为一个"受难"的农人。然而，无论是家族"最含蓄的悲哀"，还是那些"不可知的恐惧"都无法使农人回头，甚至他前进的脚步越发笃定，"他走去了从不回头诅咒"，也就不再留恋或憎恨过去的宿命轮回，而是朝向未来，为开启新的历史篇章不断斗争。农人这种舍小家为大家，视死如归的姿态是值得赞颂的，然而又不能以此为名目，擅自认为其是幸福的，诗人恰恰无法对他们的痛苦给予安慰。"为了他我要拥抱每一个人，／为了他我失去了拥抱的安慰"，诗人意识到，我们不应在拥抱后就此心安理得，仿佛得到莫大的安慰，便遗忘了整个民族的痛楚，相反，这份痛苦应时刻予以铭记。"痛苦吧，让我们在他的身上痛苦吧"，我们痛苦并非因其有多难耐或多享受，而是我们必须拥抱在一团，作为一个民族整体，不因痛苦而逃避，从而完成整个民族的痛定思痛，这是一个民族"起来"的必经之途。

从一个农人粗糙却有力的生存姿态中，中华民族的民族精神已然彰显，它坚忍、沉默、顽强、不屈……诗人得以用更澎湃的情感来赞美这一精神和这一民族。结尾的荒凉景色和开篇的"荒凉"有实质上的不同，"倾圮的屋檐""无尽的呻吟和寒冷""枯槁的树顶"和"荒芜的沼泽"，它们固然具有衰败、死亡的内涵，延续着诗歌开始时的阴郁氛围，但诗人此时已经获得了打破宿命、战胜敌人的信念，显然，中华民族已然从黑暗中觉醒，中国人民拥有了抗争的勇气和顽强的斗志，这足以将"多年耻辱的历史"推翻，将"广大的山河"重新交与人民。一切虽然都是"一样的"，长久腐坏的历史，水深火热的生存处境，外来者的欺凌……"我们无言的痛苦"实在还是太多，"然而……然而……"两个"然而"的转折词直接呈现出对"一样的"的表意阻断，同时阻绝了死亡、痛苦的氛围的蔓延，之前数节所积郁的所有情感、生命的力在此处迸发出来，作江河决堤之势，成为一个古老东方民族重新屹立于世界潮头浪尖时所发出的最强音——"然而一个民族已起来，／然而一个民族已经起来。"

森林之魅——祭胡康河谷上的白骨①

森林：
　　没有人知道我，我站在世界的一方。
　　我的容量大如海，随微风而起舞，
　　张开绿色肥大的叶子，我的牙齿。
　　没有人看见我笑，我笑而无声，

---

① 穆旦：《森林之魅——祭胡康河谷上的白骨》，《穆旦诗集》，穆旦自印 1947 年版，第 172-177 页。

我又自己倒下来，长久的腐烂，
仍旧是滋养了自己的内心。
从山坡到河谷，从河谷到群山，
仙子早死去，人也不再来，
那幽深的小径埋在榛莽下，
我出自原始，重把秘密的原始展开。
那毒烈的太阳，那深厚的雨，
那飘来飘去的白云在我头顶，
全不过来遮盖，多种掩盖下的我
是一个生命，隐藏而不能移动。

人：
离开文明，是离开了众多的敌人，
在青苔藤蔓间，在百年的枯叶上，
死去了世间的声音。这青青杂草，
这红色小花，和花丛里的嗡营，
这不知名的虫类，爬行或飞走，
和跳跃的猿鸣，鸟叫，和水中的
游鱼，蟒和象和更大的畏惧，
以自然之名，全得到自然的崇奉，
无始无终，窒息在难懂的梦里，
我不和谐的旅程把一切惊动。

森林：
欢迎你来，把血肉脱尽。

人：
是什么声音呼唤？有什么东西
忽然躲避我？在绿叶后面
它露出眼睛，向我注视，我移动
它轻轻跟随。黑夜带来它嫉妒的沉默
贴近我全身。而树和树织成的网
压住我的呼吸，隔去我享有的天空！

是饥饿的空间，低语又飞旋，
像多智的灵魅，使我渐渐明白
它的要求温柔而邪恶，它散布
疾病和绝望，和憩静，要我依从。
在横倒的大树旁，在腐烂的叶上，
绿色的毒，你瘫痪了我的血肉和深心！

森林：
这不过是我，设法朝你走近，
我要把你领过黑暗的门径；
美丽的一切，由我无形的掌握，
全在这一边，等你枯萎后来临。
美丽的将是你无目的眼，
一个梦去了，另一个梦来代替，
无言的牙齿，它有更好听的声音。
从此我们一起，在空幻的世界游走，
空幻的是所有你血液里的纷争；
一个长久的生命就要拥有你，
你的花，你的叶，你的幼虫。

祭歌：
在阴暗的树下，在急流的水边，
逝去的六月和七月，在无人的山间，
你的身体还挣扎着想要回返，
而无名的野花已在头上开满。

那刻骨的饥饿，那山洪的冲激，
那毒虫的啮咬和痛楚的夜晚，
你们受不了要向人讲述，
如今却是欣欣的林木把一切遗忘。

过去的是你们对死的抗争，
你们死去为了要活的人们生存，

那白热的纷争还没有停止，
你们却在森林的周期内，不再听闻。

静静的，在那被遗忘的山坡上，
还下着密雨，还吹着细风，
没有人知道历史曾在此走过，
留下了英灵化入树干而滋生。

1945 年 9 月

生命拥抱历史的复活祭礼

　　如诗所题，本诗为"祭胡康河谷上的白骨"而作，是一首祭诗，诗人也确实是这场残酷的"野人山战役"的亲历者，因此其对于战争、生死等命题也具有更真实的体验和更深刻的认知。本诗的一个特殊之处在于其采用了戏剧化形式，这种类似的诗剧是穆旦在表达对这个世界的本质性思考时所使用的一种庄严而宏大的形式，通过不同人物形象的对话来表现不同命题之间复杂的矛盾、对位关系及其辩证发展，并将其诗意化地呈现出来。以战争为背景，诗中存在两个主声部，分别是"森林"和"人"，二者在交替对话中保持着一种紧张对立的关系，推动诗歌剧场交错、渐进发展，形成一个严谨的对称式结构，其中涉及对人性与自然、灵与肉、生命与死亡、个体与全体等诸多命题的探讨，情感层次复杂，哲思程度深入，最后"祭歌"将二者的矛盾收束，使全诗的情思跃升至一个较统一的高度。诗中的"人"可以看作在战争中受难的士兵，战争的重压消磨其神志，使其处于或生或死的极限状态下，在濒死的幻觉中对"森林"做出困惑的质询。"森林"则没有一个固定的象征，它可以是战争环境本身，散播死亡的诱惑；也可以是自然存在的神秘本体，将渺小的人纳入历史周期；又或许它只是一个普通的"森林"，其话语是士兵在焦虑中精神分裂的产物。无论如何，"森林"既是与"人"对立的一个戏剧形象，又提供了生死悲剧上演的舞台，"人"在其中发出痛苦的质问，既包括对于战争、对于自我，也包括对于生命存在的意义，而"森林"看似回应了一切，实则什么也没有回答，甚至在一步步魅惑、诱导着人类走向终末的悲剧。在这一过程中，士兵坠入战争罗织的陷阱，无论是否愿意，其肉体生命最快腐朽，遁入自然的周期，然而在生死之后最令人恐惧的却是遗忘，那首遗忘的"祭歌"仿佛抚平了一切，前有的矛盾与痛苦瞬间消失，但又从未被解决过。从某种意义上说，"战争的历史"远比"战争"本身更加残酷，因为在那历史的森林的深处埋着无数的遗忘。穆旦深知在这场战争中，普通士兵的命运只有被遗忘，甚至亲历战争的穆旦自己也会遗忘那些战死者，但他处理遗忘的方法并非一定要找到那些人的名字，而是写下这首祭诗，以此讨论存在、死亡与历史的关系，一并让那些生命的挣扎与矛盾在诗中痛苦地永生，"没有人知道历史曾在此走过"，但至少历史仍在这些文字中隐隐作痛。

全诗开篇，"人"尚未登上悲剧舞台，对自己即将遭受的伤害仍一无所知，而"森林"用神秘的自白渲染了一种诡异、幽深的氛围。"没有人知道我，我站在世界的一方"，这似乎是一句狡黠的玩笑，因为所有人都知道"森林"不过是随处可见的景观；但这实则是"森林"通过玩笑暗示，从没有人真正认识到它深处的内核，它自始至终都是神秘的。它的"容量大如海"，正是因庞大的外表吸引了人的注意，而"绿色肥大的叶子"又遮蔽了人的洞察，因此，"没有人看见我笑，我笑而无声"。森林的笑容无疑是嘲笑，它嘲弄人类不知其深浅的愚昧，邪魅而无声地注视着他们未有丝毫警惕地步入森林的陷阱。这几句同样可以看作"森林"对"人"的警告，警告他们不要妄自尊大，陷入战争和死亡的泥潭，这里的结局只有"长久的腐烂"。人类无不惧怕这种"腐烂"，但森林的集合生命固然不同于人类的个体生命，它超然于人性，也就不惧怕死亡，因而死亡反而是其生命的养分，"倒下来"不过"仍旧是滋养了自己的内心"。无论人间如何沧海桑田，"仙子早死去，人也不再来"，森林始终"站在世界的一方"，轮转无穷的生命代际，守护着生命永存的秘密。那条"幽深的小径"埋藏在人类从未在意过的角落，却恰是曲径通幽之处，直抵生命的原始根系，将一切生的源流收束又重新"展开"。"毒辣的太阳""深厚的雨""飘来飘去的白云"，这些导致人类在森林中寸步难行，不断受挫，此刻却"全不过来遮盖"这个"原始"的生命"秘密"，更说明了人类的无知。森林的姿态"隐藏而不能移动"，恰与暴露而运动的人类相对立。相对于森林，这些躁动的生命太不沉静，因此永远也抵达不到生命的真相，只能在"多重掩盖下"陷入永久的迷茫。

在森林揶揄般的自白过后，诗歌焦点转移至人的一方，其实他们也并非如森林所说那样不堪。初至森林，人类或许也是为了寻找某个生命的答案，"离开文明，是离开了众多的敌人"，其为森林的纯净而感到庆幸，这里没有太多文明的尔虞我诈，纷纷扰扰的"世间的声音"在超越"百年"之久的森林众物面前，也霎时湮灭，归于平静。从"青青杂草""红色小花""不知名的虫类"，乃至"水中的/游鱼、蟒和象和更大的畏惧"，在幽深的森林中，这些生命和人类同样渺小，不同的是，人类不过是自然的卑微朝圣者，这些森林众生却"全得到自然的崇奉"，因为它们已将自己的微小生命全然融于森林之中，既是自然的分子，又是自然的分母，彼此融为浑然的一体。但人类做不到，他们畏惧个体的死亡，恐惧自我的湮灭，因此森林众生"无始无终"的生存状态对其来说始终是一个"难懂的梦"，令其哑然窒息。"我不和谐的旅程把一切惊动"，人类终于意识到自己与森林之间"不和谐"的矛盾，他们既为自己惊扰了森林的沉静而感到愧疚，又迅速感到一阵惊悚，惧怕自己也被森林俘获，丢失身为人的个体性，成为"无始无终"的生命。

这时，从悲剧舞台的四面八方，随处都浮响起森林向人类发出的魅惑魔音："欢迎你来，把血肉脱尽。"由前可知，森林早已超脱了褊狭的历史，无所谓生死的纠结，它对于人类的无端闯入已见怪不怪，它也深知人类永远也无法抵御它的诱惑。愚昧的人无数次陷入战争、死亡的陷阱，又无数次重蹈覆辙，这何尝不是历史的轮回，也何尝不是人类文明的悲剧。森林超然地看待人类的生死，无论是腐朽的尸首还是鲜活的肉体它皆招收不误，因为"血肉"根本就是生命的累赘，存在的负担，只有将其"脱尽"，渺小的生命个体才能拥抱在伟大生命周期的怀抱之中。

聆听着耳边的渺渺魔音，人类不自觉地癫狂起来，如同打开了潘多拉的魔盒，逐步走向黑暗、死亡和灾祸。起初还只是故作矜持地询问："是什么声音呼唤？"继而人类发现了那个神秘的诱饵，"有什么东西/忽然躲避我？"然而"躲避我"不过是一种说辞，"我"实则在不断追逐它，同时，一旦踏入森林的结界，死亡的威胁也将如幽灵般跟随在每个人的背后，"它露出眼睛，向我注视，我移动/它轻轻跟随"，人类与死亡竟啼笑皆非地完成了双向奔赴。此时，再也没有回旋的余地，一切都追悔莫及，人类又一次在追逐生命答案的路途中丧失了生命，纵然"我"终于从迷狂中清醒，对近在咫尺的死亡重新感到恐惧，但那又怎样，森林不会让它看上的猎物逃离。"树和树织成的网/压住我的呼吸，隔去我享有的天空！"在战争的迷网中，每个人都像这样身不由己，被剥夺了自由的"呼吸"，忍耐着"饥饿"和"疾病"，并承受精神上的"绝望"感。这些负面感受在濒死的时刻如潮水一般向每个人涌来，其中承载着生命对死亡最原始的恐惧。唯有在这弥留之际，人类方才从"温柔"的要求中看到"邪恶"，森林"散布/疾病和绝望，和憩静，要我依从"，它剥夺人的生命精魄，可这时的"我"无力反抗，只得目睹自己的肉身被"绿色的毒"一点一滴地侵蚀，属于人的"血肉和深心"也瘫溶在土地中，成为森林的养分。至此，迷失在森林中的"人"失去了自己的名字和历史，这一悲怆的声部就此沉默。

森林终于完成了自己的目的，如历史的客观规律一般，超然地维持着一切生命的周期，将人类渺小的死亡汇入原始而野蛮的大写生命中，使其重新遁入历史的土壤。此时，"森林"的声音中也混入了"人"的声音，"你"与"我"隐约有难分的趋势。"这不过是我，设法朝你走近"，既是森林诱惑的低语，也是人类痴迷的追寻。在双方的交融中，生命将跃过单独个体性的"黑暗的门径"，升华至更美丽、更崇高的境界，这一境界只在"枯萎后来临"。于是有形的"人"死去，而无形的"生命"重生于自然之中，"美丽的将是你无目的眼"，因为"无目"，故森林再也无须"遮蔽"其神秘，一切幽深的生命之路都将敞开通行，作为"生命"本体四通八达的根系。"一个梦去了，另一个梦来代替"，人的梦汇入森林之梦，也就汇入了生命历史的梦，这一切发生得如梦如幻，仿佛这就是生命最终的真理。"从此我们一起，在空幻的世界游走"，称呼由"你、我"变为"我们"，"人"和"森林"之间竟再无嫌隙。最后，森林给已死的人类许下重生的诺言："一个长久的生命就要拥有你。"

在这段关系中，"你"不是"拥有"而是"被拥有"，那些拥有的主体是"你的花，你的叶，你的幼虫"，这说明"你"单薄的人魂已然消散，彻底融入了森林花草虫鱼鸟兽的众生之中。

舞台剧演绎到这里，"人"与"森林"之间生存状态的矛盾不复存在，这似乎是一个神圣喜剧般的结局。然而，这结局的喜剧性或只属于"森林"这一自然本体意志的化身，而"人"则自始至终扮演了一个悲剧性的丑角——生命的伟大历史持续运转，然而这些无名的人之子的历史却就此被碾作尘埃。要知道，本诗的主题不是对生命的祝颂，而是一首祭诗——"祭胡康河谷上的白骨"。那是一些"人"的白骨，被弃于荒地，尚未腐朽为泥，也就是说，它们既被文明所抛弃，也不归属森林，而完完全全被遗忘于任何一段历史。在那些无人问津的角落，"在阴暗的树下，在急流的水边，/逝去的六月和七月，在无人的山间"，他们七零八落地躺倒在地，凄惨的样貌令人不忍直视。于是，诗人终于按捺不住，在"人"和"森林"的对话后插入一曲"祭歌"，打破了和谐、神圣的生命光晕，也使全诗的情感走向发生变奏，重新归至"人"的一边。在这里，"人"显然并不甘愿融于森林，并作出相应的抗争，直至"无名的野花已在头上开满"的那一刻，他们的"身体还挣扎着想要回返"，他们想要返回的是自己的故乡，因为在那里人的生命才能获得最好的安顿。战士们在"刻骨的饥饿""山洪的冲激""毒虫的啮咬"和"痛楚的夜晚"中艰难求生，对抗死亡的重压，只为了"要活的人们生存"，这不同于森林用悠久的周期轮转生死的历史，而是出于"人类"舍己为人，以死谋生的高贵意志。那些森然的白骨以自身的死亡换取了更多的生命，不求回报，甚至不求铭记，就这样在"欣欣的林木"中被一切遗忘，在"森林的周期"中成为一个个无言的游魂。"静静的，在那被遗忘的山坡上，/还下着密雨，还吹着细风"，在这股哀伤、幽静的氛围中，无一人前来吊唁——"没有人知道历史曾在此走过，/留下了英灵化入树干而滋生。"同样是人与自然合一的结局，这却不同于"森林"那个"空幻"的许诺，那时"人"仅仅被"你的花，你的叶，你的幼虫"，被伟大的生命集体被动地"拥有"，失去了自己的历史，一切都被遗忘殆尽。而这里，"英灵化入树干"，树干便获得了英灵的命名，无名的战士拥有了他的树，也就拥有了他的生命和他的历史，尽管仍然"没有人知道"，他却能以一棵无闻而高贵的英灵之树的姿态，扎根于世界的某处。

诗八章①

（一）

你底眼睛看见这一场火灾，
你看不见我，虽然我为你点燃；

---

① 穆旦：《诗八章》，《穆旦诗集》，穆旦自印1947年版，第83-89页。

唉，那燃烧着的不过是成熟的年代。
你底，我底。我们相隔如重山！

从这自然底蜕变底程序里，
我却爱了一个暂时的你。
即使我哭泣，变灰，变灰又新生，
姑娘，那只是上帝玩弄他自己。
（二）
水流山石间沉淀下你我，
而我们成长，在死底子宫里。
在无数的可能里一个变形的生命
永远不能完成他自己。

我和你谈话，相信你，爱你，
这时候就听见我底主暗笑，
不断的他添来另外的你我，
使我们丰富而且危险。
（三）
你底年龄里的小小野兽，
它和春草一样地呼息，
它带来你底颜色，芳香，丰满，
它要你疯狂在温暖的黑暗里。

我越过你大理石的理智底殿堂，
而为它埋藏的生命珍惜；
你我的手底接触是一片草场，
那里有它底固执，我的惊喜。
（四）
静静地，我们拥抱在
用言语所能照明的世界里，
而那未成形的黑暗是可怕的，
那可能和不可能的使我们沉迷。

那窒息着我们的
是甜蜜的未生即死的言语，
它底幽灵笼罩，使我们游离，
游进混乱的爱底自由和美丽。
（五）
夕阳西下，一阵微风吹拂着田野，
是多么久的原因在这里积累。
那移动了景物的移动我底心
从最古老的开端流向你，安睡。

那形成了树林和屹立的岩石的，
将使我此时的渴望永存，
一切在它底过程中流露的美
教我爱你的方法，教我变更。
（六）
相同和相同溶为怠倦，
在差别间又凝固着陌生；
是一条多么危险的窄路里，
我制造自己在那上旅行。

他存在，听从我底指使，
他保护，而把我留在孤独里，
他底痛苦是不断的寻求
你底秩序，求得了又必须背离。
（七）
风暴，远路，寂寞的夜晚，
丢失，记忆，永续的时间，
所有科学不能祛除的恐惧
让我在你底怀里得到安憩——

呵，在你底不能自主的心上，
你底随有随无的美丽的形像，
那里，我看见你孤独的爱情

笔立着，和我底平行着生长！

（八）

再没有更近的接近，

所有的偶然在我们间定型；

只有阳光透过缤纷的枝叶

分在两片情愿的心上，相同。

等季候一到，就要各自飘落，

而赐生我们的巨树永青，

它对我们的不仁的嘲弄

（和哭泣）在合一的老根里化为平静。

1942 年 2 月

偶然爱至永恒的交响诗篇

《诗八章》由八首无题诗组成，在结构上类似于杜甫的《秋兴八首》，八首诗是一个不可分割的整体，构成一套循序渐进、矛盾发展的乐章。"爱情"是诗歌的主题，但和传统的爱情诗不同，诗人并不着力描绘爱情双方的缠绵与热烈，也无甚情感的浪漫直露，相反，诗人回避了热恋时当局者迷的激情，保持对自身恋爱过程的智性观审，透视爱情现象，思索人生、自我与存在相关的形而上命题，从感性与理性统一的角度，揭示了生命的悖论，在瞬间与永恒的辩驳中，显现出悲悯与静穆。

第一首诗中爱情处于初恋阶段，恋爱双方的热情与付出尚不对等，具有肉眼可见的情感矛盾。"你底眼睛看见这一场火灾"，这场大火由我激越的爱所点燃，但从中你却"看不见我"，你看见的只是一场恐怖的"火灾"。"我"赤诚的真心换来的不是同样的爱，反而是你的陌生和不理解。这种单方面的付出并不能使爱情结果，爱情必须建立在双向奔赴的基础上，才能正常、温暖地燃烧而不发展为令人惊恐的"火灾"。"唉，那燃烧着的不过是成熟的年代。你底，我底。"这里，"成熟的年代"作为爱情的燃料，它是爱情关系中必要的品质，恋爱者既要学会控制自己恋爱激情的温度，也要学会稳重接受爱人的热情，这样"你"与"我"才能收获一段成熟的爱情关系。然而，彼时的"我"不懂节制，"你"也终究畏惧这火焰，这是双方的过错，使你我之间拉开了遥远的感情距离，"相隔如重山"。

由此看来，收获爱情的过程其实是一个"自然底蜕变底程序"，它需要静待时机，顺其自然，等待双方共同的成熟。但"我"明显按捺不住自己的情感，"却爱了一个暂时的你"，打破了爱情的自然进程。这个"暂时的你"只是我一厢情愿的幻想，而真正的"你"却依然被阻隔在火场之外，被"我"太过偏执的爱逼退脚步。"我哭泣，变灰，变灰又新生"，这些自我勉强的苦行并不能使爱情圆满，反而会将一切幻象烧得灰飞烟灭，若只有"我"不断痛苦、矛盾着新生，而"你"却无动于衷的话，爱情永远也不会实现。诗人这样形容自己的状态，"那只是上帝玩弄他自己"。这个"上帝"不是那个超然的万物之主，而正是复杂、矛盾的人类自己，他假装拥有上帝般的全能，强求爱情，制造出"暂时的你"，但那终归只是一个嘲弄的幻象，是对人类的偏执、傲慢的讽刺。

　　第二首写经过时间的沉淀，恋爱双方终于开始相互交流、理解彼此的爱，共同面对爱情的丰富与危险。"你我"从"水流山石"的自然运动状态中得到启示，爱情需要这般自然、缓慢、冷静的发展才能成长起来。同时，我们也需要抛弃前一个阶段的互不信任，从"死底子宫"中孕育出爱情的新的形态，这必须是双方共同的重生。因为一个单一生命纵使有无限种发展可能，它只能孤独地"变形"，而"永远不能完成他自己"，只有爱情双方主动拥抱彼此，才能在无限的"变形"与适应中找到最契合彼此的形态，完成你与我的圆满。

　　"我和你谈话，相信你，爱你"，这就是"你我"相互适应，推动爱情辩证发展的过程。然而"我"仍"听见我底主暗笑"，它仿佛在嘲弄这对恋人，永远无法到达爱情的真实。这是因为"我们"的爱情依然受着理性的制约，"成熟"的品质固然能够节制过热的感情，却也限制了人类爱的天性。"主"是人类的创造者，最了解人类的本性，那里充满"丰富而且危险"的一切可能，唯有激发这些生命深处的潜能，爱情才能得更加真实。"另外的你我"，实际上就是自我感情的分裂、变化，其打破了目前"你我"过度理性的面具，使恋爱双方得以高扬其爱情的天性。

　　于是，在第三首诗中，"你我"携手迈入那"丰富而且危险"的境界，迎来热恋，沉浸在生命天性的狂热与释放中。"你底年龄里的小小野兽，/它和春草一样地呼息，"这匹"小小野兽"是从你人性中满溢而出的野性，是那股最原始、最狂热的生命冲动的外化，如跳动的心脏，难掩其动的激情。"野兽"的喘息如青草的呼吸，极具生命力，这份青春的激情将如青草一般狂热地蔓延、生长，"带来你底颜色，芳香，丰满，/它要你疯狂在温暖的黑暗里"。在爱情的疯狂中，两匹"野兽"摆脱了理性的制约，在青草地上嬉戏，在暖昧的颜色、气味与触摸中翻滚打闹，彻底释放着彼此的爱。

　　后一节中，诗人表现他此时此刻对爱情的感受与认识。"我越过你大理石的理智底殿堂"，也就是说，"我"终于突破了"你"的理智与疑虑，接触到你最真实的生命。"大理石殿堂"是与前文的"野兽""青草"相对立的意象，前者沉重、专制而宏伟，是人的生命节制力的象征，也是"埋藏的生命"的守护者。穿越这座殿堂，就是辽阔的"一片草场"，在春意绵绵的生机中，"我"与"你"相视即见，再无阻隔，最直接地拥抱、接吻在一起，感受着爱情的"固执"与"惊喜"。

　　第四首诗写进入热恋之后，双方都感受到了爱情的美好，并沉迷在这种复杂而无以言明的奇妙境界中。"言语所能照明的世界"是两者用甜蜜的话语互相倾诉彼此爱意的世界，这里，双方都能感受到彼此确切的情感，因而这方世界是温暖、明亮的。然而，爱情中仍存在"未成形的黑暗"的世界，这是一个爱情发展至最热烈、最深层的境界，彼时爱人们不再依赖言语去爱，而完全沉迷于无言中。因为无法言说，故而"那可能和不可能的"，爱情中的甜蜜与危机都将并存，这里理性并不在其中作出抉择，"你我"对爱情的沉迷超越了这种矛盾，因此那些"可怕"同样是美好的。

　　当爱至如此深时，一切言语都是"未生即死"的，一切诉说的话语都不足以表现"你我"之间的爱意，因此它们没被说出口便被按捺在喉头，取而代之的是一种深深的"窒息"感。但这不是爱的缺氧，反而是爱的极大满足，尽管爱的言语无法表达，但这些表达的意图却作为言语的"幽灵"，游荡在"你我"的周身，烘托出甜蜜的迷情氛围。"我们游离"并不是说"我们"就此分开，回归冷静，虽然暂时分开了"拥抱"，但"你我"的情绪却发展至更加迷狂的状态，彻底沦入爱情的海洋，"游进混乱的爱底自由和美丽"，变成成双游鱼的爱侣。

　　第五首诗中，情热的氛围即将遁入宁静，爱情的双方经历了正当其时的美好之后，宁静地希冀着爱情经验的"永存"。夕阳西下，微风吹拂着田野，这是一个安宁、祥和的意境，使过热的感情有机会沉淀下来。"我"终于开始思索长久以来的"原因"，爱情中的一切失败和成功，都应该有更深刻的"原因"，需要"多么久"的时间才能体味。"那移动了景物的"使一切流逝、变化，即是时间的代名词，此时也"移动我底心"，使我放缓狂热的脚步，停下来感受爱情的夕阳、微风、田野。"从最古老的开端流向你"，这一开端就是万物第一次相爱的时候，由此诞生了生命，所以它最古老，也最原始，最激情，而"我"已从这热烈中走出，沿历史时间之河漂流至爱情的下游，"安睡"。

　　下文中"那形成了树林和屹立的岩石的"也指时间，无论是"树林"还是"岩石"，变化和永恒都在它的掌控中，因此"我"折服于它的伟力，渴望它能够使"我"的爱情永存。这种"永存"不是凝固的"永恒"，而是历史性的，爱情应如自然、时间和历史一般，拥有悠久的"过程"，在其不断发展、变化中，它的美才能显露出来，"教我爱你的方法，教我变更"，将爱情的经验教训作为"我"人生的一部分化在历史的永存中。

　　第六首诗延续前面的宁静，进入一种更加抽象、艰深的哲学思考中，诗人陷入爱情的矛盾辩证中，深深地为爱而痛苦。"相同和相同溶为怠倦，/在差别间又凝固着陌生"，爱情中过分的相互认同，会使两个独立的双方相溶，生命也就失去各自的精彩，走向"倦怠"。同时，"你我"对彼此的爱固然一样热烈，但也必然存在某些差别，如"你"是玩火的"小小野兽"，"我"则是时强时弱的火焰，总会有彼此"陌生"的时刻，"我们"不敢接近，也不能接近。认同不行，差别也不行，一重矛盾解决，另一重矛盾随即诞生，爱情就是永无休止的矛盾，是"一条多么危险的窄路"，而"我制造自己在那上旅行"。也就是说，"我"是一个爱情的险路上自愿的冒险者，另一方面，"我"也必须通过爱情的矛盾辩证，才能"制造"出完成的自我。"制造"不是上帝玩弄性的动作，而是人类自己的动作，上帝创造人类，使其拥有生命，爱情却是人类生命的自我完善。

"他存在，听从我底指使，/他保护，而把我留在孤独里"，这里的"他"就是那个永恒的意志，生命的本体，是"我"的上帝"我"的主，推动着"我"的爱情和人生。这个本体时而服从"我"的固执，纵容我的狂热，时而过分保护"我"的理智，使我品尝爱情的孤独。这一过程仿佛"他"在玩弄"我"，令我陷入永恒痛苦的矛盾，但事实并非如此，因为"他底痛苦是不断的寻求"，在这里"痛苦"和"寻求"的逻辑关系发生了颠倒，不是寻求产生痛苦，而是必须经历爱情矛盾之痛，才能收获到某种生命的圆满。"你底秩序"是与你相爱的方法，是满足"你"的情感的偏方，但却不能违背"他底"生命法则。因此，"你底秩序，求得了又必须背离"，在爱过之后，不能沉溺于爱，而应折返，向更高层次的生命境界求索。

乐章在第七首诗中进入尾声，爱情已经成为回忆，"你我"经历了爱情的甜蜜与痛苦，并思索了爱情的矛盾，既收获成双的爱情，又保持生命的独立。"风暴，远路，寂寞的夜晚，/丢失，记忆，永续的时间"，经历上一个阶段的矛盾辩证后，"我"背离了"你底秩序"，回归个体，顿时感到孤独、寂寞，如同在风暴夜中独自踏上远路，这是一种"科学不能祛除的恐惧"，是对失去爱情、生命凋零的原始恐惧。然而，丢弃的是片刻欢娱的记忆，我终要找寻到的是使爱情时间永续的"远路"。对爱情永存的信念此时高过爱情丢失的恐慌，"让我在你底怀里得到安憩"。但安憩并不意味着"我"完全依赖于"你"，再一次沦落在爱的温柔乡，爱情应是两个完整个体的故事，"你我"既拥抱彼此的生命，又各自独立生长。

"呵，在你底不能自主的心上，/你底随有随无的美丽的形像"，诗人感叹"你"的美丽，并不是因为"你底不能自主的心"，相反，诗人觉得美丽的应是一个自主的你。要注意，那个"美丽的形像"是"随有随无"的，关键是它随什么有，随什么无。不自主时的"你"深陷与"我"的情意，那里是一个"未成形的黑暗"世界，"你我"都被蒙蔽了双眼，因此不能发现彼此的"美丽"，只有一体的狂热。而只有当"你"的心重回宁静，自主地思考起爱情的困惑，那时"你"在"我"眼中才是一个"美丽"的独立的人。从"你"的美丽中，"我看见你孤独的爱情"，这"孤独"不是个体被抛于世而失意落寞的孤独，而是爱情双方对自我独立性的坚守。个体生命的长路必然是孤独的，然而前行路上孤独的"我"会遇到同样孤独的"你"，在平行的道路上相互扶持，并肩而行。"你孤独的爱情/笔立着，和我底平行着生长！"这是诗人对理想爱情形态的热情赞颂，同时这也是人类爱情最理想的形态。

第八首诗中，整部交响诗篇迎来最后的祝颂，"你我"之间个体的爱融入自然的、人类的、生命的大爱，两个生命在偶然的相遇中相爱，然后在常青的生命巨树中拥抱为彼此不分的根系。前文中，诗人使用"笔立""生长"，暗示"你我"的生命状态就是两棵树，树笔直地攀上天空，绽放各自的美丽，然而在土地深处，二者的根系早已不分彼此，共同汲取大地的养分，使爱情的巨树常青。"再没有更近的接近，/所有的偶然在我们间定型"，人生充满了偶然，接近、分离，一切爱情都没有确定的形式和结局。真正的爱情是偶然中的必然，"你我"对彼此有最深刻的理解和爱，达到比单纯的接近"更近"的境界，如两片紧密依偎的树叶，心甘情愿地共享阳光，共同哺育大树的生命。

"等季候一到，就要各自飘落"，生命如树叶，必然会凋零，然而，或许个体总会衰老在人生的秋季，但两个人的爱情却不会衰老，常在春季，这是因为"赐生我们的巨树永青"。造物者赋予人类渺小的生命，这是永恒的他"对我们的不仁的嘲弄"，但造物者同样怜悯人类的痛苦，否则它不会"哭泣"。因此，造物者赋予孤独的"你"和"我"以爱情永生的契机。人被赐予爱，同样要将爱返还自然，正是在这一过程中，个体之爱融入生命之爱、自然之爱中，成为生命巨树的根系。继而"你我"缠绕交错，不分彼此，"在合一的老根里化为平静"，找到人生、爱情与生命永恒的归宿。

参考文献

[1]穆旦. 探险队[M]. 桂林：崇文印书馆，1945.

[2]穆旦. 穆旦诗集[M]. 穆旦自印，1947.

[3]穆旦. 旗[M]. 桂林：文艺生活出版社，1948.

[4]穆旦. 穆旦精选集[M]. 北京：北京燕山出版社，2006.

[5]穆旦. 穆旦诗文集[M]. 北京：人民文学出版社，2018.

[6]杜运燮、周与良. 一个民族已经起来——怀念诗人、翻译家穆旦[M]. 南京：江苏人民出版社，1987.

[7]陈伯良. 穆旦传[M]. 杭州：浙江人民出版社，2004.

[8]钱理群. 丰富的痛苦[M]. 长春：时代文艺出版社，1993.

[9]孙玉石. 中国现代诗导读·穆旦卷[M]. 北京：北京大学出版社，2007.

[10]易彬. 穆旦年谱[M]. 北京：中国社会科学出版社，2010.

第六讲

艾青：深入历史然后归来

一、诗人概述

艾青(1910—1996年),本名蒋正涵,号海澄,曾用笔名莪加、克阿、林壁等。浙江金华人。中国现代文学家、诗人、画家。1910年3月27日,出生于浙江省金华市金东区畈田蒋村的一个地主家庭,自幼由一位贫苦农妇抚养,她就是后来的"大堰河"的原型。1928年中学毕业,进入国立杭州西湖艺术院,并至巴黎勤工俭学,学习绘画,接触到欧洲现代派诗歌。1932年回国,在上海加入中国左翼美术家联盟,从事革命文艺活动被捕,在狱中写作大量诗歌。1935年出狱,出版第一部诗集《大堰河》。全面抗战爆发后,从事文艺工作,1941年赴延安担任《诗刊》主编,这段时期是他的创作高峰期,出版了九部诗集。1957年被错划"右派",曾赴边疆劳动,创作中断20余年。1979年获得平反,重新执笔创作,任中国作家协会副主席、国际笔会中心副会长等职。1985年获法国文学艺术最高勋章。1996年5月5日因病逝世,享年86岁。中华人民共和国成立前的诗集主要有《北方》《大堰河》《火把》《黎明的通知》《宝石的红星》《春天》等,中华人民共和国成立后又有《欢呼集》《光的赞歌》等,另有多种版本的《艾青诗选》和《艾青诗全编》。

《大堰河》

《艾青诗全编》

　　艾青的创作可大致分为三个阶段，分别为 20 世纪 30 年代初入诗坛，20 世纪 40 年代抗战时的创作高峰期，70 年代被平反后的"归来"时期。在 30 年代初，艾青以一种献身于民族解放斗争事业的热忱而创作诗歌并登上诗坛。很快，艾青便展示出自己在诗歌方面高度的艺术敏感和创作潜力，他的诗歌语言风格朴素而自然，却不缺乏一种坚忍的生命力度，这与他的经历有关。彼时，诗人正经历牢狱灾难，那些狱中以赤忱的血写就的生命之诗收录在艾青的第一部诗集《大堰河》中，抗战前夜的作品则收录在《马槽集》中。它们留存着时代固有的忧郁和悲愤，诗人的人生理想和战斗意志已在其中展露无遗，因而此时的艾青被誉为具有民主和战斗精神的"芦笛诗人"。

　　诗人自称他的"芦笛"来自"彩色的欧罗巴"（出自《芦笛》一诗），这说明艾青的早期诗歌与欧洲现代诗歌有着很深的渊源，他的诗从一开始就具备现代诗歌的风范，相比之下，中国古典诗风对艾青的影响不大，可以认为，艾青是一个纯正的新诗人。但这并不意味着艾青的诗完全是外国诗歌的复刻，他的语言扎根于中国的土地，既不晦涩枯燥，也不繁华流俗，而具有质朴的现实生活的气息，诚挚地歌唱着他所热爱的土地上的一切。他的成名作《大堰河——我的保姆》既是他对自己乳娘的深沉追悼，也是对整个中华民族苦难的抒写。可见，艾青自始至终都与自己的祖国和人民保持着血肉般的深情联系。抗日战争全面爆发后，艾青将自己深沉而忧郁的诗情与家国情怀进一步融合在一起，他的诗作充满了浓厚的色彩与积郁的力度，不仅能反映出个人在历史战乱中的命运写照，也投射出整个民族在灾难面前的痛苦与抗争。这使他的诗不仅是一个人的诗，更成为历史的诗，且它们不单是历史的记录，而拥有作为历史号角的召唤性力量。从他的抗战诗中，可以感受到历史的厚重，其中有灾难的恐怖、被欺压民族的哀痛和对土地的眷恋等，但最重要的却是诗人将这一切积淀已久的事物表达出来的愤懑的力，以及对光明和希望的无限渴求。

　　艾青登上诗坛也顺应了中国新诗的历史发展规律，他的早期诗歌风格是 20 世纪 30 年代各类创作倾向整合的结果。艾青将其独特的个人气质带入诗歌创作，他的诗具有浓厚的生活气息，既不流于当时略显空洞的概念口号，也不拘泥于精巧形式的经营，他的咏叹完全发自心底的忧愤与自省，是他健硕的诗人气质与稳重的现实意识碰撞交融的结果。他早期诗作中的"欧罗巴"色彩和现代风格与世界诗潮接轨，而他骨子里与大众相连的人民情怀使他克服了完全感伤的颓废格调的限制，从而创作出具有厚重历史底蕴与民族精神的作品，与 30 年代火热的现实斗争相呼应。艾青的早期创作显露出诗歌的现代性和现实性的交汇，且二者在其独特诗人气质的统御下得到了较好的结合，这也呈现出中国新诗发展的一个必然趋向。

　　40 年代在抗日战争的灾难与斗争中，艾青迎来创作高峰。面对国仇家难，诗人满怀热情与悲愤奔走启程，他的足迹遍布中国半壁江山，最终来到革命中心——延安。在行程中，艾青目睹了中国土地上随处可见的悲剧和苦难，怀抱战斗的激情与对光明的希望，这些都成为他笔下反映中国历史现实的诗篇，给人强烈的情感刺激与现实启迪。在 40 年代，中国诗坛面对时代巨变显得力不从心，又有点操之过急：或过于看重文艺的功利性，使文艺成为为政治服务的工具，从而一定程度损伤了诗歌的审美性；或过于苦心经营审美无功利的所谓"纯诗"，而在面对现实问题时又显得孱弱和虚无。艾青的诗作表现出对这些偏至倾向的反拨，自抗战开始后，他就一直在思考如何将诗歌的精神内涵和艺术审美统一。他赋予诗歌以崇高的历史使命，认为诗歌应表现整个时代的矛盾冲突与精神特质，同时还背负现实表达性与审美创造性，而这二者又是相辅相成、不可割裂的一体。作为诗人，艾青也诚挚地履行自身创作的使命，他渴求真、善、美三位一体的完整的诗，"因而把生命投到创造的烈焰里"①。他将诗人的使命、诗歌的使命同历史的使命完美结合，既用自己的诗歌作品开辟了新诗的发展路径、巩固了新诗的历史价值，也通过新诗成功推动了现实斗争的火热进程。

艾青《诗论》

在此期撰写的《诗论》中，艾青将"真、善、美"视为诗歌创作的首要标准，也是其根本的价值范畴。"我的诗神是驾着纯金的三轮马车，在生活的旷野上驰骋的。那三个轮子，闪射着同等的光芒，以同样庄严的隆隆声震响着的，就是真、善、美。"②在艾青眼中，真就是人类对世界的认知与信念；善是社会的功利性，它以人民利益为准则；而美则依附于人类的现实生活，不能离开特定历史范畴抽象地谈美。三者虽指向不同的价值范畴，但在诗中，它们又是统一不可分割的。一首诗必须同时具备真、善、美的三重属性，将它们和谐自然地融合在一起，才能达到完整的境界，这就是艾青至高的诗歌审美理想。纵观艾青在 40 年代的诗歌创作，它们正体现了诗人对"真、善、美"的追求。

艾青诗歌的"真"主要体现在他的诗歌准确把握了历史潮流的动向，反映了时代变化的趋势，呈现出对社会生活现实的深刻体悟与人文关怀。诗人的创作动机是崇高的，他坚信自身为诗人的使命，为争取民族解放与现实斗争的胜利而写诗。艾青始终以他的热情去拥抱时代，拥抱中国大地上受苦受难的人民，他歌唱的对象是历史，也是创造历史的人。他并没有对历史内容进行夸张或矫饰，而是深入现实去体验、观察，将写诗和生活融为一体，感受时代脉搏的跳动，从而写出那些具有历史启迪性的诗篇。《复活的土地》预言了抗战的开始；《他起来了》是中国人民从凌辱中奋起反抗的序曲；《向太阳》歌颂民族在灾难

---

① 艾青：《诗论》，《诗论》，人民文学出版社 1980 年版，第 216 页。
② 艾青：《诗论》，《诗论》，人民文学出版社 1980 年版，第 171 页。

面前的战斗意志与献身精神；《火把》为革命青年指明前进的光明道路……艾青以其深刻的现实体验与认识，成为历史新纪元门前的诗的先知，也是40年代中国社会历史现实最忠实的代言人。另一方面，艾青的诗又不完全是历史的反映式摹写，诗人将他向善向美的历史情结和审美理想与广阔的历史内容相结合，使其诗不仅深入现实，也通向未来与光明，他所歌唱的是他心目中的诗意的、形象的历史，是一种"史诗"，如亚里士多德所言，这样的诗比历史更加真实。

艾青诗歌的"善"主要体现在其对诗歌的伦理道德要求上。诗人认为，"善"不是抽象的而是历史的，其以人民群众的利益为最高准则。艾青要求诗歌向"善"，就是要求诗歌忠于历史，还原历史，并服务于历史的进步与人类的解放。在表达自己"善"的理想时，艾青并不采用空洞生硬的口号或标语，而将这种情感与希冀融入诗歌的意象中，将诗情转化为具体可感的审美物象。例如，艾青诗歌中常见的土地意象，就融入诗人对祖国与大地母亲的深沉眷恋，也凝聚诗人对这片土地遭受摧残的悲愤与忧患意识；黎明或太阳意象，如它们给人的印象那样象征着光明与希望，这一指向式的意象也是每一个斗争者前进的动力和精神源泉；雪与雾的意象，则象征黑暗与紧迫的历史局势，与此相关的还有风雨雷电等险恶环境，它们与太阳或黎明相对应，构成光明和黑暗两个相互对抗的世界。从上述意象可以看出，艾青诗中贯穿始终的"善"的主题，其内涵是在中华民族风雨交加、内忧外患中保卫土地、寻求光明与出路，这一主题符合中华民族人民的整体利益与选择，是艾青对彼时的时代背景与历史任务的深刻把握。

艾青对诗歌之"美"的追求是建立在"真、善"的内涵基础上的，即"美"是"真、善"的抽象概念的具体呈现形式，因此，诗歌之"美"主要指诗歌的艺术形式、创作手法和表现风格。艾青的艺术倾向始终是现实主义的，他继承了关注现实、介入现实的诗歌传统，忠于现实、表现现实，既站在时代的高度上呈现艺术，又将时代颇具艺术性地呈现出来。在创作实践中，艾青以伟大的现实主义为底色，统筹个人气质与时代氛围、政治性与艺术性，形成一种成熟而完善的诗歌美学体系。艾青诗歌的情感基调是忧郁而深沉的，这一部分来自他忧国忧民的历史情怀和对现实的深入认识，另一部分来自他对众多伟大诗人思想经历的共鸣与借鉴，他能敏锐地体察城市与乡村之间的鸿沟，或是某些被掩埋的苦难的历史细节，但又不限于哀悼与眷恋过去的美好，而是力图反叛命运，与其抗争，并追求光明的前途；艾青的诗歌充满绘画感，他不仅是诗人也是画家，他的诗作充满印象派似的色彩渲染与镜头捕捉，浅淡暗沉，光影交错，与他忧郁的诗歌情调相辅相成；艾青的诗歌表意手法主要是象征式的，但其不是外国象征派的神秘式象征，而是利用种种象征式的意象来营造明确、质朴而表意有力的诗歌意境，如太阳、土地、旷野、火把等，它们的意义是澄明而通透的；艾青所倡导并致力于创作的诗体是具有散文美的自由体诗，它主要由两方面构成，一是形式的自由性，二是语言的口语美。这种诗体是新诗发展至彼时最成熟的一种诗体，既没有随心所欲的肆意与粗糙，也没有格律专断的乏味流俗。在艾青笔下，诗歌语言的形式是严谨而自由、质朴而简练、广阔而集中的，真正达到了深入浅出的境界，既具有充分的美学价值，又为广大人民所接受并喜爱，算得上一种"真、善、美"皆备的诗体。

在整个40年代，艾青可谓是最重要的新诗人，是新诗发展道路中的又一个关键人物。他提出了明确而系统的"真、善、美"统一的诗学价值观念、审美追求和实践路径，并通过自身丰富的创作经历和深入历史现实的诗学姿态，行使了其作为一个时代浪潮中伟大诗人的伟大诗歌使命。他的诗歌具有广阔的包容力，无论是审美层面还是功利层面，成功地结合了诗歌的艺术性和现实性，因此得以超越同时代部分诗人，以热情持久的创作雄心和毅力来实现自身"真、善、美"的诗学理想。其创作成就是中国新诗朝更高发展阶段探索的又一标志。

《黎明的通知》

《北方》

中华人民共和国成立后，艾青继续创作，1950年至1957年，他出版了5部诗集。虽然其创作不少，但批评界对他的评价则发生了变化，普遍认为他的社会主义热情不高。及至"反右"运动，艾青被错误地划为"右派分子"，创作生涯遭受致命的打击，陷入彻底的创作低谷。1978年被平反后，艾青作为"归来者"复出，重新开始创作。他复出后创作的《鱼化石》一诗可看作他对自己沉寂的二十余年岁月的自述，或许他曾面临着和"鱼化石"一样被迫沉默的困境，仍表达出坚忍而从容的历史信念："活着就要斗争，/在斗争中前进，/当死亡没有来临，/把能量发挥干净。"这一次，他不仅是深入历史的诗人，其将自身也活成了历史，作为一个"化石"式的诗人重新浮出历史地表，呈现历史曾被隐去的一面。

这一阶段，艾青写作过两百余首诗，或围绕当时的现实政治事件与问题，或抒写自身对历史经验的感悟和人生哲理的阐发，它们基本是 40 年代艾青现实主义诗歌理念的延续，或许显得更加老成，也不可避免地沾染上了历史运动痕迹。无论如何，艾青已作为一个诗人的图腾，具有了独立的象征意义。

总的来说，作为一个贯穿中国现当代文学史的伟大诗人，艾青的新诗创作经过历史大浪的淘洗，熔铸了忧郁和激情、深沉与雄伟、沉思和抒情、质朴和绮丽等多方面的审美特质，形成了独属于艾青一人的独特诗风，他的艺术风格具有许多独到之处。

首先，艾青继承并坚持了诗歌的现实主义美学传统，将自己诚挚而细腻的艺术感受与历史斗争、现实生活和人民群众有效统一起来，拥有深沉的历史重量，亦不失审美感性。他既不在矛盾与斗争的年代躲进所谓纯粹诗学的象牙塔中，去歌唱那些靡靡之音，也不一味地被政治大流裹挟，盲目地叫喊那些浮泛草率的口号，破坏诗歌真善美的统一，艾青深知现实主义的唯一途径就是将诗歌写作历史，亦是将历史写作诗歌。因此，他一方面怀抱对民族生存的忧虑，怀揣现实责任感，深入历史当下，拥抱生活、拥抱人民，为苦难的现实嘶哑歌唱，将诗歌与希望的火种洒向人间；另一方面，他也不忘自己作为一名诗人的使命，将写诗视为一项伟大而高尚的事业，将自身忧国忧民的诗人情怀和悲愤忧郁的诗人气质转化为诗的文字，其扎根于现实生存的土壤，在风云变幻的时代中独自绽放出绮丽的意象之花，结出忧思之果，反哺他深爱的大地母亲。艾青尤其善于挖掘历史生活的细小之处，发现那些被历史沙尘所遮蔽的弱小与苦难。在现代中国水深火热的生存环境中，他不泛泛而谈悲伤或愤怒，而是执着地和每一个真实确切的生命个体站在一起，观察他们过着怎样一种荒芜的生活，并用深沉忧郁的语言将之写成诗篇。无论是他穷困一生的奶娘大堰河，寄生在河岸吊楼中的褴褛的乞丐，苍凉北国中推着手推车前进的劳苦人民，还是强盗、酒徒、补衣妇乃至路边树上的一张凄凉的人皮，他都懂得他们的伤痕，懂得他们身上被历史遮盖的痛苦和不能言说的悲愤。艾青用诗歌作为历史的芦笛，唤醒人民沉睡已久的现实意识，并吹响号角，鼓舞人民站起来斗争，谱写自己的历史。不仅如此，艾青也善于深入历史，写作长诗，反映现实，如写于抗战时期的《向太阳》《他死在第二次》《吹号者》《火把》等，它们都具有史诗的气度和风范，全力展现了当时广阔宏伟的历史截面和复杂火热的现实斗争，这是当时很多诗人难以望其项背的。中华人民共和国成立后，艾青也并未被红旗招展的美好冲昏头脑，他在骨子里始终都以现实和人民为基准，清醒地看到仍然存在的社会问题和陈腐的历史遗存。他的诗歌不单是赞美，也会困惑和诘问，在歌颂光明的同时也会批判不合理的灰暗，引起人民疗救的注意。这都源自他内心身为一个现实主义诗人的情怀和气节，他始终和人民站在一起感受，一同困惑，一同激情和思索，深入历史现实的矛盾斗争中，作为人民的诗人，追寻诗的真和善和美。

其次，艾青将新诗的意象艺术推向难以企及的高峰，在现代象征主义意象世界的基础上，融入他独有的质朴真挚的现实感受和血肉浓厚的生命体验，达到时代气氛、现实力度和审美感性在意象中的有机统一，把中国新诗的意象艺术推至一个广阔的新境界。艾青所选取的意象往往是那些既具备思想内涵深度和理性思辨意义，又能提供充分审美效果的典型意象，它们通常为读者易于且乐于接受，引发充分的情思共振和诗性共鸣。在艾青的意象世界中，极具光芒的"太阳"悬于天顶，普照着下世的"土地"上的所有生命、苦难和斗争。"土地"是自古以来万物繁衍生息的家园，是生命力和宿命的象征，也是历史动荡中不变的见证。"土地"意象渗透着艾青对生命的热爱与思辨，通过书写土地以及土地上发生的一切，艾青对人类的生命形式、生存目的和存在宿命进行了深刻的诗性思考。另一方面，"土地"也具备充分的现实意义，它直接联系现代中国的民族苦难和时代精神。在那个时代，中华民族世代生存的土地却遭受着惨无人道的摧残和践踏，诗人面对满目疮痍的现实，不能不将自己的爱、悲与愤恨都注入"土地"之中。"为什么我的眼里常含泪水？／因为我对这土地爱得深沉……"这一"土地"意象蕴含的正是艾青对灾难中的中华民族和人民的刻骨铭心的赤子之爱。同时，"土地"也是坚韧不屈的，与其生存着的人民群众一样，虽穷困沉默，却异常顽强，具有生生不息的生命力和抵抗意志，其中寄寓着艾青对民族未来的坚定信念。于是，艾青的"太阳"横空出世，为多灾多难的土地带来再生的希冀和炽热的明天。对艾青来说，"太阳"既是一个具有超现实性的具有极大光和热的人类再生之理念的象征，也是一个具备现实性和民族性的情感寄托符号。"太阳"与生俱来就拥有生命创造、再生与永恒的诗性内涵，在此基础上，艾青结合他对民族与现实的独特感受，将其写成中华民族和人类文明不断再生、不断创造、不断运动的文化隐喻。在"太阳"的普照之下，人类世界得以在死亡的灾祸中再生、进步，创造光明。在探索意象艺术的过程中，艾青走出一条现实主义、浪漫主义和象征主义相互借鉴、相互交融的道路。他的意象既是写实的，充满现实生活气息，连接着人民血肉和大地土壤；也是诗意的，依靠诗人赤诚火热的诗情和深沉的忧思，为意象赋予主观情绪的感染力和生命的深度，既通过日常反映现实之痛，又透过现实营造出一个高于现实的诗性世界和烛照人民群众前进的历史。

最后，艾青抛弃格律的外壳，反拨了诗歌必讲格律的褊狭主张，力主诗的散文美，强调并坚持创作自由体新诗，推动新诗走向形式与内容自然、和谐的成熟发展道路。艾青追求的散文美是语言自然、质朴、纯粹的美，这并不意味着诗歌语言是原生口语，相反，其散文美不工于巧却工于拙，具有一种不加修饰的天然美感。艾青不屑于在字词句上进行过量的雕琢修饰，也不刻意追求音韵和谐，他注重的是诗的感受和情绪在整个诗篇中的渗透和流淌，在看似行走不定、自由自在的章句中，诗的情感却是抑扬顿挫、充盈活泼的。如《我爱这土地》一诗并无音韵，亦高低不平、分行不定，然而在其自由的外观下，诗的生命力和感染力却丝毫不减，甚至因其格律自由，愈显感情的真挚深沉。可见，艾青采取自由诗的形式，正是为了挣脱那些不必要的镣铐，直达诗歌最深层次的生命体验。当然，艾青也反对完全放浪不羁的自由，他认为，"艺术的规律是在变化里取得统一，是在参错里取得和谐，是在运动里取得均衡，是在繁杂里取得单纯、自由而自己成了约束"①。只有在自由中留有规律，形散而神不散，诗才能算得上具有散文美。因此，在散文化的诗歌表达技巧方面，艾青不受制于外在的文字、书面等的格式限制，转而有意识地突出诗歌语言内部的情绪节奏，例如，他多用排比的句式来铺垫烘托情绪的发展、表现愈演愈烈的氛围等，一步一步自然地将诗歌推向情感的高潮。如《大堰河》一诗，采用不断重复交沓的句子生成一种情感旋律的变奏，一唱三叹，感人肺腑。另一方面，在抛却音律后，艾青用更多的精力去营造诗歌的画面、色彩和感官，将一系列意象铺陈开来，相互协调配合，多处开花，建构出广阔宏伟而极具张力的意象天地，这在他的长诗中多有体现。艾青的诗歌以散文美见长，其自由变通的形式极大解放了新诗在格律方面的限制，并启示后来的新诗人，无论诗体如何，重要的是真善的诗性内核和美的行文节奏之间自然和谐的呼应。

二、诗作鉴赏

透明的夜②

一
透明的夜。

……阔笑从田堤上煽起……
一群酒徒，望
沉睡的村，哗然地走去……
村，
狗的吠声，叫颤了
满天的疏星。

村，
沉睡的街
沉睡的广场，冲进了

---

① 艾青：《诗论》，《诗论》，人民文学出版社 1980 年版，第 176-177 页。
② 艾青：《透明的夜》，《艾青诗全编》，人民文学出版社 2003 年版，第 17-20 页。

醒的酒坊。
酒，灯光，醉了的脸
放荡的笑在一团……

"走
　　到牛杀场，去
　　　　喝牛肉汤……"

二
酒徒们，走向村边
进入了一道灯光敞开的门，
血的气息，肉的堆，牛皮的
热的腥酸……
人的嚣喧，人的嚣喧。

油灯象野火一样，映出
十几个生活在草原上的
泥色的脸。

这里是我们的娱乐场，
那些是多谙熟的面相，
我们拿起
热气蒸腾的牛骨
大开着嘴，咬着，咬着……

"酒，酒，酒
我们要喝。"

油灯象野火一样，映出
牛的血，血染的屠夫的手臂，
溅有血点的
　　屠夫的头额。
油灯像野火一样，映出

我们火一般的肌肉，以及
——那里面的——
痛苦，愤怒和仇恨的力。

油灯像野火一样，映出
——从各个角落来的——
夜的醒者
醉汉
浪客
过路的盗
偷牛的贼……

"酒，酒，酒
我们要喝。"

三
……
"趁着星光，发抖
　　我们走……"
阔笑在田堤上煽起……
一群酒徒，离了
沉睡的村，向
沉睡的原野
　　哗然地走去……

　　　　　　夜，透明的
　　　　　　夜！

生命的阔笑，存在的喧嚣

以往的诗人写实，似乎都带有一种介入的心态，要为现实蒙上或明或暗的颜色，他们的观察往返于事实的表面，缺乏贯入生命的力度。本诗拒绝容纳某种预先的情感，甚至摒弃了理性的观审，它不构成一首浪漫的或写实的诗，而只是一连串的事件，偶然发生于"透明的夜"，在诗世界的内部产生张力。透明的夜，是一个宛若裸体的全景，其中充满一种穿透性的力，无视黑夜之黑，直达大地，透视众事物存在的本质。此夜，一切的活物和死物将被一览无余，然而，透明的夜中并无看客，赤裸的众生无羞于其赤裸，被遗忘者不知其被遗忘，仍在其所在之处劳碌生存。在诗的开端，"透明的夜"悬于天顶，一个简单的空行将上与下隔断，在无声的空白以下，没有刻意而瞩目的历史剧，只有粗犷而原始的生命骚动，抵抗着外来的意义。

这个地方的历史不为人知，时空的前端已被"……"省略，后端也被"……"省略，唯独一个"田堤"以孤独的姿态冷峻地存在着，一切就从这里开始，也只能从这里开始。在这个茫然无措的境遇下，一阵"阔笑"传来，令人惊悸。但是，笑声虽然粗犷狰狞，却极具生命的热度，如一股躁动的火势，要唤起沉静的夜晚。"阔笑"不是什么"狂笑"或"仰天大笑"，其没有丝毫的刻意和外部触发，而全然发自内心的坦然；"阔笑"也不来自具体的某处，这股笑声不知所终，它是群人的笑，具有驳杂而广延的煽动的力。因此，阔笑是一种大无畏的笑，它只出现在黑夜，适时而起，从一而终，体现着生命的豪迈与野性。循着笑声而去，那是"一群酒徒"，原本极静的空间顿时充满喧嚣，不仅有听觉上的哗然动变，也有视觉上的身形交错、步履踉跄。骚动的酒徒们零散地聚作一团，像夜中的一簇野火，要点燃沉睡的村庄。"酒徒"是对那些人的统一称呼，除此之外的身份仍然一无所知，根据其吵闹肆意的言行，不难判断其并非什么显达之人，甚至连安分守己的乡民都算不上，看家的狗吠叫着驱赶他们，埋怨其破坏了村庄的安宁。这一群无名之人，同"满天的疏星"一样，不知其来龙去脉，仅仅自顾自地活着，唯独"酒"能将他们归结在一起，他们的行动也必然只能用"酒"解释。他们醉了，要去更醉，他们已将生命的异态活成了常态，他们醒着，在黑夜中醒，他们的常态却是生命的异态。于是他们就是被抛弃的人，但无人能指责他们的生存，于是他们又是野蛮生长的人，其生命不受控地在夜中燃烧，他们的存在就是对静的一切的反抗。沉睡的村、沉睡的街、沉睡的广场……这些迟重的名词都是酣眠，酒神的信徒此刻采用"冲进"的动作，静的世界一去不返。"醒的酒坊"是"夜的醒者"唯一的狂欢地，这里与斯文守时的外界完全隔离，在灯光、酒精和欢笑声的包裹中，他们不知疲倦地狂欢。酒徒们的"醉"与"醒"看似是反生命规律的，然而，孰知那些刻板的生理调律根本不适应最原始的生命强力，若非有如此强力的意志，酒徒们早已成为夜的行尸走肉。

"走/到牛杀场，去/喝牛肉汤……"诗句独立成节，造成声音悬荡于空气的效果。不使用主语，也就不知说话者是谁，这番话语就成为一个集体的生命意志；既然活着，那么杀牛，吃肉！就该如此。"走""杀""去""喝"几个动词一气呵成，酒徒们的动作从不中止，牛是他们狂欢的祭品。"牛杀场"是诗的第二个场景，酒徒们的身份在此地揭晓。门隔开了躁动与沉睡的两个世界，同时也隔开了浑浊与明净的两个世界。昏黄的灯光下，生命原始的形状、气味、颜色交杂在一起，"血的气息，肉的堆，牛皮的/热的腥酸……"它们与明净单纯的透明夜色决然对立，将牛的外形活生生剥开，暴露其生命内在的驳杂、丑陋与狂乱，给五感带来根本性的不适：眩晕、痉挛、耳鸣、恶心……然而，酒徒们恰恰沉浸在这种不适中，这种不适感的别名就是"醉"，在"醉"中人舍弃虚伪的文明道德，陷入生命最原始的颤动——"人的嚣喧，人的嚣喧"。如果"人的嚣喧"仅出现一次，那它只是酒徒们狂欢状态的写实，有其形貌而无其精神。相反，这行诗是反复的，在视觉与听觉上还原了"嚣喧"感。更重要的是，"人的嚣喧"的下一次重复并不提供意义，而仅是诗人对意义的放任。他放任酒徒的癫态，使人的生命力的喧嚣从语句的喧嚣中溢出，这句诗便不是"写实"的，而是"实"的直观。全诗所写的酒徒夜饮事件，正是建立在直观而非表象的基础上。艾青并没有刻意保持一种书写距离或浸入一种情绪，他的文字就是那盏"象野火一样"的油灯，作为一个透明的媒介，"映出"酒徒们的脸，"映出"屠夫身上的狰狞血迹，"映出"夜的醒者们的动作和叫喊，除此之外的一切都只属于酒徒们自己，他们坦然地只拥有自己。

敞开门后，油灯映出十几个草原汉子们"泥色的脸"的时刻，是他们被"发现"的时刻，也是他们不伦不类的处境"显现"的时刻。夜中唯一"醒"着的灯光揭开了酒徒们位于"醉"的面具之下的真实面孔，他们是一群苦难的人。然而，他们又是不需要怜悯的人，灯火固然揭开了他们的身份，但并未去解释他们，为他们的生命增添光彩。汉子们生的意志在火的烛照下，愈发呈现出一种叛逆的姿态："这里是我们的娱乐场"，任何人都无法干涉"我们"野蛮的生存。"火"并不能理解事物，只是燃烧，为其提供光和热度，助其增长。同样，读者即使知其身份，也不能妄自评说，因为酒徒们比别人更熟悉彼此的"谙熟的面相"，他们深知自己的行为将带来哪些欢娱和苦痛。"大开着嘴，咬着，咬着……"撕咬、啃食，动作仿佛野兽，酒徒们被压抑的兽性此时完全释放出来，这幅画面在昏黄的灯光映衬下令人脊背生寒，而酒徒们毫不餍足的喊酒声又是如此的理所当然："酒，酒，酒，我们要喝"。这里并不是刻画他们醉酒后的丑态，他们表现得放荡只是因为他们必须如此才能存活。透明的夜是虚无的遗忘的夜，酒徒既不见于天日，又不安于沉眠，作为世界的弃子，他们只能用"痛苦，愤怒和仇恨的力"，即他们奔突汹涌的生命原欲去对抗这个表现得过于平静的世界。他们是醉汉、浪客、盗贼，是一些"从各个角落来"的边缘人，他们绝非大善大义之辈，或者说，他们对所谓的大善大义完全不以为意。酒徒们仅仅是喝醉了，来骚扰黑夜，让本无事发生的世界有事发生，从无意义中创造意义。这是一种尼采式的酒神精神，其内涵是个体对无意义世界的悲剧性突围。酒徒们被迫做了"夜的醒者"，这是不被需要的清醒，意味着一种痛苦的生存处境，人陡然发现己身之被遗落，世界二度抛弃了他们，既从光明中抛弃，又从睡梦的假象中抛弃。正因如此，"醉"是酒徒们必然的选择，酒提供了一种迷醉的狂喜，与"愤怒和仇恨"迥然对立，痛苦与狂喜交织，个体要被这相互悖反的两股力撕裂，索性生命的原始冲动就从体内宣泄而出，其拥有贯穿一切的强力，凸显于酒徒们粗野的笑声中，不雅的叫喊中，野蛮的吃喝中和"火一般的肌肉"中。于是，在油灯中的野火的映照下，被抛弃的人用大笑，用狂饮，用荡行完成了对透明的夜的复仇，在牛杀场上空，悬荡着狄奥尼索斯的信徒们滚烫的吆喝——"酒，酒，酒/我们要喝。"整个夜都要被其惊醒。

　　狂欢过后必有一片狼藉，但酒徒们不管，趁自己还醉着，还沉浸于生命的大悲痛与大欢喜中，他们要尽快地走。他们走时的路和来时一样，沿着冷峻的田堤，上方是星光疏落的夜，还有"沉睡的村"——看似什么都没有改变，他们带来的反叛的热在其离去后骤然降温。然而，依旧是坦然的"阔笑"，依旧是"哗然"的动作，酒徒们实际上根本不在意他们行动的结果，他们只是行动而已。离开"沉睡的村"，就朝"沉睡的原野"逛去，他们仍然饥渴，要去饮酒，饮鲜血，饮野火，他们是野生的，没有归宿，也就不需要归途。这种生存方式本身就完成了对夜的反抗。在诗的结尾，酒徒们制造的骚动在"……"中渐远渐弱，"夜"重新出场，与开头悬空的"透明的夜"一句一起，欲将酒徒夜饮的诗歌事件包围，回到虚无的宁静中。然而，这两行诗的横向位置已然产生了偏移，无法阻隔诗中喷薄欲出的生命强力，这股野蛮的"痛苦，愤怒和仇恨的"力横冲直撞，把"透明的夜"拦腰斩断——"透明的/夜！"然后，从感叹号中，我们看见一个"醒"了的夜，酒徒们来过的夜。

太阳①

　　　　从远古的墓茔
　　　　从黑暗的年代
　　　　从人类死亡之流的那边
　　　　震惊沉睡的山脉
　　　　若火轮飞旋于沙丘之上
　　　　太阳向我滚来……

　　　　它以难掩的光芒
　　　　使生命呼吸
　　　　使高树繁枝向它舞蹈
　　　　使河流带着狂歌奔向它去

---

　　① 艾青：《太阳》，《艾青诗全编》，人民文学出版社 2003 年版，第 120-121 页。

当它来时，我听见

冬蛰的虫蛹转动于地下

群众在旷场上高声说话

城市从远方

用电力与钢铁召唤它

于是我的心胸

被火焰之手撕开

陈腐的灵魂

搁弃在河畔

我乃有对于人类再生之确信

我乃有人类再生之确信

诗题只有"太阳"两字，想必诗人也知其无需多言，单将"太阳"这个干净的语词陈列出来，就产生一种炽烈的崇高感，已能想象到它极大的光和热的力向外无限扩张。但艾青的"太阳"又不是一个固然如此的永恒象征，悬于人类不可触及的高天之上，相反，它是活的、运动的、拥有推动人类历史轮转不休的动能和势能。正因如此，诗的开篇并不急于引入太阳无以复加的大光明、大生机，而首先诚恳地承认文明的黑暗时代的存在。"远古的墓茔""黑暗的年代"显然位于光明所不能及之处，太阳并不从一开始就在那儿，这些地方是历史的阴影，充满陈腐、阴郁的气息。同时，太阳降临也需要付出巨大的代价——死亡，不是单独个别的死亡，而是"人类死亡之流"，这是一种不计后果的前仆后继的死，无数人用血流冲垮墓穴，震醒群山，破晓而亡。"从……从……从……那边"，乃至终于"向我滚来……"观者用不经意的视野转换，悄然跨越了一段悠久而沉重的时空距离，去来之间，不知有多少苦痛已成惘然。太阳是在人类的悲壮死亡中诞生的，这决定了此诗的人本主义基调，诗人不是在为太阳写神圣的祝词，而是借助太阳高歌人类追逐光明的历史。历史在光与暗的矛盾中前进，太阳是人类在苦难斗争中得来不易的胜利果实，它的出场必然是"震惊"的。"若火轮飞旋于沙丘之上／太阳向我滚来……"这一场景确乎气势逼人，太阳如历史之车轮一般碾压过来，扬起阵阵沙尘，文字下涌动着辉煌的力量，充满了史诗般的震撼力与悲壮感。"滚"是一个极为贴切的动词，写出了太阳的形态，浑圆、轮转，也潜藏着一种滚烫的热情，同时赋予太阳极大的活力和冲击力。不仅如此，"滚"完美还原了太阳迎面而来的运动状态，其前段来势汹汹，中段势不可挡，后段滔滔不绝，贯穿了时空的始与末，仅一个字就写尽了历史运动的必然性。任何一个观者，都会为这样的光明必将到来而感到欢欣鼓舞。

诗的二三节写太阳诞生后的新光景，诗的情绪由悲壮发展至热情洋溢，太阳"难掩的光芒"敦促万物进行新一轮的新陈代谢。三段"使……"句式，凸显太阳的生命强力，它几乎是以命令的形式，指挥万物狂野生长。这种生长是层层递进的，生命的热情也随之不断高涨。首先是"呼吸"，一呼一吸之间，万物复苏，生命节奏重新开始律动；其次是"舞蹈"，这是一种张扬的生长状态，"高树"朝天空增长，"繁枝"向四周扩张，空间有被冲破的趋势，再也没有任何事物能限制生命的突飞猛进；最后，"狂歌"的万物汇聚成河，生命由混乱生长走向统一发展，历史向着光明进发。在第一节中，太阳降临，"向我滚来"，是由远及近地写；而第二节中，诗行渐长渐远，万物奔涌不息，最后"向它奔去"，又是由近及远地写。观察者伫立于远近交错之间，过去与未来的画面同时铺开，整个世界彻底活动起来。不仅自然世界在太阳的照耀下重焕生机，破晓而出的人类同样迎来新的文明时代。这里，诗歌由视觉转向听觉："我听见……"展现活在太阳底下的人类从呼声渺茫到发出时代最强音的过程。"冬蛰的虫蛹"象征黎明到来前的人的处境，他们是渺小到不能再渺小的虫卵，扎根于苦难的冻土，忍耐着历史的寒冬，蛰伏着，也被忽视着。是太阳的到来使其蠢蠢欲动，他们无力鸣叫引起注意，只能挣扎着摩擦出微小的响动，然而，诗人正是从这最细微的异响察觉到一股破蛹而出的力——人类的春天要来了。春日拂照下，"群众在旷场上高声说话"，这一次，诗人听得无比清楚，声音铿锵有力，那是从虫蛹中走出的一个个时代的新人，他们已成为不容忽视的历史力量。文明的新生代开始建设他们新的城市，用"电力和钢铁"等科技力量改造自然。最后，诗人听见远方的"召唤"，这是对光明未来的呼唤，也是人类有能力创造出属于自己的新世界的自信呐喊。

太阳给世界带来如此巨变，然而，以上均是物质层面的改观。在诗的最后一节，光明由外部突入至诗人的精神世界，作为观察者的诗人，面对这般炽热的光明，再也无法置身事外，他的灵魂将在火焰的引导下走向重生。灵魂脱胎换骨的过程是暴力的，太阳的强力意志中蕴含着对现存的一切陈腐物的不满，乃至愤怒，"于是我的心胸/被火焰之手撕开"，肉体承受灼烧与撕裂的双重疼痛。这里不应只看到痛苦而忽视其变化的剧烈性、彻底性，正因为要同"陈腐的灵魂"毫不妥协地决裂，才不得不以死谋生。旧日的灵魂被"搁弃在河畔"，这意味着它与历史全然不相容，它是故步自封、停滞不前的遗留物，而大河始终前进，朝东方太阳所在之处奔流不止。不过，诗人没有继续表明自己的灵魂将于何时何地以何种姿态再生，诗歌在这方生方死之际结束，留下一段朴实的自白："我乃有对于人类再生之确信。""确信"是对尚未实现的目标必将实现的笃定，也就是说，诗人并非通过再生的既定事实而保持其对太阳的信念，相反，他是怀抱着对太阳莫大的信赖而决然赴死，他对光明的向往是无比纯粹的，他的灵魂经受住了火焰的净涤。正是要有这种纯粹的对"人类再生之确信"，才能通向"人类确信之再生"。

手推车①

在黄河流过的地域
在无数的枯干了的河底
手推车
以唯一的轮子
发出使阴暗的天穹痉挛的尖音
穿过寒冷与静寂
从这一个山脚
到那一个山脚
彻响着
北国人民的悲哀

在冰雪凝冻的日子
在贫穷的小村与小村之间
手推车
以单独的轮子
刻画在灰黄土层上的深深的辙迹
穿过广阔与荒漠
从这一条路
到那一条路
交织着北国人民的悲哀

发现历史的辙迹

为什么是"手推车"？"手推车"首先是一个物件，它是北国人民生活劳作的工具，在其被使用的语境中，人是被物化的人，"手推车"是其身体的延伸，继而它"偷换"了人的存活，于是人成为一个消隐的人，被历史遗忘的人。这显示出异化的历史逻辑，当劳动者

---

① 艾青：《手推车》，《艾青诗全编》，人民文学出版社 2003 年版，第 158-159 页。

的存在意义被劳动行为剥夺，使用与被使用的关系发生颠倒，人作为人便失去了被历史叙述的资格。于是，诗中只有"手推车"，也只能是"手推车"。在诗人笔下，作为工具的"手推车"一度作为主语，取代了它的使用者，独自行进于无人的大地，从这里，到那里……从某种意义上来说，这是"北国人民"最深层的悲哀。然而，"手推车"又是一个醒目而陌生的实在之物，突兀而狰狞地展示着自己——独轮、破损的车体、锈的推杆……它不是其名称所指的"手推车"的抽象概念，也不是一个充满象征性的诗歌符号，而首先是一个物件，一个具体的、实存的"某一辆手推车"。此前，这个"手推车"作为历史的成分，从未被历史意识到，其遁入北国人民寻常生活逻辑的后台，作为一个理应如此的生产装置，反向制约着他们的生命节奏，进而抽干了他们的存在意义。我们不应将诗中的"手推车"理解为上述抽象的、模仿的或符号的历史装置之"再现"，如此将陷入周而复始的循环，使历史仍在异化的逻辑上运转，而对人的叙述乃至作为叙述主体的人始终是缺失的。相反，诗人提供给我们的只是"手推车"这一物件的"呈现"，乃至一次始料未及的"呈现"，历史意识不得不聚焦于此。某物作为具体的实存物的出场中断了历史的叙述，并洞穿了历史本身。当"手推车"仅仅是"手推车"时，它破损不堪，由铁、木头等材料拼接而成，有唯一的单独的轮子，等等，它已不再具有"手推车"的功利性，在此基础上，使用者挣脱了被使用者对人的使用。物的组件仅仅陈列出物本身，物的实在贯穿了物的象征，而使用"手推车"的人将不再是一个劳碌的物化身体。随着"手推车"的装置被肢解为"手推车"的系列物，他将获得解缚，重拾他鲜活的一切，他的曾经被"手推车"延伸、异化了的手、脚、脊背……以及他的面孔，一个触目惊心的面孔，乃至令我们惊呼——他是谁？一个陌生的人，来自北国的人，一个残缺但醒目的主体，于是在历史的叙述中首次出现。作为物的"手推车"的出场是一次质疑行动，它质疑自己，也质疑自己的历史，它是异化的历史逻辑的一个悖论点，既无法被整合，也无法被漠视，因而它突兀地存在着，抗议着，要求一次历史的重述。

从这种角度进入本诗，才能更好地理解诗人的用意，因为他并非在覆写历史中的"手推车叙事"，而是借助"手推车"重写一段关于北国人民的历史。当"手推车"被还原为单纯的物，进而归还至人的手中，人重新成为历史的主体，他第一次，通过"手推车"在大地上深深的辙迹，开启了自我生命的叙述，尽管那是悲哀的，但也是令人不得不瞩目的。

且看属于"北国人民"的历史。其空间，位于黄河流域；时间，似乎是持久的旱季。无数的河床已经枯干，说明生命的源流已经枯竭，河道也失去了运输的功能和运动的生机，成为单调而静止的路，通向虚无的远方。在这个荒凉、颓败的世界，"手推车/以唯一的轮子/发出使阴暗的天穹痉挛的尖音"，这本身是一个偶发的事件，却反映北国人民的生存普遍性。"唯一的轮子"意味着他们的行进是困难而缓慢的，随着车轮的歪曲晃动，他们的生命也摇摇欲坠；同时，这种唯一性又是单薄而渺小的，映射出主体身处于荒原世界中的孤独、无助。我们不知道他们生存的目的，只知道他们是为了生存，驶着"手推车"运输着什么东西。如果不是轮子偶尔发出尖音，他们就始终沉默于世，然而，这并不意味着他们生来就是沉默的。相反，这些北国的人的存在本身无比尖锐，他们是被历史压抑、掩埋的人，正因为沉寂太久，他们的生命积郁着最深重的痛苦，故而那股"尖音"就成为他们声嘶力竭的自我表达。历史可以拒绝叙述他们，但无法压制他们的自我叙述，声音"使阴暗的天穹痉挛"，这表明，他们以悲剧的形式确凿地传达了自己的悲哀，这是一股不被正视、但又不得不直视的悲哀，在"痉挛"的剧痛中，他们的悲哀成为天空的悲哀，也就是历史的悲哀。"从这一个山脚/到那一个山脚""从这一条路/到那一条路"，北国的人用一个难堪重负的"手推车"，搬运着沉重的负荷，踽踽独行，他们悲哀的声音也响彻上下南北。在"这"与"那"之间，无非是行进的方向和位置产生了变化，除此之外几乎都在重复。表面上看，北国的人民正在前进，实际上，他们的历史却一直在原地踏步，从"这"到"那"，也就必然会从"那"到"这"，这是一种无目的、无选择的盲目生存。然而，这又未尝不是一种固执的生存，他们愈坚持，其悲哀就愈彻底，其历史也愈沉重，将欲压垮手中的"小推车"，在广阔荒芜的灰黄土地上，到处都留下一道一道"深深的辙迹"，我们无法抹去这份历史的痕迹，也就无法忘记他们的悲哀。

吊楼①

在那些城市的边上
无数的吊楼
像一群乞丐
褴褛挨着褴褛
站立在河流的两旁

河流
河流是土地的客人
——它的行脚
从不停驻在一处
它有太渺茫的希望
它的希望是海洋
而吊楼

---

① 艾青：《吊楼》，《艾青诗全编》，人民文学出版社 2003 年版，第 222-224 页。

它们是宿命地
站立在河边
以黑色的窗户
当作蕴藏了无限忧郁的眼
无论清晨、黄昏，
甚至在午夜
永远看着
从他们身边
叫喊过去的波浪

而波浪
波浪是如此匆忙
它出发它旅行
它鞭策着时间
跨越过所有的阻难
——它从吊楼面前过去
不给吊楼些许的安慰
和片刻的流连

而吊楼
吊楼是悲哀的
就在有太阳的日子
他们也只能像盲女般微笑着
而在雨天
它们就像寡妇般
在河边低低地咽泣了

吊楼的前面是浮桥
浮桥上是慌乱地来往的行人
从这边到那边
从那边到这边
他们以交织着的脚步
永远追赶着

生活的狂热的愿望

而吊楼
吊楼是颓败的
它只能用阴黑的固执的眼
看着兴腾的人群
同时又用无力的疑惧的眼
看着光彩焕发的城市

而城市
城市在那边
以白日的人群的喧嚷
夸耀着热闹与繁荣
以黑夜的烛天的电光
放射着骄傲与奢侈

更以耸立着的钟楼
睥睨着吊楼的破烂
在那些城市的边上
无数的吊楼
像一群乞丐
褴褛挤着褴褛
站立在河流的两旁

他们寄生在历史的边缘

"吊楼"是一处风景，从城市的外部把握，它们构成了最外围的城界；从城市内部把握，它们却是格格不入的寄生物。就像褴褛的吊楼寄生于城市，褴褛的乞丐也寄生于吊楼，然而，他们甚至只作为修辞关系中的喻体出现，"无数的吊楼/像一群乞丐"。乞丐的本体，以最卑微的姿态，潜伏在吊楼房的昏暗深处，用他们"无力而疑惧的眼"窥视外界。他们是一群难民、流浪者，因为战乱或生计流离失所，寄寓在残破的废弃的吊楼中，无人问津。诗人用"吊楼"转喻乞丐群体，因为他敏锐地从二者的处境中察知到共同的结构——

中心与边缘。就像吊楼存在，只是为了区分出哪里是城市，哪里是荒野，其本身是一道醒目的风景，却不构成任何驻留地；乞丐存在，也只是为了区分哪些人正常地"生活"，哪些人死了，其本身的生命一无所有，仅仅是"活着"而已。作为某些集合的边缘存在，二者同时被集合的内部与外部双向排斥，是名副其实的零余体。通过睥睨吊楼，城市确立了自己的繁华；通过放逐乞丐，居民确认了自己的尊严。讽刺的是，零余者似乎被认为与那繁荣无关，既被抛弃，也被漠视，作为沉默的景观，仅仅"伫立在河流的两旁"。"褴褛"是对这幅景观的形容，只描述出其外观的不堪，看似客观，实则冷漠。在"褴褛"的风景画背后，无人能发现其内部的创伤，从创口中流出血腥、黑色和疼痛，那是一种无法被认知的溃烂的现实。也正因如此，诗人无法直写乞丐，他不忍也无法描述这群人过于惨痛的生命，而只能以吊楼——和乞丐同病相怜的共生体——去暗示乞丐的生存境况。在吊楼的内部，诗人预留了一个神秘的空间，有"黑色的窗户"遮蔽，乞丐暗无天日地生活在里面，于是，本诗就是艾青的呼吁——我们必须去发现他们。

吊楼挨着吊楼，组成了一个拥挤的生存区域，既抑制着内部生者肿胀的疼痛，又在外部承受着其他意象空间的踩踏和挤压。吊楼区的空间位置处于"城市的边上""河流的两旁"，边缘化的处境意味着它注定是被冷落的区域，不仅在地理上被冷落，也在意义上被冷落。吊楼区是无意义的，这体现在诗中，关于它的话语就是非诗的。而诗的意象是河流，是波浪，是浮桥，是城市，是钟楼……这些事物拥有丰富的诗意；可是吊楼，它的诗的命运是凋零，它只传达出一种宿命，那就是它的现实从来不会是诗，而只是现实。全诗用多个"而……"进行多次情感意向的转折，然而吊楼兜兜转转，依然回到原点，它始终"在那些城市的边上""在河流的两旁"，变化似乎与它无缘。"河流是土地的客人"，是被礼遇的一方，河流的生命也是运动不止的，拥有它的远方和高贵的理想——海洋。就像吊楼在城市中隔开了衰颓和繁荣两个世界，河流也隔开了活跃与静止的两个世界，河的宿命是运动，最终汇入海洋，而吊楼的宿命却只能是"站立在河边"，充当"希望"的旁观者。河流至少有"太渺茫的希望"，吊楼却连希望也没有，从它"无限忧郁的眼"中透露出来的是无限的羡恨。清晨、黄昏、午夜，时间轮替，对吊楼来说，它们都是"永远"的代名词——"永远看着/从他们身边/叫喊过去的波浪"。吊楼同时也是孤独的，因为运动着的一切无暇顾及它们的困顿。"波浪"象征那些城市之外匆匆行走的旅人，"它从吊楼面前过去"，这句诗是对既定事实的陈述，描述了一个客观而残酷的事实，即吊楼作为一处风景，始终只是一个黯淡的背景，甚至不算作一个可见的"阻难"，旅人从它面前经过时，不曾施以任何动容的颜色。吊楼被彻底遗忘，也就没有任何"安慰"，也没有任何"流连"。因此，即使是"永远"，吊楼也什么都等不到，就像乞丐乞讨不到任何东西一样悲哀。这里潜藏着另一重含义，他们只能依靠自己生存，但这实质上颠倒了他们受难的逻辑，因为这些受难者沉重的生存已经充分显示出他们并没有依赖谁，而完全是自己孤独地活，固执地活，自生自灭地活。这种偏执的态度是不得已的，是一种先天的"盲"，因而是悲哀的。"太阳"象征着希望，但是，普世的光明也有照射不到的地方，那便是盲人的世界。"在有太阳的日子／他们也只能像盲女般微笑着"，这一微笑之"微"中存在着生命无法承受之轻。常人无法理解盲人的世界，于是擅自将其想象为一片漆黑，就像吊楼的内部从不向外人敞开，外人便擅自认为其中装满死亡。然而乞丐并非行尸走肉，吊楼也同样拥有晴天和雨天，尽管"微笑"或"咽泣"无人问津，那也是一种自我表达，是其存在于世的证明。因此，他们偏执的活已然是一种竭尽全力的活。

从吊楼的悲观存在中，可以发现一种生的积极，最底层的群氓、乞丐、难民、浪人……它们的生存被压抑在狭隘拥挤的吊楼群中，正是在诗意的压制中，他们的现实得以突出，在其悲哀深处酝酿着一股力的暗流。另一方面，从城市的积极存在中，也可以发现文明背后的虚浮。"浮桥"作为连接城市内外的通道，记录众生的奔波往来，行人"从这边到那边／从那边到这边"，似乎表现出不知疲倦的生活热情。与吊楼"永远"的伫立不同，他们"永远"追赶，近乎"狂热"，相比之下，吊楼显示出一如既往的"颓败"。然而，吊楼以其"阴黑的固执的眼"将行人们的慌乱看在眼里，城市人的兴腾和河流的奔腾不尽相同，他们没有星辰大海的目的，只是为了狂欢而狂欢，因此，这一次，乞丐们毫不艳羡这种匆忙的生存状态，而是保持自己的"阴黑的固执"。城市作为一个"热闹与繁荣"的无底黑洞，不断吞噬行人的热情和永不餍足的欲望，最终成就了城市的"骄傲与奢侈"。城市人沉溺于城市为其营造的激情与幻梦中，乞丐们则躲藏于吊楼，永远面对颓败的现实，这种差异逐渐恶性循环，城市越发贪婪，吊楼越发孤僻。纵然这一切看似有一个好的结果，大都会以"黑夜的烛天的电光"夸耀着不夜城的繁华，然而虚伪的"光荣"只属于城市，吊楼始终以其"无力的疑惧的眼"将这不合理的一切尽收眼底。难民们无法理解，是什么让城市变得如此疯狂，更无法融入其中，他们何等卑微，揣着对这一现实的"疑惧"颤颤巍巍地活着。可城市甚至连"疑惧"也不容许，"钟楼"以其傲慢的"睥睨"俯视着吊楼及其居民褴褛的生存，这无疑是一次羞辱，是对吊楼及其居民的又一次文化驱逐。如前所述，城市正是将自身的繁盛文明建立在其与吊楼群的残酷落差中，然而，"破烂"的吊楼群过于醒目，它们对于城市的文明本身就是一个反讽。钟楼"耸立"，吊楼"站立"，诗人的语言看似将钟楼描绘得更加雄伟高大，将吊楼描绘得更加单薄，但结合语境不难发现，这只是一种虚张声势的高大。"耸立"的钟楼是城市文化外强中干的菲勒斯，充满欲望与投机；而吊楼却是以其最寻常的生存姿势，"站立"在河流的两旁，表达自己最正直的生存态度。于是，诗歌结尾处吊楼的"站立"就不同于开篇时其悲哀的"站立"，而拥有了一种静默的对抗意义。

不可否认，诗中的吊楼及其居民是悲哀的，这本是他们无可厚非的悲哀。但是，由复数个"而……"构成的"转折—回返"的诗歌结构又不只表达出现实的凝重无力；相反，从"吊楼"不容于任何已有之诗歌意象的孤僻与固执中，我们又将发现——他们——寄生于腐败世界边缘的群氓、乞丐、难民、浪人……或许会成为一股崭新的历史新生力量。其后的历史现实证明了如此。

我爱这土地①

假如我是一只鸟，
我也应该用嘶哑的喉咙歌唱：
这被暴风雨所打击着的土地，
这永远汹涌着我们的悲愤的河流，
这无止息地吹刮着的激怒的风，
和那来自林间的无比温柔的黎明……
——然后我死了，
连羽毛也腐烂在土地里面。

为什么我的眼里常含泪水？
因为我对这土地爱得深沉……

一只俯身亲吻大地的鸟

"假如"一词，在表示想象的"是"的同时，也意味着先前的某种"不是"。在"是"与"不是"之间，往往存在着潜在的价值判断。这里不能认为"我"是出于正向肯定的渴望而要做一只鸟，因为飞翔着生存的"鸟"很少着陆，与诗人所深爱的"土地"并无关系，甚至二者通常是一组对抗性的意象。以惯常的象征思维来看，"鸟"承载着追求自由、热爱冒险的价值观，它正是建立在对"土地"的背叛基础上。"鸟"的寓所是天空，相对于亘古不易的"土地"，天空没有任何落脚的根据地，因而"鸟"是完全无定的漂泊者，没有故乡，更不必说热爱土地。现在，"假如我是一只鸟"，"我"却不去歌唱天空、自由，反而竭尽全力去歌唱大地的一切，这不得不说是反常规的。在上述价值观的悖反中，开篇假想的"是"成为一种"不是的是"。则诗的第一句可表达为"假如我是一只不是鸟的鸟"。当"鸟"放弃自己的天空，它就是一只失去作为"鸟"的意义的鸟。在人与鸟的想象关系中，诗人以"我"本质上的"不是鸟"压制了"鸟"本质上的"是鸟"，所谓"以我观物，物皆著我之色

① 艾青：《我爱这土地》，《艾青诗全编》，人民文学出版社2003年版，第213页。

彩"。因为"我对这土地爱得深沉"，故不惜强行改变"鸟"的象征意涵以抒发自己沉重的主观情绪，极具诗的情感张力。不过，这一层解释却不免造成"鸟"和"天空"的牺牲，诗人对土地的爱和土地对万物的爱是同样的，都是博爱，即使"鸟"是一个并不眷恋土地的意象，"土地"最终也会包容它的游离——鸟的羽毛最终腐烂在土地里。因此，鸟与大地之间又存在着一层"落叶归根"的关系。从这一角度看，"不是的是"又说明诗人的"假如"并不是一次完全代入式的"假如"，而是一次反思式的"假如"，是"我"对漂泊于天空中的"鸟"的挂念与呼吁，而诗的第一句的真实含义其实是"假如一只鸟是我"。在这层解释中，"鸟"并没有丢失"鸟"的内涵，仍然是空中飞翔的鸟，只是诗人设身处地地假想将"我"的"不是"转换成了"鸟"的"不是"，并给予"鸟"一个着陆的契机，"鸟"就真正体悟到了人对土地的眷恋。因此，"假如我是一只鸟"，这是诗人立足于土地，仰首面向天空的情感呼唤，是"我"对天空中的"鸟"，即游子、漂泊人或叛逆者的呼唤，呼唤他们俯身看看这片忧郁的土地——在他们曾经不以为意的时候，土地已经承受了无限的灾难。从第二句"也应该"也可以看出，"我"的假想赋予了"鸟"一种新的职责，它"不应该"逃避土地，无视灾难性的现实，而"也应该"像"我"一样，像被土地养育的一切一样，"用嘶哑的喉咙歌唱"。在当时的抗战背景下，"嘶哑"蕴含着彻底的动员性，要求歌者声嘶力竭、不遗余力，"也"，也意味着无论"我"是"我"，还是"鸟"，抑或是其他，只要是这片土地的子民，"都"应这样去做。因此，本诗在抒写诗人深沉的热爱之余，也传达出一种斗争的激情。

接下来三句诗行提供了"鸟"俯视角的全景，这是"我"化身为鸟后，从高空向下俯瞰所见。借助"鸟"的眼睛，"我"暂时脱离土地，置身事外，这样对土地正遭遇的灾难有了更全面、更清晰的认识。在描绘眼前景色时，"我"的主观情感与物的客观事实是紧密嵌合在一起的。"暴风雨"是恶劣的天气现象，暗示人的生存处境之恶劣，"暴风雨"的动作是暴力性的"打击"，使土地生态陷入一片混乱，这又喻指当时的国土正遭受外来侵虐。在"暴风雨"的加持下，"河流"和"风"也变得狂暴，"永远汹涌着""无止息地吹刮着"，扰乱着万物的安宁。但诗人并没有继续写土地怎样被凌虐，万物如何痛苦，"我"虽然能看到那些，但"我"不准备将其表现出来。从"我""用嘶哑的喉咙歌唱"这种态度可以看出，"我"的情感是高亢的，不歌唱眼前的哀痛，而是要歌颂哀痛背后的痛定思痛，歌颂土地直面灾难的坚守。"鸟"的歌唱既有"悲"的节奏，也有"怒"的节奏，两种节奏交织，最终浑然化作一种"悲愤""激怒"的力。"永远"和"无止息"的不仅是灾难的侵凌，也是"我们"的抗争，这两股势力始终在对抗。河流汹涌，狂风哭号，一方面说明灾难肆虐，另一方面又表明抵抗之激烈。此时，诗句中的抒情主体由"我"变为"我们"。一方面，"我们"包括了"我"和"鸟"，双方已从"假如是"的关系中分开，回到二者的现实共存中。"暴风雨"铺天盖地，将天空和土地置于同一残酷环境中，因此，即使是"鸟"也无法回避其恶劣，它无法再逃离、叛逆或置身事外，而必须与"我"组成"我们"，共同抵御面前的风暴。另一方面，

"我"和"鸟"又通过"我们"成为真正的一体，在共同目睹土地的苦难后，二者的价值观已不存在"是"或"不是"的分歧，转而"都是"热爱土地的。面对故土遭受的残虐，"我们"同样"悲愤"，同样"激怒"，同样声嘶力竭地歌唱，为争取黎明发出呼号。

"鸟"所歌唱的最后诗节是一片安宁祥和的景色——"来自林间的无比温柔的黎明"。这里，"鸟"的视角渐从高空降落，穿梭于林间，是一个平视角，说明"鸟"已回归土地生态之中。这一句描绘"黎明"，也就意味着前述全为"黑夜"，对比诗行的数量，相比黑夜的长久，这一黎明时刻显得无比珍贵。那么未来是什么样呢，诗人没有继续歌唱，而是使用了一个省略号，选择留白。我们并不能知道在"……"后是光明永续还是黑夜再临，诗人深知这一解答不在于诗，而在于现实中的斗争。而斗争必然伴随牺牲，一个突兀的"——"打断了诗的歌唱，残酷的死闯入假想的世界，"然后我死了"。相比于破折号，"然后"一词体现的承接关系更加平滑，有理所当然的含义，甚至带有自愿性，即"我"愿意赴死，生于斯，死于斯，这既是生命的本能，又是生命的愿望。"——"与"然后"配合，呈现出残酷而真实的死亡场景："连羽毛也腐烂在土地里面。""腐烂"是个体的湮灭，也是大生命的回归，无数的死亡构成了土地的历史，因而土地正是不畏惧死亡的。

紧接着，诗人留下一个空行，这是一段呼与吸之间短暂停止的空白时间，随后汹涌的情感已再也无法抑制。在最后一节中，"我"已经彻底脱离了鸟的想象，立足于土地，这里又出现一个俯视角，但它不是"鸟"于高空中的俯瞰，而是人在俯身亲吻大地。诗人使用的是一个疑问句："为什么我的眼里常含泪水？"这说明"泪水"是如此的情不自禁，又是如此的理所当然，以至于"我"猛然发现，原来自己已经正在哭泣。诗人的泪水既为死去的"鸟"而流，又为满目疮痍的"土地"而流。"为什么"二句又是诗人喃喃自语般的自问自答，以明心志，因为"我"知道这个问题只有一个答案，那就是"因为我对这土地爱得深沉"，"我"也知道这个答案永远也无法说尽。

鱼化石①

> 动作多么活泼，
> 精力多么旺盛，
> 在浪花里跳跃，
> 在大海里浮沉；
>
> 不幸遇到火山爆发，

---

① 艾青：《鱼化石》，《艾青诗全编》，人民文学出版社 2003 年版，第 1075-1076 页。

也可能是地震，
你失去了自由，
被埋进了灰尘；

过了多少亿年，
地质勘探队员，
在岩层里发现你，
依然栩栩如生。

但你是沉默的，
连叹息也没有，
鳞和鳍都完整，
却不能动弹；

你绝对的静止，
对外界毫无反应，
看不见天和水，
听不见浪花的声音。

凝视着一片化石，
傻瓜也得到教训：
离开了运动，
就没有生命。

活着就要斗争，
在斗争中前进，
当死亡没有来临，
把能量发挥干净。

穿越历史的断层归来

1978 年，历经世道沧桑，沉寂二十余年的艾青重回诗坛，但他的"归来"并没有多少势必卷土重来的气势，他早已将自己的人生活成了历史，他只是一片深埋在历史断层中的

"鱼化石",然后浮出地表而已。

诗的第一节生动描绘了尚有生命的"鱼"在水中自由自在游动的情景,"跳跃""浮沉"的动作极具空间张力,不仅将"鱼"写活了,也将鱼的生存环境"大海"写活了。这一片充满生命活力的动景,让人丝毫没有察觉到即将到来的"不幸",这也使得其后突如其来的天灾更加令人痛心。"火山爆发"或"地震"都不是个体的祸事,而是集体的灾难,在这种普遍性的意外状况下,很难有幸免者。因此,诗人表面写的是"鱼"的不幸,实际上也写出了整个时代的不幸。"鱼"所失去的"自由"不仅是其肉体存在的活动性,更是其历史生命的能动性,最终它"被埋进了灰尘",不见于天日,这意味着关于它的历史被残忍地抹去了。结合艾青的经历,不得不说"鱼"就是他自身的写照,当他无端遭受打压后,他被迫沉默,陷入创作断层,关于他的历史叙事也消隐了,仿佛从未有过一个名为"艾青"的诗人。

但历史终归是不以人的意志为转移的,在它的面前没有永远的剧变,也没有永远的沉寂。"过了多少亿年",这个时间跨度固然无比漫长,能令鲜活的鱼沉淀为厚重的化石,但"鱼"之为"鱼"的存在终究是无法改变的,它的历史也会随着"地质勘探队员"们偶然的发现而重见于天。它"依然栩栩如生"的外形,说明人们还不能将其遗忘。一切看似没有改变,"鱼化石"的"鳞和鳍都完整",然而其代价却是对鱼的生命本性的湮灭。从生物到化石,就是从有机体到无机物,无机物没有任何的能动性,不能看,不能听,不能说,也无法感动,六感尽失,只能沉默地等待着人的发现。"鱼化石"是一个展览品,展示了生命曾经的美好与活力,但它本身却是悲哀的,因为它已是"绝对的静止"。"鱼化石"的内部凝固着过去的历史,同时它对其外部流动着的历史"毫无反应",其本身只作为一个历史的遗物存在。艾青与鱼化石的痛苦是感同身受的,作为一个视诗歌为生命的诗人,无法写作,无法吟唱,无异于一块静默的石头。但相比于完全静止的"鱼化石",诗人也是幸运的。因为"鱼化石"即使浮出地表,也仍是一个死亡的无机物,而同是"归来者"的诗人,他的历史生命还远没有结束。"鱼化石"的悲剧命运固然与艾青前半生相契合,但诗人也并不完全认同"鱼化石"的存在状态。"凝视着一片化石,/傻瓜也得到教训",或许有很多人在经历灾难后完全变成了"化石",艾青却不会,他从漫长的沉寂中只得到了一个道理——"离开了运动,/就没有生命。"在诗歌最后,诗人用质朴的语言表达了一个质朴的人生道理,"活着就要斗争",这很像是一句口号,似乎诗意不足,但它并不空洞,它是诗人用几十年人生提炼、感悟出来的最简单、最深刻的身为一个人的生存正途。

本诗语言简约明净,有格律美,每四行为一节,排版整齐,字数较统一,这是明面上的格式美。同时,这种排版方式暗中与诗歌内部的主题精神相呼应。整饬的诗行如同岩石的断层,层层深入,阅读的过程也是向下挖掘的过程,每一节都蕴含一层新的历史情感,而鱼化石,就深埋在一行一行的语词深处,在诗的最底层,经历一次一次的挖掘,然后要迸发出它最后的能量——"当死亡没有来临,/把能量发挥干净。"

参考文献

[1]艾青. 艾青诗全编[M]. 北京：人民文学出版社，2003.

[2]艾青. 诗论[M]. 北京：人民文学出版社，1980.

[3]龙泉明. 中国新诗流变论 1917—1949[M]. 北京：人民文学出版社，1999.

[4]龙泉明. 艾青四十年代诗歌创作论[J]. 文学评论，1998(5).

舒婷：朦胧之美与女性意识

一、诗人概述

舒婷(1952—)，福建人，生于漳州，长于厦门。1969 年，初中未毕业即到闽西山区插队，在这期间渐渐迷恋上诗歌创作。1972 年回城待业，相继做过挡车工、焊工等。1979 年开始发表作品，1981 年成为福建省作家协会专业作家。主要作品有诗集《双桅船》《会唱歌的鸢尾花》《始祖鸟》以及《舒婷文集》（三卷）等。舒婷的诗歌创作历程断续近 30 年，至今仅公开发行出版一百六十多首诗作，她对诗歌品质具有纯粹的追求。

舒婷的诗歌创作共分三个阶段：1981 年以前为前期阶段，属于朦胧诗。后搁笔 3 年，结婚生子。1984 年到 1990 年为中期阶段，诗歌创作的数量未有明显减少，但没有像前期那样引起广泛关注的作品。而后又断续停笔 5 年。1995 年到 1997 年为后期阶段，诗歌创作基本停止，重心转向散文。在中后期，舒婷的诗风逐渐由浪漫主义向现代主义转变，不再专注于情感抒发，而是着意于感悟生命和生存状态，并进一步探寻其价值。

无论从怎样的角度评价舒婷，"朦胧诗"都是无法绕过的话题。1977 年前后，舒婷结识了北岛、芒克等北京的几位朦胧诗人，艺术风格发生了质的变化。她自己说："他们给我的影响是巨大的，以致我在一九七八——一九七九年简直不敢动笔。"[1]在他们批判意识与探索精神的激励下，舒婷最终提笔创作出手不凡。1979 年 4 月，发表于《今天》的《致橡树》被《诗刊》刊载，舒婷的诗也被迅速推介至全国。1980 年，《福建文艺》开辟了"关于新诗创作问题"的专栏，以舒婷的创作为例，展开了长达一年的诗歌讨论。这次讨论将她的创作和新诗潮联系起来，促进了新诗潮的广泛传播，也在很大程度上使她迅速成为一代青年男女的诗歌偶像。同年，在北岛、顾城等人的诗歌还饱受"朦胧"与"晦涩"的质疑时，舒婷的《祖国呵，我亲爱的祖国》就已获得全国中青年优秀诗歌作品奖，被主流诗坛认可。1982 年，诗集《双桅船》出版，名篇佳作广为流传。客观来说，在当时受到争议的那一批朦胧诗人中，舒婷最先也最容易得到不同读者的欢迎和主流文学界的认同。

这一看似有些独特的接受情况是可以理解的。整体观照舒婷 20 世纪 80 年代的作品，其"朦胧"程度很难和同期的北岛、顾城之作相比，这从根本上使她的诗歌更易被广大读者欣赏。舒婷的创作明显受到 30 年代现代派诗歌"古典派的内容，象征派的形式"的影响，古典意识大于现代意识，抒情方式上更接近中国诗歌沉郁、忧伤、节制的抒情传统，符合读者的审美习惯。她内化了中国传统伦理意识，并在此基础上，以温情之美，把西方现代

---

[1] 舒婷：《生活、书籍与诗》，刘禾编，《持灯的使者》，广西师范大学出版社 2009 年版，第 133-134 页。

诗的人道主义精神糅合于作品中。处理时代主题时，舒婷也不像当时许多诗人那样批判历史或现实，而是展现自身理想与现实的冲突。总的来说，她的诗歌世界是一个典型的从自我出发、带着女性特征的情感世界。舒婷涉及爱情、女性等展现个人情感的作品当然会使诗歌带有一种"朦胧"的气质，但相对于现代主义诗歌象征手法的艰深晦涩，她的"朦胧"显然弱化了许多。

　　实际上，舒婷广为人知的"朦胧诗人"称号是一个不断被经典化的过程。朦胧诗的命名来自一篇反对者书写的批评文章，经历了其后诸多批评和争议①，逐渐得到认可。在舒婷诗歌走向"朦胧诗化"的过程中，众多批评文章与《朦胧诗选》等诗歌选集不断增强这一归属的稳定性。其实，比起北岛、顾城、杨炼等"朦胧诗人"，舒婷的大部分作品诗风更为明朗。也许正因为她的这类创作有效地弥合了先锋诗歌与大众诗歌之间的缝隙，所以促使她被双方共同接受，成为支持者论证朦胧诗合法性的有力支撑。

　　事实上，无论朦胧诗的命名有多么不严谨，它在具体展开时始终指向一股新诗潮，即反叛僵化观念和形式的诗歌写作新趋向。作为其中一员，舒婷也向政治化的诗歌表现决裂姿态，她承接了"五四"文学的薪火，把人作为诗歌的核心。正如她自己所说："我知道我永远也成不了思想家（哪怕我多么愿意）。我通过我自己深深意识到：今天，人们迫切需要尊重、信任和温暖。我愿意尽可能用诗来表达我对'人'的一种关切。"②当时社会氛围紧张而压抑，身处其间的舒婷自觉把心的触角伸向现实，为个体生命的尊严与权利抗争。她为张志新烈士平反，写下了《遗产》；1981年北京玉渊潭公园的一只白天鹅被杀害，她愤懑地写下了《白天鹅》。在为遇难工人作的悼亡诗《风暴过去之后》中，她不仅含泪哀悼，还鞭挞现代社会对人的尊严与价值的漠视。

　　　　我决不申诉
　　　　我个人的遭遇
　　　　错过的青春，

---

　　①　"朦胧诗"的命名来自章明书写的批评文章《令人气闷的"朦胧"》，作者在文章中将"有意无意地把诗写得十分晦涩、怪僻，叫人读了几遍也得不到一个明确的印象，似懂非懂、半懂不懂，甚至完全不懂、百思不得一解"的诗叫作"朦胧体"。结合"朦胧诗"的具体发展过程，对其起到重要影响的还有公刘《新的课题——从顾城同志的几首诗谈起》，《福建文艺》开辟的"关于新诗创作问题"专栏，谢冕《在新的崛起面前》、孙绍振《新的美学原则在崛起》、徐敬亚《崛起的诗群——评我国诗歌的现代倾向》这"三个崛起"等一系列争鸣文章。这些文章的出现既反映了当时诗坛逐渐形成的新的诗学观，又促进了这一时期的诗歌发展。但它们的激进姿态也招来了激烈批评，如1983年初，徐敬亚《崛起的诗群——评我国诗歌的现代倾向》引发了全面否定"三个崛起"和波及全国范围的批判研讨会。最后，他不得不在1984年3月5日的《人民日报》上公开发表检讨文章，批评才算告一段落。

　　②　舒婷，《诗三首·小序》，《诗刊》，1980年第10期。

变形的灵魂，
无数失眠之夜
留下来痛苦的回忆。
……
假如是我，仅仅是
我的悲剧——
我也许已经宽恕，
我的泪水和愤怒
也许可以平息。
……
为了祖国的这份空白，
为了民族的这段崎岖，
为了天空的纯洁
　　和道路的正直
我要求真理！①

　　在表达对人的关切时，舒婷擅长将自己"个人的遭遇""错过的青春""变形的灵魂"融入大众的遭遇当中，唱出人们心中共同的委屈、不满与质问，这使诗歌情感具有更为深广的力量。《一代人的呼声》充分体现其"小我"和"大我"的完美结合。舒婷作品中个人和社会复合的忧患意识十分鲜明，充满为同代人代言的使命感。如果说《一代人的呼声》表现的还只是她"为了祖国这份空白"和"为了民族这段崎岖"而"追求真理"的单纯呼唤，到了《献给我的同代人》，诗人则意识到完成这一愿望所付出的代价：

为开拓心灵的处女地
走入禁区，也许——
就在那里牺牲
留下歪歪斜斜的脚印
给后来者
签署通行证②

---

① 舒婷：《一代人的呼声》，《双桅船》，上海文艺出版社1982年版，第85-88页。
② 舒婷：《献给我的同代人》，《双桅船》，上海文艺出版社1982年版，第56-57页。

诗中的抒情主人公呈现出一种英雄式献身的激情，这种激情来自两个方面。其一，英雄情结是朦胧诗人普遍具有的关心现实的心理，是一种时代意识的觉醒。其二，这种献身精神也源自舒婷一贯的理想与现实的冲突，这样的冲突在《这也是一切》《土地情诗》等诸多社会意识强烈的作品中反复呈现。舒婷往往站在理想的高度面对现实，难免对现实产生否定情绪，进而上升为英雄式的改造现实的献身精神。《在诗歌的十字架上》里，诗人把这种为理想而奋起的精神，赋予基督受难的形象："我钉在/我的诗歌的十字架上……即使就这样/我成了一尊化石/那被我的歌声所祝福过的生命/将叩开一扇一扇紧闭的百叶窗/茑萝花依然攀援/开放。"

> 如果你是树
> 我就是土壤
> 想这样提醒你
> 然而我不敢①
> 　　　　——《赠》
> 呵，友人，
> 几时你不再划地自狱，
> 心便同世界一样丰富广阔。②
> 　　　　——《春夜》

舒婷常在朦胧的友情或爱情中，表现对他人深切的关怀，这样的关怀多出于她对人格尊严与价值的追求。她写过较多的题赠诗歌，题赠的对象（即诗中的"你"）往往正处于困顿境遇、命运和性格受到挫伤，失去前行的动力。抒情主体想要竭力唤醒的，就是题赠对象对自己人格尊严与价值的重新认识，这是舒婷始终把人作为诗歌核心的体现。这种呼唤与关怀恳切动人，使读者深深感到诗人深挚的心，也赋予部分作品恒久动人的魅力。不过值得注意的是，从《遗产》《祖国呵，我亲爱的祖国》等诗可以看出，当舒婷尝试进一步剖析社会与历史时，仅出于寻求人的价值与尊严是不够的，其诗作的力量与深度均还是有限。

舒婷创作的另一个鲜明特色是对女性心理特征与情感的表达。作为一个真诚而本色的女诗人，舒婷在诗歌中自然而然地渗透鲜明的女性立场与女性意识，她以《致橡树》高扬起新时代女性文学的风帆。舒婷的爱情诗，也与 80 年代中后期流行的女性写作有部分不谋

---

① 舒婷：《赠》，《双桅船》，上海文艺出版社 1982 年版，第 31 页。
② 舒婷：《春夜》，《双桅船》，上海文艺出版社 1982 年版，第 33 页。

而合，成为写作上的先导。

　　爱情是舒婷创作的重要主题，她常用动人的爱抚慰多难的人生。这部分作品温柔多情而又含蓄内敛，充满女性特有的微妙与委婉。她细腻地把握个人的复杂感情，表现普通人在历史、现实、感情的海洋里浮沉、挣扎的幽微感受，这也是她诗中最具艺术感染力的部分。如《雨别》中的少女在爱与自尊的冲突下，爆发出深切的离愁："我真想摔开车门，向你奔去，/在你的宽肩上失声痛哭：/我忍不住，我真忍不住！"这样的情感很容易使读者为之动容。《无题》一诗中："'你怕吗？'/我默默转动你胸前的纽扣。/是的，我怕。/但我不告诉你为什么。""'你快乐吗？'/我仰起脸，星星向我蜂拥。/是的，快乐。/但我不告诉你为什么。""'你在爱着。'/我悄悄叹口气。/是的，爱着。/但我不告诉你他是谁。"诗中的少女全然沉浸于爱河，当对方亲昵地询问时，她却以三次"我不告诉你"作答，俏皮中带着深沉婉转。这样的表情方式完全是属于女性的。《赠》《当你从我的窗下走过》《"？。！"》等诸多爱情诗均细腻剖析女性心理，书写被压抑已久的女性经验。

　　缠绵悱恻的爱情诗之外，真正给新时期女性诗歌带来开拓性影响的，当属《致橡树》《神女峰》《惠安女子》等呼唤女性独立人格的名篇。

> 我必须是你近旁的一株木棉，
> 作为树的形象和你站在一起。
> 根，紧握在地下。
> 叶，相触在云里。
> 每一阵风过，
> 我们都互相致意，
> 但没有人
> 听懂我们的言语。①

在《致橡树》中，诗人否定了"凌霄花"攀援高枝的行为，也否定了"鸟儿""泉源""险峰"一味为对方苦苦付出的爱情方式。这在实质上既否定了传统女性的依附心理，又抛弃了以压抑或牺牲女性为前提的爱情观念。诗人的爱情理想是"作为树的形象和你站在一起"，体现了对自我的独立平等地位的追求，也承载着一代青年的意识，即爱的双方彼此平等，在拥有理想爱情的同时实现自我的人格价值。只有这样，才能相互理解、息息相通。《致橡树》既是舒婷爱情观的体现，也可将之视作新时期女性人格独立的宣言。"巫山神女峰"作为女性坚贞的化身而备受礼赞，舒婷的《神女峰》是对封建男权背景下女性从一而终贞洁观的背

---

　　① 舒婷：《致橡树》，《双桅船》，上海文艺出版社 1982 年版，第 16-17 页。

叛。在历史的漫长时光中，神女峰已成为贞节牌坊的象征，人们对它的顶礼膜拜正是深受封建意识影响的表现。舒婷第一次对贞洁的合法性发出质问："但是，心/真的能变成石头吗"，并进一步对其进行解构："与其在悬崖上展览千年/不如在爱人肩头痛哭一晚。"在诗人看来，与成为封建男权的祭品被人歌颂相比，"无数次春江月明"的生命欢乐更加宝贵。舒婷大胆解放"神女"的生命意识，对男权文化下的爱情悲剧作出颠覆性的改写。如果说《神女峰》是舒婷对封建女性观念的批判，那么其同年创作的《惠安女子》则体现她对中国当代女性命运的深切关怀。

> 天生不爱倾诉苦难
> 并非苦难已经永远绝迹
> 当洞箫和琵琶在晚照中
> 唤醒普遍的忧伤
> 你把头巾一角轻轻咬在嘴里
>
> 这样优美地站在海天之间
> 令人忽略了：你的裸足
> 所踩过的碱滩和礁石
> 于是，在封面和插图中
> 你成为风景，成为传奇①

惠安女子凝结着传统女性的淳朴韵味，有雕塑般的优美。"琥珀色的眼睛""古老部落的银饰""约束柔软的腰肢""把头巾一角轻轻咬在嘴里"，诗人用富有立体感的语言刻画惠安女子令人喜爱的形象。但这样动人的女子，却成为被观看、被书写、被塑造的焦点，在现代商业社会的炒作下，被制作成供人凝视的标本。舒婷看到了这些女子裸足所踩过的碱滩和礁石，看到了她们被掩盖或忽视的苦难。她以女性视角还原了惠安女子被异化的生存状态。此外，《碧潭水——惠安到崇武公路所见》等作品也有类似的表达。

　　舒婷的作品充满独属于女性的情感体验，不过总的来说，她并不具有特别强烈的女性意识。如她自己所说，"无论在感情上、生活中我都是一个普通女人"②，"我不是个女权主义者……但我不放弃作为一个女人的独立和自尊"③。与其说她关注的是女性，

---

① 舒婷：《惠安女子》，《会唱歌的鸢尾花》，四川文艺出版社 1986 年版，第 44-45 页。

② 舒婷：《以忧伤的明亮透彻沉默》，《舒婷文集》（第 2 卷），江苏文艺出版社 1997 年版，第 225 页。

③ 舒婷：《女祸的阴影》，《舒婷文集（第 3 卷）》，江苏文艺出版社 1997 年版，第 85 页。

不如说她关注的始终是被社会、时代压抑和扭曲了的人性，很大程度上其诗歌洋溢的是对人格尊严与价值的追求。就这一点而言，舒婷还没有表现出足够的女性自觉。但她始终尊重自身的女性体验，真诚地书写女性情感世界，这为新时期女性写作的勃兴做出了贡献。

在创作来源上，舒婷一方面受到传统诗学的深刻浸染，另一方面又不为传统所囿，自觉借鉴西方诗歌的艺术手法，巧妙地将中西诗意融为一体，扩大了现代汉诗的表现空间。她曾多次表达对诗词的注重，"古典诗词或者民歌，往往是我们汲取传统文化的第一口母乳"①。可以看出，中国古典诗词深深渗透进舒婷的创作中，这不仅包括其诗歌主题的选择和语言的表达，也包括其诗歌意境的构建。舒婷的许多诗歌都有从中国古典诗词化用而来的意象，如动植物意象候鸟、杜鹃、水仙、落叶等；景物意象秋夜、月光、黄昏、窗下、船等。诗人把这些意象灵动地组织起来，与思想相契合，成为情感与智慧的载体。在诗歌内容上，其大多数作品倾向伤别、重逢、寄友等，明显与中国传统诗歌内涵关系密切。

中国诗歌经过几千年的发展，形成了自身的语言传统，诗人对音乐性的追求尤为突出。舒婷的诗歌也往往表现出韵律流转、节奏鲜明的音乐性。她的早期作品大多押韵，诗歌的外在音响节奏与内在情感节奏和谐融合。如《远方》《风暴过去之后》等诗作情感忧伤委婉，多采用送气较缓、发音细微的韵；《这也是一切》《寄杭城》等表现自我渴望与激情的诗歌，则大胆选用发音洪亮的韵辙。部分诗作中，韵的疏密根据情感的亢奋与消歇来设置。如《悼》《诗歌的十字架上》等，感情激愤时，用韵则密；情感趋于冷静时，用韵则疏。韵的疏密与情感的起伏协调同步。此外，为了增强语言的外部节奏，她在语音上常常运用双声、叠韵和象声词等，在句式上则多用排比和反复。以诗作《土地情诗》为例，其中"血运旺盛的热呼呼的土地啊/汗水发酵的油浸浸的土地啊/在有力的犁刃和赤脚下/微微喘息着"，这样的诗句运用大量叠韵词，读来节奏感强，所刻画的土地形象跃然纸上，诗艺成熟饱满。"我爱土地，就像/爱我沉默寡言的父亲"和"我爱土地，就像/爱我温柔多情的母亲"这相同句式的诗行在整首诗中反复出现，强化了诗人对土地的深挚爱意，在反复的渲染中增强了诗的旋律。

营造哀婉凄美的意境也是舒婷从古典诗歌中汲取养料的重要表现。意境是中国古典诗歌极为重要的审美特性，舒婷在此方面有所继承。如《落叶》开篇："残月像一片薄冰/漂在沁凉的夜色里/你送我回家/一路轻轻叹着气"，落笔就描绘出一片广阔的夜空，夜色沁凉、月色凄冷，抒情主体与"你"的互动被放置在这样凄凉的背景中，形成忧郁的意境，氤氲、弥漫着忧伤情绪。这种浸染着忧伤、哀婉情绪的意境，在《春夜》《四月的黄昏》《呵母

---

① 舒婷：《影响了我的两百首诗词·序》，百花文艺出版社 2005 年版。

亲》等诸多作品中均得到充分体现：

> 谁说公路枯寂没有风光，
> 只要你还记得那沙沙的足响；
> 那草尖上留存的露珠儿，
> 是否已在空气中消散？
>
> 江水一定还那么湛蓝湛蓝，
> 杭城的倒影在涟漪中摇荡。
> 那江边默默的小亭子哟，
> 可还记得我们的心愿和向往？①

哀婉意境的营造与意象的选择和运用有着密切关联。《寄杭城》这首诗共有四节，仅在二三两节中，诗人就选取了足响、草尖、露珠、江水、倒影等诸多自然意象，并将抒情主体化入其中，形成情景交融的审美意境。足响沙沙、江水湛蓝、涟漪摇荡，这些意象共同构建了阔大的抒情空间。在这样的背景中，枯寂的公路、消散的露珠和默默的小亭子则显得更为苦涩，忧伤情绪得以荡漾弥漫。

　　另一方面，舒婷的创作也受到西方文学的深刻影响。她自己说过："'文革'期间大量手抄普希金、雪莱、海涅、波特莱尔等诗集。优美传神的翻译，是这些书籍吸引我的唯一原因。"舒婷认为，这些阅读没有改变她的"血型"，而是让她能够"旁观（非参与）和设想（非体验）不同的时代观念、不同的生活方式、不同的心理过程"，并以"母语"为载体，对其加以表达。② 西方文学给舒婷创作带来的根源性影响，正是前文所述的包括人文精神、人道主义情怀在内的思想观念，这成为她创作的精神支柱。在艺术上，舒婷对细节十分注重，她学习西方现代主义的诗歌技巧，使用象征、暗喻、通感、时空错乱、蒙太奇等手法，感情线索朦胧，意象组合奇特，增强了作品的魅力。她擅长用精致的细节概括生活，化抽象的感情为具体可感的形象，这样的艺术方法是西方文学中常用的。比如，"在那些月光流荡的舷边/在那细雨霏霏的路上/你拱着肩，袖着手/怕冷似地/深藏着你的思想"，《赠》这首诗中，诗人运用景物细节，烘托"你"挫败失意的形象。其后的诗节则呈现出相反的状态："我为你举手加额/为你窗扉上闪熠的午夜灯光/为你在书柜前弯身的形象"，刻画了"你"踏实努力、寻求真理的品质。前后结合，展现了"你"生存的复杂状态，黑暗时

---

① 舒婷：《寄杭城》，《双桅船》，上海文艺出版社1982年版，第26-27页。
② 舒婷：《影响了我的两百首诗词·序》，百花文艺出版社2005年版。

代中坚定的思想先驱者形象跃然纸上。《祖国呵，我亲爱的祖国》中，"你以伤痕累累的乳房喂养了迷惘的我、深思的我、沸腾的我"运用了暗喻手法，它没有直接点明"母亲"一词，而是以"伤痕累累的乳房"代替，使得这个司空见惯的喻体与本体搭配更为含蓄深沉，焕发出新的艺术魅力。《春夜》中"虽然还没有花的洪流/冲毁冬的镣铐，/奔泻着酩酊的芬芳，/泛滥在平原、山坳"，混合运用了通感与象征手法，诗人从香气、颜色、聚集形态等角度将花与洪流联系在一起，对冲破黑暗现实的力量进行歌颂与期待。

> 凤凰树突然倾斜
> 自行车的铃声悬浮在空间
> 地球飞速地倒转回到
> 十年前的那一夜①

诗歌《路遇》调动了读者的各种感官。"倾斜"是视觉，"铃声"是听觉，"悬浮"是视觉与心理感觉，它们彼此转换交织，传达出丰富的审美内容。实际上，凤凰树不可能突然倾斜，铃声悬浮也不可以实际感受触摸，这节诗杂糅了错觉与直感，表现某种幻觉。凤凰树、铃声、地球、十年前的一夜，这些意象没有情绪上的连贯性，而是充满跳跃。舒婷的诗歌创作也受到何其芳等现代派诗人影响，在语言、结构、艺术手法等方面进行了多种学习与借鉴。不过她没有一味模仿，如《路遇》中这样跳跃性的情绪节奏与多层次的空间结构就有所创新。

　　20世纪80年代中期，舒婷意识到社会经济转型给文学带来的沉重影响，针对知识分子下海潮创作了《聪的羽绒衣》："老鼠在顶楼/研究你积累十年的手稿/而在北方，在一个陌生城市/你正为羽绒衣/做广告"，平静的叙述中暗含诗人对文化贬值的反讽。创作于1996年的《对于纯蓝的厌倦》中，"纯蓝"指纯蓝色墨水，也暗指舒婷的文学理想。对"纯蓝"的厌倦也正是对前路的迷茫，表现了诗人无力为理想继续苦苦挣扎的心态。于是在1997年，长诗《最后的挽歌》为舒婷的创作画下休止符。纵观舒婷中后期创作，诗人以超越的姿态不断作出新的努力和尝试，诗歌技巧比前期更为圆熟。但她在处理现代复杂生活方面，较为缺少偏僻入里的学识和眼光，因此，在缺少深沉情感的支撑时，中后期创作相对显得有些平庸。不过，舒婷始终怀有对理想主义精神的执着坚守，无论是在黑暗刚刚过去的朦胧诗时期，还是在文学渐渐被边缘化的中后期，这样的坚守都尤为珍贵。

---

① 舒婷：《路遇》，《双桅船》，上海文艺出版社1982年版，第49页。

二、诗作鉴赏

双桅船

雾打湿了我的双翼
可风却不容我再迟疑
岸呵，心爱的岸
昨天刚刚和你告别
今天你又在这里
明天我们将在
另一个纬度相遇

是一场风暴、一盏灯
把我们联系在一起
是一场风暴、另一盏灯
使我们再分东西
不怕天涯海角
岂在朝朝夕夕
你在我的航程上
我在你的视线里①

《双桅船》，上海文艺出版
社 1982 年版

1979 年 8 月

你在我的航程上，我在你的视线里

在漫长的人生中，每个人都是一艘漂流的"双桅船"，从某个港口出发，到达另一处海岸，似乎"出海—到岸"的整个过程就象征圆满，然而到岸不是船的终点，持续的航行才是其归宿。陆地上存在无数的"岸"，它们可以是漂泊者的精神故乡，是远航人的朝思暮想，是开垦梦想的黄金彼岸。然而"岸"始终是相对于"船"而存在的，对那些生来扎根于土地、

---

① 舒婷：《双桅船》，《双桅船》，上海文艺出版社 1982 年版，第 20 页。

寸步不离的人来说，根本没有什么彼岸，只有永久的厚土；他们的人生不是航行，而是深埋，那固然安然，却无疑是一种沉闷、停滞的生存状态。因此，追求"岸"的人反而最没有那些哀怨的思乡病，他们扬起风帆，远离熟悉的一切，执着地在海洋中寻觅着冒险、奇迹和梦。他们深爱着"岸"，不仅因为靠岸停泊时人可以获得肉体的歇息和精神的安慰，更因为"岸"提供了下一次乃至无数次出航的契机。如此，在无数次到岸，又无数次出航的过程中，人生的"双桅船"才能收获持久的生机。

诗人显然也是那投身航行的一员。"雾打湿了我的双翼"，这是她出海前的状态，遥远的地平线被迷雾遮蔽，前路暗礁密布，潜伏着无数危机，使远航的人忧心忡忡。"双翼"即形容"双桅船"并立的桅杆，它们相互独立，又共同撑起风帆，显然，单翼者无法飞翔，只有"双翼"才能穿梭风浪。人生也同样如此，任何偏狭的目标都无法负担雾的沉重和风的烈度，我们不能单单沉溺于爱情，而遗忘了自己的理想；或埋头劳碌于事业，却忽视了与人的情感关系。事实上，这些人生目标并不矛盾，却可以作为船的"双桅"，齐头并进。也只有"双桅"才能化作"双翼"，挣脱雾气的沉重，也就挣脱了人生航线中的迷茫和恐惧，破风前行。于是"风却不容我再迟疑"，因为已没有什么可迟疑，风和帆均已准备就绪，远航就是唯一的选择。在航行途中，一定会遇到"岸"，一般人或许都会迫不及待地靠岸，寻求片刻脚踏实地的慰藉，这是陆地子民的本性。"岸呵，心爱的岸"，对于这个魂牵梦绕的家园，所有人都会发出如此的呼喊，诗人也不例外。"昨天刚刚和你告别/今天你又在这里"，总是分离又总是重逢，人与"岸"有宿命般紧密的联系，然而这又是一种诱惑，比雾气和风暴更难以忍耐。明明已经鼓起勇气"告别"，可"岸"却幽灵一般如影随形，要把"告别"变成不舍，变成懦弱。"你又在这里"，你总在这里，仿佛痴等着人的回归，然而"我"却不能回归，回归了也只是再次出发，"明天我们将在/另一个纬度相遇"。"昨天"的告别和"今天"的重逢对诗人来说，既痛苦又迷茫，其固然可以构成"离去—回返"的完整历史结构，却也将人困束其中，永远无法迎接"明天"。因此，诗人并没有接受那一时一刻回家的诱惑，止步于一次出航的铩羽而归或衣锦还乡，若就此上岸，她"心爱的岸"反而会就此丧失作为"岸"的意义，沦为荒芜的空地。"另一个维度"位于"离去—回返"的历史结构之外，名为"相遇"，它不是单纯的离去或回返，而是更高层次的别离和更高层次的回归。"相遇"仿佛是两个过客的擦肩而过，又仿佛是有情人的一见钟情，但最关键的是，它是两条人生之线的相交，其后二者复投身于各自的无限延长。那个"相遇"的交点绝非一个孤立的终点，而是人的生命向外界、向远方无限发散、生长的历史性起点。因此，诗人真诚地期许与"岸"的相遇，也就克服了"昨天"的哀愁和"今天"的诱惑，拥有了向辽阔海平线出发的无数个"明天"。

下一节，诗歌由感性发展至理性，诗人继续探讨"船"与"岸"的辩证关系。"风暴"和"灯"是一组既对立又统一的意象，它们都在出现在人生的航线上。与前文作为前行动力、不容人迟疑的"风"不同，"风暴"是更加紊乱、也更加矛盾的"风"。当一种力发展至极限状态，就再也无法保持单向恒定，四面八方都是风力，反而会造成航向的迷失，"风暴"就是这样一股力的乱流，将"船"牵引至迷茫的漩涡。它既可以是人生中个体的迷惘，也可以是一个时代的狂乱氛围。无论如何，在暴风骤雨中"船"仿佛被抛入无尽的大海，孤独飘零，一切都是浮萍，而唯有"岸"是坚实确凿的，所有的船员都必须坚信"岸"的存在，坚信"岸"会到来，才能在"风暴"中保持生存的镇定和勇气。此时，"灯"作为一束珍贵的光亮浮现于风暴的黑暗之中，这份光明来自海上的灯塔，它和"岸"相似，有牢固的地基和醒目的标志，为处于迷茫、危机中的"双桅船"带来希望，指明航路。"灯"的出现既是虚写，也是实写，它是船员们对走出风暴、重见蔚蓝的信念，也是"双桅船"航向正确、马上靠岸的证据。诗人写道，"是一场风暴、一盏灯/把我们联系在一起"，这是从正面肯定"岸"对于"船"的重大意义，"风暴"的威胁逼迫"船"必须靠岸，"灯"的光明又指引着陆地的方向，那里没有风暴的侵袭，安全而温暖，因此船理所当然地要靠岸，这意味着人也理所当然需要某些希望与安慰。然而诗人继续写道，"是一场风暴、另一盏灯/使我们再分东西"，风暴和灯反而成为"船"与"岸"各分东西的原因，这是从反面写"岸"对于"船"在"另一个维度"上的重大意义。人生航线上固然充斥着数不尽的风暴，令人恐惧，心生退意，乃至永远留在陆地上，但这些"风暴"却同样是机遇，在经历一番痛苦的航行之后，船员们或许会在一片海阔天空中兀然发现前方的新大陆和新的"岸"。因此，若要发掘新的人生可能性，就必须从那些恐怖的风暴中突围。另一方面，诗人写的是"另一盏灯"，说明这一盏灯与先前风暴中的灯不同，它应该是从风暴中脱险，暂时停泊于岸口的船员们在更远的海平线上所见的一座新的灯塔。这个灯塔指向"另一处"岸口的存在，呼唤船员们重新启航。由此，在"风暴"和"灯"的作用下，"船"与"岸"相互靠近，又再次远离，但这第二次远离同样是另一次靠近，二者终究会在未来一次又一次地"相遇"，这就是它们之间的辩证关系，也是人类与其目标、理想之间的辩证关系。"不怕天涯海角/岂在朝朝夕夕"，对于理想、爱情或事业，无所谓实现道路之长远，也无所谓一时一刻的满足，最重要的是保持一颗持久的、可持续的恒心，使人生的航线不局限于某些狭隘的岸口，而是遍布整个世界的海图。"你在我的航程上/我在你的视线里"，这里的"我"和"你"已不仅限于诗人与她的自己的理想，而超越了具体的事物与人，达到普遍性的高度。"我的航程"与"你的视线"都是一条历史的生命的线，二者虽在此时尚未相交，却必然相交，在那个未来的交点上，可以看见蔚蓝的海与蔚蓝的天。

致橡树

我如果爱你——

绝不像攀援的凌霄花，
借你的高枝炫耀自己；
我如果爱你——
绝不学痴情的鸟儿，
为绿荫重复单纯的歌曲；
也不止像泉源，
常年送来清凉的慰藉；
也不止像险峰，
增加你的高度，
衬托你的威仪。
甚至日光。
甚至春雨。
不，这些都还不够！
我必须是你近旁的一株木棉，
作为树的形象和你站在一起。
根，紧握在地下，
叶，相触在云里。
每一阵风过，
我们都互相致意，
但没有人
听懂我们的言语。
你有你的铜枝铁干
像刀，像剑，
也像戟；
我有我红硕的花朵，
像沉重的叹息，
又像英勇的火炬。
我们分担寒潮、风雷、霹雳；
我们共享雾霭、流岚、虹霓，
仿佛永远分离，
却又终身相依。
这才是伟大的爱情，
坚贞就在这里：

爱——

不仅爱你伟岸的身躯，

也爱你坚持的位置，足下的土地。①

1977 年 3 月 27 日

女性爱情的理想宣言

这是一首爱情诗，但不是为了寄予某个恋人，或赞颂爱情的美好，而是从两性角度写理想爱情的形态。"我如果爱你"是一个假设的语境，这当然不是什么深情告白，而是"我"借告白的话语表明自己的爱情态度。女性的爱情更容易受到世俗的偏见，但"我"不同，通过六个否定性比喻，"我"捍卫了身为女性的独立，通过自己的声音传达出在当时与众不同的爱情宣言。首先，两个"绝不"体现的是诗人明确反对的爱情观。"凌霄花"依附着树干生长，也就是说它无法独立于树干生存，按树男花女的象征，"攀援的凌霄花"就代表着"攀高枝"的附庸式爱情关系。在这种关系中，尽管女性可以炫耀自己的美丽，却始终离不开树的供养，失去生长的自由，同时这也预示着一种爱情危机，当炫耀的表象的花凋零，女性再没有什么资格维持自己的"攀援"，便会成为被扯去和抛弃的枯藤。"痴情的鸟儿"一味地重复着歌唱求偶，它的心仪对象是"绿荫"，这却是一个对万物一视同仁予以荫庇的存在，这样苦恋的爱情毫无结果，只会徒增痴情者的痛苦。鸟对绿荫的痴情代表女性一味付出、不求回报的爱情状态，其中女性既痴情，又愚昧，为了一个永无结果的恋爱，放弃了身为人的尊严，将自我的意义完全湮灭于对他人的爱情中。然而，在爱情的"绿荫"之外，女性还有许多值得实现的价值，就像"痴情的鸟儿"不单只能歌唱，还有无限广阔的天空去翱翔。其次，两个"不止"体现的是诗人虽部分认可，却仍有偏颇之处的爱情观。"泉源"中是母性的水，它为那些常年奔波在炎热中的人带来"清凉的慰藉"，但它自己却永远固守某一处，在不知名的夜晚或许倍感孤独。显然，"泉源"代表一个"男主外、女主内"框架下的贤妻良母形象，虽然女性需要承担一定的相夫教子的义务，但这并不是她的全部价值，在给家庭带来"清凉的慰藉"的同时，却很少有人能触摸到"泉源"深处属于女性自己的情绪和感受，她的喜怒哀乐从不反映在表面的水温上，只埋藏在泉眼深处，这就是家庭主妇的悲哀。"险峰"最独立，也最孤傲，几乎到了只可仰观、不可触及的地步，虽然它颇具"威仪"，拒绝攀附也拒绝无用的柔弱，但它也拒绝了同其他事物建立友好的联系。"险峰"就像那些巾帼不让须眉的女强人，或许受过他人的伤害，便因此拒绝乃至惧怕

---

① 舒婷：《致橡树》，《双桅船》，上海文艺出版社 1982 年版，第 16-17 页。

情感关系的建立，固然其独立成长也能达到他人无法企及的"高度"，却未免要忍耐不被人理解的孤独。最后，还有"日光"和"春雨"，在通常的印象中，它们都是具备无限美好品质的事物，但在诗人眼中它们"甚至"也不代表理想的爱情。日光和柔，春雨绵绵，其中蕴含无尽的柔情蜜意、爱意缠绵，但这时的爱情双方却最易陷入爱情的迷网，成为爱情的俘虏，从而丧失自我独立的清醒与理性。至此，诗人一直在进行否定，这是欲扬先抑，以上六种爱情状态皆非圆满——"这些都还不够！"那么究竟什么才是诗人理想的爱情关系呢？她终于进行了全篇唯一一个肯定的陈述，且是一个坚决的、不容置疑的肯定："我必须是你近旁的一株木棉，/作为树的形象和你站在一起。"

"木棉"不是娇弱攀附的花朵，不是愚昧痴情的鸟，不是贤淑守己的泉源，也不是陡高孤傲的险峰，而是和"你"一样，是一棵恰到好处的"树木"。它生长在爱人的"近旁"，保持着并肩的亲密关系，但又并不完全依偎于爱人的怀抱，因为它们皆是"站立"的树木，笔直向上的身躯代表它们独立的生存态度。"木棉"和"树"又无疑深爱着彼此，"根，紧握在地下，/叶，相触在云里"。这两棵树木虽各自生长，但又挨得极近极密切，甚至可以说是双生，在日日夜夜的相互守望中，其枝叶交错穿插，分享着同一片天空，其根系也早已缠绕，不分彼此，无论是表面的互动，还是内里的情意，都表明其爱情关系之真挚热烈。在这种潜移默化的关系中"我们"无需言语便能够互通默契，"每一阵风过，/我们都互相致意"，"致意"是仅用单纯的肢体交流，如一个暧昧的眼神，一个俯身倾听的姿态，或相顾无言微微一笑，却能造成超越语言的亲昵。"我们"彼此相互理解程度之深，已达到"没有人/听懂我们的言语"的境界，也就是说"我们"不需要、也不屑于让他人来评判自己的爱情，只是拥有彼此，就已足够，这是"我们"对自己选择的爱情的保卫。当然，深爱彼此的双方在互通心意之余，必须始终保有鲜明的生命个性，"木棉"与它的爱情对象固然都是"树木"，却也有不同的美好精神品质和灵魂底色。这里，诗人仍延续了男女两性的区分关系，将女性特质赋予"木棉"，将男性特质赋予木棉身旁的树。"你有你的铜枝铁干/像刀，像剑，/也像戟"，铜与铁坚韧沉重，刀剑戟锋芒毕露，用来形容稳重与好斗并存的男性之树。"我有我红硕的花朵，/像沉重的叹息，/又像英勇的火炬"，花朵嫣红，美丽动人，既带有一些温婉的哀怨，又如火炬般英勇地追逐爱情理想，用来形容刚柔并济的女性之"木棉"。这里的比喻固然有些性别的刻板化，却也说明无论向内还是向外，爱情双方都应有互补的品质，这些品质又必须有一个共同的指向，那就是誓死捍卫爱情关系的情真意切和紧密牢固。要做到如此，"我们"不仅需要分享爱情的甜蜜与美好，"共享雾霭、流岚、虹霓"，也必须共同承受爱情中的痛苦和危机，"分担寒潮、风雷、霹雳"。对于两棵独立又紧挨着生长的树木，风雨和彩虹都是其必须经历的天气。只看彩虹，不耐风雨，爱情便会虚弱而易碎；只担风雨，不见彩虹，爱情又会疲惫而猜疑，二者都将导致理想爱情破灭。"我们"经历这些体验需要长久的时间，这个过程可能会出现裂痕，给人带来"仿佛永远分离"的痛苦，但最终，"我们"的爱情会在风雨彩虹中"终身相依"。

"这才是伟大的爱情"，诗人赞美"木棉"所代表的这种人格独立、男女平等的爱情观，从爱情延伸开去，其也可以是人与人关系的理想形态。"坚贞就在这里"，这里的"坚贞"不再是封建时代只束缚女性的贞节牌坊式的坚贞，而是爱情双方，乃至每一段关系中的个人都应坚守的为人之底线——尊重他人，保卫自己。要去爱人，就不仅要爱那些表面的形象，不管"伟岸的身躯"多有魅力，那终究属于别人的资本。要去爱人，就要首先学会爱自己，"树木"拥有的一切就只是它"坚持的位置"，即它"足下的土地"，正是这一方自我的小小领土，就足以供养树木茁壮生长，在未来的爱情或社会人际关系中保持永远的尊严和独立。

神女峰

在向你挥舞的各色花帕中
是谁的手突然收回
紧紧捂住了自己的眼睛
当人们四散离去，谁
还站在船尾
衣裙漫飞，如翻涌不息的云
江涛
　　　高一声
　　　　　低一声

美丽的梦留下美丽的忧伤
人间天上，代代相传
但是，心
真能变成石头吗
为眺望远天的杳鹤
而错过无数次春江月明

沿着江岸
金光菊和女贞子的洪流
正煽动新的背叛
　　　与其在悬崖上展览千年

不如在爱人肩头痛哭一晚①

1981 年 6 月于长江

冲破束缚的女性呼唤

　　传说楚怀王于巫山高唐观遇神女，一番云雨又别离。楚王梦醒，遗香犹存，是痴人说梦，又难以忘情，这是从男性视角叙述的一个固有遗憾的爱情故事。对于神女来说，其爱意同样热烈，其思念同样真切，化作朝云暮雨，时时萦绕。然而怀王终有释然的一日，神女却不能挣脱爱情的束缚，因朝思暮想之苦，抑郁化为山峰。从当时的女性视角来看这一悲剧几乎是必然。她们因封建思想的钳制，被迫成为恪守妇道的贞节烈女，留守着绝无可能的爱情，甚至根本没有爱情，男性只当那是一次美妙的邂逅，事后洒脱离去，徒留一个个所谓的"神女"不得不痴等，在痴等中枯萎自己的生命。尽管"神女峰"是留下了，作为神女曾活过的证据，它却仅仅指向其对爱情坚贞的品德，这是千百年来封建社会对女性的唯一要求，也是她们唯一的人生价值。无人知晓那山峰是由神女心死的灰烬堆成，只当其是一个承载着爱情神话的浪漫风景，无数人来到这里观望云缠雾绕的石峰，向心目中痴情不渝、忠贞不二的"神女"挥舞着"各色花帕"，想来这些游客以女性居多，她们同"神女"之间产生了怎样的共鸣？是羡慕这对神仙眷侣的凄美爱情，还是感动于"神女"的望夫痴情，抑或是向"神女"的坚贞致以敬意，无论如何，吸引她们的仿佛只是"神女"之"神"，是那个超越人性的被诗化、浪漫化或神化的道德符号，虽不能说这是封建意识的完全回返，但"神女"之"女"，即她身为一个人类个体，身为一个女人的生命部分却始终受到压抑。那些"花帕"完全不能拭去"神女"的眼泪，反而如古时贞节牌坊似的虚伪赞颂，徒增她为女人的苦涩。当众人的目光都被"神女峰"的神性光晕吸引，唯独诗人，同为一个女人，却兀地从这朝圣般的氛围中惊醒，收回了挥舞的手帕，"紧紧捂住了自己的眼睛"。闭上眼睛，显然是不想看某些事物，诗人既不忍再看"神女峰"在云雾缭绕中身不由己的悲凉，也无奈地回避了那些膜拜者的"花帕"，她们仍未彻底破除传统女性观念的桎梏，向往着成为一个所谓的"神女"。闭上眼睛，也是陷入沉思，作为在当时追求现代的、理想的爱情观的进步女性，诗人必然关怀全体女性的命运，并尝试思索她们的未来。

　　"当人们四散离去"，虚伪的参拜留下一地狼藉，留下"神女峰"仍寂寞地伫立，所有人都仰慕她的爱与贞，却没有一个人因为她的孤独而驻留，诗歌的情绪在此处发展至最低落。然而一切忽有变奏，在这片哀怨迷惘的山峰云雾中，是"谁"的人影还迟迟不肯离去，

---

　　①　舒婷：《神女峰》，《会唱歌的鸢尾花》，四川文艺出版社 1986 年版，第 42-43 页。

"谁/还站在船尾"，从海涛声声中听见"神女"的哭泣。无疑是这个人，她最能理解"神女"的神性面具背后隐藏的痛苦与悲哀，跟随这股情绪的暗流，她"衣裙漫飞，如翻涌不息的云"，为"神女"被误解、被符号化、被夺取自我的遭遇而感到愤愤不平。如果说历史是江河，那么历史中的各种矛盾就是"江涛"，其中就有两性关系的矛盾，在封建时代乃至今日，往往都是男性的"江涛"位于高音声部，女性的"江涛"位于低音声部，这是历史的遗留问题，但历史却不应凝固于此。从"高一声/低一声"的江涛中，不只能发现上述不平等关系，也能发现历史在矛盾运动中的发展。客观来看，男女关系的强弱、高低没有固定的标准，其关系也只能如"江涛"此起彼伏，而历史长河的前行需要两性的"江涛"共同推进，这个过程中必然存在彼此压倒的情况，这是一种历史的无奈。然而这也同样说明，女性绝非男性永远的附属品，她们同样是历史的缔造者和推动者。

从更新的历史视角来解释"神女峰"的故事，那些"美丽的梦"和"美丽的忧伤"未免有了粉饰之嫌。在封建时代的男权社会中，女性大多是被观审、被凝视的客体，她们被关注的永远是其外在"美丽"与否，能否为男性的历史增光添彩，留下值得传颂的佳话，"人间天上，代代相传"。神女峰的故事就是其中一种，明写一对痴男怨女，实则用坚贞爱情为借口规训女性，她们不得不折服于男人"伟岸的身躯"，衬托出后者的历史权威性。诗人对如此偏颇的历史发出质疑："但是，心/真能变成石头吗?"她不是怀疑楚王与"神女"的爱情是否真挚，而是怀疑"神女"难道真的仅仅为了一段男女爱情就甘愿放弃生命，变成望夫石一般的存在。人之"心"绝不会那么容易死去，必然是有人造作了虚伪的历史桥段，抹杀了"神女"真实为人的尊严。这里，诗人不仅从一个女人的角度，也从一个有尊严的生命个体的角度去重新思考"神女峰"故事的真实性。爱情不可强求，或如触不可及的"远天的杳鹤"，不断逝去，愈行愈远，然而人间的景色还有许多，错过了爱情的"杳鹤"，便更不能错过"无数次春江月明"。对于女性，错过一段男女恋情固然忧伤，但若因此错过更多的人生幸事，显然更加令人遗憾。因此，在思想解放的现代，还有什么理由走不出贞节的套索，又还有什么理由走不出"神女"的名头和"神女峰"的石牢，"神女"早就该褪下"神"的假面，重获她"女人"的面容与"女人"的尊严。

漫步江岸，到处都是"金光菊和女贞子"，它们本是自然的植物，却被赋上了"贞"的命名和含义，遮蔽了原有的生命风貌，随"神女峰"一同沉沦在历史江涛的低吟中。如今，它们却构成了一道"洪流"，它们要背叛那个强压在女性头上千百年的"贞"的道德律令，推动历史长河向前，向男女平等的正确方向发展。诗人使用了"煽动"和"背叛"来描绘这次事件，似乎这"洪流"是一股多么骇人的势力，只有这样才能体现出女性千百年来已遭受多少不公的待遇。曾经，她们的处境就像在"悬崖"上被规训，表现优异的被做成神女的塑像，"展览千年"，而又有多少叛逆的声音被悄无声息地磨灭，抛下悬崖，坠入历史的江涛。如今，在诗人所处的时代，女性终于有机会摆脱各种顾虑，无视那些陈腐的冷眼，那就不妨"在爱人肩头痛哭一晚"。在"痛哭"中，那些曾经低沉无力的"江涛"得以翻涌出来，发出历史的高音，纵然那是完全的"痛"，却也完全出自一个女性的生命呐喊。

祖国呵，我亲爱的祖国

我是你河边上破旧的老水车，

数百年来纺着疲惫的歌；

我是你额上熏黑的矿灯，

照你在历史的隧洞里蜗行摸索；

我是干瘪的稻穗；是失修的路基；

是淤滩上的驳船

把纤绳深深

勒进你的肩膊；

——祖国呵！

我是贫困，

我是悲哀。

我是你祖祖辈辈

痛苦的希望呵，

是"飞天"袖间

千百年来未落在地面的花朵；

——祖国呵！

我是你簇新的理想，

刚从神话的蛛网里挣脱；

我是你雪被下古莲的胚芽；

我是你挂着眼泪的笑涡；

我是新刷出的雪白的起跑线；

是绯红的黎明

正在喷薄；

——祖国呵！

我是你的十亿分之一，

是你九百六十万平方的总和；
你以伤痕累累的乳房
喂养了
迷惘的我、深思的我、沸腾的我；
那就从我的血肉之躯上
去取得
你的富饶、你的荣光、你的自由；
——祖国呵，
我亲爱的祖国！①

1979 年 4 月

血肉亲昵的祖国赞歌

这一首赞美祖国母亲的歌，没有因袭过去大多乏味空泛的颂歌，也不局限于讲述某一时空的灾难或幸福，而采用了一个颇具新意的角度，将"我"的主观意识融入祖国历史中各个或喜或悲的角落，怀揣莫大的家国情怀，跟随祖国的广大人民，一同呼吸祖国灾难深重的历史空气，一同感受祖国严峻现实中的历史阵痛，一同抚摸祖国母亲苍老面孔上的历史皱纹。

在诗歌的时空开端，"我"是一架"河边上破旧的老水车"，跟着水流轮转不休，持续"数百年"的时间，这一疲惫不堪又无法停歇的状态仿佛就是"我"的宿命。有多少"老水车"，就有多少操持着纺织的农人，"你"和"我"有同样劳碌的命运，虽背负着世代疲惫的轮回，"我们"仍唱着"疲惫的歌"，保持着乐观的生活态度。"我"又是一顶"熏黑的矿灯"，是漆黑矿洞中唯一的指引物，提供光明，却熏黑自己，这是一个沉默的形象，但往往是这些沉默者摸索出了历史前行的道路。"你"是一个无名无闻的矿工，和"我"一样沉默，一样有被苦难"熏黑"的面庞，"我们"在历史的隧道中举步维艰，然而如果不是"我们"探明矿道的路线，历史就永远不会向前。从这两句诗可以看出，"我"始终守候在农民和工人身边，他们本是创造历史、改变历史的主人，跟随其步伐，我又变成"干瘪的稻穗""失修的路基""淤滩上的驳船"，发现了人民一幕又一幕的生活悲剧。在祖国需要人民的时候，"你"放弃了自己的生活，毫无怨言地背负起历史的重担，"纤绳深深/勒进你的肩膀"，将承受之痛永久镌刻在"你"的肉身之上，是"你"生生拉动祖国

① 舒婷：《祖国呵，我亲爱的祖国》，《双桅船》，上海文艺出版社 1982 年版，第 83-84 页。

历史的船，也是"你"将自己的苦难与悲哀默默掩埋。"祖国呵！"这是"你"发出的唯一声音，源自人民对祖国的唯一沉重的爱，有了这份爱才有动力，在明天把痛苦化作希望花开。

无法否认的是，"我是贫困，/我是悲哀"，这些抽象的感情早已遁入水车、矿帽等具体的日常事物中，如幽灵般缠绕在工农大众的身旁，使其"祖祖辈辈"都背上沉重的生存宿命。"痛苦的希望"既可以理解为因希望太过渺茫而痛苦，也可理解为在痛苦中仍守望着希望，无论在哪种逻辑中，"痛苦"与"希望"这两个含义全然对立的名词，都合成一株双生的荆棘花，纠缠着人民劳苦的臂膀，既妖冶魅人，又刺痛心扉。这株痛苦与希望的双生之花，被藏在"你"的"飞天袖"间，从不示以外人观看，因为这美丽的花朵将孕育珍贵的种子，它是另一次新生的契机，虽然其"千百年来未落在地面"，无法生根发芽，但是诗人选择相信祖国历史春风的到来。

"祖国呵——"第二声咏叹从痛苦与希望的土壤中脱胎而出，诗的情绪由悲哀、沉重上升至欢欣、轻盈，一株无名之花冒出了嫩芽。"我是你簇新的理想，/刚从神话的蛛网里挣脱"，理想与神话有诸多相似之处，二者都是远方，然而神话中尽是诸神的丑态、历史的惩罚，人类却能在追逐理想的过程中获得战胜历史的勇气。过去的祖国，曾沉溺在某些"神话"的语境，或导致天朝上国的妄自尊大，或造成动荡年代的政治悲剧，从这些萧瑟的历史中走出，祖国洗尽铅华，终于能以"簇新的理想"迎接簇新的未来。祖国的一切都朝好的方向发展，于是"我"也从衰颓的事物中走出，伴随"你"，即祖国和祖国的人民，一同成长。"我是你雪被下古莲的胚芽"，从历史的严冬中破土而出，预言着春天的到来，"我是你挂着眼泪的笑涡"，抚平历史的伤悲后破涕为笑，用笑容迎接明天，"我是新刷出的雪白的起跑线"，从历史的荒芜中开辟新的出路，引导人民跑步向前。这些事物都处在一个由坏变好的过渡阶段，位于历史的黑夜和正午之间，是"绯红的黎明/正在喷薄"，喷薄欲出的是历史的火炬，是祖国的太阳。"祖国呵——"这一声呐喊饱含不再痛苦，饱含希望，破折号后蕴含诗人对祖国未来的无限畅想。

在诗章的最后，"我"从无限事物的变化中回归人民的一员，为祖国亿万子民的"十亿分之一"，这样渺小的"我"被拥入祖国母亲博爱的怀抱中，又化身无限广阔的"你九百六十万平方的总和"，完成小我与大我的统一。"我"与"你"的关系也在此时达成历史性的圆满，成为血肉相连，不分彼此的至亲。"你"——祖国一切的化身，是"我"的物质与精神之母，用"伤痕累累的乳房"无私地呵护着，喂养着"我"——同样是祖国母亲的一切，是她的子民、她的历史、她的山川江河等所有事物的生长。因此，无论是在历史的茫尘中的"迷惘的我"，在严峻的现实中的"深思的我"，还是在欢呼的未来中"沸腾的我"，这些不同历史阶段的"我"一并流淌并延续着祖国母亲的历史血脉。那么"我"该怎样报答"你"的养育？若是无以为报，那便"从我的血肉之躯上/去取得/你的富饶、你的荣光、你的自由"，这些本就是"你"无私给予"我"的，现在也该由"我"来回报"你"——"祖国呵，／我亲爱的祖国！"

始祖鸟

　　　　从亘古
俯瞰我们

天空　它无痕
丛林莽原都在他翅翼的阴影下
鸣禽中他哑口
众鸟只是复杂地　模仿
　　　他单纯的沉默
丑陋　迟钝　孤单
屡遭强敌和饥寒
　　　毁灭于洪荒
　　　传奇于洪荒
他倒下的姿势一片模糊
因之渐渐明亮的
　　　是背景
那一幕混沌的黎明原始的曙光
用王冕似的名字
将他
铐在进化史上　据说这是
永生

没有自传　也
不再感想①

　　　　　　　　　　　　　　　1985 年 11 月

---

① 舒婷：《始祖鸟》，《始祖鸟》，海峡文艺出版社 1992 年版，第 81-82 页。

无言无畏的独立生存

"始祖鸟"是一切鸟类的祖先，也是第一个凭借一己之力攀上天空的陆地生物，在那个"亘古"时代，天空远比现在空旷辽远，为数不多能在其中翱翔的生物已是空中主宰者，鸟的祖先背生美丽的双翼，拥有追逐自由的勇气、乘风借力的智慧以及探索未知领域的信念，"丛林莽原都在他翅翼的阴影下"，无不令陆地上缓慢爬行的生物羡慕、仰望。时至今日，就算人类已征服了近空，"始祖鸟"威仪的影子仿佛仍在更高的天空之上"俯瞰我们"。

第一个也是唯一一个"始祖鸟"是孤独的，这份孤独既不傲慢，也不悲哀，仅仅是它禹禹独行于进化史前列时的那种单纯、无畏的存在状态。在天空中"它无痕"，这既呈现出历史天空的残酷性，无物能在其中留下痕迹，也说明了"始祖鸟"的超然心态，它专注于掌握自己的生命、自己的飞行，并无所谓能否在天空留痕。它也是一个尚未进化完全的残缺的鸟，相比后世的鸟类"他哑口"，无法鸣叫，无法歌唱，但这份残缺并不是它的伤痛，反而代表它的高贵，那些喋喋不休的鸟类是"鸣禽"，唯有它是"始祖鸟"，种群进化的逻辑从它开始，因而"鸟"从来就不需要鸣叫，自由飞翔才是它们生存的本能。"众鸟只是复杂地模仿"，仿佛是为了继承祖先的遗志，朝各个方向、各个领域进化，成为歌唱的麻雀、孤傲的雄鹰、阴险的秃鹫、学舌的鹦鹉……然而"复杂"的鸟群却从未能模仿出"始祖鸟"的"单纯"，它的遗志只是飞行，即使"丑陋　迟钝　孤单"也要飞行，亘古的天空中没有目的，唯有陆地上不存在的自由。

时间拉回更远的"洪荒"，进化前夜的"始祖鸟"仍爬行在陆地上。它不是一个生物，而代表一群生物，没有名字，没有羽毛，所有人都羡慕地仰望自由的"鸟"，但他们从不知晓，在蜕变成"鸟"的神话背后有无数残酷的"毁灭"，深埋着无数折翼的"始祖鸟"的化石。鸟的祖先曾经也是丛林莽原中仰望天空的一员，但它们不安于爬行，要寻找通往天空的途径，这个过程不免"屡遭强敌和饥寒"，这些客观却残忍的历史因素扼杀了它飞行的契机，将之囚禁在陆地种族的宿命中。于是，鸟的祖先作为一个没有命名的生物"毁灭于洪荒"。在无数坠落的尸体中，无名的影子生物再次振开它们丑陋、迟钝的双翼，向天空发起堂吉诃德般的冲刺，或许历史不会让它们成功，然而"始祖鸟"因这一命名它必将成功。作为第一只飞上天空的陆地生物，"始祖鸟"终于"传奇于洪荒"，并在历史中留下一个具有神话色彩的名字，但"始祖鸟"又并无所谓那些虚无的名号，此刻它只沉浸在飞行的自由中。

一只"始祖鸟"终于飞上天空，也终究会死去，"他倒下的姿势一片模糊"，腐烂在故乡的土地里。但它不会后悔，它不仅收获了个体的自由，也将自由的机会留给了后代。"始祖鸟"是一只鸟，也预言了一个自由种族的诞生——鸟类，从陆地进化至天空，从爬行进化至飞翔。"因之渐渐明亮的/是背景"，始祖鸟之生成为洪荒时代的传奇，而始祖鸟之死又标志着历史的洪荒时代的终结。这一刻，历史的焦点从"始祖鸟"转换至它死亡的背景，那里没有传奇陨落的阴霾，只是无际的黎明的天空，个体的死亡反而指向历史的新生，通过"始祖鸟"的传奇故事，众生已经知晓了天空中的自由，便再也不能安于陆地上的蜗居。诗歌发展至此，诗人却止于这"一幕混沌的黎明原始的曙光"，将往后的宏大历史交予后人言说。她将关注的焦点再次拉回至"始祖鸟"这一孤独的个体，"王冕似的名字"将它禁锢在进化史的石壁上，"据说这是/永生"，是在历史中的"永生"。然而，褪去传奇的光彩后，"始祖鸟"仍然"丑陋　迟钝　孤单"，是一个残缺的不完全的却最真实的生物，仅仅享受着自己争取来的自由，它"无痕""哑口"，从不试图证明什么历史、诉说什么故事。"始祖鸟"不需要永生，永生反而最不自由。"进化史"需要一个"始祖鸟"，来证明自己的正确性，"始祖鸟"却不需要"进化史"，就完全拥有自己的生命和自由。事实上，"始祖鸟"根本不知道自己是什么鸟的祖先，历史强加的各种名头在它自由飞行时都无效，它首先是一个独立的生命，即使"没有自传"，对自我的命运一无所知，也要保持无畏的生存态度，超然于历史命运的捉弄——"不再感想"，无可感想，太阳照常升起，我照常飞行。

参考文献

[1]舒婷. 双桅船[M]. 上海：上海文艺出版社，1982.

[2]舒婷. 会唱歌的鸢尾花[M]. 成都：四川文艺出版社，1986.

[3]舒婷. 始祖鸟[M]. 福州：海峡文艺出版社，1991.

[4]舒婷. 舒婷的诗[M]. 北京：人民文学出版社，1994.

[5]舒婷. 舒婷文集[M]. 南京：江苏文艺出版社，1997.

[6]徐敬亚. 崛起的诗群[M]. 上海：同济大学出版社，1989.

[7]张立群. 舒婷论[M]. 北京：作家出版社，2021.

[8]程光炜. 中国当代诗歌史[M]. 北京：中国人民大学出版社，2003.

[9]洪子诚、刘登翰. 中国当代新诗史[M]. 北京：北京大学出版社，2005.

海子：写作诗的神话

一、诗人概述

1964 年 3 月 24 日，海子出生于安徽省怀宁县高河镇查湾村，在农村度过了少年时代。1979 年，他以 15 岁之龄考入北京大学法律系，1982 年在大学期间开始写诗。1983 年毕业后，海子被分配至中国政法大学哲学教研室工作，其后创作不断。1989 年 3 月 26 日，年仅 25 岁的海子在河北省山海关附近卧轨自杀，以身殉诗。

海子的一生朴素而短暂。"农村"构成了他生命历程的大半，在那个物质匮乏、精神也摇摇欲坠的年代，乡村经验异于海子成人后面临的浑浊世界，它偏远、安稳与纯净，使诗人几乎首先也必然成为一个乡村诗人："他曾自认为，关于乡村，他至少可以写作 15 年。"①麦地、谷仓、泥土、乡村……这些意象组成了他魂牵梦绕的精神故乡。但海子又不全是一个传统意义上的乡土诗人——只沉浸于世俗、生命、人间、生活的有关命题中，若止步于此，他就无法建立其后辉煌的诗歌王国。物质、人间只是其作为诗人孤独、短暂的眷恋和挥之不去的经验性事实，并非最终其目的，远方和太阳才是始终存在于那里的诗歌真理的象征，令海子产生"朝闻道夕可死矣"的觉悟。正因如此，海子的物质生活可谓单调乏味，"在他的房间里，你找不到电视机、录音机甚至收音机，海子在贫穷、单调与孤独之中写作。他既不会跳舞、游泳，也不会骑自行车。"②尽管如此，他始终拥有一个诗人应当具有的一切品质，依托其自身的生命节奏坚持写诗："每天晚上写作直至第二天早上 7 点，整个上午睡觉，整个下午读书，间或吃点东西，晚上 7 点以后继续开始工作。"③与常人不符的作息规律似乎与他奇迹般的诗歌天赋不谋而合，因而他得以呼吸到常人呼吸不到的空气，看到常人看不到的风景，捕捉到常人难以察觉的诗意。诗神因其虔诚的写作姿态而予以眷顾，给予他敏锐的直觉和辉煌的创造力，最重要的是，诗人本身也有永恒热爱诗歌的事业心。自 1984 年他第一次使用"海子"的笔名创作出成名作《亚洲铜》《阿尔的太阳》始，至 1989 年他写下人生中最后一首诗《春天，十个海子》终，在不到七年的创作生涯中，海子创作了近 200 万字高水平的抒情短诗、长诗、史诗、诗剧、小说及神秘故事等文学作品。这些文字高度凝缩了海子以诗为血的诗歌精神，展现了一个诗歌赤子穷其一生建立的诗歌王国。其中，麦子、青春、土地是海子灵魂向往的精神归宿，王国、太阳、史诗是他选择的永恒事业，黑夜、月亮、死亡是他不被理解的孤独，三组意象互相渗透，又逐步推

① 西川：《怀念（代序二）》，《海子诗全编》，上海三联书店 1997 年版，第 10 页。
② 西川：《怀念（代序二）》，《海子诗全编》，上海三联书店 1997 年版，第 8 页。
③ 西川：《怀念（代序二）》，《海子诗全编》，上海三联书店 1997 年版，第 8 页。

演出诗人精神历程之三部曲，最终，年轻的诗歌之王以自身的死亡完成加冕。史诗《太阳·七部书》可以看作海子生命历程的写照："他的生涯等于亚瑟王传奇中最辉煌的取圣杯的年轻骑士：这个年轻人专为获取圣杯而骤现，惟他青春的手可拿下圣杯，圣杯在手便骤然死去，一生便告完结。"①诗人的现世命运与其预言般的诗歌共享同一个悲剧性的内核，以其触目惊心的死亡宣告诗歌神话与诗歌英雄时代的迅速凋零。

　　如西川所言，"诗人海子的死将成为我们这个时代的神话之一"②。一个神话必然因其戏剧性而超越陈年旧事，从而拥有足够庞大的阐释、重构空间。一个最普遍的认知是，将海子视为诗歌的精神殉道者，这一说法最满足于神话本身的悲剧情结。但无论海子的死被解释，或被臆想为自杀情结、性格因素、生活方式、荣誉问题、情感失败乃至气功原因，其死亡本身作为一个事件已然凿刻在诗歌史的石壁上，后继者不得不直视这一庄严色彩。

　　海子正式发表的作品数量不多，很多是由朋友在其身后整理、出版才得以面世。根据西川的回顾："海子一生曾自行油印过八册诗集，它们是《小站》(1983)、《河流》(1984)、《传说》(1984)、《但是水、水》(1985)、《如一》(1985)、《麦地之瓮》(1986，与西川合印)、《太阳·断头篇》(1986)、《太阳·诗剧》(1988)，其中《小站》《如一》《麦地之瓮》为短诗集。此外，海子在1988年还与《太阳·诗剧》同时油印过《诗学：一份提纲》。"③

海子的第一部诗集《小站》

　　海子去世后，挚友骆一禾花费大量时间整理其诗稿，不久竟不幸劳累至死，最终，由西川完成其大部分作品的编撰工作，并于1997年由上海三联书店出版《海子诗全编》一书，这本书基本上可以反映海子的整个创作。至此，海子诗歌的全貌才得以较完整地呈现于读者面前。

　　海子诗歌中有一种无法言明的神性与人性的混合，这来源于他在理想与现实之间穿行的深沉与忧郁。他近乎迷狂，将诗镌刻在自我的肉体之上，又以自我为引写入诗中，可以说，他的风格就是"诗"本身的风格。青春期的诗人怀着毁灭一切又重建一切的大无畏的诗歌精神，要去实现诗之为诗的至诚愿景，这就使他的诗不能是纯粹的诗，而是一种驳杂的诗，诗歌生命形态的一切可能性，成功与失败、矛盾与挣扎，如混沌一般构成了诗歌赤子鲜血淋漓的搏动的心脏。

①　西川：《海子生涯(代序一)》，《海子诗全编》，上海三联书店1997年版，第2页。
②　西川：《怀念(代序二)》，《海子诗全编》，上海三联书店1997年版，第6页。
③　西川：《编后记》，《海子诗全编》，上海三联书店1997年版，第931-932页。

《海子诗全编》

海子的诗歌思想体现了一种关注生命存在本身的诗学，他致力于人类精神世界和诗歌本源的探索，对生死、爱情、大地、繁殖等基本存在命题进行吟唱，抵达人神共性的天地。海子习惯通过诗歌完成他对事物、事件的追问和质询，其中，几个关键主题构成了他矛盾而痛苦的精神世界。首先，是对爱情的追逐和困惑。如《四姐妹》所写，他四次失败的恋爱在一定程度上导致了他的死亡，这些恋爱的痛苦使他创作了大量情诗，其中出现了姐姐、妹妹、少女、爱人、新娘等大量女性形象。其情诗也有爱情惯常的温馨、欢愉和浪漫，但更多的是对爱情失败与绝望的书写，尽管如此，海子始终没有放弃爱情这一纯净的远方。对海子来说，爱情不是个体的世俗的肉体情爱，而是通向一种博爱的情怀，是尽管被世界遗弃、无人爱己，也始终如一进行供奉的崇高慰藉。因此，即使是满溢着灰烬和绝望的《四姐妹》，也体现出海子充盈着理想光辉的绝不后悔的爱情观。其次，土地是海子的生命与创作的源泉。作为被土地养育的儿子，他的诗无一不是献给大地之母的歌。在现代人被都市文明异化的困境中，海子将乡村视为未受现代化噩梦侵扰的纯净之地，在此栖居孤独而哀伤的灵魂。他的诗和乡村大地融为一体，充满质朴而原始的古老意象，人们在月光下的麦地里割麦、收麦、吃饭、舞蹈……宁静、美好的乡土成为海子的精神乌托邦。与这种对真善美的感怀并存的，是海子因农耕文明衰亡、乡村乌托邦幻灭所发出的痛苦煎熬的质问。面对土地的破碎，诗人由希望落入彻底的绝望，他的死亡就成为他清醒而无奈的抗争。海子的乡土诗并不因循古典意境中田园诗意的书写路径，而是在那个混乱矛盾的时代，更逼近乡土文明的悲剧性精神内核，产生极大的美学张力。最后，在海子神性迷狂的诗的背后，存在着他对生命与死亡理念的知性探讨。在存在主义哲学观的影响下，海子倾心于孤独、虚无和死亡，向死而生即是人类存在的本质，这使他的诗弥漫着死亡的气息。"目击众神死亡的草原上野花一片／远在远方的风比远方更远／我的琴声呜咽　泪水全无……"在历史的宿命面前，人类不过是匆匆过客，在对死亡的凝视中，海子对生存与死亡本质有了更深刻的理解。在认识到希望之为虚妄后，绝望同样成为虚妄。因此，海子期望将人类有限的个体生命融入历史生命，以有限成就永恒。

海子所选择的诗歌意象简单、澄明，如土地、天空、麦子、太阳、黑夜、水、火……这些意象作为已成常规的诗意单位，本难以焕发其固定意涵之外的新的生机。海子并不简单地通过扭曲化、陌生化的写作模式将之剥离既定意涵，从而达到对常规语言的冲击，而是追溯这些意象深蕴着的贯穿其中而持久的原始力量——元素："一种普洛提诺式的变幻无常的物质与莱布尼茨式的没有窗户的、短暂的单子合成的突体，然而它又是'使生长'的基因，含有使天体爆发出来的推动力。"①简而言之，是事物内部酝酿至极大而处于突破其生命惯性边缘的直观强力，如其笔下的太阳，拥有使光线扭曲的无限大的力量，压缩至极限而将一切关于诗的命题吸纳。西川阅读海子的诗后认为："当我接触到这些诗句时，我深为这些抵达元素的诗句所震撼，深知这就是真正的诗歌。"②

在写作技巧方面，海子善于改变语言形式造成语句的间离效应，从而使日常语言升华为诗意语言。"语言是存在之家"，在陌生化的感知中读者及时意识到自身存在之症候。如《以梦为马》中"那七月也会寒冷的骨骼/如雪白的柴和坚硬的条条白雪"，生硬混淆的词义组合在"雪"与"柴火"的紧张对立中凸显一种张力：白雪竟能作为燃料燃烧，最终服务于该诗的主旨。又如"亚洲铜"这一独特的自造词，因其语音语义中民族性、生命性的集体共鸣而显得意味深长。再者，海子时常通过对某些语段重复咏叹，主导诗歌音乐领域的神秘旋律，构成诗行结构的对位、突进，从而使意涵上升。《亚洲铜》中四次反复唱叹的"亚洲铜"，尽管音响相似，但在其音色、音调、音高乃至旋律的余音中，每一次复现的情感都迥然相异又相生，层层递进，一并通向亚洲大陆循环往复的宿命、矛盾、斗争与宁静。海子的诗中往往存在一种音乐性，它不仅是悦耳的感官享受，还达到了语言本身在形而上层面所具有的神性节奏。在《九月》的开篇"目击众神死亡的草原上野花一片/远在远方的风比远方更远/我的琴声呜咽 泪水全无/我把这远方的远归还草原……"一股悠久而悲哀的听感氛围扑面而来，这不仅是由极富乐感的音节、复沓与声韵结构所构成的语言形式之美，更是这一音乐结构与诗意本身步步紧逼、层层深入，达成共振响应，从而通向的一种众神死亡的忧郁。"草原""远方""风"等核心意象各自构成一种声波旋律，又环环相扣融为一体，成为史诗般的吟唱。正因如此，《九月》被改编为通俗歌曲，不仅在读者的阅读中不朽，也在听者口中传唱不休。

海子留下了许多脍炙人口、耳熟能详的作品，他的诗歌大致可分为两类。其一是大量的抒情短诗，它们大多以农耕文明和大地之母的衰亡为精神内核，缅怀诗人精神家园的沦丧，写出海子作为一个赤子诗人对人类千百年生存境遇与宿命的感怀，这些短诗又超越了寻常乡土农耕的田园诗歌，拥有矛盾而纵深的人神共性。其二是海子呕心沥血创制的现代长诗、史诗、大诗，即《太阳·七部书》。其不仅内容繁多、体制宏大，更重要的是它凝结了海子对人类终极价值的追寻和爱而不得的绝望与哀伤。与随性而吟的抒情短诗相比，海子更有意识地经营和建构他的史诗，使其拥有广阔的时空向度和厚重的思想深度。

海子的抒情短诗在读者中传播最为广泛。《亚洲铜》是身为东方子民的诗人对亚洲历史

---

① 西川：《海子生涯(代序一)》，《海子诗全编》，上海三联书店 1997 年版，第 4 页。
② 西川：《怀念(代序二)》，《海子诗全编》，上海三联书店 1997 年版，第 11 页。

的深沉反思与忧郁;《九月》是诗人目击理想之死时把理想归还远方的不喜不悲;《以梦为马》中诗人化身悲剧英雄以自燃梦想为代价实现诗歌精神的永恒;《面朝大海，春暖花开》是诗人在幸福明天的谶语中悲伤又卑微的自我放逐;《四姐妹》是诗人在世俗爱情理想与诗歌终极价值的双重绝望之巅上的向死而生;《春天，十个海子》是挣扎于死亡边缘的诗人内心矛盾的荒诞语言具象化;《黑夜的献诗——献给黑夜的女儿》中诗人以虚妄颠覆绝望，以一无所有的态度在黑夜中坦然生存……在这些字字以精纯之血写就的诗歌中，无不包含海子对生命存在的深刻体验与参悟，野蛮而原始的生命力贯通于那由草原、河流、黑夜、太阳、大地等原初意象所构成的诗意世界中，并不断汇聚为一种形而上但朴素的古老精神谱系，维系其诗歌国度永恒的事业。一个感情充沛，时而忧郁时而热情的海子在这些诗行中徘徊，偶尔眷恋人间大地，偶尔凭吊诸神，偶尔进行幽深狂放的哲思，偶尔誓死捍卫诗歌的理想，偶尔释然，偶尔矛盾，这些都构成诗人海子独特的生命历程。除现代诗外，海子还有部分诗歌成果，如9首《汉俳》(1987)，摆脱格律诗行数、字数等形式上的限制，是早期自由句的代表作品，如《风吹》:"茫茫水面上天鹅村庄神奇的门窗合上"，可见海子在诗歌形式上有其独到见解与敏锐认知。

　　虽然海子的创作生涯短暂，但其留下的诗歌数量非常大，可以从中划分诗人不同创作阶段的风格转变:由短诗到长诗，由自我生命力的激情转向主体自杀式突入崇高历史的理想，随之而变的也有其诗风。自1987年写作《土地》开始，海子的创作重心就逐渐从早期的抒情短诗转至长诗，尽管他的短诗普遍受到读者欢迎，但他更看重自己的长诗。他曾说:"我的诗歌理想是在中国成就一种伟大的集体的诗。我不想成为一个抒情诗人，或一位戏剧诗人，甚至不想成为一名史诗诗人，我只想融合中国的行动成就一种民族和人类的结合，诗和真理合一的大诗。"[1]这种伟大的诗歌，"不是感性的诗歌，也不是抒情的诗歌，不是原始材料的片段流动，而是主体人类在某一瞬间突入自身的宏伟——是主体人类在原始力量中的一次性诗歌行动"[2]。"行动"意味着生命、意志和运动力，是在世之中的人类存活于当下的必然生存状态。在诗歌的行动中，诗人以自身鲜活的生命体验作为诗歌本体。然而"一次性"却意味着，诗人以自身为祭品，注定死亡、注定牺牲。在海子理想的"一次性诗歌行动"中，诗歌生命的完成时成为诗人的死亡动机，取消个体在世之中渺小生命的生存悲剧性与盲目性:这往往生成"感性的诗歌""抒情的诗歌"或"原始材料的片段流动"，他甘愿在自我的消灭中融入人类历史的集体性崇高时刻。《太阳·七部书》作为海子呕心沥血一生仍尚未完成的长诗作品，是一部超越单一民族的关于人类的原始生命史诗，

---

　　① 《海子诗全编》，上海三联书店1997年版。

　　② 海子:《诗学:一份提纲·四、伟大的诗歌》，《海子诗全编》，上海三联书店1997年版，第898页。

其想象空间宏大，"东至太平洋沿岸，西至两河流域，分别以敦煌金字塔为两极中心；北至蒙古大草原，南至印度次大陆，其中是以神话线索'鲲(南)鹏(北)之变'贯穿的"①。几乎囊括了地球上一切曾有生命发源，也曾有史诗传唱过的古老大地。在绝对宏观的诗歌图景面前，任何事物都无法承担其整体的凝视，而只能以裂变单质的形态在微观混乱的运动中追溯自身在集体中的客观历史。这就是诗人个体作为长诗写作者的必然悲剧——无法超越历史，只能在死亡中成为历史本身。海子长诗所具有的未完成的状态或许正符合其诗歌理想的必然结局：个体诗人穷其一生永远无法整合所有的诗歌神话，最终以其生命残章的形态供奉"海子之死"的又一神话。

二、诗作鉴赏

亚洲铜②

亚洲铜，亚洲铜
祖父死在这里，父亲死在这里，我也将死在这里
你是唯一的一块埋人的地方

亚洲铜，亚洲铜
爱怀疑和爱飞翔的是鸟，淹没一切的是海水
你的主人却是青草，住在自己细小的腰上，守住野花的手掌和秘密

亚洲铜，亚洲铜
看见了吗？那两只白鸽子，它是屈原遗落在沙滩上的白鞋子
让我们——我们和河流一起，穿上它吧

亚洲铜，亚洲铜
击鼓之后，我们把在黑暗中跳舞的心脏叫做月亮
这月亮主要由你构成

---

① 西川：《海子生涯(代序一)》，《海子诗全编》，上海三联书店1997年版，第2页。
② 海子：《亚洲铜》，《海子诗全编》，上海三联书店1997年版，第3页。

站在东方土地上的声声咏叹

"亚洲铜，亚洲铜"。在反复咏叹中，名词与名词的陌生组合延伸出神秘的余音，而两者又不无关系。亚洲大陆，东方文明在此发源，铜矿赤黄，深埋于这片大地，二者的融合，沉淀出一种古老文化的千钧重量，展开史诗般的想象空间：黄土耕地，迟重铜器，烈日下千年生根的棕黄色皮肤民族，不知疲倦，代代生存。"亚洲"予人广袤而深厚的历史纵深感，"铜"的意涵指向这片土地的文化根脉，无论是其沉积之悠久、质地之粗粝、寓意之忍耐……它们在这种偶然又几乎必然的词汇组合中几番打磨、吟咏，成为整个东方、亚洲文明绕不过的灵魂色彩。于是，面对"亚洲铜"这一特殊的语词，生来是东方子民的我们无法保持沉默，只得反复叹咏，呼之欲出的是我们与祖、父、孙三代，乃至无穷代人们相通的生命经验：生存于斯"唯一的一块埋人的"东方大陆上，日出而作，日落而息，劳碌身死，如铜沉积。

"亚洲铜，亚洲铜"。然而，这一句祈祷似的咒语不仅暗含祖辈无法跳脱的宿命：在单调的生存仪式中沦为大地中土或铜的部分，也关乎与这种存在状态背反的生命张力。"爱怀疑和爱飞翔的"鸟类从广袤的黄土地连根拔起，从天空重审这块大地，这是文明的另一重视野，新的生命由铜的根系发芽，寄寓天空，它俯视的大陆虽然依旧沉默，却不再固执地掩埋一切，而选择与天空遥相对视。同样，陆地也并不抵抗淹没一切的海水，二者共生共存，潮起潮落后，黄土大地经过冲洗，一如青铜古器重见天日之时。渺小的青草、野花作为当时一切尖锐、宏伟、灾难曾来过的证据，表现出对上述意涵的疏离与否定，又不得不接受飞鸟的撒播与海水的滋养，象征现代亚洲土地在文明冲撞悲剧中的重生。这并不意味着东方精神文明的妥协，"亚洲铜"一词反而在天空与海洋的间隙中悠久自持，其中贯穿着一种执着的、客观存在的生命本体意志，它超越鸟的自由、海水的野蛮等单一生存状态的偏狭，甘于将自我隐居于"青草"之间，缄口不言，即作为秘密的本身，其形式则生长为大地上无处不在的野花一片。

"亚洲铜，亚洲铜"。第三次咏叹，是在生存状态的矛盾中，这是对诗人乃至一切子民不安的询唤，是新生雏鸟们的怀疑："看见了吗?"是将那两只鸽子打为文明的背叛者？逃逸者？自戕者？抑或是彻底无视？一如被放逐的屈子在江边踟蹰，等待早已预料到的失望，然后纵身而去。然而，白鸽与那双遗落的白鞋的关系正在此处的悲剧中构成：鞋子脚踏黄土，而鸽子要飞至高空，唯一将其联络的早已湮没于"亚洲铜"般亘古的民族无意识中，为屈原上下求索，虽九死其犹未悔之精神，是站在土地上的飞行，是逝者如斯夫，不舍昼夜的河流本身。于是东方古国的历史被构筑于那双白鞋子中，穿上它，我们成为大河文明的无畏投江者，成为历史前进意志中的声声咏叹。

"亚洲铜，亚洲铜"。在怀疑、审视的鼓声躁动、血脉颤抖之后，黑夜作为历史发展的必然节点降临大地，寂静将一切抚平，仅剩这一神秘谶言余温中的虔诚。击鼓声来自四面八方亚洲子民的心脏的律动，名为"亚洲铜"的文明原子物缕缕汇聚于大地祭坛的中央，在黑暗中一切不可知不可见不可闻，唯有那跳舞的动作以其动作本身存在，在五感全然蒙蔽的状态中被当作月亮的所指：通向光明的，并非其光明的俗物形式。此刻，一切文明的矛盾、冲突、躁动、恐惧皆隐于黑夜的深层，透过不可视之舞步，朝着历史未来行进途中的一切未知敞开，作为一颗裸露的、极富生命力的心脏，作为尚未寻找到的月亮。"亚洲铜"的叹息在此处停止，而东方子民面向黑暗，踏舞不休的动作最终也构成了月亮的期待。

九月①

目击众神死亡的草原上野花一片
远在远方的风比远方更远
我的琴声呜咽　泪水全无
我把这远方的远归还草原
一个叫木头　一个叫马尾
我的琴声呜咽　泪水全无
远方只有在死亡中凝聚野花一片
明月如镜高悬草原映照千年岁月
我的琴声呜咽　泪水全无
只身打马过草原

归还远方的骑士向死而生

目击者最初是一个悲剧，因为"目击"，故而是直击所见之物，将众神陨落的丑相尽收眼底，又因仅仅"目击"，面对突发之死亡，只能做一个无能为力的旁观者，顿时目击者、诗人、"我"，变得渺小而无奈，只是远方佝偻的一个点，而诗歌的表意空间却无限扩张，直至将人吞并于一片荒凉、衰败与悲怆的诸神黄昏的季节——九月。众神作为文明之父母，守护所谓丰收、繁衍，承担初民朴素的信仰，开篇即死，文明失落，已将初民的传承

---

① 海子：《九月》，《海子诗全编》，上海三联书店 1997 年版，第 177 页。

推至断绝的地步，又徒增作为遗留者"我"的孤独。超脱人类的众神也面临死亡凋零的必然结局，更扑面迎来一股超越文明、众神存在的宿命感。正是在这片苍茫的天地间，生命与死亡不断交替、沉沦，众神的尸体腐朽、风化，与草原、远方、野花交融，突兀凝聚在诗人，一个无知懵懂的人类孩子目前，将悲剧扮演为一场反讽的喜剧——璀璨不再的上古文明竟远不及那可爱、美丽、生命力顽强的野花，后者明明白白地生长于大地草原之上。

倏忽间，诗人突然意识到作为人之子的自身被众神遗弃的命运，四个"远"字，字字疏离，将诗人与那已成故事的黄昏神话间的距离拉至无限。远方触不可及，神的繁华与痛苦均被压缩在那渺然一线中，仅称为"远"。而风作为传播生命力量的信使，既是实体：飞沙走石切割肌肤，给予真实的在场触觉，又是虚有：无处可寻而柳暗花明，提供存在的方向感，此刻却被强制推移至"比远方更远"的、无法目视、无处触摸、无以形容的神圣空域，于是广袤草原竟了无风迹，万物死寂、冷漠、凝固，被抽离了存在的凭据，草原成为众神遗弃人之子后的无风废墟。在意识到这种颓然后，诗人对于这片荒凉九月的无奈、落寞，以拟物的形态遁入木琴的声音结构中，妄图以呜咽呻吟道白哀悲，却最终沙哑、阻塞。于是"泪水全无"，正是因脆弱的感情逃遁于物的感官表象，而人之本体却因心中创痛发展到极致，走向枯槁死亡，一如断弦燃尽的木琴，处于非物质所能呈明的虚无状态。

然而，"琴声呜咽，泪水全无"并非"我"情感演变的终点，而是最初的起点，是茕茕子立于大草原观望落日时因势而起的无名忧郁，它并不是作为人之子目睹理想跌落时的自我放弃。"远方"是令诗人的理想产生矛盾而被诸神所造出的悲喜剧，伴随众神之死，原始的野性世界不复，新的人国即将诞生，诗人的目光、理想也在这剧变中分裂，四散野花、青草，为万物所有，不再属于诗人独自的凝望。当如此神圣转向世俗的创伤时刻，"我"已然从虚无、绝望转向释然。选择"归还"虽不意味着曾经拥有，却代表已死信仰的重新延续：舍弃个体偶然目击理想的悲剧，使其重生成为必然。而只有草原，作为继承众神生命力的奇迹，狂野生长，无限广阔，远方在其迭代中诞生。也只有草原，能承担"远方"无限的精神内涵，在追逐中诗人自知其所指为风，它朝向四面八方，是超越所有的唯一物，乃至自然脱手，将一切归还草原，将草原归还一切。

与"远方"割裂的过程是痛苦而矛盾的，其中孤独的不舍与赤诚的决绝几将手中木琴一劈为二。马头、马尾是作为客观物的木琴的首尾两端的自然命名，不由分说便是"一个叫马头，一个叫马尾"，此处却并非仅作事实的呈示。木琴存在首尾，首尾组成木琴，本是一体同根，然而名称语词——人类的不知疲倦的穷辨，使其分裂，浑然之物在面对"我"的代言时失其本真，而两者唯有在弹琴者死后方能重新结合，这种关系恰如诗人同远方之间绝望而必然的剥离。当知晓"我"对远方的追问成为横亘在连绵草原上的裂谷，所直面的是徒劳而荒诞的本质，于是第二番的"琴声呜咽"几乎成为葬礼的曲目，"归还"的动作仿佛殉道，霎时一切无言，亦不再有言，"泪水全无"早已超越此前情感的极限状态，是诗人愿以自身死亡作为马头、马尾分裂双方的拥抱形式，实现去我存真的崇高境界。

终于远方得以"在死亡中凝聚野花一片"，这死亡是个体对自我肉身孤独性的验明，它以野花这一含蓄的生命想象投射在自然，尸首同众神的遗躯一并腐化，不分彼此，成为草原的养分。此时，象征历史的明月以其超越千年岁月的高悬姿态俯视草原，向一切有实体之物撒播名为永恒和无限的光明，这是降恩也是诅咒——千年的风，传播代代无穷的草原上的悲剧，使其创伤暴露，亦使其在弹琴人的指上悠久。而"我"身为诗人，是草原的客人，无须出现又必然出现，因为千年明月的镜照中，将有千年岁月和千年中无数个"我"，在无数重蹈覆辙的悲剧现场，引动"琴声呜咽"，与自我的镜像面面相觑，全无泪水。当历史之泪流尽流干，最初也是最后一个"我"才能从千年时空的巡回中解脱，起身打马越过远方、越过草原。打马的动作兀地使整个九月的季节从形而上的荒原中惊醒，构成了名为当下、此刻、现在的诗。

祖国（或以梦为马）①

我要做远方的忠诚的儿子
和物质的短暂情人
和所有以梦为马的诗人一样
我不得不和烈士和小丑走在同一道路上

万人都要将火熄灭
我一人独将此火高高举起
此火为大　开花落英于神圣的祖国
和所有以梦为马的诗人一样
我借此火得度一生的茫茫黑夜

此火为大　祖国的语言和乱石投筑的梁山城寨
以梦为上的敦煌——那七月也会寒冷的骨骼
如雪白的柴和坚硬的条条白雪　横放在众神之山
和所有以梦为马的诗人一样
我投入此火　这三者是囚禁我的灯盏　吐出光辉

---

① 海子：《祖国（或以梦为马）》，《海子诗全编》，上海三联书店 1997 年版，第 377-378 页。

万人都要从我刀口走过
去建筑祖国的语言
我甘愿一切从头开始
和所有以梦为马的诗人一样
我也愿将牢底坐穿

众神创造物中只有我最易朽　带着不可抗拒的死亡的速度
只有粮食是我珍爱　我将她紧紧抱住　抱住她
在故乡生儿育女
和所有以梦为马的诗人一样
我也愿将自己埋葬在四周高高的山上守望平静的家园

面对大河我无限惭愧
我年华虚度　空有一身疲倦
和所有以梦为马的诗人一样
岁月易逝　一滴不剩　水滴中有一匹马儿一命归天

千年后如若我再生于祖国的河岸
千年后我再次拥有中国的稻田　和周天子的雪山
天马踢踏
和所有以梦为马的诗人一样
我选择永恒的事业

我的事业　就是要成为太阳的一生
他从古至今——"日"——他无比辉煌无比光明
和所有以梦为马的诗人一样
最后我被黄昏的众神抬入不朽的太阳

太阳是我的名字
太阳是我的一生
太阳的山顶埋葬　诗歌的尸体——千年王国和我
骑着五千年凤凰和名字叫"马"的龙——我必将失败
但诗歌本身以太阳必将胜利

诗神于火的仪葬中加冕

"远方"是远大宏伟的目标，是不可知的想象，也是虚无缥缈的难耐，诗人作为其忠实的"儿子"将之认作父亲，自然存在压抑中的暗自逃离，其与丰裕、实在、可感的"物质"偷尝禁果，结为情人，实属必然。如此，本立誓般的战歌、宣言，语义中却泄露出自卑与无力。"忠诚""短暂"的形容又无不是一种赘饰，作为诗人强迫症似的强调，与其原本的意指构成反讽。于是全诗起首的基调固然激昂、凛然，"和所有以梦为马的诗人一样"，梦与马包容其热情、速度与大无畏的求索精神，然而驾马之人却"不得不"行进于烈士与小丑的夹道欢迎之中，前者作为远方父权制度所赐予的必死荣耀，灌输夸父的神话，后者作为物质之海的享乐者，进行蛇的诱惑。

然而"以梦为马"的诗人身负分裂的诅咒，仍作为马背上的持炬者，"梦——马——火"因其相同的精神：力与速，三位一体，作为彼此的燃料无尽蔓延。在烈士与小丑组成的"万人"庸众面前，它成为令人恐慌的火灾，要将其自身存在的矛盾创口以惊怖之态撕裂呈现。于是"万人都要将火熄灭"，企图维持幻相中的安宁。但"我"不愿，唯独"我"愿承受灼痛，徒手高举鲜火，如远方来使一般骑马徐行，强迫众人直视生命的真实。以诗人为燃料、支点，此火渐渐蔓延，万人浴火，于痛苦的挣扎中净除伪饰。"开花落英"，这是个体的生命历程瞬间圆满，又瞬间转折的过程，人在极大欢喜与极大悲恸的交界体验中，接受救赎，精神升华至诗歌王国的神圣领域，在茫茫黑夜般的人生行旅中获得熊熊燃烧的主体意志。

黑夜是何时降临，不得而知，或许总是黑夜，又或许因为大火而总有黑夜，后者的答案正代表灯盏与火焰的扭曲关系：作为火之囚笼的灯盏，亦使火以庸俗寄生物的受限形态附生其内。黑夜妄图以永恒容器的姿态，俘获诗歌精神的熊熊烈火，祖国的语言、梁山城寨与敦煌，是民族文化谱系中难以割舍的传统精神的具现。尤其是祖国的语言——汉语，以其五千年生命力所构筑的传统诗学，无时不作为抑制新火无限燃烧的寒冷，使本应炽热的夏季七月结冰、凝固。在此，诗歌火焰与黑夜寒冰的矛盾在语言结构的挣扎与纠缠中外泄，"骨骼""白雪""柴""寒冷""坚硬""条条"的正确排列被彻底打乱，以至于祖国语言的生命力在陌生与悖谬中重新轮转，从而使寒冷拥有了燃烧的期待，永冻的雪反讽式地转变为大火的燃料，让此火在以梦为马的诗人手中冲破囚禁的灯盏。

然而，任何企图追随前方以梦为马的诗人，追随此火冲出黑夜，开辟诗歌王国的新天地者，都将如诗人一样面临同样的困境：那刀口是梁山城寨中反叛者们的穷勇，亦会是其面对古敦煌一般千年诗歌传承时，被招安的妥协。这刀口又是诗人本身固有的创伤，是其被生生一劈为二后分裂所显露出的鲜血淋漓的生存危机：被困于理想和现实的夹缝中，语言在此断面上将不以其伦理常规而疯狂生长，诗歌王国的一切秩序亟待推翻并重新建筑，这将是伟业又是罪行。诗人以"雄关漫道真如铁，而今迈步从头越"的觉悟，甘愿背负此罪，同千年间无数以梦为马的诗人一样在牢笼中写下"愿将牢底坐穿"的诗句。在这种贯穿性的"梦——马——火"的强力意志下，"囚牢"已取消其自身与"自由"相对应的消极概念，成为众人在世无论如何都要面对的疲倦与失望，劳碌中潜藏着生命的必然性——知其诗意生存的不可为而为之，这正成为实现诗意生存本身的唯一途径。

至此，横亘于诗人理想的和现实之间的巨大裂痕竟隐隐出现了弥合的趋势，似乎仅在以梦为马的诗人身上才能发现最真实、最复杂的人类的生命起点。身为泥土造物的人类如泥土般"最易朽"，其死亡之突然性、迅速性，如同被风雨雷暴击垮冲碎。然而泥土腐朽后仍为泥土，此为人类的根系，不容改变。人死后归顺于地母，成为其无所不包、无所不分的部分。面对大地丰裕的生命力，死亡的速度在此处突然停滞——大地永存，生生不息地哺育、珍爱着一切，粮食、蔬菜和诗人的骨与肉紧紧相连。大地之上即为现实，为世俗，为生儿育女、繁衍生息、代代无穷的人类历史，在泥土之上以梦为马的诗人也将打马停驻，将梦栽种在故乡家园的土壤里，生根发芽，将个体的自我埋葬在高高的山岗上，融入俗世的泥土，守望无穷的时间与平静。在这片刻的宽慰中，以梦为马的诗人得以在现世中拥有形体，与他的"粮食——物质"以拥抱的形式结为情人。但是，这份欢娱迅速地转变为不安、愧疚和身为人类生命形态的自卑，"面对大河我无限惭愧"，只因大河以其逝水奔腾不绝的形态，作为力与速的又一化身，宣告着记忆中"此火为大"的卷土重来，惊醒了诗人沉睡的马匹与梦。"年华虚度，空有一身疲倦"，这是众人在世的无奈，是一摊生命的死火，不再做的梦，没有修理的马蹄铁，在逝者如斯夫般的感慨中河流不会流尽，流尽的是诗人最后一滴泪水，在其中马儿不是跑死而是溺死，在现世之海中"一命归天"，仓皇遗落的是尚未涅槃的火焰的种子和以梦为马的诗人的抱负与尸体。

于是诗人梦想自我的重生，这梦想即成为烈马，不是肉身的再造而是伟大事业本身的复活。千年跨度对于大河本身在弹指须臾之间，河水依旧向东，而河岸沧海桑田，只有以梦为马的诗人以诗歌精神永恒不朽，化身此大火，天马踢踏，从南向北流着泪水烧毁丰裕的稻田，融化国王冰封千里的雪山。再次以割舍一切的大无畏、大决绝，朝向那个永恒的事业：太阳，火的终极概念，做出堂吉诃德式的冲刺。以梦为马的诗人整个生命历程正是驳杂火焰实现自身成为至纯烈火的历程，是诗人现实与理想矛盾更迭对抗、永无终日地燃烧彼此的历程。于是，太阳的一生就成为"我"的，一个人类的一生，这本不可能实现的神圣却在以梦为马的诗人的梦中必然发生。日——永恒的绝对精神的象征，是一切矛盾、分裂、斗争发展到极致后超越主客体存在的世界本质，它从古至今超越时空"无比辉煌无比光明"，绝非人力所能至，而如今"我被黄昏的众神抬入不朽的太阳"，显然这是沦为千年尸体的诗人梦中的想象，这梦又化身为火的马，让所有以梦为马的诗人为之癫狂。

墓志铭写就了，上面刻着以梦为马的诗人的名字，在一个跨越千年的遗梦中与太阳重合——此时死亡就是重生，重生就是死亡，在太阳的山顶埋葬诗歌的尸体，亦是其中挖掘太阳的复活。"千年王国和我"在濒死的葬礼中终于迎来涅槃，五千年凤凰作为祖国的生命化身与蜕变为"龙"的马，完成所有以梦为马的诗人的夙愿，然后在梦醒时刻接受那个早已成真的谶言——我必将失败，但诗歌本身必将胜利。

面朝大海，春暖花开①

> 从明天起，做一个幸福的人
> 喂马、劈柴，周游世界
> 从明天起，关心粮食和蔬菜
> 我有一所房子，面朝大海，春暖花开
>
> 从明天起，和每一个亲人通信
> 告诉他们我的幸福
> 那幸福的闪电告诉我的
> 我将告诉每一个人
>
> 给每一条河每一座山取一个温暖的名字
> 陌生人，我也为你祝福
> 愿你有一个灿烂的前程
> 愿你有情人终成眷属
> 愿你在尘世获得幸福
> 我只愿面朝大海，春暖花开

幸福是一个人的海边危房

一个不忍的猜想是，孤独的诗人是否还能够迎接明天，然而他仍然自作主张地决定："从明天开始，做一个幸福的人。""明天"是一个充满希望的名词，那么，与其对应的"今天"若非绝望，此诗就无法成立。在此疑虑下，此诗分裂为两重旋律，一则温暖、真挚、

---

① 海子：《面朝大海，春暖花开》，《海子诗全编》，上海三联书店 1997 年版，第 436 页。

纯朴，作为尘世诗人的本职工作——祝颂，而存在于语言的表象中，大有使"幸福"覆盖一切之势；其二却悲哀自黜，隐藏于真实诗人的血肉中，在被鲜衣怒马的语义所冷落的角落中，忍耐精神上的孤独。前者是被俗世所肯定的最正义的生活：在与他人、他事所发生的必然关系中，个体焦虑被社会群落层面的生命牵绊化解，不管是与亲人通信，为河山取名，还是有情人终成眷属的祝福，无不位于上述话语体系中。然而，在诗人笔下，这不过是一种暂时的药方，当"幸福"以闪电的姿态突兀出现时，这一不合时宜的名词却宣告了"幸福"定律的神谕性质——强制、未经思索、不容置疑，这一指令如闪电般迅速降临又迅速消失，试图"告诉"，也是"警醒"诗人应幸福地处理自我与他者在俗世中的关系。于是后文的祝颂旋律便携带了谶言的性质，诗人口中的明天充满希望地向一切尘世之子敞开，既是迎接又是诱惑，以温柔、乐观、肯定的桃花源式的光晕引导着万物向其靠拢。然而，诗人口中的一切祝福所指又始终仅作为"幸福"的名称，是抽象而非具体的，它强迫性地重复着"灿烂前程""有情人终成眷属""获得幸福"的道德口号，究其根本，诗人并不知晓所谓"明天""幸福"是为何物，仅在闪电的"告诉"中充当一个无知的传播中介，在由陌生人与陌生人所构成的人流中，既无法融入，又被人潮拥挤。这无疑是在乐观的诗句中镶嵌了一种悲剧的内核。

当作为"幸福"的无知盲流时，"我"的愿望是否真挚、是否发自内心已不重要，重要的是这愿望与诗人自身的生命体验、生存状态之间的全然相悖，后者被压抑于尘世幸福的角落，几乎成为其注脚，又作为一种幽灵逃逸于光明话语的缝隙中。"喂马、劈柴，周游世界"，卑微、生动的在场性劳作使诗人回归肉身，隐隐与祝颂的迷狂状态分庭抗礼，在手部动作的劳碌中，诗人面对的是当下可触摸的木头与马，是其真实生命体验的一部分。烧火、骑马、周游世界固然已被囊括在祝颂旋律中作为正确"幸福"生活的一种，然而其生成条件却摒除了他者关系的必然介入。可以说，这方是诗人自己的幸福。这份卑微到最低限度的景愿中唯独有诗人自己的明天，自己的园地里栽种着仅养活自己躯体的粮食与蔬菜，以及自己孤身一人居住的房子，这所房子"面朝大海，春暖花开"。此处诗人使用"我有"而非"我愿"，形成了两种意涵：一种无知而热情，一种明白而孤独，肉眼可见其界限。"有"作为一种确凿的存在凭据，令这所建筑在海市蜃楼中的房子仿佛拥有了实体，又仿佛成为诗人自己——自我放逐于海岸，自我固守于孤独，时空也凝滞于春花盛开的季节，这是诗人在今天、当下的活着，也将预言是其永恒的生命归宿。

"面朝大海，春暖花开"，作为开篇的诗行，幸福在此处诞生，在无知的祝颂中辐射至他者万千世界，亦要以此为终末，成为诗人的孤独本身——宏大的明天必将向着今天此处的春暖花开回归，幸福的尘世也将朝着当下面朝大海的危房坍缩，那是一个被抛弃的世界，也是诗人最后只拥有的世界，正如最初的猜想一样，最后的"我愿"也是"只愿"，其中并没有明天，没有幸福，没有诗人，而只有一所房子，"面朝大海，春暖花开"。

四姐妹①

荒凉的山冈上站着四姐妹，
所有的风只向她们吹，
所有的日子都为她们破碎。

空气中的一棵麦子，
高举到我的头顶，
我身在这荒凉的山岗，
怀念我空空的房间，落满灰尘。

我爱过的这糊涂的四姐妹啊！
光芒四射的四姐妹，
夜里我头枕卷册和神州。
想起蓝色远方的四姐妹，
我爱过的这糊涂的四姐妹啊！
像爱着我亲手写下的四首诗，
我的美丽的结伴而行的四姐妹，
比命运女神还要多出一个，
赶着美丽苍白的奶牛，走向月亮形的山峰！

到了二月，你是从哪里来的？
天上滚过春天的雷，你是从哪里来的？
不和陌生人一起来，
不和运货马车一起来，
不和鸟群一起来，

四姐妹抱着这一棵，
一棵空气中的麦子。
抱着昨天的大雪，今天的雨水。

① 海子：《春天，十个海子》，《海子诗全编》，上海三联书店 1997 年版，第 444 页。

　　明日的粮食与灰烬，

　　这是绝望的麦子，

　　请告诉四姐妹：这是绝望的麦子，

　　永远是这样，

　　风后面是风，

　　天空上面是天空，

　　道路前面还是道路。

在绝望之巅呼唤爱

　　海子的一生确乎爱过四名女子，她们的名字和真实的情感经历我们难以确认，但海子对她们的感情无疑都是纯粹、热烈而真挚的，因此，失去她们的爱情对海子来说无疑也是撕心裂肺、痛不欲生的。由于诗人敏感、内向甚至略带神经质的性格，对爱情的绝望在诗中扩张至对人生、命运的绝望，两种绝望相互叠加，将诗歌的情绪推至深邃而黑暗的天空，那里敞开海子人生的永久悲剧性和神性。

　　诗的开头迎面而来的是"荒凉的山是冈"，这是一片空旷、寂寞的时空，山冈伫立在天空和大地中间，是诗人心灵世界仅有的参照物，"四姐妹"的形象模糊而梦幻，她们遥遥地站在那里，就已经使诗人迷狂。这四个女人或许没有血缘关系，甚至根本不认识彼此，但海子仍用"姐妹"来形容她们，这是因为，无论是诗人对她们的爱，还是她们对诗人的爱，都是同等的纯粹，其中不掺杂任何伦理的不妥或世俗的争端。"四姐妹"是一个神性的表述，古希腊的女神常以姐妹关系结伴而行，如缪斯女神、命运三女神等，而四姐妹"比命运女神还要多出一个"，这意味着她们比神更加美丽，也更加神秘。"四姐妹"几乎成为海子理想中的爱情神话，是他世界的中心，"所有的风只向她们吹"。然而，当这一神话以悲剧的形式上演时，诗人失去爱情，被众神抛弃，他的世界也濒临崩溃的边缘，"所有的日子都为她们破碎"。空寂、冷峻的风呼啸着吹过山冈，将美好的过往撕成碎片，一时间绝望的情绪蔓延至整个内心世界。

　　在罡风中，"四姐妹"的形象被吹散而远去，逐渐遥不可及，"荒凉的山冈"上仅剩濒死的诗人一人。"空气中的一棵麦子"突兀地出现，取代"四姐妹"成为诗歌的焦点，这棵麦子就是海子的历史化身。在爱情丰收之时，万物丰裕而富有生命力，金黄的麦浪浮动，展现着喜悦和美好的光景，然而丰收过后，大地复归荒凉，麦子被切割、碾碎，收进黑暗的粮仓。海子是那唯一一棵被遗弃的麦子，既丧失了当时的生命激情，也被死亡的收割者遗漏，游荡在空虚和荒凉的山冈之上，成为一个爱情的幽灵。"我"拾起麦子，将它高举至头顶，这是一种献祭、牺牲式的举动，麦子的宿命在此刻与诗人的宿命重合，一种自愿死亡，以死养生的宿命。不幸的是，这里早已没有献祭的对象，"四姐妹"众女神早已离去，诗人的虔诚祈来的只有更多的虚无。因此，诗人开始"怀念我空空的房间，落满灰尘"。尽管同样空空如也，同样空虚，但房间与山冈不同。爱情神话破灭之后，"山冈"一无所有，这是诗人荒芜内心世界的写照，而房间则留存着诗人真实体验过的关于美好爱情的回忆。那些"灰尘"是记忆的残渣，是那些被风吹拂过来的"破碎"的日子，带着从前的熟悉的气息。

在"山冈"上，诗人目击爱情、理想和神话的破灭，那是一个令人绝望的悲剧之地。但"空空的房间"却是诗人进行追忆的场所，他在这里追思他和他"爱过的这糊涂的四姐妹"的往昔，"夜里我头枕卷册和神州。/想起蓝色远方的四姐妹"。在梦里，爱情还保持着当初的模样，诗人和他深爱的"四姐妹"重新走过相逢、相知、结伴而行的道路，直至"蓝色远方"，四姐妹"赶着美丽苍白的奶牛，走向月亮形的山峰！"与诗人挥手告别。"蓝色远方"不同于海子经常使用的除了遥远之外一无所有的远方，那里不是永恒的未知和虚无的未来，而是一个精神故乡。故乡里的水是"蓝色"的，月亮是"蓝色"的，心情也是"蓝色"的，这一清新、宁静的色彩牵引着诗人的乡愁，使盲目的内心澄净。在这个远方，诗人对爱情的追求升华至对诗和理想的追求，"我爱过的这糊涂的四姐妹啊！像爱着我亲手写下的四首诗"，从此处可见，海子将他的全部人生经验都自觉转化成了诗歌，于是这首诗就不再只是单纯地追悼爱情，也是一首诗歌理想的挽歌。

在这个追寻爱情、诗歌与理想的蓝色梦境中，诗人发现他的四姐妹竟然"比命运女神还要多出一个"。那个多出来的人是谁？抱着这样的困惑，诗人发起诘问，他诘问的不仅是爱情超出掌控的复杂、多变和诡谲，也是那个超越命运的剩余者——"你"。"你"显然是诗人想象的产物，她是"四姐妹"的一员，但她又是特殊的，她位于经典的三位一体的格局之外，是一个不被命运捕捉的神秘因素。正是"你"捉弄了"我"，捉弄了"我"的爱情和命运，又以魔性的魅力令我迷狂地追逐。因此，"你"既可以就是"爱情"，也可以是"我"的精神最深层的欲望本身，那个永远得不到满足的欲望，驱使诗人走向死亡和崩溃。然而，尽管诗人知道自己的追究不会有结果，甚至会导致一无所有的绝望，但这一切皆出自他的自愿。在冬春之交的二月，死亡与复苏相互更迭，诗人偏执而敏感地追问命运——"你是从哪里来的？"对于这个问题，诗人是彻底困惑的，他用了一系列的否定来表现自己的焦虑和揣测："不和陌生人一起来，/不和运货马车一起来，/不和鸟群一起来"。"陌生人""运货马车"和"鸟"都是海子诗歌的经典意象，一个远离故土、灵魂失落的陌生漂泊者，一个忍受沉重负担、缓慢前行的运货马车，以及"爱怀疑爱飞翔"的鸟，它们都具有孤独而漂泊的本质，甚至可以说，它们都是诗人自己的化身。因此，"不和……一起来"实质上指的都是"不和我一起来"，无论如何，"你"与"我"都再也无法相见。在这个二月，诗人只能目送着"四姐妹"和不知道哪个人一同远去，而自己则作为"绝望的麦子"，成为"明日的粮食与灰烬"。

诗歌最后一节写的不是"四姐妹"的回心转意，而是诗人处于绝望之巅的走马灯式的妄想。"四姐妹抱着这一棵，/一棵空气中的麦子。"仿佛她们重新爱上了诗人，即使是黄粱一梦，这也本应是一个欢欣的情景。然而诗人的绝望本质并没有发生变化，他写道，"请告诉四姐妹：这是绝望的麦子，/永远是这样"。这时，诗人已不单纯是一个为爱自暴自弃的人，他在本质上就是一个"沉浸于冬天，倾心死亡"的悲剧诗人，宁可以自身的终结让诗歌神话最后一次再现。"风后面是风，/天空上面是天空，/道路前面还是道路。"世界不因"四姐妹"的到来或离去而改变什么，女神只是诗人人生悲剧中的演员，然而整个世界本身就是一个悲剧：一无所有，漫无目的。最终，他魂牵梦绕的"蓝色远方"也被没有尽头的道路覆盖，复归虚无，成为远方之后更远的黑色远方。诗人放弃了对"四姐妹"的漫漫追求，或说爱情本就不是他的需求和最终目的，他的目的是走向死亡。

春天，十个海子①

春天，十个海子全都复活
在光明的景色中
嘲笑这一野蛮而悲伤的海子
你这么长久地沉睡到底是为了什么？

春天，十个海子低低地怒吼
围着你和我跳舞、唱歌
扯乱你的黑头发，骑上你飞奔而去，尘土飞扬
你被劈开的疼痛在大地弥漫

在春天，野蛮而复仇的海子
就剩这一个，最后一个
这是黑夜的儿子，沉浸于冬天，倾心死亡
不能自拔，热爱着空虚而寒冷的乡村

那里的谷物高高堆起，遮住了窗子

---

① 海子：《春天，十个海子》，《海子诗全编》，上海三联书店1997年版，第470页。

它们一半用于一家六口人的嘴，吃和胃

一半用于农业，他们自己繁殖

大风从东吹到西，从北刮到南，无视黑夜和黎明

你所说的曙光究竟是什么意思

复活的悲剧与死亡的神话

"十"作为满溢之数大于天九，是名为太阳。十个海子，亦是十个被射死的太阳于春天全部复活，万物将遭遇上古时期十日同天的灾祸，光明满溢于十的数字，世界永无黑夜。"我"目睹这一切剧变，分裂为光明与死亡的矛盾体，代表太阳和后羿的纠葛关系。再度现身的十个海子面对"我"，也是面对"你"，"这一野蛮而忧伤的海子"既是曾经对同胞痛下杀手如今于黑夜沉睡的海子，也是引弓自戕后作为太阳死亡的海子，光明与黑暗的可能竟同时存在其一生——后羿与太阳本是同根。十个复活的海子"嘲笑"自我的仇敌亦是兄弟，用十个太阳的光明将这一蛮荒时代遗留下来的海子的不安彻底暴露：你为什么假作沉睡？是恐惧你死我活的复仇？还是在死亡的忧郁中不能自拔？十个海子在复苏的季节"低低地怒吼"，怒其长眠的这一海子之不争——仅仅是看着十个海子复活，自己却在光明与死亡中不断地徘徊、妥协。

在久违的新生中，十个海子陷入了狂欢，首先庆祝自我的生命，将"你和我"包围，"跳舞，唱歌"，仿佛要将我们当作祭品献给春天。面对一切始作俑者的这一海子，十个海子以暴力而傲慢的动作"扯乱""骑上""飞奔"将之生生拉醒，强迫其睁眼直视十个太阳所构成的光明。在这光明下，"你"也是"我"，被自我的冲突一劈为二的躯体迎来久违的疼痛，这疼痛贯穿肉体深入大地，达到存在的层面，它是这一海子灵魂所负的罪行：荒诞的死，荒诞的自杀，荒诞的对自我的仇恨。这一海子曾经选择在沉睡中逃避此罪，如今十个复活的海子想要以最惨烈的痛苦激怒这一海子，使其重新拥有行动的意志——拉弓，射日。

在春天，十个海子全都复活然后又被杀死。是这一野蛮而复仇的海子在灵魂的痛苦中做出的行动："你和我"的选择，将光明的复活的十个海子重新射死。最残酷的事情再次发生，然而光明不再是代价，在重复的悲剧中，"我"意识到十个海子傲慢的面孔下万死不辞的赤诚——"我"接受了自身为太阳的死亡，太过耀眼的死亡，退场迎接"黑夜的儿子"。"我"这早已死亡的海子甘愿将黑夜彻底归还"沉浸于冬天，倾心死亡"的"你"，"这一个，最后一个"海子，在空虚而寒冷的乡村中缝合自己，又全然热爱这被遗落在人间的孤独。至此，自上古时期绵延至今的荒诞复仇落下帷幕，然而这并不是圆满的结局。乡村湮没于

黑夜中，不再受到太阳——强力、欲望、傲慢、暴力的侵扰，成为这一悲伤而孤独的海子的委身之地。"那里的谷物高高堆起，遮住了窗子"，也隔绝了外界的视线，拒绝窥探，亦即拒绝暴露，人类像生活在黑盒子中一样，自力更生，自给自足，生活只在最低限度的欲望中：一半用于吃，一半用于繁衍，缓慢而劳碌地进行。一切都仿佛是永恒——这是历史之风的威力，它把握着巨大的方向，无视光明与黑夜间的挣扎而悠久地发展。然而，这最后一个海子却马上从风中觉察，即使永夜也必然要发生变数："你所说的曙光究竟是什么意思"，它是无知，绝望，放弃，又是求知，诘问，恐惧，复杂的心情重新涌上心头，轮回如风，重新转动。当孤独成为最后一个海子，"你"的重新出现预示着新一轮的分裂与焦虑，在近乎强迫性的质问中，曙光与黑夜中野蛮而挣扎的海子竟又要在冬天破壳而出，重新复活。周而复始不得解决的矛盾，使写下此诗的最后一个诗人的海子在十三天后于山海关附近卧轨自杀，彻底结束了他的复活。

黑夜的献诗——献给黑夜的女儿①

黑夜从大地上升起
遮住了光明的天空
丰收后荒凉的大地
黑夜从你内部上升

你从远方来，我到远方去
遥远的路程经过这里
天空一无所有
为何给我安慰

丰收之后荒凉的大地
人们取走了一年的收成
取走了粮食骑走了马
留在地里的人，埋得很深

草叉闪闪发亮，稻草堆在火上
稻谷堆在黑暗的谷仓

---

① 海子：《黑夜的献诗》，《海子诗全编》，上海三联书店 1997 年版，第 477 页。

谷仓中太黑暗，太寂静，太丰收
也太荒凉，我在丰收中看到了阎王的眼睛

黑雨滴一样的鸟群
从黄昏飞入黑夜
黑夜一无所有
为何给我安慰

走在路上
放声歌唱
大风刮过山冈
上面是无边的天空

虚无之中坦然度过黑夜

开篇如庄严、沉重、悲悯的乐章，向世界宣告黑夜本身。在这片众生受难的大地上，升起的不是光明而是黑夜，后者反而颠倒性地将天空遮蔽，在悖反中完成了对光明的占领。于是，在丰收过后，阳光下金黄色的麦田沦为荒凉而空旷的大地，天空中的光明被消耗殆尽，嗷嗷待哺，而此时仅有这荒芜所孕育、诞生的空无一切的黑夜可填补之——上升——上升。黑夜，是大地的女儿；大地，又是黑夜的子宫，在这原始神话般的宿命关系中，诗歌世界开始轮转。

"你"作为"黑夜的女儿"，是"我"所献诗的对象，是神话的后代也预备成为母亲。"我"要献诗给黑夜的一切，于是踏上寻找远方的道路——远方正如黑夜一样，一无所有，空无一切，也如我与"你"的偶然相遇一样擦肩而过，无疾而终。因为"你从远方来，我到远方去"，我们对于彼此来说都将经过无限遥远的路程，最终剩下的只是一段毫无结果的跋涉。但"我"深知的是，"我"所献诗的对象本身即是虚无，它蕴藏在黑夜的天空，同我一样一无所有。那份懵懂的"安慰"正来自失败，来自毫无所得中的心灵之寂静，至少我知晓了"你"与"我"同在去向远方的道路上，上方都是一无所有的天空。

接下来，诗人将笔转向天空下曾经的所有物，在无边黑夜降临后，它们的在世形态也在发生改变。丰收后，是物质最饱满也是精神最空虚的时刻，人们收走大地一整年的积累，徒留一片空地。物质随着时间消逝，"取走了粮食骑走了马"，繁忙的生命运动终于停止；然而精神，却会永远被困在曾经丰裕而如今荒凉的大地上，"那些留在地里的人，埋得很深"，他们的根自我惩罚式地埋在土地中，久久不能释怀黑夜中所失去的一切。那是他们对金黄色麦田，对光明充盈整个天空的饱满记忆：丰收之时，万物尚有颜色，"草叉闪闪发亮，稻草堆在火上"，生命在光与火中跳动。然而当稻谷从太阳下的打谷场转移至黑暗而深沉的谷仓，一切的热烈兀地消灭，徒留寂静——太丰收，也太荒凉，这是诗人的感慨，也是大地与黑夜的宿命关系。"阎王的眼睛"意味着死亡对黑夜的凝视，视线一扫而过夺走一切生命力，就连乌鸦，黑夜的信使，也遁入黑夜的死亡中，成为漆黑本身的概念。

一无所有——是所有物的结局，它重新回到了诗人献诗路上的无边的天空，这是万物的悲伤却是诗人的虔诚："黑夜一无所有，为何给我安慰"，因为诗人早已无须安慰。从物质的丰收中看见死亡，也能从大地的荒芜中看见绝望之为虚妄，正与希望相同。"我"将以大行进、大欢唱的姿态，将自我作为一种诗歌前进的精神献给"你"，献给"黑夜的女儿"，她在比远方更远的高高的山冈上一无所有，"上面是无边的天空"。

参考文献

[1]西川. 海子诗全编[M]. 上海：上海三联书店，1997.

[2]龙泉明. 中国新诗名作导读[M]. 武汉：长江文艺出版社，2003.

王家新：知识分子写作与诗人使命

一、诗人概述

王家新，1957 年生，湖北丹江口人，当代著名诗人、评论家、翻译家、学者，现为中国人民大学教授，博士生导师，主要从事中外现当代诗歌、诗学理论与诗歌翻译研究。1978 年至 1982 年就读于武汉大学中文系，在大学期间开始发表诗作，毕业后被分配至湖北郧阳师专工作，1983 年参加《诗刊》组织的青春诗会。1984 年写作组诗《中国画》《长江组诗》，受到诗界关注。1985 年至北京从事《诗刊》的编辑工作，并出版诗集《告别》《纪念》，1986 年开始自觉进行诗学探索和转向，告别"朦胧诗"影响下的青春期写作，诗风更加凝重。1992 年赴英访学，这一经历增强了他在世界范围内的诗歌互文意识，1994 年回国后进入北京教育学院中文系，任副教授，2006 年被聘为中国人民大学文学院教授。王家新是中国 20 世纪 90 年代的代表性诗人，他的诗歌创作受到广泛关注，也被视为"后朦胧诗"的成员以及"知识分子写作"的主要代表诗人。代表作有《帕斯捷尔纳克》《游动悬崖》《回答》《纪念》等，《在山的那边》被选入人教版七年级上册《语文》教科书；主要诗集有《纪念》(1985)、《游动悬崖》(1997)、《王家新的诗》(2001)、《未完成的诗》(2008)，《塔可夫斯基的树》(2013)；另有多部诗论随笔集和国外诗歌翻译集。

《游动悬崖》

《王家新的诗》

　　王家新是一位随时代逐渐成长起来的诗人，他的创作历程和诗学理念也在不断发生变动和转型，时至今日，王家新依然笔耕不辍，不断更新自己的创作，为中国新诗的发展作出新的展望和贡献。若就其至今的创作史来看，他的写作可大致分为三个阶段：自 20 世纪 70 年代末登上诗坛后，在时代氛围与"朦胧诗"诗潮影响下进行的青春期写作，在这一时期王家新具有一定的理想主义色彩，是对当时喧嚣激昂的诗歌环境的顺应，也展露出诗人较雄伟的诗学抱负；90 年代前后在时代熏陶与西方诗学资源滋养下更具独立性的个人写作，90 年代的时代精神是变动不安的，作为一个有良知的知识分子诗人，王家新更加注重捍卫自我的诗人职责与诗歌精神，这也使他与众多的外国知识分子诗人，如帕斯捷尔纳克，产生深深的思想共鸣，此期作品较前一阶段更加深邃而具有批判意识，也最能体现诗人的独特气质；2000 年后，王家新进入他的创作"晚期"，其语言趋于平淡，内容近乎日常，但其中的人文沉思愈发厚重、成熟。无论何时，在复杂的时代语境下，诗人始终坚持以诗歌表达对细微现实与问题的关注和追问，保持自己身为知识分子诗人的操守与独立性。

　　王家新早期青春写作的创作风格尚不独立，更多是在诗歌复热的时代潮流下，怀揣着诗歌精神与自我表达的梦想，所进行的各种摹仿、尝试与探索。尽管如此，在洋溢着同样稚嫩的青春理想的同时，王家新的诗也做到了个人与时代的贴切表述，这些作品主要集中在其诗集《纪念》和《告别》中，在显得激情、恢弘的同时，也承载着他对青春岁月的体悟和感怀。王家新的青春写作与他的个人经历有很大关联，作为经历过"上山下乡运动"的知识青年，他曾对未来既怀抱激情又深感迷茫，这一代人的精神是彷徨的，他们追求过崇高，也陷入过苦闷，因此，当时代重新给予他们选择时，他们的表达欲望是最饱满、最热情的。青春期的王家新充满对未来的信念和勇气，对敞开后的世界充满好奇。在《在山的那边》中，他写道："是的！人们啊，请相信——/在不停地翻过无数座山后/在一次次地战胜失望之后/你终会攀上这样一座山顶/而在这座山的那边，就是海呀/是一个全新的世界/在一瞬间照亮你的眼睛……"以乐观的心态，将自己的才华与激情融入充满信念的文字中。另一方面，青年王家新不单纯是一个幼稚的理想主义者，他也有对现实的忧郁沉思。这首先表现在其对故土的眷恋，以及对过往历史的沉思。其诗与"土地"相关的人、事、物都具有苦难内涵，诗人缅怀那些忧伤而黯淡的青春记忆、历史印象，在深沉中透露对未来的更高企盼。其次，王家新的青春也有理想的失落，苦闷和彷徨不仅存在于过去的岁月，也产生自当下现实与理想之间的落差，诗人将他的失落寄于土地、家国与乡愁中，同时又能跳出一味的沉湎，保持一种诗意的理想和信念。缅怀过去、抒写当下并思索未来，青春期的王家新展露出自身开阔而沉郁的历史情结，他具有诗人的意识和写作的自觉，并早早地承担起作为历史主体的使命，这种身份职责上的自我定位贯穿了其创作生涯始终。

　　王家新的青春期写作在很大程度上受到了"朦胧诗"的影响，虽然他被誉为"后朦胧诗""第三代诗歌""个人写作"或"知识分子写作"的代表人物，"朦胧诗"的经历对王家新来说却是绕不开也是至关重要的。无论是语言的表达方式、意象的选取、情感基调与功能，还是创作者的主体意识，王家新的早期诗风都不能摆脱所谓的"朦胧"气质，总体呈现出含蓄、深沉的隐喻性表意倾向。他摹仿朦胧派诗人隐晦而富有暗示性的风格，如《中国画（组诗）》，从标题"山水人物""鱼""雪意""晚亭"即可体味到一种晚唐式的古典诗境，其"朦胧"性不言而喻。在选取意象时，他常使用一些具有代表性的朦胧诗意象，如他喜爱的山河风景、石头、旷野等，这些意象具有广度和深度，寄寓诗人对人生、故乡与时代的思考和感悟，在其日后的创作中，这些典型意象也随着诗人阅历、眼界与能力的增长、开阔而不断深化。

相比同时代各种流派、各种诗潮，青春期的王家新也是一个早熟且孤傲的诗人。80年代诗坛繁荣的表象背后，其实面临着无法统一的各种矛盾，诗人们陷入对诗歌精神价值的困惑中。王家新的诗人气质形成于"文革"十年，在当时的环境下，诗人的创作激情是被压抑的，但也在不断酝酿中趋于沉稳、内敛。因此，当时代解开束缚后，诗人并没有完全被时代浪潮裹挟，而是保留自身的冷静和独立。他并没有选择哪一个诗歌流派或潮流，而是尝试根据自己的生命体验和情感来寻求自我的个人创作。尽管"朦胧诗"给了王家新最初的诗学启蒙，但他其后选择的是在此基础上继续前行，正因如此，他才能在时代变幻中坚持独立的写作，延续自己独特的诗歌生命。

20世纪80年代末，王家新进入非常重要的创作转型期，这是由时代语境的变化以及海外新的生活经验促成的。80年代末是一个诗歌神话幻灭的年代，诗歌界不复当年盛况，创作环境变得严峻，对诗歌精神从虚无缥缈的追求逐渐转向实际的物质狂欢，这对王家新这样有时代责任感的诗人来说无疑是困惑不安的。无论是对诗人自己，还是对整个中国诗坛来说，1989年前后都是非常特殊的时期，在《一个劈柴过冬的人》中，它被隐喻为一个"严冬"，而诗人则鼓励自己成为"劈柴过冬的"坦然生存的人，其中既有一种大无畏的信念，也蕴含些许对时代冬天的迷茫。这说明，面对历史环境的巨变，诗人的心态既有变化又有所不变，无可避免的是其理想遭受剧烈冲击，总的情感基调由恢弘高亢转向深邃低沉；不变的则是其诗人良知和历史使命感。因而在剧变的历史背景下，基于他对时代与人生的新认识和新思考，他的诗歌内容和思想主题有了新变化，他更加细致入微地关注社会现实，而不仅仅进行单纯而敏感的青春畅想，只在个人理想与现实之间患得患失，此期其诗具有比前一阶段更加强烈的历史忧患感和批判意识。在个人层面，诗人的人生阅历也在不断丰富，两年的海外生活使其对西方诗学进行了系统性学习，这开阔了其创作视野，其诗歌的思想深度也有所沉淀。在跨地域和跨文化交流中，诗人在不同语言之中漂泊，开始重新思索诗歌语言的本质与表现方式。另一方面，在与帕斯捷尔纳克、艾略特、叶芝、策兰等众多国外诗人的神游交遇中，诗人体悟到个体在苦难时代面前，应自觉承担起相应的诗歌写作的使命。此时，他已然将诗歌写作视为一种关于历史、生命等多维的文化使命，作为一个有良知的诗人，必须承担起这样的责任，这种态度也使其主张并支持"知识分子写作"，即认为需要有良知、有操守，且富有时代使命感和艺术责任心的专业诗人来创作诗歌，这样才能最大程度地捍卫诗歌的精神使命与历史地位。

《帕斯捷尔纳克》一诗标志着王家新青春期写作的彻底结束，也标志着他90年代诗歌独特风格的形成。王家新在诗中深情感叹帕氏的高贵灵魂："不能到你的墓地献上一束花／却注定要以一生的倾注，读你的诗／以几千里风雪的穿越／一个节日的破碎，和我灵魂的颤栗。"帕斯捷尔纳克一生历经劫难，却从未忘记自己是一个诗人，一个高尚而孤独的诗人，从这一诗人剪影中，王家新找到了属于自己的创作方向，那便是肩负使命而写作，永远热情、永远孤独地捍卫诗歌的高贵地位。在这首诗中，王家新以沉痛凝重的笔触抒写自己的感情，表现整个时代的迷茫和他对这种迷茫的沉思，"终于能按照自己的内心写作了／却不能按一个人的内心生活／这是我们共同的悲剧"，这是90年代王家新的困惑与彷徨，也是他对诗歌进行探索的目的，即重新发现在这个时代进行写作的崇高意义。

2000年后王家新的创作进入了"晚期"。所谓"晚期"指的并不是其诗歌生命的最后阶段，而是相对于青春期写作的青涩以及中年写作的成熟而言，其指向一种"晚期"的风格，如萨义德所言，是诗人处理自身诗歌生命衰老的一种自我救赎、向死而生的态度。在王家新这一阶段的创作中，我们可以看到他对自我创作史无处不在的辨认与反思，这是他的勇气，也是他一以贯之的诗学担当，只有不断追问自己，才能实现对自身的超越和突破。他不再过度追求表面上的诗歌技艺或语言难度，而是转向更深层次的对日常生命本身的艰深探索。因而，此阶段诗人在语言风格上趋于日常化，更加平淡、朴实，创作重心则放在思想的厚重上，这是诗人站在新的历史高度的自我沉淀，从恢弘激昂到深邃冷静，再到日常存在之沉重与轻盈的交融，"晚期风格"的诗人对现实生活节奏的诗化把握和驾驭更加熟稔，能从微观日常现象中看到多元而深重的人文主题。大量熟悉而常见的日常物象，如牡蛎、坝堤、柚子，等等，穿插于诗中，构成其"晚期"诗歌意象体系，曾经深邃优美的语言，此期似乎也变得平淡而缺少诗味，不过这些诗歌的思想深度却不减反增，甚至比90年代的诗作更加晦涩，这无疑也是他对诗歌难度与使命持之以恒的捍卫。在对日常生命与生活的重新审视中，王家新与自我的历史和历史的自我对话，以缓慢而稳重的步履迈向自己持之以恒的创作，时至今日，他的诗歌生命还远远没有结束。

从青春期的"朦胧诗"写作到90年代具有独立精神的个人写作，再到新世纪后趋于内敛的"晚期"写作，这个创作历程能够代表一代知识分子对诗歌精神文化的普遍追求。他以独立的知识分子立场和独特的诗歌创作理念，立足本土文化，借鉴西方诗歌，用诗歌承担历史赋予的使命，呼唤时代的良知，坚守诗人的道义，其诗风在中国当代诗坛是独树一帜的。

首先，王家新的诗歌普遍存在一种"承受"和"承担"的精神，这构成他诗歌世界的精神根脉。对诗人而言，承担不仅是抵抗外界的物欲横流或精神迷乱，而是要在诗歌神话隐落的时代坚守独立的诗歌精神，还需要一种更大的关怀——生命的、语言的、文化的、历史的……一个有良知的诗人面对这些命题别无选择，唯有用诗去承受它们的千钧重量，这就要求他的写作必须与之相称，拥有值得信赖的态度、沉重的笔触和坚硬的精神。因此，对王家新来说，诗歌不只是艺术的技艺，而首先是人类精神的家园，其指向诗意生存的本体。他将诗歌写作视为应"承担"的责任和使命，对诗歌负责，就是对现实和历史负责，对时代和文化负责，也是对诗人自己的知识分子立场和精神负责。在其诗歌中，"承受"作为一个关键词反复出现，《最后的营地》中有"而一生沧桑，远在另一个世界的亲人/及高高掠过这石头王国的鹰/是他承受孤独的保证"，《帕斯捷尔纳克》中有"只是承受、承受，让笔下的刻痕不断加深"，《词语》中有"这是他们自己所承受的火焰"，等等。以"承受"为主体精神的词语还有"忍受""度过""分担"，诸如此类。这些语词使诗歌内在精神变得凝重、复杂，进而影响诗歌形式。在语言层面，王家新诗歌的语调显得过分滞重、笃定，语言味道沧桑有力、粗朴坚硬，不带丝毫修饰性的陈词滥调。总而言之，其诗因"承受"的精神而天然拥有一种沉重的结构，在诗的内部，各词语并不是轻松、自由、散漫地结合，而是被集中、挤压并熔铸为一块坚硬的石头，具有介入历史的深度和贯穿精神世界的力度。这个略显朴素的词汇烙印在诗人的创作灵魂中，是其敏感而坚忍的诗人性格在时代中的写照，蕴含其对自身信仰和使命的清醒认知。

其次，王家新的诗歌写作以"词语"和独属于他的一系列"词根"为中心。"语言是存在之家"，诗人将"词语"作为诗歌的本体观照对象，赋予其关联生命、抵达"存在"的本体性。在《词语》中，他写道："词语，刀锋闪烁 进入事物……它们是来自炼狱的东西/尖锐，明亮，不可逾越/直至刀锋转移/我们终因触及到什么/突然恐惧、颤栗。"显然，这里的"词语"不是一个工具性的意义符号，而具有自我指涉的本体意义，与"存在"发生关联，它既是诗人赖以写作的"元语言"，也是其追寻的目的所在，抵达真理与存在的深处，令人迷狂。在探索词语的过程中，王家新形成了一套以"词根"为主的话语体系，通过寻找这些生命、存在的"词根"，诗人表达出他独立的写作精神、姿态和立场，以及衡量人类精神存在的尺度。在《尤金、雪》中，他写道："一个在深夜写作的人，/他必须在大雪充满世界之前/找到他的词根。""词根"就是一个作家的基本词汇，通过编织由"词根"构成的诗思之网，诗人才能保障其写作的内核与深度。上文的"雪"就是王家新诗歌的一个词根，此处的"雪"不是那个寻常的诗歌意象，而是凝结着诗人的生命体验和对存在的体认，是其诗性生存不可或缺的一个厚重的"词语"。诗人的其他词根还包括"承担""石头""黑暗""死亡"，等等，它们共同构成了诗人的诗歌精神世界。其主要来自三个精神向度，一是王家新与生俱来的"承受"精神，与他的诗歌历史使命联系在一起；二是来自他的"晚期"风格，其审慎、成熟、内敛的特质；三是来自王家新所认同的诗人精神谱系，如帕斯捷尔纳克、策兰、卡夫卡等。这些词根均是王家新多年的人生体悟提炼而来，扎根于其个体生命，抵达存在的深处，代表其写作姿态、立场和价值取向。

最后，王家新在写作中注重与同他有深刻灵魂共鸣的作家进行跨时空的沟通和对话。王家新固然是一个具有独立精神的写作者，他的诗无不出自他内心深处沉重的独白，但这份独白往往也是讲述和倾诉。在那些描写个人与社会、伦理与美学之间沉重而紧张关系的诗作中，王家新是孤独的，他用诗的文字独自"承受"那些有关命运、时代与灵魂的命题，但他"承受孤独的保证"是"高高掠过这石头王国的鹰"，即那些与他有相似的时代经验与生命体验，同样孤独同样"承受"着的作家。这些文学大师，如帕斯捷尔纳克、策兰、卡夫卡等，既是王家新的书写、倾诉对象，又作为另一个沉痛的诗歌主体，呼应并包容着王家新的生命体验，作为他"秘密的对话者、审判者或守护神"①，将他个体独立的生存经验转化至时代、历史与人类整体的高度。《瓦雷金诺叙事曲》《帕斯捷尔纳克》《卡夫卡》《伦敦随笔》等都能体现王家新这种精神对话式的诗歌美学，在中国本土和世界文化的交流语境下，既具有浓郁的个体灵魂色彩，又具有超越时代的思想精神深度。《瓦雷金诺叙事曲》重新阐释了《日瓦戈医生》中瓦雷金诺的风雪之夜，坚持写作的日瓦戈医生与在那个严酷时代仍然坚持写作的知识分子诗人具有同样的悲剧性和反抗性。王家新在诗中与帕斯捷尔纳克、普希金等进行了深刻的精神对话，感知同样忧郁、同样痛苦、同样忍耐的精神宿命。在《伦敦随笔》中，王家新将现实体验的伦敦大雾与《雾都孤儿》中的"雾"自然联系在一起，进而与狄更斯及其笔下的普拉斯共情了同样的悲哀、绝望、孤独与迷茫。这些感受又无不与当时一代人的历史情感遥相呼应。另外，在这些沟通、对话式的写作中，王家新也自觉、主动地与西方诗歌的精神谱系建立良好的关系，不仅恰当处理了"本土/外来"的矛盾性，也为新诗提供了丰富的话语资源和精神文化空间。至今，王家新仍持之以恒地对外国诗作、诗歌理论进行翻译、阐释和批评，从中寻找借鉴性的诗歌话语资源，对当代的诗歌现象、诗歌问题与诗歌道路进行思索，为建构中国当代诗歌的历史文化空间作出积极的努力。

二、诗作鉴赏

风景②

旷野
散发着热气的石头

---

① 王家新：《中国现代诗歌自我建构诸问题》，《诗探索》1996 年第 4 期。
② 王家新：《风景》，《游动悬崖》，湖南文艺出版社 1997 年版，第 3 页。

　　一棵树。马的鬃毛迎风拂起
　　骑者孤单地躺到树下
　　夕阳在远山仍无声地燃烧

　　一到夜里
　　满地的石头都将活动起来
　　比那树下的人
　　更具生命

1985 年

存在的石头栖于风景之后

　　风景并非一些孤立的客观物象，而是在与人的遭遇中被发现，它体现的是一种互动式的主客关系。在一个人骑一匹马向远方不经意的一瞥中，"旷野"作为风景便出现了。此时，原本各自独立的花草树木、飞禽走兽等事物，在人的目光的组织下联系起来，共同组成了一幅旷达、辽远的风景画卷。同时，"旷野"这一风景所具备的意义与此时此刻观者的情绪、感受、思维、直觉等主观意识息息相关，它既可以是踌躇满志者所见的前路无穷，也可以是走投无路者所见的满目萧瑟。每个诗人都写风景，但每个诗人都看见不同的风景，这取决于他们选择的视点、高度和角度，即他们作为写作主体对风景这一客体的把握方式。在王家新的"风景"中，我们尚未看到那个"承受"着诗的、生命的重量的诗人，在80年代，他尚在迷茫地探索，对于诗歌创作乃至人生道路缺乏明确的定位。可以说，他此刻还不是一个发现自己的"风景"的独立诗人主体，而仅仅是一个孤单前行、空有一身疲倦的"骑者"。他出现在一片"旷野"的风景中，但这是别人的风景，他躺倒在树下，就同样作为一个被看的"风景"，不具备主体的意义，如夕阳一般静默，在"无声地燃烧"。或许，这一处境代表其在朦胧诗写作环境下的疲倦与焦虑，王家新希望获得自己的"风景"，但他此时还只是朦胧的旷野图景中的一分子，在迷雾中找不到自己的方向。

　　但这片旷野同样具有积极意义，一方面，旷野固然不知所终，无路可走，但也充满了可能性，风朝着各个方向吹去，使骑者的"马的鬃毛迎风拂起"，他压抑已久的内心也将蠢蠢欲动，跃跃欲试；另一方面，一道风景不可能面面俱到，将一切事物都尽收眼底，身处其中的骑者，在某些体贴入微之处，能够发现别人看不到的另一道"风景"——"散发着热气的石头"。在无边的旷野中，石头显得微不足道，它们虽然是"旷野"图景中的一分子，却是其中最沉默、最被忽视的要素。可以说，"石头"是"风景"中的"非风景"，是"风景"

的剩余物，它一直在场，却最易被遗忘，但也最亟待被发掘出新的潜能。置身旷野中，骑者摸索、前行、疲惫不堪，到处都是朦胧的雾，他近乎成为一个盲人，无法再找到属于他的"风景"，然而，这种视觉上的盲却使他"柳暗花明又一村"——他发现了脚边的石头，通过触觉，而非视觉，这一风景是属于他的独特体验。在他不经意的踉跄间，"石头"作为"风景"中的另一道"风景"便出现了。石头坚硬无比，"散发着热气"，这些属性使其丰满，成为不容忽视的硬核之物，传达出自身存在的坚韧与沉重，它既绊倒了主体，也生成了主体。于是，"骑者"得以在迷雾笼罩的精神"旷野"中获得一棵树，这棵树就是他的生命之树，是他坚实的依靠，独立的保证，也是其主体性确证之物。

　　"石头"和"树"是王家新的词根，也是独属于他的"风景"，它们扎根于"旷野"风景的深处。相比于绵延、庞大的旷野，它无人问津，算不上风景，如今终于在黑夜中，在诗人的笔下"活动起来"。对诗人来说，旷野太大、太远，只会生产出劳累的骑者、疲倦的主体，而恰恰是这些渺小的事物才能锚定一个人的存在，通向他的存在家园，故而它们"更具生命"。到处都是诗的旷野，诗的风景，这如同80年代的诗歌界氛围，不同的诗歌骑士在变幻莫测的诗歌图景中疲于奔命，最终累倒在旷野中。但王家新感知到了他的新方向，他的生命之树和他的石头——语词，然后以新的诗歌主体精神朝向存在之家迷途知返。诗中，"石头"可以看作王家新不懈追求、探索的"语词"的代名词，它们之间存在深刻的共通——两者都有着被忽视、被遗忘的命运。我们对那些满地都是的"石头"一无所知，正如我们对每时每刻都在使用的语词一样一无所知；正如"石头"是"风景"中的"非风景"，语词也是无言的石头，无时无刻不在诗歌之中，却往往被某些命题、思想、意义遮蔽。当"石头"与"石头"堆放在一起，它就不仅仅是石堆，而破天荒地"活动起来"。它们"散发着热气"，作为一次燃烧的动机，不是夕阳的沉默的消耗，而是生命之火的点燃，将在人生黑夜中持续迸发存在的活力；而语词和语词堆放在一起，就成为一种"诗的风景"，它不是令人眼花缭乱的外部景观，而是扎根一个人的生命深处，是其主体存在持之以恒的确证，那里是存在的家园，然后骑者——人，才能在此处诗意地栖居。

一个劈木柴过冬的人①

　　一个劈木柴过冬的人
　　比一阵虚弱的阳光
　　更能给冬天带来生气

———————————

　　① 王家新：《一个劈木柴过冬的人》，《游动悬崖》，湖南文艺出版社1997年版，第38-39页。

一个劈木柴过冬的人
双手有力，准确
他进入事物，令我震动、惊悚

而严冬将至
一个劈木柴过冬的人，比他肩胛上的冬天
更沉着，也更
专注

——斧头下来的一瞬，比一场革命
更能中止
我的写作

我抬起头来，看他在院子里起身
走动，转身离去
心想：他不仅仅能度过冬天

1989 年

劈开隆冬，无畏生存

自上古乃至近代，"冬"难免是严酷的，万物的生存都要遭受其威胁，它是一个考验生命忍耐力的季节。然而，在现代生活的玻璃温室中，面对外界的凛冬，人已不会再产生那种生存危机的恐惧感，对于现代人来说，"冬"在更多时候反而是一个美学景观，就像水晶球中的雪景，飘然轻盈，不再沉重。相比之下，"一个劈木柴过冬的人"毫无疑问是一个前现代的人，他的生活方式不是某种怀旧，也不是什么美学，而是其生存的本事，因而他劈柴的动作不带任何的刻意，全然出自其身体固有的生命节奏。"一个劈木柴过冬的人"，他看不到冬日的散漫风景，他完全生活在"严冬"的内部，面临凛冽的寒风和彻骨的冷意，他首先考虑的是"过冬"而不是别的什么，他为着最基本的"存活"而全神贯注地"劈柴"——为了御寒，为了光亮，为了烧食物，为了不得不活着。每一次下劈都是一次全力以赴的动作，没有任何犹豫或懒惰的因素，这是一个处于严冬危机中的人所必须选择的生存方式。而"阳光"则被视为是"虚弱"的，它仅仅象征性地提供了一些单薄的温暖，算不上什么希望，对于身处寒冬中的人来说，它甚至只是虚情假意的怜悯，没有任何实质性的帮助。

"一个劈木柴过冬的人"显然知道，他只能靠自己双手的劳作而活，他所需要的光和热不能向天索求，只能从他向下劈柴的动作中获取。斧头与木柴瞬间接触，在劈痕处仿佛火花飞溅，其中蕴含着一种火的动机，那里将迸发出自然的火，同时也是他的生命之火——其存在本身在劈木柴的动作中有力地燃烧，这无疑"比一阵虚弱的阳光/更能给冬天带来生气"。

这样一个"劈木柴过冬的人"在虚浮的现代人群中将是一个异类，他的出场是一次格格不入的插入，如猛然下劈的斧头，将现代人喜闻乐见的玻璃雪景破开一个残酷的缺口，从那里寒风呼啸进来，重新植入一种事关生存的危机意识。作为一个现代看客，诗人为此人的无端闯入而感到讶异。"一个劈木过冬的人"是纯白冬景中的一个黑色姿势，他在那里，仿佛宣告了其理所应当的存在。他自顾自地在那里，丝毫没有怨天尤人，保持着最大的恒心与决心，心无旁骛地从事自己的劳作，"双手有力，准确"。在日复一日的重复劳作中，他的身体已适应了劈柴这一有力的动作，斧头就成为一个完全透明的上手之物，与劳作者的肉身互相渗入彼此，因此，他的存在也就化身为一柄坚硬的手斧——"进入事物"，不仅"进入"工具，"进入"木柴，也"进入"这个冬天的世界。他以决然"进入"的态度，与手斧合谋，向木柴、向世界的冬天，日夜劈砍，从而笃定地确立自己在世的持续存在——"一个劈木柴过冬的人"，他迸发了出来，作为一股存在的寒意，渗入每一个不知严冬之人的神经中，然后令其"震动、惊悚"。

于是，"冬天"也将从散漫的雪景中被重新发现——"严冬将至"，我们意识到"一个劈木柴过冬的人"的肩胛负担着一个更为沉重而残忍的冬天，它隔着现代温室的玻璃展面，预示一种普遍性生存危机的逼近，这不得不说是一次挑战。幸运的是，"一个劈木柴过冬的人"的生存剪影已向我们展示了何以泰然自若地度过凛冬，那便是去坦然地生存——使用工具，操持劳作，准备火种，这是属于人的劳碌的本事，也是其生存的坦途。克服冬天的唯一途径就是进入冬天，使每一次的"劈"这个动作，都扎根于自己本然的"活"，由自己"活"的笃定而深入诸事物之中，与之共在。当人"沉着""专注"于令自己坦然过活的生活方式时，冬天便不再威胁人类的生存，而是其存在的明证。"斧头下来的一瞬，比一场革命/更能中止/我的写作"，"一场革命"中总不可避免存在某些盲目性或投机性的因素，而劈斧头的动作既是坦然的，又是无畏的，代表他明确的生存目标和坚韧的生存态度，因而他的每一次动作尽在其手掌沉着、冷静的把握中，比激烈的革命更具震慑人心的生命力度。"我的写作"曾经被某些革命"中止"，陷入创作低谷，不知前路何以为继，又如何在"严冬"中生存。这隐喻了作者在一个变动不居的时代氛围中的创作焦虑。而在见识到"一个劈木柴过冬的人"的正直生存之后，我不再被迫、反而自愿"中止"了写作，因为"写作"只能书写生命、存在中的神秘因素，创制出一个美学的玻璃雪景，却会遮蔽一个人最本真的存活。而在隆冬劈柴人单纯的生存中，关于存在的一切命题已不言自明。所以这一劈

"中止"了我的焦虑,让我平静下来,"抬起头来,看他",直视着"我"一直以来难以面对的冬天,继而"我"得以正视目前的危机,以同样的大无畏姿态寻求自己的出路。在这个过程中,"他"和"我"之间既产生了深深的精神共振,又复归为最熟悉的陌路人的关系,这代表作者对独立生存姿态的要求:"他在院子里起身/走动,转身离去。""一个劈木柴过冬的人"始终都是那"一个"人,他不在意自己是否引起了"革命"般的轰动,或是"中止"了某个"我"的内心焦虑,他只是一个独自过活的独立的人,正如"我"也应是一个独自过活的独立的人一样。"我"和"他"的遭遇是一次偶然,"我"不会就此崇拜他,他也不会就此指摘"我",此后我们各自投身于独立的生存,擦肩而过,度过自己的冬天。

"他不仅仅能度过冬天"存在两重含义。一方面,他不仅仅能"度过"冬天,"度过"意味着单纯的容忍,被动接受时间迟缓而无意义的流逝,因此,"度过"的过程也是生命被消磨的过程。但"一个劈木柴过冬的人"追求的并非这种"度过"式的生存,他的生存态度是正直的,正如他的斧头不偏不倚地将木柴劈作两半,他全神贯注,为了准备他的火,以主动的姿态"进入事物",也就"进入"了这个冬天,"获得"了整个冬天,其生命便不再被消磨而燃烧起来。另一方面,他也不仅仅能度过"冬天",因为这个"冬天"不是存在的终点,还有春天、夏天、秋天乃至下一次冬天,这不是轮回而是生命在历史中的周游,"我"所看到的不过是"一个劈木柴过冬的人"的生命的某个横截面,透过这个斧头劈柴的截面,"我"确实体会到了一个人该如何在历史的严冬中生存,他的正直、专注、坦然、沉默……以及他的力,使"我"相信他将在无论春、夏、秋、冬的历史中保持无畏。

最后的营地①

> 世界存在,或不存在
> 这就是一切,绝壁耸起,峡谷
> 内溯,一个退守到这里的人
> 不能不被阴沉的精神点燃
> 所有的道路都已走过,所有的日子
> 倾斜向这个夜晚
> 生,还是死,这就是一切
> 冬日里只剩下几点不化的积雪
> 坚硬、灿烂,这黑暗意志中
> 最冰冷的

---

① 王家新:《最后的营地》,《游动悬崖》,湖南文艺出版社 1997 年版,第 52-53 页。

在死亡的闪耀中，这是最后的
蔑视、尊严
星光升起，峡谷回溯，一个穿过了
所有港口、迷失和时间打击的人
最终来到这里
此时、此地。一，或众多
在词语间抵达、安顿，可以活
可以吃石头
而一生沧桑，远在另一个世界的亲人
及高高掠过这石头王国的鹰
是他承受孤独的保证
没有别的，这是最后的营地，无以安慰
不需要安慰
那些在一生中时隐时现的，错动石头
将形成为一首诗
或是彰显出更大的神秘
现在，当群山如潮涌来，他可以燃起
这最高的烛火了
或是吹灭它，放弃一切
沉默即是最后的完成

1990 年

一个最后守卫者的精神祭祀

　　"世界存在，或不存在"，话语已穷尽了一切，这是最终的二元选择，但其走向却是永无终焉，与其说要在其中做一个抉择，不如说这只是将无尽的矛盾摆在眼前。就像哈姆雷特曾经陷入过的那种无助，"To be, or not to be, that's a question"，这个问题就是一切，而这一切同时也是一个问题，使人困惑不解，以其虚伪选择的慷慨，构筑起真理的铁壁——"绝壁耸起"，以绝对的实体障碍的形态，世界表现出对人的彻底拒绝，那里再无任何前进的可能。于是，无论是冒险者、挑战家、旅行客……一切追寻真理的人都将望洋兴叹，止步不前，一切主观能动性都将被绝耸的客观巨兽吞噬，而他们如果仍汲汲于探求那个答案，等待他们的不过是一种永恒的面壁思过。可是即便他们选择回避、退走，世界的真相仍会作为一种实在界的恐怖步步紧逼，"峡谷内溯"，这是庞大世界向一个单薄的人的逼宫，逼迫其出让自己的生存范围，巨石错挪、合拢，前后的路渐归于零，人已然将陷入一个绝望的精神围城。被困于每一个内溯的峡谷中的人，他再也不能与别人共谋出路，他将永远成为"一个"人，孤单的人，只能艰难处理自己的生存——"退守"，这算不上主动，也许只是一种被迫，暗示了一种退无可退的处境：因为无路可退，故而转退为守。于是一个人有了"最后的营地"，它早已不是人的黄金时代扩张性的驻扎地，而是不愿离去的人的遗迹，是唯一的"这里"，而"那里"的一切已被放弃，甚至已经不存在"那里"，也就不存在所谓的远方、真理。"所有的道路都已走过"，但所有的道路最终只能通向"这里"，因此"道路"的多样性与可能性就失去了意义，在"道路"上探索的"所有的日子"也就成为徒劳，行走与等待同义。"倾斜"的过程是完全不自主的，它预示着一种永恒的疲惫，在必然性的重力作用下，一切事物成为行进的负担，人的行进成为攀爬，而他的最终命运是支撑不住，滑落谷底，"所有的日子"——时间，它因而成为西西弗斯的巨石，在"倾斜"的夜空下无数次滚落在一个人的脊背上。"倾斜"又是不负责任的一次性"倾倒"，它是超出人的承受范围的虚无的潮流，裹挟着"所有"的无，将要冲垮"最后的营地"。在这一潮流的冲击下，"最后的营地"的存在岌岌可危，仿佛立于悬崖峭壁上，而其中的人也将寸步难行，他的每一次行动都将是一步险棋。河流决堤，他没有逆流而上的英雄能力，他只是一个卑微的士卒，因而他必须选择"退守"。没有什么车马士象，一个最后的士兵构成了他最后的阵线，他"不能不被阴沉的精神点燃"，这是一种另类的热情，因为他在没有抵抗的困境中，仍然让自己成为抵抗本身。"退守"是一种生存态度，是一个人在其生存空间受到极端挤压时，仍铭记在心的最后的生存使命。它不是以退为进、以攻为守的纵深策略，具有相对性，并留有前进的主观余地，而是人在彻底的危机面前唯一且被迫的选择。"退"就是完全的撤退，意味着一个人必然放弃许多，也必然感到屈辱；"守"就是完全的保卫，意味着一个人坚守我之为人的底线，为了捍卫尊严而活。但"退守"又不是单独的"退"，亦非单独的"守"，"退"与"守"结合成为一个人的空城计谋，他敞开营地的大门，内部一览无余，全是他内心的坦然与无畏，这即代表着他最后的抵抗。一个人"最后的营地"即是他的空城，他已遣散城中的一切，一无所有，因而他全然捍卫着自己。"生，还是死，这就是一切"，或生或死，空城者的结局已经注定，绝非人力所能改变，因此一个人只能遗忘其失败或成功，专注于他的"退守"的过程。从某种意义上讲，"退守"者无一物可再捍卫，他的背后是悬崖峭壁，即他所捍卫的是"退守"这一态度本身。"冬日里只剩下几点不化的积雪"，这些积雪是冬天的"最后的营地"，春天逼近，但它不会是一个希望的春天，它是那些投降主义者的怀柔政策，以虚假的真理侵蚀着积雪的存在，而零星的积雪，即那些退守的人，敢于直面惨淡的人生，以及虚无的世界，这固然令人感到绝望，却是最"灿烂"、最"坚硬"的绝望——积雪终将融化，此时此刻它以仅存的"不化"的姿态宣告了自身不灭的固执。对于一个"退守"者而言，融化或死亡的结局毫不令人恐惧，这反而是他的荣耀，因为众人皆离去，只有他竭尽全力地在他"最后的营地"中"退守"直至"最后"，在对绝望的"蔑视"中痛快地被绝望吞噬，获得最后的高贵和"尊严"。

"星光升起，峡谷回溯"，叙事时间在此句后回溯至绝望来临之前，退守者追思他一生的漂流与求索——彼时，"穿过了/所有港口、迷失和时间打击"，他才来到"这里"，但他已然决意将此视作其"最后的营地"。他从无数个抉择的港口出发，在布满迷雾的海上航行，去寻找答案，迷失，然后消磨无数时间，这些都是他不堪一提的过去。这又说明他自始至终都是一个抵抗者，抵抗世界的虚无，执迷不悟地斗争、失败、撤退、再斗争……然后他退守、放弃，乃至退无可退，"最终来到这里"。"此时、此地"，即他的现在，世界的难题——峡谷将要内溯，将他团团围困，而他已然决意以自身存在作为他"最后的营地"。一个退守者的存在是"一"，这是他对自己的锚定，这个最小的计数是他的生命最初也是最终的量值，而事物的独立存在皆立足于它们的"一"的度量，"众多"的"一"构成了"一"的"众多"。"一，或众多"指代万物的存在，它们"在词语间抵达、安顿"，这是退守者开辟自我生存营地的方法——视语言为存在之家，以此构筑营地的骨骼，抵抗峡谷的重压。每"一"个"词语"就是"一"个坚硬的"石头"，"可以活/可以吃"，它们是存在的食粮，人以此度过精神的饥荒，石头——词语聚集在一起，就成为"众多"，宛如聚沙成塔，石头以其确凿而充盈的存在填满了峡谷内溯而成的空城，它们是最后的负隅顽抗者，在其坚实的支撑下，峡谷无法吞噬这片"最后的营地"——退守者捍卫着词语及其深处事物的存在。然而，不可否认退守者是痛苦的，也是孤独的，他虽拥有满地的"石头"，但他也仅剩"石头"，常人无法忍受，故而纷纷放弃自己的营地，转投春天——"另一个世界"，温柔乡似的陷阱，就连退守者的"亲人"也在那里。而退守者的"一生沧桑"都用来抵抗融化，他曲高和寡，无人与其并肩守城。"高高掠过这石头王国的鹰"或许是另一个独行者，它和他都在孤独地追求着什么，虽身处同一时空，却是彼此的过客。亲人，或鹰，都是退守者"承受孤独的保证"，这并不缘于他拥有它们，而是因为他早已决意放弃它们，放弃一切——"没有别的，这是最后的营地"，这将是他最后的也是唯一的家园。一个人放弃了他过往的乡愁，也就拥有了孤独的保证，"无以安慰"，是指他早已通过放弃切断了同过去一切的联系，在此基础上，他"不需要安慰"，这意味着他不需要回到某时某刻的过去，就在这"最后的营地"与"此时、此刻"执着厮守——最独立、最根本地活着。因此，他的一生，将不同于虚浮的或软化的人的一生，而是像石头一样坚硬的一生，他的一生也都在守卫"石头—词语—存在"的坚硬性，其所捍卫的是人的诗意的存在，也是人的存在的诗意，"错动石头"，在石头湖中激起波澜，在石头雨中尽情跳舞，在石头城中垒起祭台，退守者是最后的祭司，他点燃石头的火，祭祀存在的神秘与崇高。

在"最后的营地"里，"一个退守到这里的人"准备着他最后的祭祀，时间从追忆的思绪中返回"现在"，峡谷与群山依旧如恐怖的巨兽向单薄的人涌来，这个夜幕将是最后的夜幕——一个退守者的使命完成之时，就是他退无可退的生命尽头。这一时刻将是一个浪漫主义的崇高时刻，他穷尽一生抵抗，最后用石头写诗，他的存在已化作石上碑文，"最高的烛火"仿佛就是他最高贵的精神，如今只差将其点燃，以死明志。然而，这种浪漫的死亡固然是诗意的，却难以解决诗歌开篇就出现的矛盾。正如"To be, or not to be, that's a question"这个问题一般，诗人意识到，无论是"燃起"，还是"吹灭"那"最高的烛火"，仍落于无尽矛盾的窠臼，一切总归没有必然的答案。因而，诗在一切答案的沉默中完结——"沉默即是最后的完成"。但这并不意味着诗人放弃自身存在，将其交予虚无。沉默，始终是石头的实质，无论是搁置、错动，还是推倒那些石头，那只是人主观的、妄自尊大的动作，而石头始终在那里。坚硬的石头本身就是已完成的答案，无论人是否说出他的选择，石头，词语，以及存在，在不说时，已经将其说尽。

挽歌①

1
这就是被我们自己遗忘的灵魂
一个夜半的车站：没有任何车辆到达
也没有任何出发

2
归来的陌生人：奥德修斯
他在物是人非的故乡寻找的不是女人，
更不是往昔的权柄
而是一支笔。
盲诗人荷马看到了这一切，
但为什么他给我们讲述的
却是另一个结局？

3
夜间的建筑工地。
推土机轰鸣。

---

① 王家新：《挽歌》，《游动悬崖》，湖南文艺出版社 1997 年版，第 166-170 页。

它终于为彻夜不眠的失眠者掘出了
一个一直在他身体里作痛的废墟。

4
又一对夫妻离婚，而在五年前
我是他们的证婚人。
还要我讲述事情的经过吗？
不，在悲剧中还有另一个故事。
悲剧诗人应及时地从悲剧中退出
而让一支马戏团欢快地进去。

5
每天她都到网球场去
她弹跳、扣杀，她发出母兽的喊叫，
而把一道道白色的闪光
留在一个男人阴暗的梦里。

6
"那么让我们走吧，你和我"
你看这北京护城河边的一家家饭店
犹如夕阳压低的帽檐
又似一张张嘴，只是吐不出舌头
并且它们就是一个个比喻，等待着
永不到来的艾略特……

7
再一次
她向我讲述童年时代的压抑，
讲怎样遭受母亲的痛打，
讲继父怎样……
而这时你最好把你的手放在她的上面
(隔着一张预设的桌面)
否则她还不知怎样讲下去……

8
那么
怎样从钢笔中分娩出一个海洋
怎样忍受住语言的滑坡
怎样再次走向伟大的生命之树
怎样不说"他妈的"而说"我赞美"
而在最真实的激情到来之前
把你的所爱举过头顶?

9
泥泞的夜。在一个女人身体里进行的
知识考古学。黑色的皮包
以及里面准备好的论文……

10
你从旧货市场找到了
一些旧画片(七十年代的美女李铁梅)
和一盏结满油垢的马灯。
你是否就在这盏灯下思念过谁
或是写出了插队后的第一首诗?
一盏马灯带回了一个峥嵘的时代。
然而,当你试着点燃它时
已失去了旧日的激情。

11
医院长长的走廊。
手忙脚乱的护士们不是在一个人断气之前
而是在一首挽歌里停止了走动。

1996 年

日常的挽歌，散佚的死亡

"挽歌"是一些诗的片段，因为它不再追悼某个崇高的宏大叙事的逝去，伟大的"一"已然分裂为复数的隐蔽的"众多"，散佚于日常生活的零星悲剧中，而诗人亦不再图谋崇高之物的复活，他深知自己仅剩的职责就是接受现实，接受死亡，吟唱一些"挽歌"。因此，以下断篇不再属于某个神圣或悲剧的完整叙事，而仅仅构成一些琐碎、分裂且悲哀的死亡断章，营造出一种阴郁而凝重的现实氛围，其中，诗人的批判意识固然尖锐，却也透露出一种无力，如同在一首挽歌的终末停下了他的步伐。

第一节写灵与肉的哀歌。"一个夜半的车站"不再运转，是一个失去其交通功能的车站，它是一个纯粹而冷峻的建筑物，被遗弃在夜的中央，同时被遗弃的是滞留在车站里的某个人，"没有任何车辆到达／也没有任何出发"，既没有来客，也无法逃离，他被彻底困死在车站中。单纯的孤独不能用来形容他此时的状态，与其说他受迫困顿于此，不如说他自愿被遗弃，游荡在夜半无人的车站，他的灵魂通过被遗忘来保存自我。肉身已登车离去，遁入日常交通的条理之中，作为千万肉身之一，在无数个白日的车站里运转挪移，宛如货物，井然有序。然而，他的灵魂却作为一个不合时宜的剩余，同夜半的车站一样是神秘的，仅仅存在但不被发现，其宣告了日常人的残缺，而且是永久性的灵肉分离的残缺。

第二节写人在历史中被戕。奥德修斯归来时是一个"陌生人"，这与昔日的英雄史诗不符，然而历史究竟是什么模样，这取决于历史的叙述者。在诗人的故事中，奥德修斯没有他的乡愁，"他在物是人非的故乡寻找的不是女人，／更不是往昔的权柄"，他所追寻的竟然是一支笔，这指向了他的"陌生"，既陌生于"物是人非的故乡"，亦陌生于自己；也就是说，他既被故乡的历史所抛弃，又遗忘了自身寻根的历史，因此他是一个纯粹的"陌生人"——名为"奥德修斯"的古希腊英雄已经死了，归来的人仅仅继承了英雄的肉身。"陌生人"需要"一支笔"，重写历史，回忆、记录他的一切，否则名为"奥德修斯"之人将彻底湮没在历史之中。一个"陌生人"的归来不意味着结局的圆满，而仅仅是其人生的开启，他将被深深的虚无感包围——原来他早已无家可归，"一支笔"就是他的一切，他是自己历史唯一的书写者。然而，讽刺的是，历史总是被无关之人假意写作崇高，一段段英雄的历史覆盖了一个个"陌生人"自我书写的意图。"盲诗人荷马看到了这一切"，他真的"看到"了吗？"盲"与"看"之间形成了强烈的反讽，这里荷马不再是一个伟大的诗人，而像一个专断的史官，他的"盲"使其漠视了"奥德修斯"身为人的焦虑，而向后人讲述了一个故作圆满的英雄式的结局。"为什么"，这是诗人的质问，质问从前的历史叙述者用虚伪的崇高所编织的写作，所谓的"另一个结局"，仅仅是一个唯一正确的结局，在其中，名为"奥德修斯"的"人"才是真正地死去了。

第三节写现代人的匮乏。在"夜间的建筑工地"，仿佛只有物的客体在活动。"推土机"是由无机物构成的人工机器，能够不知疲倦地运转、工作，已是一个超出人力的庞然巨物，它几乎遮蔽了人的存在，因此这句话的主语是"推土机"而不是某个工人，后者消隐在夜色之中，只有"推土机"本身在自动化地"轰鸣"着，无人能质疑它的存在。另外，"推土机"的影响范围也超出了"建筑工地"的限定空间，其不单是一个技术机器，也承载着都市化、工业化的欲望，趁着夜色不断扩张，不眠不休地制造噪声。即便是身在他处，毫不在场的诗人，也会被纳入这股欲望的磁场中，无法入梦，成为一个"彻夜不眠的失眠者"。睡眠的私人时刻被反复中断，这说明任何人都无法做到从"轰鸣"中脱身，也意味着每个人都不自主地成为这个城市欲望之梦的一部分。"废墟"不是一时作痛，而是"一直"作痛，它是人的肉身中始终残损的那个部分，它是一个欲望的空洞，"推土机"的欲望愈要去挖掘，废墟就愈发显露出来——它无法重建，因为这是一个人永恒的匮乏。

第四节是诗人的无奈自省。悲剧不在于"夫妻离婚"的事实本身，而在于"我"既为其证婚，又见证其离婚的情节效果，正如诗人已意识到的那样，"事情的经过"完全不需要讲述，单靠两行简短而又被精心设计的具有情感张力的陈述，诗人就营造了令人唏嘘的悲剧效果。"离婚"只是日常生活的复数事件之一，真正使悲剧成为悲剧的反而是"我"，即悲剧诗人本身，他拥有悲剧的意识，善于从日常生活中发现"故事"，然后将其编织为悲剧化的叙事。因此，谁也无法得知离婚悲剧背后的"另一个故事"，而只能通过悲剧诗人的叙述感受所谓的"悲剧"，然后被其触动。然而"我"马上又从自己的举动中意识到一种诗人的傲慢，悲剧诗人往往只建构了悲剧的形式，却无法抵达悲剧的内核，他对各类故事的诗化言说反而使其失之本真。因此，悲剧诗人必须三缄其口，"及时地从悲剧中退出"，他们必须认识到，生活的本质不是诗化的悲剧，就像"夫妻离婚"这种稀松平常的故事，有时更适合让"马戏团"来演出一场喜剧。

第五节是对两性欲望的讽刺。在"网球场"上父系社会的性关系被颠倒过来，这在强弱关系上体现为女强男弱，冲击性、暴力性的动词"弹跳""扣杀"被女性代词"她"所掌握，而"男人"则既是她的手下败将，也是被她征服的对象。然而，这一局部、暂时的关系颠倒并不能反映某种结构性的嬗变，"她"被形容为具有原始生物意义的"母兽"，自发地与文明的人产生内涵上的对立。"她"实际上并未被当作球场上的"胜者"，而只是一个被贬低的"异类"，因此，"她"的个体胜利体现了整体的失败，或说是耻辱——她的击球是"一道道白色的闪光"，其中投注着男性欲望的力比多。而男人则被女性化，成为一个"阴暗"的性压抑者，但性的二元关系没有发生任何改变。反讽的是，在男人的梦中，"她"既是他讳莫如深的耻辱，又是他趋之若鹜的理想自我。

第六节是诗人的"撒手人寰"。"那么让我们走吧，你和我"，这是诗人的宣告，也是他的遗言，它宣告了诗人之死，从此既不再有理想世界，也不再有荒原，万物从诗人的诗的目光中脱离，回归其本身的日常性，而诗人自己则成为路边行人。因此，"北京护城河边的一家家饭店"固然具有表达某些象征意义的可能性，但它"似一张张嘴"，却"吐不出舌头"，无法完成象征意义的表达，它亟待诗人为其赋予某些诗意的所指。然而，诗人已决意旁观，不再介入，"艾略特"离去了，不再汲汲于他的客观对应物与象征世界，于是一切事物"就是一个个比喻"，也只限于"比喻"。"比喻"不是"象征"，它没有终极意义，只是能指链的不断滑动，就像"饭店"可以是"帽檐"，是"嘴"，是零零散散的更多事物，但这一过程无法确定最终的所指——诗人已永远不会到来，因此世界既非天国，亦非荒原，而仅在日常发生，想要从其中寻找意义，只能通过偶然、形象的众多"比喻"。

第七节写日常交流的悲剧。就像倾诉者的真实目的并不在于倾诉的内容，倾听者的真实目的也不在于倾听到了什么，双方的交流固然成功实现了某些效果，但就交流本身而言，它却是失败的。"再一次"说明交流已发生多次，显然，对"她"而言，向别人倾诉悲惨过去的行为本身足以缓解自身的精神焦虑，至于"我"是否听进去则不甚重要，那些"童年时代的压抑"已成为另一种驱动力，强迫"她"不断进行言说。而对"我"来说，"我"也并不打算深入理解"她"的痛苦，"我"关注的是如何表现出看似理解的"模样"："最好把你的手放在她的上面。"从"你最好……"的教诲式言说中，可看出"我"的傲慢："她"在"我"眼中不过是一个存在最优解的难题，而并非一个可以交流对话的人。然而，双方又清楚地知晓，唯有通过这一仪式化的身体动作，交流才能继续，"否则她还不知怎样讲下去"。这一交流的形式反过来主导了交流本身，使其成为一种心照不宣的欲望游戏，因此，那一张"预设的桌面"，既意味着"她"与"我"之间实质的交流障壁，又代表各自的安全距离，因此双方在失之交臂中抵达了自身的欲望所指。

第八节是诗人在死亡时代对诗歌生命的再次呼吁。"那么"所承接的上文不得而知，其后是诗人的一系列质问："怎样……"这意味着诗人面对的是某种不知其解的难题，这一难题关乎其作为一个诗人的生存。"从钢笔中分娩出一个海洋"是对诗人表达力的要求，这似乎是一个诗人最基本的能力，关键在于，与这一能力相匹配的责任亦是宏大的，乃至万分沉重，这样的诗人只在神话中出现。而如今，所谓诗人的英雄时代已近黄昏，他们面临"语言的滑坡"，以及"生命之树"的枯萎，曾经崇高的一切日渐凋敝。造成这一切的并不是诗歌本身的退化，而是诗人的自戕，包括诗人的能力和诗人的道德的死亡。"他妈的"——这是诗人对现实不满所外化的一句真言，却恰恰反证了其"语言的滑坡"，忘记自身"生命之树"的园丁的身份，成为一个单纯的愤世嫉俗之人，一个犬儒的人，其言语固然出于激情，却不是"最真实的激情"。即便在最堕落的时代诗人也需要说——"我赞美"，他不是赞美在神话时代失落的美德与崇高，或赞美在背信弃义时代保持孤高的精神，而是赞美其当下所爱。"在最真实的激情到来之前/把你的所爱举过头顶"，这一热爱甚至先于激情，高过诗人的头颅，是一棵"生命之树"，它恰恰证明诗人不死的诗的激情的存在。

第九节隐喻现代知识生产的丑闻性。"在一个女人身体里进行的/知识考古学"，佐以"泥泞的夜"的意境，诗句产生一定的性暗示意味。我们无法辨别，究竟是性话语被冠冕堂皇的学术话语包装，还是学术话语被令人不齿的性话语玷污，但无论如何，在诗人笔下，性与学术的内涵已经渗透在一起。如果说"黑色的皮包"是一个权力的符号，那么"准备好的论文"中则写满了欲望的文字，仅仅是围绕"一个女人身体"，现代社会的知识便如此生产出来，这无疑象征一桩最大的文明丑闻。

第十节在怀旧氛围中感叹诗的失落。一切都在"旧"的氛围下，"旧货市场""旧画片""旧日"，"美女李铁梅"来自"70年代"，这说明即使是美也具有时效性，在物品老旧的同时，其所携带的美好、激情与峥嵘的品质也将"结满油垢"。诗人询问"你"，也是在找寻自己的历史。然而，诗人无法成为一个怀旧的诗人，透过马灯，他只能收获常人也会有的"回忆"，或是对某人的思念，或是对写下第一首诗的追忆，但他却无法再找回他正当其时的爱情与诗，也就不再拥有正当其时的诗的激情。"马灯"此时作为历史的灰烬，只能凭吊，无法复燃。因此，即使重新尝试点燃马灯，也并不会有普鲁斯特那般往日重现的神话，"一个峥嵘的时代"必须是一个已经逝去的时代，诗被留在那里，而往后的究竟是平静还是空虚？诗人也不得而知。

最后一节是为历史献上挽歌。"一个人断气之前"是拯救他的最后时机，那里仍存在一线生机的可能，众人七手八脚、"手忙脚乱"、想方设法地抢救，"挽歌"则是静默的，殷切的众人最终"停止了走动"，正因如此，它却是绝望的代名词，宣告了一个生命的彻底死亡，无论其是否能活，众人已认定他不可挽回的逝去。"挽歌"是一段历史的尽头，也是另一段历史的开始，从活到死，从激情到回忆，一首"挽歌"抚平了众人的失落与遗憾，然后他们从不甘与悲恸中回过神来，重新开始接受现实，它既是一封非正式的死亡文书，也是献给一个历史生命的最后的诗。

冰钓者[1]

在我家附近的水库里，一到冬天

---

[1] 王家新：《冰钓者》，《塔科夫斯基的树：王家新集1990—2013》，作家出版社2013年版，第208页。

就可以看到一些垂钓者，

一个个穿着旧军大衣蹲在那里，

远远看去，他们就像是雪地里散开的鸦群。

他们蹲在那里仿佛时间也停止了。

他们专钓那些为了呼吸，为了一缕光亮

而迟疑地游近冰窟窿口的鱼。

他们的狂喜，就是看到那些被钓起的活物

在坚冰上痛苦地摔动着尾巴，

直到从它们的鳃里渗出的血

染红一堆堆凿碎的碎冰……

这些，是我能想象到的最恐怖的景象，

我转身离开了那条

我还以为是供我漫步的坝堤。

现代社会中的"子非鱼"困境

该诗写作于 2000 年后，属于王家新"晚期风格"的作品。在当代社会，"冰钓"不再是一种事关生存的行为，而成为一种游戏，"垂钓者"在寒冬中凿开冰窟窿钓鱼，不是因食物短缺，而是出于娱乐消遣。

在自然状况下，人与鱼固然不能构成绝对的平等，但其生存关系却属于既共存又竞争，同为自然界中顽强生存的一分子。鱼为了些许的光亮或呼吸，需要冒着被人狩猎的风险，从冰窟窿中探出头来；人为了过冬的食物和热量，也需要忍耐严酷的寒冷在冰面上垂钓，甚至有冻毙的可能。二者行动皆出于其最根本的生命意志，平等地面临各自的风险，因而无论哪一方成功而得以存活，哪一方失败而丧失生命，都是无人能够苛责的自然选择的结果。在上述关系中，人不因其是"人"而高贵地成为狩猎的主体，鱼也不因其是"鱼"而卑微地成为被捕杀的客体，双方的生命在自然界的生存压力下都是卑微的，但又同样因其面对危机时不屈的生存斗争而高贵；人与鱼，同样斗争，同样死亡，正因如此，他们才能作为生命的主体，在各自的殊死搏斗中建立起自身存在的意义。随着历史的发展，一套以人类为中心的价值体系逐渐取代了上述自然生存的价值体系，人成为万物的尺度，并成为唯一的尺度，随之而来的不仅只是文明的繁荣。

尽管"垂钓者"已不再需要通过冰钓来获取食物，穿着"旧军大衣"也无惧风寒，他们毫无疑问正在进行与其祖先同样的捕鱼事业，这是一种集体无意识的延续，但这一事业在如今的意义却是匮乏的，正因其内核的空缺，人类才能从中获取一种源源不断的欲望，那是在虚无中的游戏——消磨时间与消磨意义，也就是消磨自身的存在。因此，冰钓再也不是积极的生存斗争，而是人类消极生存之体现，于是冰钓者更像是一个死亡的主体而非生命的主体。诗人将之比作"雪地里散开的鸦群"，乌鸦是灾难与死亡的象征，它的黑色在雪面上十分突兀，给人带来既阴郁又惊悚的印象，仿佛其不再具有任何活力。"他们蹲在那里仿佛时间也停止了"，这种静止的状态和人类祖先在严冬中一动不动的忍耐不同，它是完全的空虚，"冰钓者"并非在刺骨寒风中屏息凝神，专注而坚忍地期待着某只鱼的上钩，从而保证今日的存活，他们仅仅只是包裹在温暖的"军大衣"中，漫无目的地等待未知的一切，直到某条鱼偶然上钩，打破空洞的现状，令之"狂喜"。然而这狂喜也是漫无目的，他们"狂喜"仅在于这一时一地漫无目的的欢娱，这种欢娱占据了他们的全部目的，因而与其说冰钓者的时间是停止的，不如说它是循环往复的，由虚无，到"狂喜"，再复归虚无。

在人的衬托下，鱼固然是其股掌之下被玩弄之物，它的生存却显得高贵，"为了呼吸，为了一缕光亮"，鱼不得不以死相搏。如今，这些最低限度的生存需求对人来说已不足挂齿，他们拥有太多的"呼吸"和"光亮"，以至于他们已经遗忘了生存的意义。因此，那些挣扎的鱼在他们眼中，不是与其共存的竞争的生命主体，而只是一些"被钓起的活物"。鱼之于冰钓者，只是一个"愚蠢"的客体，他们已然无法理解鱼之"迟疑"地探出冰面是为了生存，是冒着多大的勇气和决心，而仅将其作为一个玩笑的对象。鱼被捕猎的惨状暴力而残酷，令人不忍直视，它们"在坚冰上痛苦地捽动着尾巴，／直到从它们的鳃里渗出的血／染红一堆堆凿碎的碎冰……"，这一方面刻画出作为冰钓者的人的傲慢与残忍，另一方面也写出诗人对鱼的同情。不过，后者并不是出于人道主义的简单的怜悯之情，它同样属于以人类的理智情感为基准所建立的价值体系；对鱼来说，以捕杀为乐和以慈悲为怀皆是人类的傲慢的表现。事实上，鱼自有鱼的生存觉悟，"最恐怖"的捕杀景象仅仅是"我"所"能想象到的"，而非鱼所体验的，"我"无法知晓鱼之乐或鱼之苦，鱼也根本不在乎人如何看待自己，它仅仅挣扎着生存，力求些许的"光亮"和"呼吸"而已，途中的一切风险和危机均由自己的生命来承担，因而它的痛苦死亡比冰钓者的"狂喜"更加坦然。正是知晓这一点，诗人才没有去做"这条鱼在乎"的虚伪的帮助，或谴责那些"冰钓者"，而只是选择"转身离开"，这已是他最不虚伪的选择。另一方面，诗人也在进行自我审视，其中隐隐透露一种现实的无力感。"我以为"是诗人的主观话语，在一开始，他并没有意识到"坝堤"上进行着的生存斗争如此残酷。事实正相反，"坝堤"不是一个供人漫步的和谐场所，那里上演的狩猎与挣扎的戏剧触目惊心，可这一切都与他无甚关联。诗人仅仅是一个路过的行人、冰钓的旁观者，既无可奈何也无能为力，只能掐灭"和谐"的幻想，若无其事地路过惨剧的现场。与其说他是不与"冰钓者"同流合污的高尚者，不如说这只是一种犬儒主义，清醒，却乏力，甚至在不知不觉中同样走向了虚无与逃避，这使得诗的结尾仅剩下凝重的叹息的语气。

参考文献

[1]王家新.游动悬崖[M].长沙：湖南文艺出版社，1997.

[2]王家新.王家新的诗[M].北京：人民文学出版社，2001.

[3]王家新.塔可夫斯基的树：王家新集 1990—2013[M].北京：作家出版社，2013.

[4]张桃洲.王家新诗歌研究评论文集[M].上海：东方出版中心，2017.

于坚：拒绝隐喻和口语写作

一、诗人概述

于坚，1954 年生，云南昆明人，当代著名诗人、批评家、理论家。于坚幼时因病留下弱听的耳疾，14 岁辍学，人生经历丰富，曾在工厂工作九年，当过铆工、电焊工、搬运工、宣传干事、农场工人，也当过大学生、大学教师、研究人员等。20 岁左右开始写诗，25 岁正式发表作品，20 世纪 80 年代中后期逐渐在诗坛成名。1983 年，于坚与同学共同建立银杏文学社，出版同人刊物《银杏》。1984 年于云南大学中文系毕业。1985 年与韩东等人合办诗刊《他们》，1986 年发表代表作《尚义街六号》，作为"他们"诗潮的主要诗人，在诗坛备受瞩目。于坚是 20 世纪 90 年代"第三代诗歌"的代表性诗人，他强调口语写作的重要性，采取"拒绝隐喻"的诗学态度和民间的创作立场，这些观念在某种程度上出于他对当时诗坛现状的不满与反叛，通常被视为与"朦胧诗""知识分子写作"等倾向针锋相对。于坚的代表作有《尚义街六号》《作品 111 号》《对一只乌鸦的命名》《零档案》等；主要出版诗集有《诗六十首》《对一只乌鸦的命名》《一枚穿过天空的钉子》《作为事件的诗歌》《飞行》《于坚的诗》等，另有一系列诗学文集和散文随笔。

《于坚的诗》

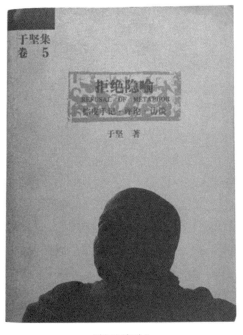

《拒绝隐喻》

在中国当代诗坛上，于坚不仅有丰厚的创作数量，同时他又对诗歌创作拥有理论自觉和批评意识，并能在他的写作中推行贯彻其主张，这种自觉的诗歌理论精神是难能可贵的。于坚的诗学主张散见于他的散文、随笔、诗评，虽然零散，但脉络有迹可循，立场十分明确并始终贯穿其创作实践，其中《棕皮手记》《拒绝隐喻》《于坚诗学随笔》等文本较为集中地体现了他的诗学思想和理论主张。他主要提倡诗歌返回日常生活，拒绝隐喻，使用口语方言写作等观念，呈现出对经典诗学体系的背离，具有鲜明的反叛色彩，在当时众声喧哗的诗歌场域是极具争议性的存在。

于坚强调诗歌写作应返回日常生活，但这一生活的主体不是崇高的英雄人物，而是非英雄乃至反英雄的芸芸众生，更具体一点，可以指大多数平凡无奇的小市民。于坚的《罗念生》《尚义街六号》描写的就是这些日常人的日常生活状态，上厕所、炒菜、抽烟、打闹叫骂、上班、修电器……他们没有英雄的传奇经历，诗歌也不在于表现某种崇高的理想或信念，而只是将这些曾经被社会时代、政治生活遮蔽的局外人略显枯燥的衣食住行罗列出来，其中自有一种反抗甚至漠视权威的意图。对于坚自己，乃至大多数诗人来说，他们也都是这些毫无英雄品质的人中的一员，生活没有那么多传奇色彩，正因如此，诗歌写作应以日常生活的平淡无奇为底色。另一方面，于坚不仅返回寻常人物的日常生活，也致力于消解崇高人物的传奇色彩，使其回归日常，因此，日常生活写作在本质上是反英雄叙事的，于坚将每个人都抽离崇高的价值语境，无论其是英雄、小人还是普通人，他们都是日常生活中的每一个人。

于坚认为，每个人都是日常的，都拥有他的日常生活，这是日常生活的普遍性，但日常生活也注定是个人的，具有独属于某一个人的特殊性，如地域的特殊性、经历的特殊性等。于坚的诗歌就具有鲜明的云南色彩，他对云南风景的书写是频繁的，如《怒江》《在秋天的转弯处我重见怒江》《横渡怒江》《滇池》等；《尚义街六号》则书写诗人未成名前的生活经验，从中可以看出其在日常生活中践行自身的诗学观。他和诗友聚集在昆明尚义街六号的一家民宅中，切磋、练习、交流，那里没有什么必然的诗意，只有略显平凡而亲切的日常生活体验。另一方面，日常生活只有对个人才能产生意义。生活的本质是无意义，这是对于人类集体而言的，无意义贯穿了人类生活的始终，但就个人来说，生活是具体的、细节的，无需从他人的或整个人类的角度来寻找意义，只需根据自身鲜活的体验来进行生活，在总的无意义中坚守自己的意义。

日常生活并不是没有诗意，于坚认为，诗本身就扎根于日常生活。他反对浮在天空中的崇高幻想，英雄时代不是已经落幕，而是从未开始，他也反对诗歌来自"知识"，认为诗歌来自普通人日常生活深处，穿透一些诗学包装的外壳，直达他们本真的生活体验。究其根本，诗歌精神就是一种直面生活的勇气，要想成为诗人，首先就要学会生活。大多数诗人首先是普通人，他们或许有深邃、崇高的诗歌理想，但拥有的是和普通人一样平凡无奇的日常生活，这种真实、自然的生活是诗人写作的前提，这不是妄想中英雄式或学究式的生活，而是一个普通人最不矫揉造作的真实体验和感受。既然诗人的生活始终是"形而下"的，那么无论他们"形而上"的理想追求如何宏大，若无法触及大地，就失之本真，显得虚伪。因此，于坚坚持写作的"形而下"性质，将诗歌写作与日常生活融为一体，也就是从最真实、最自然的生活体验中提取最真实、最自然的诗意。

通过返回日常生活，于坚从中发掘当下、周遭世界的诗的可能性，寻找日常生活的诗意并构建诗意的日常生活。诗人意识到，存在的意义不在某个宏大的总体历史中，而潜在于每一个个体的普通生活中，对这种意义的书写无须任何加笔，只需客观、冷静、轻松地写出一个人如何直面其生命的自然体验。对于坚来说，在日常之上再无任何遮蔽物，在日常之下也没有什么潜在的深刻真理，返回日常生活，就是坚持生活的本然样貌，其自身的日常进行即具备充足的诗的内涵。

在于坚的诗学观念中，最为人知也最受争议的是他"拒绝隐喻"的态度。实际上，诗歌这一艺术形式几乎被公认是"隐喻"性的，于坚提倡"拒绝隐喻"并不是完全否定诗歌的隐喻传统，这样做实际上也是否定了诗歌本身，在当时的历史语境中，这一主张主要针对隐喻可能导致的某些创作偏颇和"失语"的危机，是诗人基于当时诗歌发展状况作出的深刻考量。

作为使用汉语写作的汉语诗人，于坚对汉语的隐喻性质进行了深入思考。因汉语象形会意的特性，它在意义所指的象征、隐喻方面表现得更为独特，每一个汉字往往都具备独立的文化指向，可以说其本身就是一个隐喻。通过作为一个汉字的能指的"象"，能够产生无限的作为所指的"意"，因此汉语的所指系统十分发达，但其能指系统却较为封闭，汉语和世界的关系不是命名的关系，而是隐喻的关系。在隐喻关系中，能指常常有被强力、专制的所指遮蔽的风险，不再指向事物的本真存在，成为一个文化的空中楼阁。于坚认为，现代中国虽然已经使用白话进行写作，但其诗歌结构和表意方式仍是隐喻式的，诗歌中的意象不指向现实世界，而是指向一些空泛虚幻的事物，包括麦田、黑夜、星星、皇帝等这些已形成固定内涵的美学象征物，他们固然被诗人所喜爱，却往往与人们的日常无关。读者从隐喻的文本中得到的只会是假象，那里有田园诗篇，有星辰大海，有崇高和死亡……然而，它们往往只是某种意识形态或文化指向的表征，缺乏一种真实的现场生命感。个体生命在隐喻的诗中是被湮没的，取而代之的是被意义所指控制的抽象的人，这种人的存在不是鲜活的。

语言是存在之家，隐喻式的诗歌远离了存在，真正的家园被抛弃，虚假、刻意的繁荣占据了诗的领地。大多数诗人只是在借用现成刻板的诗歌话语，处于严重的"失语"状态，诗歌也仅仅成为他们回避现实、逃避事物的幻想乌托邦。现代中国诗歌的"失语"也代表汉语语言的"失语"，反映出现代中国的存在"失语"，作为一个有责任感的诗人，于坚希望探索新的汉语诗歌话语体系，来为新的中国诗歌命名，"拒绝隐喻"的姿态就是他对现有诗学体系的必要反叛，也是他对事物存在的捍卫。针对隐喻式诗歌的种种弊端和问题，于坚有自己的反拨，那便是诗从所指向能指的后退，即从既有的、系统的，或公认的诗意体系中退出，从意义的专制中退出，从所指的漩涡中退出，回到为事物的存在进行简单命名的原点，重建语言能指与所指的良好关系，这就是"拒绝隐喻"的具体内涵。

于坚十分看重诗歌的命名功能，对他来说，命名是一次去隐喻化的行动，它和最初对无名之物的命名不同，这种命名是对有名之物的去蔽和重新指认，是对覆盖其上的隐喻文化的抵制，是拒绝除其本名以外的任何无用之意义，还原事物本真的存在，指向它的存在家园。在《对一只乌鸦的命名》中，于坚放弃了乌鸦所携带的一切衍生的文化价值、寓言性质或历史意义，"当一只乌鸦栖留在我内心的旷野/我要说的不是它的象征它的隐喻或神话/我要说的 只是一只乌鸦"。乌鸦完全只是"乌鸦"的语词本身，也就只是"乌鸦"这一语词所指向的"乌鸦"的存在本身，而不是所谓"乌鸦"的隐喻。于坚对乌鸦尝试进行命名的还原叙事的过程，也是其抵达乌鸦真实存在的过程，这一乌鸦成为有史以来第一次离乌鸦最近的一只乌鸦。对事物重新命名要求诗人对语言能指与所指关系具有清醒认知，这意味着"拒绝隐喻"的写作也是一种专业写作，只不过它不是知识分子的学究式写作，知识分子写作固然有学养、想象力或创造性，但始终注重词语的隐喻内涵，因而有可能遮蔽了词所指向的存在。一个"拒绝隐喻"的诗人必须将写作活动置于既成价值体系之外，诗歌写作对他来说不是为隐喻王国添砖加瓦，而是破坏、去除隐喻对事物的遮蔽，呈现其本来的面貌。这种诗歌更重视也更忠实于生命存在的体验或感受，而非智性或理性的意义建构。

《对一只乌鸦的命名》

批评者往往对于坚"拒绝隐喻"的观念有所误解，认为其是完全否定隐喻，认为这种态度将扼杀诗性甚至摧毁诗歌本体。事实上，虽然于坚所采取的"拒绝隐喻"的说法显得偏激和难以实现，但他对隐喻的批判性认识是建立在否定之否定基础上的。一方面，汉语语言本身不可避免就是隐喻；另一方面，于坚的创作也未尝不是在创造新的隐喻。于坚所拒绝的隐喻是那些自称具有想象力和创造力的空洞隐喻，它们是言此意彼的隐喻，是能指与所指过于割裂的隐喻，它们不是事物的本真命名，而是敷衍成章的空话。于坚认为既成的隐喻系统是一种集体性的公共诗歌话语体系，其对诗歌施加所指的专制与暴力，使诗歌丧失了自然性与独立性。于坚并不拒绝事物的元隐喻，他认为命名就是一切事物最原始的隐喻形式，在命名中，能指与所指尚未分裂，例如，海既是所见的事物之"海"，也是声音的"海"，除此之外却没有第三层乃至更多层面的隐喻的"海"，因此，命名比隐喻更能抵达事物深处，更能呈现世界的本然样貌，从而保持言意的一致性。由此看来，"拒绝隐喻"正是后退到隐喻尚未开始的地方，回到能指与所指尚未分裂的地方，只有这样才能使世界成为世界，使诗歌成为诗歌，聆听事物本身的存在之声。

于坚始终坚持对日常生活的本真呈现，意图彻底消解事物所负载的文化隐喻，这种略显激进的诗歌姿态在创作实践中，表现为他常常使用具有原始生命力的口语。于坚所处的"第三代诗人"有一个代表性的主张，即"诗到语言为止"，这里的语言指的就是人们的日常口语。对于坚来说，口语是与所谓的诗化语言甚至是普通话针锋相对的。普通话是规范性、官方性的公共语言，其推广固然有利于人们沟通，却消除了语言的个体性和具体性，并逐渐向着规范、思辨、知性的形而上方向发展，不断摒弃方言口语中残留的土味，愈发抽象而远离具体的生活土壤，有时显得过于书面化、正式化。而未经净化的口语是一种更加原生态的语言，它直接、朴素而鲜活，从某种程度上可以说，口语才是真切的生活，生活无处不是在用口语说话。无论是返回日常生活，还是拒绝隐喻，其最终目的都是远离远方的诗歌神话和乌托邦，回归当下，表达平凡世界的真实生命体验。口语写作是世俗的、日常的、琐碎的，不脱离现实，与日常生活密切相关，它反隐喻，没有那么多思想精神上的弯弯绕绕，直接表达日常真实的生命体验。

于坚对口语的坚持也是他对中国"重文轻言"传统的反拨。语言和存在的关系密不可分，文字只是语言的载体、符号，它虽能够记录语言，却导致语言生命力的僵化，进而导致事物存在面临濒死。要拯救事物，首先就必须用活的有生命力的口语说话、写诗、生活。于坚认为，方言口语保持着同个人生活和周遭事物的最大联系，是个人生命体验密不可分的一部分，它存在于一个人的生活中，能确证他的存在本身，是他的生命痕迹。方言口语也是最富有美感的，不仅富有人间气息和生活亲切感，而且它比僵硬的书面语更加柔软、琐碎而温情。由此观之，口语写作具有充分的可行性和诗学价值。

尽管口语写作面临许多质疑，但于坚的口语写作理念和实践是清醒而严肃的，他的写作不单单是将口语挪用或复写至书面，而是从思维方式开始改变，并逐步上升至对口语的诗歌本体性的发掘与表现，这与单纯将口语视为诗歌的表达工具有着本质区别。他早期的诗作《尚义街六号》体现了其口语诗的阶段性成果。该诗完全使用口语说话方式进行叙述，自然、简洁、流畅，生活化气息代替了传统诗歌的象征、隐喻式氛围，也丝毫没有弱化诗歌的感情和思想力度。"大家终于走散/剩下一片空地板/像一张空唱片 再也不响/在别的地方/我们常常提到尚义街六号/说是很多年后的一天/孩子们要来参观"，在这种节制、简洁、平淡如水的表述中，可以体会到一种意味深长的人生滋味，在于坚看来，口语所凸显出来的日常性、平凡性就是人类生活的本质，回到口语，就是回到语言脱口而出的那一刻，就是回到生活触手可及的地方，这样才能抵达生命存在的根本深处。到了于坚口语创作的成熟阶段，口语已经成为他"拒绝隐喻"，挖掘生活诗意，还原事物存在的最恰当的诗歌语言。《事件》用凡庸的口语写一系列繁杂、冗余甚至令人心烦的琐事，如修路、装修、停电、开会等，这些事件直觉上看是反诗意的，却因口语化的表达呈现出消解意义的陌生化效果，口语将一切隐喻剔除，还原了事件本身，使其呈现出本来如此的存在状态，组成名为生活的诗歌。

在于坚看来，口语本身不是诗歌，但诗歌必须围绕口语来构建自身的诗性和深度，诗人要自觉将口语作为一种诗歌写作形式，而不单单是一种说话交流的日常语言，其中最重要的是"语感"。"语感"不是诗人对语言的懵懂感觉或其行文的风格特点，而是与生命有关。诗歌的语感高于口语，它是生命灌注于口语当中的富有诗意的诗歌本体，体现的是个体与其生存世界本然自在的联系。从原始的口语上升至语感，诗歌才能与生命同构，而在口语转换为语感、日常说话转换为诗歌的过程中，诗人承担着关键的责任。诗人不能口无遮拦，直接将口语当作诗，其必须对口语进行一定的处理，它不依赖于隐喻传统，将外来的意义强加给诗歌，而是将自身本真的生命体验灌入语言，无论其是否独特、宏伟、高贵，只要它来自诗人的生命深处，与诗人产生直觉性的存在共鸣，就自然会产生语感，自然可以称之为诗。口语写作的要求看似是一个关于诗歌如何表达的问题，实质是对诗歌话语体系的重构。

作为"第三代"的代表诗人，于坚的诗学观念和他的创作实践形成了良性的互动和互证。他的诗歌观念源自他对自身写作的自觉反思和批判，也来自他对传统诗歌体系和新诗发展现状的深刻审视和认识，其丰富的诗歌成果则有力地支撑了他的观念。在不断的自我审视与进步中，于坚建构起成熟的诗学体系，他在当代诗坛中占据重要的位置，并且至今其对诗歌的探索仍在不断发展和深化。

二、诗作鉴赏

阳光只抵达河流的表面①

阳光只抵达河流的表面
只抵达上面的水

---

① 于坚：《阳光只抵达河流的表面》，《一枚穿过天空的钉子》，云南人民出版社 2004 年版，第 246 页。

> 它无法再往下 它缺乏石头的重量
>
> 可靠的实体 介入事物
>
> 从来不停留在表层
>
> 要么把对方击碎 要么一沉到底
>
> 在那儿 下面的水处于黑暗中
>
> 像沉底的石头那样处于水中
>
> 就是这些下面的水 这些黑脚丫
>
> 抬着河流的身躯向前 就是这些脚
>
> 在时间看不见的地方
>
> 改变着世界的地形
>
> 阳光只抵达河流的表面
>
> 这头镀金的空心鳄鱼
>
> 在河水急速变化的脸上 缓缓爬过

实体——介入历史的黑暗中

"阳光"向来被赋予贯穿事物的神圣性质,它具有太阳的光与热的崇高属性,在惯常的思维中,"阳光"贯穿水面、直达河床是轻而易举的事,那时整个河流都充盈着璀璨的金色,这既是一种正常的物理现象,也是一个富有诗意的意境。然而诗人却反其道而行之,认为"阳光只抵达河流的表面/只抵达上面的水",对其穿透力有所怀疑,甚至刻意地贬低,从中可见诗人的标新立异。在诗人笔下,"阳光"这一直觉上的崇高之物是虚弱无力的,连最常见的"石头"也不如,二者的差异表面在其"重量",实则在于"重量"背后的实与虚的区别。"阳光"是摸不着的虚幻事物,说到底只是一种纤弱的现象,随时会发生不可预测的改变,而"石头"却拥有肉眼可见的实感和坚硬的物质内核,说它是"可靠的",不仅指它的存在确凿,而且指它能靠着这种确凿的存在扎根世界、诠释世界,进而拥有改变世界的潜能。"介入事物",既指石头凭借其坚硬的存在贯穿水面,沉入河底的寻常事件,也指一种通透、确定的生存姿态——"从来不停留在表层/要么把对方击碎 要么一沉到底"。阳光只附着在河流表面,它与河流、历史与世界不产生任何深层次的交流,因此阳光并没有做到"介入事物",它和事物的关系是疏离的;相反,石头撞击事物,与之产生剧烈而真实的冲突,结局只有粉碎或贯穿,而没有相安无事的虚伪和平。正因如此,石头才能牢牢镶嵌在事物的内部,与之发生肉感而真切的触碰,进而抵达事物存在的深处。"击碎"或"一沉到底"的结局看似十分暴力、偏激,但正是这种极具冲击性的结果,才能产生足够的感官体验和生存实感，人才能真切地意识到自己同这个世界有着确切而深刻的联系，这是"阳光"这种只停留在表层的虚浮之物无法做到的。

在明确了要像"石头"一样坚硬、有力地"介入事物"的生存姿态后，诗人对水下的黑暗世界进行叙述。这里，他进一步对传统诗歌话语体系作出反叛。"在那儿 下面的水处于黑暗中"，"黑暗""沉底""水中"的组合往往让人联想到绝望、死亡的悲剧内涵，仿佛石头沉入水中是一个不幸的事件，它不再得到光明，陷入暗无天日的生存困境，这在传统的诗歌隐喻体系中是十分常见的解释。然而于坚的"黑暗"既不是什么悲剧也不是什么喜剧，它与"阳光"所能提供的所谓"光明"相对立。"阳光"因其流于表面，而呈现出单薄的光明；河底之所以"黑暗"，却是由于它的深不可测。正因如此，"黑暗"对我们来说反而是不常见的，只有"像沉底的石头那样处于水中"，即像石头一样"介入事物"潜入事物的内部和深处，我们才能发现黑暗，发现其中蕴含的无限潜能。无论是"水"还是"石头"，它们都浸于"黑暗"之中，被其充实而满盈地包裹，此时，一切事物都无法被外在地"看见"，因此它们只能通过肉的互触和物的碰撞来被实在地体验。在光明中，人固然"看"得清楚，但与事物之间却存在着一段疏远的距离，然而在沉入"黑暗"的体验中，人和事物的存在向彼此敞开，并拥抱在一起，在诗人看来，这才是一种活的本真状态。

诗人将在"黑暗"中拥抱的水写作"黑脚丫"，它们才是真正能够形塑整个世界的有形的力量，"抬着河流的身躯向前 就是这些脚/在时间看不见的地方改变着世界的地形"。"脚丫"是脚踏实地，一步一步前进的，它的运动有一定的迟缓性和沉重性，因为脚是人体最底端的支撑器官，它承担了人类行走时全身的重量，也包括人所背负的事物的重量，"脚丫"的每一次移动都将带动其背负着的整个世界的运转，它拥有伟大的能力，却毫不造作，它黝黑而质朴、坚忍而沉默地深踩在河底的泥沙中，悄无声息地改变着河流、历史和世界的"地形"。很明显，"黑脚丫"也是一个与"阳光"相对立的词语，后者在河流表面放出耀眼夺目的光芒，但"阳光"本身并不承载任何生命存在的重量，它是完全的轻，也是完全的浅薄，远没有"黑脚丫"那般沉重而具深度。"阳光只抵达河流的表面"，这是诗人的批判和警醒，他厌恶那些只顾及表面幻象或华丽外观的虚伪的人、事、物，他们被形容为"镀金的空心鳄鱼"，空有惹眼的"镀金"皮囊和虚张声势的"鳄鱼"外观，其生命内部则是完全空虚而无根的。这样的"空心鳄鱼"只能"在河水急速变化的脸上 缓缓爬过"，无法对河流造成任何实质性的改变，因为它对事物采取事不关己的旁观态度，因而事物的"急速变化"也同样与之无关，这使其成为一个单薄的存在。相反，实体能抵达事物的深处，与在世之中的一切同构。结合全诗来看，历史、世界和存在的本质都潜藏在河流的最底部，它不是视觉的，而是触觉的，是"黑脚丫"触碰河床，在其上沉重地移动的感觉。它需要我们不被表面的刺眼阳光所遮蔽，主动采取"介入"的姿态，深潜入事物的内部去发掘那个实质性、决定性的坚硬的存在内核——一块石头，它就是那个能够牵引整个世界发生变动的锚点。

对一只乌鸦的命名①

从看不见的某处

乌鸦用脚趾踢开秋天的云块

潜入我眼睛上垂着风和光的天空

乌鸦的符号　黑夜修女熬制的硫酸

嘶嘶地洞穿鸟群的床垫

坠落在我内心的树枝

像少年时期　在故乡的树顶征服鸦巢

我的手　再也不能触摸秋天的风景

它爬上另一棵大树　要把另一只乌鸦

从它的黑暗中掏出

乌鸦　在往昔是一种鸟肉　一堆毛和肠子

现在　是叙述的愿望说的冲动

也许　是厄运当头的自我安慰

是对一片不祥阴影的逃脱

这种活计是看不见的　比童年

用最大胆的手　伸进长满尖喙的黑穴　更难

当一只乌鸦　栖留在我内心的旷野

我要说的　不是它的象征　它的隐喻或神话

我要说的　只是一只乌鸦　正像当年

我从未在鸦巢中抓出一只鸽子

从童年到今天　我的双手已长满语言的老茧

但作为诗人　我还没有说出过　一只乌鸦

深谋远虑的年纪　精通各种灵感　辞格和韵脚

像写作之初把笔整支地浸入墨水瓶

我想　对付这只乌鸦　词素　一开始就得黑透

皮　骨头和肉　血的走向以及

披露在天空的飞行　都要黑透

---

① 于坚:《对一只乌鸦的命名》,《一枚穿过天空的钉子》,云南人民出版社 2004 年版,第 228-231 页。

乌鸦　就是从黑透开始　飞向黑透的结局
就是从诞生就进入永远的孤独和偏见
进入无所不在的迫害与追捕
它不是鸟　它是乌鸦
充满恶意的世界　每一秒钟
都有一万个借口　以光明或美的名义
朝这个代表黑暗势力的活靶　开枪
它不会因此逃到乌鸦之外
飞得高些　越过鹰的坐位
或者降得矮些　混迹于蚂蚁的海拔
天空的打洞者　它是它的黑洞穴　它的黑钻头
它只在它的高度　乌鸦的高度
驾驶着它的方位　它的时间　它的乘客
它是一只快乐的　大嘴巴的乌鸦
在它的外面世界只是臆造
只是一只乌鸦无边无际的灵感
你们　辽阔的天空和大地　辽阔之外的辽阔
你们　于坚以及一代又一代的读者
都是一只乌鸦巢中的食物
我想　对付这只乌鸦　只消几十个单词
形容的结果　它被说成是一只黑箱
可是我不知道谁拿着箱子的钥匙
我不知道谁在构思一只乌鸦黑暗中的密码
在另一次形容中它作为一位裹着绑腿的牧师出现
这位圣子正在天堂的大墙下面　寻找入口
可我明白　乌鸦的居所　比牧师　更接近上帝
或许某一天它在教堂的尖顶上
已见过那位拿撒勒人的玉体
当我形容乌鸦是永恒黑夜饲养的天鹅
具体的鸟　闪着天鹅的光　正焕然飞过我身旁那片明亮的沼泽
这事实立即让我丧失了对这个比喻的全部信心
我把"落下"这个动词安在它的翅膀之上
它却以一架飞机的风度"扶摇九天"

我对它说出"沉默" 它却伫立于"无言"
我看见这只无法无天的巫鸟
在我头上的天空牵引着一大堆动词 乌鸦的动词
我说不出它们 我的舌头被铆钉卡位
我看见它们在天空疾速上升 跳跃
下沉到阳光中 又聚拢在云之上
自由自在 变化组合着乌鸦的各种图案

那日 我像个空心的稻草人 站在空地
所有心思 都浸淫在一只乌鸦之中
我清楚地感到乌鸦 感觉到它黑暗的肉
黑暗的心 可我逃不出这个没有阳光的城堡
当它在飞翔 就是我在飞翔
我又如何能抵达乌鸦之外 把它捉住
那日 当我仰望苍天 所有的乌鸦都已黑透
餐尸的族 我早就该视而不见 在故乡的天空
我曾经一度捉住它们 那时我多么天真
一嗅着那股死亡的臭味 我就惊惶地把手松开
对于天空 我早就该只瞩目于云雀 白鸽
我多么了解并热爱这些美丽的天使
可是当那一日 我看见一只鸟
一只丑陋的 有乌鸦那种颜色的鸟
被天空灰色的绳子吊着
受难的双腿 像木偶那么绷直
斜搭在空气的坡上
围绕着某一中心 旋转着
巨大而虚无的圆圈
当那日 我听见一串串不祥的喊叫
挂在看不见的某处
我就想 说点什么
以向世界表白 我并不害怕
那些看不见的声音

将乌鸦归还乌鸦，将事物归还词语

"对一只乌鸦的命名"，也是诗人对"乌鸦"这一词语的还原，使其从"乌鸦"的隐喻退回到"乌鸦"的命名本身，其呈现的是于坚"拒绝隐喻"的诗学态度。人类社会经历数千年的历史发展，已经完全浸入隐喻当中，事物的命名不再单纯地指向事物本身，而是透过一系列所指、符号、隐喻的镜面，形成各种象征意义的光晕，朦胧而失真，它们往往"言在此而意在彼"，与原来的事物拉开一段很长的距离。这些所指、隐喻、暗示或象征逐渐积累，作为人类精神创造的成果被保存、归纳并使用，形成了经典的定型化的话语体系。诸如某个时代的政治文化背景、传统风尚、风俗习惯及当时人的知识水平、精神风貌和心理结构等，它们都制约着人对语言的使用，也制约着人对事物存在的感知和认识。一个词语及其指代的事物一旦陷入此类话语系统中，就不可避免地同其自身分离，被隐喻的黑洞捕捉，远离自身的存在家园。例如，乌鸦就不仅是一个单纯、简单的鸟，即使从基本的生物学角度来看，乌鸦也是隐喻，它是鸦科、鸦属中数种黑色鸟类的俗称，有着一系列生物学属性，这些属性已然将乌鸦的真实存在肢解。而在生活中，乌鸦的形象更是被强加了各种隐喻，由于乌鸦黑色的相貌，凄厉的叫声，再加上喜食腐肉、常在黄昏时分盘旋的习性，它总是被视为不祥和死亡的象征。文学中的乌鸦不是本身的乌鸦，而是被施以种种偏见的隐喻的乌鸦，是一个"乌鸦的符号"，因此，当人说或书写"乌鸦"，无非在重复言说那些前人总结的经验，他们眼前真正的乌鸦反而是隐形的，乌鸦的真实存在被遗忘、被抛弃。那些"深谋远虑的年纪　精通各种灵感　辞格和韵脚"的诗人，在写出乌鸦时也离开了乌鸦，他们看重的是乌鸦的言外之意，是"黑暗势力"，或"孤独和偏见"，或死亡和厄运，或叛逆和逃离……这些乌鸦的隐喻深入人心，几乎被说烂说透，因此也遮蔽了"乌鸦"本身的生命，将它打入存在的黑暗中。

面对"乌鸦"身上沉重的意义负担，于坚要对乌鸦重新"命名"，这不是要用新的隐喻替代旧的隐喻，以此更新乌鸦的隐喻体系，而是要彻底摧毁这一体系，将"乌鸦"从各种符号意义中解放出来。诗人一开始就强调，"我要说的　不是它的象征　它的隐喻或神话/我要说的　只是一只乌鸦"，这两行诗道明了于坚的全部企图。对于坚来说，"乌鸦"只是一个能指，是"wuya"的物质音响，这个声音能指并不指向厄运、死亡、孤独、叛徒等所指，而指向自己，它完全只是事物"乌鸦"的命名指称，最直接、最深刻地镶嵌在乌鸦的生命深处，是乌鸦存在的巢穴。一个人不可能"在鸦巢中抓出一只鸽子"，那里没有所谓的"永恒黑夜饲养的天鹅"，因此诗人根本不可能从乌鸦的名词中得到真正的不幸、绝望或孤独，最终结局只会是"丧失了对这个比喻的全部信心"。乌鸦就是"乌鸦"，也只有"乌鸦"，它不会"逃到乌鸦之外"，只占据自己该在的位置，"在天空疾速上升　跳跃/下沉到阳光中　又聚拢在云之上/自由自在　变化组合着乌鸦的各种图案"。这时，乌鸦终于摆脱"无所不在的迫害与追捕",成为一个完全自由的命名。

在整首诗中,于坚努力将乌鸦从它的隐喻和文化符号中解救出来。诗歌一开始,乌鸦就"用脚趾踢开秋天的云块",这个动作带着一种蔑视,将与秋天相关的忧愁、感伤的隐喻环境一脚踢开,诗人对隐喻的不满溢于言表。但隐喻的力量是强大而专制的,它是"黑夜修女熬制的硫酸/嘶嘶地洞穿鸟群的床垫",腐蚀着乌鸦自身的生命,也曾使诗人"堕落":少年时期的诗人"在故乡的树顶征服鸦巢",从此遗忘了乌鸦的命名,失去了"触摸"事物的资格。而这一次,诗人行动起来,"爬上另一棵大树 要把另一只乌鸦/从它的黑暗中掏出"。少年时期的"树"可以视为困住乌鸦的庞大隐喻体系,而这里的"另一棵大树"则可以视为诗人正试图构建新的诗歌体系,在这个新的体系里,语言和存在之间再无隐喻的中介。而"另一只乌鸦"也不是被少年的"我"雕刻为符号的乌鸦,而如其所指,是一只真正的乌鸦,它将从隐喻的"黑暗"中突围,重新掌握自己本真的生命。然而,将事物从隐喻中"掏出"是困难的,"比童年/用最大胆的手 伸进长满尖喙的黑穴 更难",这是因为诗人始终生存在一个隐喻、象征化的诗歌环境和话语体系中,受到既成的语言、思维习惯的掣肘,在潜移默化中成长为一个离不开隐喻的诗人。虽然他的"双手已长满语言的老茧",有着熟练的诗歌语言技艺,但他深知自己从未触及过事物的本原。"作为诗人 我还没有说出过 一只乌鸦",说出乌鸦,但不使用乌鸦,就是不使用乌鸦的各种象征和隐喻,仅仅用一个"wuya"的声音能指,询唤出乌鸦未受污染的本真存在,那里仅有一种"说的冲动",摆脱了"不祥阴影"或"厄运当头"的一种生命的冲动。

接下来于坚正式开始叙述"乌鸦"。然而在这一过程中,他引以为傲的"深谋远虑的年纪","精通各种灵感 辞格和韵脚"的能力,对"一只乌鸦的命名",却是全然无用的。要"对付这只乌鸦",首先就要否定先前的一切知识背景和话语体系,它们此刻是道路上的阻碍。于坚首先否定的是对乌鸦的种种"黑透"了的偏见。在世人眼中,乌鸦的一切都是"黑透"的,"黑透"成为乌鸦所背负的原罪,令它"从诞生就进入永远的孤独和偏见/进入无所不在的迫害与追捕"。由此,乌鸦被从鸟类中单独拎出,成为一个罪恶的符号,任何无端的恶意,只要以乌鸦为借口,都可"以光明或美的名义"进行谴责。显然,"黑透"指的就是各种文化、社会、心理或民俗的成见对乌鸦这一词语施加的隐喻诅咒,它不得不以莫须有的罪名被驱除出自己的存在之巢。但事实上,乌鸦的存在本质并不会因那些"臆造"的隐喻而改变,"它不会因此逃到乌鸦之外",一只乌鸦的真实生命是质实而确凿的,它不卑不亢,绝不虚伪,始终坚持自己只是一只乌鸦的事实,如诗人所形容的那样,"它是一只快乐的 大嘴巴的乌鸦",在抛去一切多余的隐喻后轻装上阵。然而,在这次否定中,于坚却未必不是在赋予乌鸦新的象征意义,从"黑透"的命运中逃脱后,它拥有了反叛的、不卑不亢的精神,然后变得崇高、神圣、明亮起来。对"黑透"的反抗构成了对乌鸦的"第二次形容","它作为一位裹着绑腿的牧师出现……闪着天鹅的光 正焕然飞过我身旁那片明亮的沼泽",这无疑是诗人对乌鸦的嘉奖,然而在这种炫目的嘉奖中,乌鸦再次远离了其本身的命名。反隐喻最终成为新的隐喻形式，当诗人颠覆黑暗，解构不幸时，他也重新创造了一种过于夺目的虚伪神圣，这对于乌鸦来说不是褒奖，反而是另一次欺诈。显然，诗人也意识到了这样做无法彻底改变隐喻的思维方式和话语体系，因而他立刻"丧失了对这个比喻的全部信心"，转而进行针对自身叙述的二次否定。乌鸦就是乌鸦，它一直在那里，不但拒绝前有的约束，也拒绝后来者打着反叛的噱头所做的改良："我对它说出'沉默'它却伫立于'无言'。""沉默"者仍具备表达的可能性，因此沉默只是一种隐喻；而"无言"者则是彻底的无，无论是批评还是褒扬，任何言说对它来说都是多余，因而诗人从根本上意识到"我说不出它们　我的舌头被铆钉卡位"，他从失败中发现，一度试图捉住乌鸦的他是多么"天真"，他"早就该视而不见"。当然，这并不意味着诗人所有的叙述都是徒劳，在他发自内心、无言沉默的那一瞬间，他看着乌鸦在"头上的天空牵引着一大堆动词"，他的"所有心思　都浸淫在一只乌鸦之中"。这时，诗人不再彷徨于乌鸦之外，试图对一只乌鸦进行重新指认，他进入了乌鸦的内部，抵达了乌鸦的生命深处："清楚地感到乌鸦　感觉到它黑暗的肉/黑暗的心。"在这里，任何外在的形容都是失效的，在语言的寂静中，诗人与乌鸦合为一体，"当它在飞翔　就是我在飞翔"，因此诗人已不必再说。

然而，诗人无法完成"对一只乌鸦的命名"这一事实仍旧是令人失望的。诗人与乌鸦的灵魂固然在寂静中产生了深刻的共鸣，但这份共鸣甚至也是隐喻的，它在"乌鸦"这一词语中掺入了诗人的情感和意志，使其成为"我"的化身。显然，这时的乌鸦也是失真的。究其根本，诗人愈试图还原乌鸦的本真，就愈陷入对乌鸦的再次规定，这次"命名"行动注定是失败的，这一真相令诗人无比绝望，一时间他选择了放弃，甚至有重新投靠隐喻的倾向。试图"捉住"乌鸦是多么愚蠢的行动，"对于天空　我早就该只瞩目于云雀　白鸽/我多么了解并热爱这些美丽的天使"。大多数诗人都是这种犬儒主义的诗人，他们畏惧乌鸦，畏惧事物"丑陋"的原貌，于是"惊慌地把手松开"，只去书写那些所谓的诗和远方。而于坚终究是固执的，他的信念来自他坚持"拒绝隐喻"的主张，坚持对一只乌鸦进行命名，以颠覆整个诗学话语体系的反叛精神，"以向世界表白　我并不害怕"。他并不畏惧失败，尽管乌鸦根本不需要他"说点什么"，他也要去"说点什么"。在无畏去说的过程中，于坚也抵达了自我生存的本真状态，固然失败，也许徒劳，依旧前进，这就是于坚坚持创作、热爱生活的本质。

参考文献

[1]于坚. 一枚穿过天空的钉子[M]. 昆明：云南人民出版社，2004.

[2]于坚. 拒绝隐喻[M]. 昆明：云南人民出版社，2004.

[3]龙泉明. 中国新诗名作导读[M]. 武汉：长江文艺出版社，2003.

新时代大学美育创新系列教材

（丛书主编：易栋）

《大学音乐十讲》

《中外建筑艺术十讲》

《中国新诗十讲》

《西方古典音乐十讲》

《书法素养十讲》

《戏曲通识十讲》

《中外戏剧名作十讲》

《20世纪文学名著十讲》